아내를
위해서
월요일에
죽기로 했다

아내를
위해서
월요일에
죽기로 했다

류현재 장편소설

해피북스
투유

1

금요일은 유서를 쓰기에 좋은 날이다. 주말을 앞두고 들뜬 직장인들은 서둘러 퇴근을 하고, 눈치 없이 아무 때나 업무 메일과 카톡을 보내는 상사도 금요일 밤만큼은 자제를 한다. 그 누군가의 방해도 받지 않고, 인생을 정리하는 데 좋은 시간.

'보라에게'

보라는 이 세상에서 내가 가장 사랑하는 여자, 내 아내고, 모든 면에서 나와 대비되는 사람이다. 반짝반짝 빛나고, 통통 튀고, 열정과 활기로 터질 듯한 매력을 가진 여자라고 할까. 삶에 대한 애정도 뚝배기 속의 찌개처럼 철철 끓어 넘쳐 매 주말마다 공연, 전시, 영화, 파티, 야유회, 시합, 여행 등등을 계획하고 실행한다. 그래서 보라가 무엇보다 싫어하는 것이 자신의 주말 계획이 망쳐지는 것이다.

결혼 초기에는 나도 그 주말 행사에 동참했지만, 이제는 바쁜 회사 일과 피로를 핑계로 그러지 않는다. 그렇다고 보라가 불평불만을 터뜨리거나, 날 강제로 동원시키지는 않는다. 보라는 반짝반짝 빛나고, 통통 튀고, 열정과 활기로 터질 듯한 매력을 가지고 있는 데다가 마음까지 태평양처럼 넓은, 여자인 것이다.

아마 전생에 나는 슈퍼맨이었던 것 같다. 한 나라 정도 구하는 영웅으로는 이런 아내를 만났을 리 없으니 말이다. 그래, 분명 나는 지구를 구했을 것이다. 너무 오버라면, 태양계의 작은 행성, 금성 정도로 합의해줄 용의가 있다. 오늘은 금요일이니까.

어쨌든, 그런 여자의 남편으로 사는 게 꼭 좋은 것만은 아니다. 늘 아내와 비교당하고, 때로는 양심도 없다는 비난까지 감수해야 하니까. (그들은 장난으로 하는 말인 척하지만 그게 아니라는 걸 나는 안다.) 그런데 문제는 내가 그들이 생각하는 것 이상으로 양심적이라는 데 있다. 그래서 금요일 밤, 아무도 없는 사무실에 홀로 남아 유서를 쓰는 이 지경까지 온 것이고, 자살을 준비하면서도 보라의 주말 계획을 망치지 않기 위해, 주로 삼일장을 치르는 우리나라의 장례 풍속까지 고려해서 주말과 목요일, 금요일을 배제하기에 이른 것이다.

그렇다 해도 월요일, 화요일, 수요일, 아직 이렇게 후보가 셋이나 남아 있는데 왜 하필 월요일을 낙점했냐, 성질이 급한 사람들은 그것부터 당장 따져 묻고 싶겠지만, 나는 아직 그 이야기를 하고 싶지 않다. 내 아내가 아무리 대단하고 멋진 캐릭터라도, 죽음을 사흘 앞두고 유서를 쓰고 있는 지금, 이 자리에서까지 주인공 자리를 양보하고 싶지는 않기 때문이다.

무대의 하이라이트 조명은 오롯이 나를 향해야만 하고, 사람들의 관심도 아내가 아닌 내게 쏠려야 한다. 왜? 한 번도 그래 본 적이 없으니까. 최소한 내가 유서를 다 쓸 때까지만이라도.

나는 우울증 환자다.

그 병이 언제부터 시작됐는지는 모른다. 내가 스스로 이상하다고 느낀 건 1년 전 갑자기 발기가 안 되는 증상을 겪고 나서부터였는데, 아니 발기부전이 먼저 시작되고 우울증이 왔는지도 모른다. 어쨌든 분명한 건 나는 비뇨기과에 가기 전에 정신과를 먼저 갔다는 것이다. 그래서 우울증 진단을 먼저 받았고, 발기부전은 그 우울증 때문에 발생하는 하위 병증으로 규정되었다.

이렇게만 말하고 다음으로 넘어가기엔 내 인생의 마지막 금요일에 어울리는 고백이 아닌 것 같다. 그래, 오늘만큼은 자존심을 싹 걷어치우고 처음이자 마지막으로 내게 벌어진 일들을 소상히, 적나라하게 까발려보자.

포물선이 무너지던 그날의 충격부터.

나 권근태는 신체 건강한 마흔네 살의 남자로, 수축해 있을 때나 팽창해 있을 때나, 크기에서나 부피에서나 다른 수컷에 절대 뒤지지 않는 성기를 보유하고 있었다. (있었다고 말하는 이 슬픔이라니!) 외양만 그런 것이 아니고, 내실도 꽉 차 강하고 힘차게 포물선을 그리며 날아가는 내 오줌발은 수많은 수컷들에게 경탄을 일으키고 열등감을 안겨줬다. 물에 비친 자신의 미모에 빠져 맨날 자기 얼굴만 들여다보았다는 나르시스처럼 나 역시 내 몸이 만들어내는 그 아름다운 포물선을 볼 때마다 자아도취에 빠졌었다는 걸 인정한다. 남들보다 물과 음료수, 술을 많이 마시고 화장실에 자주 갔던 것도 그래서다. 그것이 나중에는 포물선에 대한 집착과 중독으로 발전했고, 세상의 모든 포물선을 볼 때마다 내가 만들어내는 포물선과 비교, 분석해보는 습관까지 생겼다.

　　포물선이라는 단어 자체가 물건을 던졌을 때 그리는 선이라는 의미를 가지고 있듯이 지상에서 던져지는 모든 것은 포물선을 그리며 땅으로 떨어진다. 물론 각각의 개성에 맞게 그것들이 만들어내는 포물선의 크기와 형태도 다양하다. 그중에서 내가 가장 인정해주는 건, 농구 경기에서 3점을 주는 중거리 슛의 포물선이다. 선수의 손끝을 떠난 커다란 농구공이 공중으로 치솟았다 골대로 빨려들어가는 그 포물선은 사실 미학적으로 내 것만큼이나 완벽하다. 그에 반해 야구공이 만들어내는 포물선은 야구공에 붙은 속도 때문에 포물선 자체의 아름다움은 안타깝게 훼손되는 경우다. 성질이 급한 사람의 오줌발도 마찬가지다. 힘만 있어서는 안 되고, 그 힘을 유연하게 조절할 수 있는 통제력, 길게 끌고 갈 수 있는 지구력이 없으면 수준급의 오줌발 포물선은 만들기 힘들다.

그래서 나는 새로운 사람을 알게 되면 그와 먼저 화장실을 같이 가서, 그가 만들어내는 포물선을 살펴보길 좋아하는데, 무림 고수가 상대방이 기합을 넣는 자세만 보고도 그 사람의 내공이 얼마인지를 알듯 나 역시 그들이 소변기와 얼마큼 거리를 두고 서는가만 봐도 그가 만들어내는 포물선의 모양과 질을 예측할 수 있다. 지금까지의 경험으로 보면 내 예상은 빗나간 적이 없고, 각기 다른 그 포물선들은 관상, 손금, 족상보다 그 사람의 성향에 대해 더 많은 걸 알려준다고 할 수 있다. 물론 그 행위에는 내 완벽한 포물선을 은근슬쩍 전시하고, 그들에게 강한 인상을 심어주겠다는 노림수도 숨어 있다.

그런데 어느 날 갑자기, 내 자부심의 실체이자, 자랑거리였던 그 포물선이 망가졌다. 전날 술을 마시지도, 특별히 무리를 하지도 않았는데, 게다가 하루 중 가장 크고 굵은 포물선을 그려야 할 아침인데도 불구하고 내 첫 오줌발은 상승 곡선이라고는 찾아볼 수 없는 사선을 찍찍 깔겨댔다. 그때 느꼈던 내 충격과 당혹감을 어떻게 표현할 수 있을까.

너무 믿기지가 않아 오줌이 다 나오고 나서도 한참 동안, 장장 한 시간이 넘도록 화장실에 서 있다가 보라에게 변비 걸

렸냐는 소리를 들었을 정도다. 그래도 처음이라서 그리 심각하게 여기지는 않았다. 그런데 그렇게 망가지기 시작한 포물선은 시간이 지날수록 회복되기는커녕 점점 더 엉망이 돼갔다. 아무리 노력을 하고, 정성을 쏟아도 낙서 같은 직선들을 찔끔찔끔 발사하다 그 선들마저 점점 짧아졌고, 나중에는 선이 아닌 점선으로 방울방울 흘러내렸다. 그중 가장 비참했던 건, 그렇게 분산된 오줌 방울들이 내 발 위로 직하해 떨어졌을 때다. 난 독이라도 떨어진 것처럼 두 발을 동동 구르며 애도의 눈물을 쏟았다.

그 이후, 보라가 볼까 봐 화장실에 들어갈 때마다 나는 문을 잠갔고, 회사에서도 더 이상 소변기 앞에 당당히 서지 못하고, 좌변기가 있는 밀폐된 공간으로 숨어들었다. 그때마다 자존감이 추락했다. 인간의 자존감이 이렇게 쉽게 무너질 수 있다는 비애감이 그 추락에 가속도를 더했다. 하락과 불능이란 단어만 봐도 가슴이 뜨끔뜨끔해지고, 내려가는 계단조차 예사로 안 보이는 심정을 경험해보지 않은 사람들은 모른다. 어떨 땐 아무 상관없는 단어에도—불수능이나 발전기 고장 같은—놀라게 된다.

그렇게 한 달을 보내고 나는 절망적인 심정으로 비뇨기과를 검색했다. 블로그나 카페에서 사람들이 추천하는 곳은 광고성이 있을 수 있어 배제하고, 내가 졸업한 대학보다 커트라인이 높은 대학 출신의 의사가 운영하는 병원을 선택했다. 그

병원이 강남 한복판에 있다는 것도 고려했다. 그 정도 상가라면 월세가 꽤 비쌀 테고, 그 정도의 월세를 내면서 병원을 한다는 것은 그만큼 그 의사를 찾아오는 사람들이 많다는 뜻일 테니까.

비뇨기과에 간다는 말을 할 수가 없어 속이 안 좋아 내과에 간다고 회사에 반차를 냈다. 그런데 병원에 도착해 엘리베이터에서 내리는 순간 비뇨기과와 나란히 있는 정신건강의학과의 간판이 보이는데, 이상하게 비뇨기과보다 정신과의 간판이 유독 더 크고 진하게 보이는 게 아닌가.

발기부전 때문에 여기까지 왔지만 사실 기분도 엉망진창이었기에 마음이 흔들렸다. 결국 육체 건강보다는 정신 건강이 더 중요하다는, 성리학의 후예다운 생각으로 나는 비뇨기과 대신 정신건강의학과로 걸어갔다.

그렇게 우연히, 즉흥적으로가 아니라면 내가 정신과에 가는 일은 없었을 것이다. 멘탈이 강해야 살아남는 이 시대에 내 스스로 멘탈이 약하다는 걸 인정하기도 싫고, 남들이 그렇게 볼까 봐 신경도 쓰이니까. 아니, 더 이상 올라갈 데가 없는 부장이 아니었더라면, 그래서 더 이상 승진에 불리할까 봐 신경 쓸 필요도 없다는 자포자기의 마음이 없었다면, 정신과 문을 선뜻 밀고 들어가지는 못했을 것이다.

그런데 신기하게도 정신과에 오려고 작정했던 사람처럼, 검사지를 작성하고 의사와 마주 앉자마자 눈물 젖은 말들이 내 입에서 줄줄이 쏟아졌다.

"아침이 되면 회사에 가기 싫고, 저녁이 되면 집에 가기가 싫어요."

"아침이면 회사에 가기 싫고, 저녁이면 집에 가기 싫으시군요. 왜 그럴까요?"

"모르겠어요. 그냥 사는 게 너무너무 지겹고, 지루해 미치겠어요."

의사는 내가 한 말을 앵무새처럼 몇 번 반복하다가 내가 작성했던 검사지를 들여다보고는 전형적인 우울증이라 선언했다. 그 말에 나는 혹시 발기부전도 그럼 그 때문일 수 있는지를 조심스레 물었다. 의사는 확신에 차서 말을 했다.

"당연하죠. 우울증에 걸리면 식욕도 없고, 성욕도 없고, 잠도 못 자는 게 일반적인 증상입니다."

그 말을 듣고 나서부터 식욕과 잠을 잃게 되었는지 그전부터 그랬는지는 모르겠다. 어쨌든 그때부터 나는 자타가 공인하는 우울증 환자가 됐다.

그래도 비뇨기과 대신 정신과에 먼저 간 것을 다행이라 여겼다. 만약 비뇨기과에 먼저 갔다면 비뇨기과 의사는 발기부전 때문에 우울한 것이라고 했을 테고, 그럼 나는 남성으로서의 능력을 상실했다는 확정 선고에 충격을 받았을 것이다. 무엇보다 고통스러운 건 보라의 얼굴을 떳떳하게 보지 못했을 거라는 거다. 보라가 아무리 태평양처럼 넓은 마음을 가지고 있다고 해도 성불구가 된 남편까지 용납하기는 어려울 테니까.

내게 닥친 재앙을 감추기 위해 일이 바쁘다는 핑계를 대고 매일 밤 늦게 들어가 보라와 눈이 마주치는 걸 피했지만 그래도 정신적인 스트레스 때문에 잠시 문제가 생긴 것뿐이라는 명분은 내게 큰 위안이 되었다. 하지만 내 마음의 한편에는 내가 한 선택이 정말 옳은 것이었나 하는 의문이 늘 자리 잡고 있다. 그때 정신과 대신 비뇨기과를 갔더라면 지금과는 다른 상황에 놓여 있었을지도 모르기 때문이다.

선택의 실체는 포기라는 말이 있듯이 비뇨기과 대신 정신과를 선택하는 바람에 발기부전을 치료해 우울증을 해소할 수 있는 가능성을 내 발로 차버린 것은 아닐까.

사실 그때 엘리베이터 앞에서 내가 비뇨기과와 정신과를 놓고 갈등하다가 정신과로 발걸음을 옮긴 건 육체 건강보다 정신 건강이 더 먼저라는 철학 때문이 아니라 비겁했기 때문이다.

나는 더 이상 아름다운 포물선을 만들어내지 못하는 내 성기를 남 앞에 드러낼 용기가 없었고, 수컷으로의 자존심을 포기할 수가 없었다. 결국 그 알량한 자존심을 지키는 대신 죽음을 앞당긴 꼴이다.

2

우울증이 얼마나 무서운 것인지 알지 못했던 나의 무지도 이 비극적인 결과에 한몫했다. 솔직히 나는 우울증에 대한 멜랑꼴리한 환상을 가지고 있었다. 옛날 신파 영화 속 아름다운 소녀는 죄다 백혈병이었던 것처럼, 사회적으로 성공한 중년 남자는 우울증 정도는 가지고 있는 거라고 여겼기에, 정신과 의사의 우울증 진단에 속으로 쾌재를 부르기까지 했다.

한동안 한껏 우울한 모드를 풍기면서, 의사가 주는 약 몇 봉지를 먹고 나면 다시 아름답고, 힘찬 내 포물선이 돌아올 것이라고 예상했고, 분위기 좋은 위스키바에서 폼 잡고 후배들에게 안주 삼아 얘기할 수 있는 좋은 경험이라고 여겼다. 어쩜 그렇게 무식하고 단순했는지, 정말 나 자신이지만 용서가 안 된다.

푼수처럼 정신과 의사 앞에 앉으면 신나게 떠들어대던 내 모습은 어떻고! 지금까지 살면서 내 말을 그렇게 잘 들어주는 사람을 처음 만나서 그랬는지(실제 그랬다), 나는 정신과만 가면 수다쟁이가 돼 한 번도 생각해보지 않았던 말들을 쏟아냈다.

"서론 본론은 필요 없으니 늘 결론만 말하라며 다그치기만 하는 상사는 나를 죽이려는 괴물 같고, 하루걸러 회식을 하면서 늘 같은 이야기만 반복하는 동료들은 좀비들 같아요."

"상사는 괴물 같고 동료들은 좀비 같군요. 왜 그렇게 생각될까요?"(정신과 의사는 참 편한 직업 같다. 상대가 하는 말을 따라 하다가 왜냐는 말만 붙이면 되니까.)

"날 힘들게 하는 사람들이니까요."

"근태 씨를 힘들게 하는 사람들이군요. 그런데 그들이 일부러 그렇게 한다고 생각하세요?"

이런 질문은 이미 답이 정해져 있는 것 아닌가? 그래서 난 당연히 그런 건 아니라고 의사 앞에서는 의사가 바라는 정답을 말했지만 속으로는 다르게 생각했다.

"근태 씨의 가족들은 어때요?"

"어렸을 때 친구한테 맞고 집에 울면서 갔다가 엄마한테 맞은 적이 있어요."

"왜 그러셨을까요? 근태 씨가 맞고 들어온 게 속상하셔서 그랬을까요?"

"아뇨. 아버지 주무시는데 시끄럽게 운다고요. 그래서 우리 집에서는 친구들이랑 놀아도 안 되고, TV를 봐도 안 되고, 노래를 불러도 안 됐어요. 조용히 공부만 해야 했죠. 그렇다고 사람이 1년 365일 공부만 할 수는 없잖아요. 어쩌다가 큰 소리라도 내면, 아, 고등학교 때였어요. 기타가 너무 배우고 싶어 친구한테 가르쳐달라고 해서 친구가 기타를 가지고 우리 집에 왔는데, 아버지가 갑자기 들어오시더니 화를 내며 그 기타를 박살 내버렸어요. 내 것도 아니고 친구 건데."

"그때 어떤 마음이 들었어요?"

"창피했죠. 친구한테 미안하고."

"아버지한테 화가 나진 않았어요?"

"아뇨. 내가 잘못했다고 생각했어요. 우리 부모님은 노량진 시장에서 생선을 파셨거든요. 그래서 새벽에 나가 낮에 들어오시고, 그때부터 주무셔야 하는데 나 때문에 못 주무셨으니까."

"어린 나이에 그리 생각하기가 쉽지 않은데, 어떻게 그럴 수 있었어요?"

"새벽 3시마다 고등어 냄새에 잠을 깨게 되면 그렇게 돼요. 근데 그 이후 그 친구랑 멀어졌어요."

"왜요?"

"그냥 내가 불편해서 피하게 됐어요."

그렇게 한참 동안, 내가 기억하고 있는 줄도 몰랐던 과거의 이야기를 끄집어내 말을 하고, 정신과 문을 열고 나가면 속이 후련한 게 아니라 내가 토해낸 말들이, 잊고 싶은 기억과 상처가 다시 상기돼 우울했다. 그런 나 자신이 너무나 못난 것 같아, 이런 남편을 만난 보라가 불쌍해서 눈물이 났다.

반짝반짝 빛나고, 통통 튀고, 열정과 활기로 터질 듯한 매력을 가지고 있는 데다가 마음까지 태평양처럼 넓은 여자한테 이건 너무 민폐고 재앙 아닌가. 그런데 보라는 거기다 예쁘기까지 하고, 심지어 냄새까지 좋다. 향수나 로션 냄새를 말하는 게 아니다. 보라에게서는 새벽이슬이 송골송골 맺혀 있는 아침의 숲, 인적 없는 산골짜기에서나 맡을 수 있는 향기가 난다. 보라는 아침마다 우리가 먹는 영양주스에 다양한 허브를 넣어 그런 거라고 하지만, 똑같은 주스를 먹는 나한테서는 절대 그런 냄새가 나지 않는 걸 보면 보라만의 특별한 무언가가 있는 것 같다.

솔직히 이름도 멋지지 않나? 내 이름 '근태'는 듣기만 해도 피곤하고 짜증이 날 것 같은데, '보라'는 어감도 좋고, 보랏빛의 그 귀족적인 색감까지 연상되면서…… 사실 인생 막판이니까, 어차피 나는 망했어요 플랜카드를 걸어놓고 떨이를 하고 있는 중이니까 남김없이 고백하자면, 나는 우울증보다 더 오래된 불치병을 또 하나 가지고 있다.

그리고 그건……. 막상 말하려니 비웃을까 봐 겁이 난다. 하지만 그렇게 처음에는 날 비웃었던 자들도 내 병이 과장이나 엄살, 허세가 조금도 포함되지 않은, 있는 그대로의 팩트, 인공 첨가물이 전혀 없는 100퍼센트 원액이란 걸 알고 나면, 감탄과 존경까지는 아니어도, 조금은 흥미로운 눈으로 나를 바라보곤 했다.

내가 앓고 있는 이 병은 희귀병 중에서도 엄청 희귀해(이 병에 걸린 사람은 아직까지 지구에서 나 딱 한 사람뿐이다), 아직까지 공식 병명도 얻지 못한 상태다. 그러니 편의상 이 병을 '보라병'이라고 부르자. 보라색만 보면 보라에게 달려가야만 하는 발작을 동반하니까. 내가 발작이라고 표현한 건, 내 의지로 막거나 조절할 수 없기 때문이다. 실제로 그럴 때의 내 모습은 내가 봐도 가관이다.

보라색이 내 망막에 포착되자마자 내 머릿속은 보라에게 지배당해, 보라의 얼굴을 찾아 두 눈은 번들거리고, 내 코는 보라의 냄새를 맡고 싶어 벌름벌름, 내 입은 보라의 입술을 핥고 싶어 침을 질질 흘려댄다. 더 신기한 건 언제 어디서나 보라를 향해 달려갈 수 있도록 자체 내비게이션이 설정된 것처럼—그것도 최단 시간 옵션으로—움직이는 내 두 발이다. 비전문가적인 소견이지만 일종의 서번트 증후군과 비슷한 경우가 아닌가 싶다. 사람들과 의사소통도 제대로 못 하는 이들이 엄청난 기억력이나 암산력을 보여주는 것처럼, 나의 '보라병' 또한 평소에는 거북이처럼 느린 내 다리가 초능력을 발휘하게 해주니까 말이다.

그렇다고 해도 내가 이 병을 즐기는 건 아니다. 다른 병자들과 마찬가지로 나 역시 이 병 때문에 힘들고 괴롭다. 사실 난 세상에 보라색이 그렇게 많은지 그전에는 정말 몰랐다. 이 세상을 지배하는 색깔은 빨강이나, 파랑, 노랑 이런 것이라고 생각했었는데, 비주류일 것 같은 보라색이 오히려 그것들보다 더 광범위하게 분포돼 있고 종류도 다양하다. 건물, 가방, 옷, 신발, 볼펜, 매니큐어, 립스틱 같은 인공적인 것뿐만 아니라, 꽃과 나비, 심지어 부부 싸움을 하고 출근한 부하의 얼굴에 든 멍부터, 지하 노래방 소파 밑에 피어 있는 곰팡이까지. 그중에서도 너무 의외라 나를 놀라게 한 보라색은, 시골 화장실에서 만난 똥파리의 날개와 동틀 무렵 와인바 앞에서 오바이트를 하고 있는 누군가의 입에서 분수처럼 토해지던 액체다. 그걸 보고 보라를 떠올리며 발작을 하는 내가 왠지 변태 같다는 자괴감이 들었었다. 그래도 보라의 얼굴을 보아야만 발작이 진정되는 병이기에 나는 보라에게 갈 수밖에 없었고, 그 때문에 회사에서 잘릴 뻔한 위기도 수없이 넘겼다. (똥파리의 날개에서 보라색을 마주쳤을 때는 회사 워크숍 도중이었는데, 중간에 내가 사라지는 바람에 주변의 저수지까지 뒤지고 난리가 났었다고 한다.)

이제는 내 주변인들도 내 병을 알기에 미리미리 조심해주고, 나 역시 시야를 최대한 좁게 하는 노하우를 터득해 발작의 빈도를 줄였지만, 여기저기 잠복해 있던 보라색들이 기습적으로 공격하면 막을 수가 없다.

바로 지금 같은 경우다.

죽음을 코앞에 두고, 이 세상에 남기는 마지막 말, 유서를 쓰기 위해 모니터만 뚫어져라 보고 있는데, 뜬금없이 모니터 한구석에서 백신 회사의 팝업 광고가 뜨고, 하필 60퍼센트 세일이라는 글자가 보라색으로 돼 있으면 나는 의자를 박차고 일어날 수밖에 없는 것이다. (이성적으로도 감성적으로도 전혀 이해가 안 되는 행동이지만, 그래서 내가 병이라고 하는 것이다.)

금요일 이 시간, 보라가 있을 곳은 배드민턴 클럽이라는 걸 내 발은 알고 보라의 클럽이 사용하는 실내 체육관을 향해 달린다.

그런데 보라가 안 보인다. 벌써 운동을 끝내고 막걸리를 마시러 갔나? 아니, 본능적으로 보라를 향해 달리는 내 발이 실수를 한 적은 한 번도 없으니 보라는 분명 이곳에 있을 것이다. 그리고 냄새가 난다. 그 누구와의 향기와도 다른 보라의 냄새가.

나는 그 냄새를 따라 움직이다가 탈의실 앞에서 멈춘다. 보라가 운동을 끝내고 옷을 갈아입고 있는 모양이다. 그런데 밖으로 새어 나오는 음향이 너무 부산스럽고 요란하다. 쿵쾅쿵쾅 그리고 헉헉거리는 깊은 숨소리. 아니 신음 소리 같기도 하고.

보라가 옷을 갈아입다 다치기라도 한 건가?

직업의식 때문인지, 보라는 웬만큼 아파서는 내색을 하지 않는다. 그래서 저 정도 앓는 소리를 낸다는 건, 심각한 부상을 입었다는 거다. 미끄러운 마룻바닥에 넘어져서 뇌진탕이라도 당한 게 분명하다.

보라를 구하기 위해 황급히 문을 열려다가 나는 멈칫한다. 이번에는 또 다른 음향, 그것도 남자의 신음 소리가 들려서다. 여긴 여자 탈의실인데 왜 남자가 들어갔지? 불순한 의심부터 하진 말자. 나처럼 보라를 구해주려고 들어갔을 수도 있으니까. 그래, 그러다 그 역시 꽈당 한 거지. 바닥이 미끄러워도 보통 미끄러운 게 아니라서.

나는 그의 전철을 밟지 않기 위해 구두를 벗고, 양말까지 벗은 후, 탈의실 문을 연다. 그리고 조심스레 한 발짝 한 발짝 내딛는데, 눈앞에 보이는 상황이 내가 예상했던 것과는 좀 달라 보인다.

전등도 고장이 났는지 불도 켜지 않아 어두컴컴한 탈의실 구석에 보라와 남자가 바닥에 넘어져 있긴 한데, 보라가 먼저 넘어지고, 남자가 구해주러 갔다가 넘어진 게 아니라, 동시에 서로를 안고 있다 넘어진 것처럼 한 덩어리로 뭉쳐 있다. 그러니까 한 사람은 앞으로 넘어지고, 한 사람은 뒤로 넘어진 자세다. 그리고 둘 다 옷을 벗고 있다. 뭐 여기가 탈의실이니까 그럴 수도 있지만, 아니 그럼 나도 옷부터 벗어야 하는 건가? 저 남자 앞에서?

빈 캔과 비타민음료 병들이 바닥에 나뒹굴며 경박한 소리를 낸다. 사무실 책상 밑 쓰레기통에 내가 넣어두었던 것들이다. 그 바람에 나는 내가 지금 있는 곳이 체육관 탈의실이 아니라 내 사무실이라는 걸 깨닫는다.

이게 어떻게 된 거지? 팝업 광고의 보라색 글씨를 보고 보라에게 달려갔었는데, 그리고 보라 위로 넘어진 — 어깨가 떡 벌어지고, 종아리는 터질 듯 단단하고, 온몸이 근육으로 포위되어 있는 데다 원시림 같은 털을 가진—남자를 보고 온몸에 소름이 돋았었는데……. 소름 대신 내 몸에 남아 있는 건, 입가 오른쪽 끄트머리에서 느껴지는 약간의 점성뿐이다. 고개를 떨구고 보니 그 입이 방금 전까지 닿아 있던 내 책상 위에도 내 입에서 흘러나온 게 분명한 액체가 몇 방울의 자잘한 거품과 함께 남아 있다. 침이다. 피가 물보다 진하다지만, 침은 피보다도 진하고, 녹말을 푼 중국요리처럼 걸쭉하다. 그 침이 몽롱하고 산만한 내 의식을 깨우고 명확한 진실을 주입한다. 나는 늘 그렇듯 또 졸았고, 개꿈을 꾼 거다.

한심한 놈, 맨날 보라가 바람피우는 꿈이나 꾸고.

나는 이런 나 자신이 정말 혐오스럽다.

그래도 변명을 하자면 난 사실 제대로 잠을 못 잔 지 1년이 넘었고, 정상적으로 소진되지 않은 잠의 기운은 끈질긴 스토커처럼 24시간 나를 따라다니며 내가 의식하지도 못한 사이에 나를 잠 속으로 납치한다. 한때는 그래도 커피와 스트레칭 같은 것으로 반항을 하며 맞서보기도 했지만 이제는 그럴 의지도 없다. 나는 잠기운이 나를 덮치면 기다렸다는 듯이 고분고분 그 속으로 기어들어간다.

문제는 목적을 달성한 그 스토커가 내게 흥미를 잃고 나를 내동댕이치고 사라졌을 때다. 잠 때문에 맥이 끊긴 전후를 파악해 제대로 연결하기까지 내 머리는 버퍼링이 지속되고, 시간이 갈수록 그 혼란도 길어지고 있다.

지금도 나는 그 요상한 꿈을 꾸기 전까지 내가 무얼 하고 있었는지를 알지 못해 어리둥절하다. 텅 빈 사무실엔 나밖에 없고, 시계는 7시가 넘었다. 그나마 절전 모드로 전환되어 있던 모니터 덕분에 이번에는 단서를 쉽게 찾았다.

'보라에게'

그래, 나는 좀 전까지 보라에게 유서를 쓰던 중이었다! 다른 때보다는 더 빨리 정신을 차렸다는 기쁨도 잠시, 유서를 쓰다 말고 졸았다는 자각이, 그것도 아직 내용은 한 줄도 못 썼다는 사실이 나를 더 우울하게 한다.

이 정도면 정말 중증이다.

날 처음 봤을 때, 우울증은 흔한 질환이고, 우리나라에서 공식적인 환자 수만 해도 70만 명이 넘는다고, 그러니 두려워하거나 다른 이들을 너무 의식할 것 없다고 말했던 의사도 인정한 사실이다.

치료를 받으면 받을수록 내 우울증은 더 깊어졌고, 이제는 우울증 검사 지표로 사용하는 질문들로 내 우울증의 깊이를 잴 수가 없을 정도다.

우울감을 적어도 2주 이상 매일 느끼고 있습니까? 그래. 그것도 2주가 아니라 50주가 넘었다.

일에 대한 흥미나 즐거움이 없습니까? 응. 눈곱만큼도.

늘 피로하거나 활력, 기력이 없습니까? 예스. 에브리데이!

생각하고 집중하는 데 어렵습니까? 보다시피.

자존감이 낮아지고 자신에 대한 무가치함 또는 죄책감을 느낍니까? 물론. 그것도 엄청 많이.

죽음과 자살에 대해 반복적으로 생각하고 자살 계획을 세웁니까? 맞다. 그래서 지금 이렇게 유서를 쓰는 중이다. 그리고 난 월요일에 죽을 계획이다. 보라를 위해서.

3

대부분의 직장인들도 월요일을 힘들어하지만 보라는 그 정도가 훨씬 심각하다. (주말에 그렇게 놀아대니 어찌 보면 당연한 것이다.) 6시에 맞춰진 알람을 듣지 못해 늘 내가 먼저 일어나 깨워줘도 월요일마다 지각을 한다.

결혼과 함께 우리들의 공식 아침으로 정해진 영양주스를 만들어 먹는 데는 10분도 걸리지 않지만 월요일만 되면 보라의 손은 느리고, 목구멍은 좁아진다. 한 컵의 주스를 수십 모금으로 나눠 겨우겨우 삼키는 보라를 보고 있으면 치과에서 사용하는 개구기開口期라도 끼우고 남은 주스를 들이붓고 싶은 충동이 생긴다. 어렵게 어렵게 아침을 먹은 후에도 보라의 미적거림은 끝나지 않는다. 눈에 띄지도 않는 옷의 얼룩을 기어코 찾아내 갈아입고, 그동안 버리지 않았던 음식물 쓰레기를 갑자기 버려야 한다며 수선을 피운다.

보라가 그렇게까지 출근 시간을 지연시키려고 하는 건 보라가 근무하는 환경이 월요일마다 극한 상황으로 치닫기 때문이다. 월급 약사인 보라는 옆 동네 상가에 있는 약국에서 일하는데, 그 약국과 같은 건물 3층과 4층에는 그 동네 엄마들 사이에서 실력 있다고 소문이 자자한 소아과와 이비인후과가 있어 늘 개미굴을 향해 가는 개미들처럼 유모차 부대들이 약국 앞에 줄을 잇는다.

문제는 그 줄의 양과 길이가 월요일마다 세 배로 늘어난다는 것이다. 주말에 나들이를 했다 감기에 걸린 아이들과 주중부터 컨디션이 안 좋았는데도 주말에 푹 좀 쉬고 나면 괜찮겠지 하는 생각으로 참았다가 된고생을 하게 된 어른들이 월요일이 되기만을 기다렸다가 병원으로 돌진하는 바람에 이른 아침부터 5층짜리 직사각형 건물은 다이아몬드 형으로 팽창해 폭발 직전에 이른다. 그보다 더 심각한 건, 3층 소아과와 4층 이비인후과 두 개의 층으로 나뉘어 들어갔던 인파가 나올 때는 모두 1층에 있는 작은 약국을 통과한다는 것이다. 게다가 약국은 그들이 먼저 거쳐 온 소아과나 이비인후과의 4분의 1도 안 되는 공간이라 기침을 콜록거리고 콧물을 줄줄 흘리는 어린아이와 어른들이 출퇴근 시간의 만원 지하철에라도 탄 것처럼 빼곡하게 서로의 몸을 맞대고 아우성을 친다. 그들이 한 장씩 들고 온 처방전을 약으로 바꿔 1초라도 빨리 내보내야 하는 건 월요일마다 보라에게 주어지는 미션이고, 그 때문에 보라는 방광이 터지려고 해도 화장실에 갈 수가 없다.

하지만 다음 주 월요일은 다를 것이다. 내가 19층 베란다에서 떨어지는 시각은 9시 44분이니, 늦어도 10시 무렵에는 보라에게 연락이 갈 것이고, 보라는 9시 5분부터 시작된 처방전 릴레이 지옥에서 탈출하게 될 것이다.

보라를 위해서 자살을 하는 것은 아니지만 내가 월요일에 자살을 하는 데에는 이처럼 내 아내, 보라에 대한 극진한 사랑이 두툼하게 깔려 있다. 사실 나처럼 시종일관 사랑을 하는 남자도 드물다. 초반에는 목숨도 뭐도 다 바칠 수 있을 듯이 사랑을 해도 결혼을 하고, 시간이 지나면 시큰둥해지거나, 한눈을 팔 거나, 그저 같은 집에 사는 동거인처럼 여기기 십상인데, 나는 처음과 똑같은 마음으로, 아니 처음보다 더 진한 마음으로 보라를 사랑하고, 자살을 앞두고 있는 이 순간에도 유종의 미를 거두기 위해 이렇게 심혈을 기울이고 있다.

그런데 왜 하필 9시 44분인가, 그렇게 보라를 위한다면 보라가 힘들게 약국까지 출근하기 전에, 아니 월요일에 대한 무거운 마음으로 억지로 억지로 기상하기 전에, 끝내는 게 좋지 않느냐고 딴죽을 거는 사람들도 있을 것이다(특히 내 동생 상태 같은 사람들). 나 역시 그 생각을 안 해본 건 아니지만 보라가 몹시, 극도로 싫어하는 것 중 또 하나는 남에게 민폐를 끼치는 것이다. 그래서 난 죽고 나서라도 보라에게 점수를 잃고 싶지 않아 야간 시간은 제외했다. 한밤중 구급차와 경찰차가 와 단잠에 빠진 사람들(그 사이엔 물론 보라도 있다)을 깨우면 안 되니까 말이다.

월요일 아침 출근길이나 등굣길에서 바닥에 부딪쳐 피범벅된 시체와 대면하는 불쾌감을 주지 않기 위해 아침 시간도 제외, 다른 사람이라면 미처 생각지 못했을 어린이집이나 유치원에 등원하는 유아들까지 신경 써(그들을 태우러 오는 차는 대부분 9시와 9시 반 사이에 온다), 9시 44분이라는 최종 시각을 도출해냈다. 34분이나 42분이 아니고 44분을 콕 지정한 건 내 나이가 마흔네 살이기 때문이다.

좀 유치하고 감상적인 연결이라는 건 나도 안다. 내가 원래 그런 사람이다. 그래서 냉정하고 논리적인 사람들은 나를 별로 좋아하지 않는다. 그렇다고 따뜻하고 감성적인 사람들이 나를 좋아하는 것도 아니다. 사람들은 누군가를 좋아하는 것보다 미워하는 걸 더 좋아하고, 칭찬보다는 비난하기를 즐긴다. 그래서 난 인간들이 별로고, 그들도 내가 별로이니 서로 쌤쌤이다.

그들은 내 자살을 두고도 분명 비아냥거릴 것이다. '아니 남에게 피해를 주지 않고 죽는다는 철칙에 충실하려면 애초에 투신자살이 아니라 다른 자살 방법을 찾았어야지' 하고 잘난 척을 하겠지. 그런데 그들이 모르는 게 있다.

자살을 시도하는 사람들이라고 100퍼센트 모두 진짜 죽기를 원하는 건 아니라는 것이다. 수면제를 먹지만 혹시 죽기 전에 누군가 발견해 병원에 데려갈지도 모른다는 가능성을 한 번쯤은 생각하고, 목에 줄을 매달면서도 숨이 넘어가기 전에 줄이 끊어지면 신의 계시라 여기고 다시 한 번 잘 살아보겠다는 기도도 하지만 나처럼 건물에서 투신하는 사람들은 그런 여지조차 두지 않는다. 그러니까 삶에 미련이 1퍼센트도 없는 사람들만 나 같은 자살 방법을 선택한다고! (이건 포물선에 대한 자부심을 잃고 나서 내가 새로 가지게 된 유일한 자부심이다.)

그렇기에 내가 자살 계획을 세우면서 가장 많은 시간을 소비한 건 어디서 투신하느냐, 장소를 정하는 문제였다. 나만 알고 있는 얘기지만, 사실 그 장소를 놓고 아이돌 오디션 프로그램만큼이나 치열한 경합 과정이 벌어졌었다. 세상은 넓고 뛰어내릴 곳은 또 얼마나 많은가. 특히 우리나라처럼 고층 건물과 아파트가 빽빽한 나라에서는 후보지가 너무 많아 골치 아플 정도도. 그런데 그렇게 많고 많은 곳 중에서 우리 집 베란다가 최종 장소로 선택된 건 우주의 섭리, 혹은 운명이라는 단어를 끌어올 수밖에 없다.

지난봄까지 우리는 1층 아파트에서 살았었다. 전세 계약이 만료되었지만 웬만하면 연장해서 계속 살 생각이었는데 집주인이 갑자기 전세금을 5천 만 원이나 올려달라고 했다. 우리는 할 수 없이 우리가 가진 전세금으로 이사할 수 있는 곳을 찾아야 했고 그 과정에서 이 집도 보러 오게 되었다. 보라는 처음에 이 집을 마음에 들어 하지 않았다.

결혼을 하고 우리가 네 번씩이나 옮겨 다닌 집들은 대부분 저층이라 19층이나 되는 고층의 전망과 느낌이 낯설고 불편하다고 했다. 나도 보라와 비슷한 느낌이었지만 부동산 중개인이 이 아파트 단지는 지상에 주차장이 없다고 말했을 때 마음이 바뀌었다. 그때는 자살을 생각하고 있지도 않았는데 불현듯 어디서 떨어져도 주차된 차 위로 떨어질 일은 없겠다는 생각이 바람처럼 스치고 지나갔다. 아마도 자살이라는 내 미래를 무의식적으로 예감하고 있었던 모양이다.

어쨌든 나는 마뜩치 않아 하는 보라를 설득했고 결국 이곳으로 이사를 왔다. 그리고 종종 19층 베란다에 서서 여기서 떨어지면 어떻게 될까 중얼거렸고, 보라가 동호회 사람들을 만나러 나가고 나 홀로 빈둥거리던 주말 어느 날인가는 직접 1층으로 내려가 내가 떨어질 예상 낙하지점을 찾아보기도 했었다. 하지만 그곳에서 하늘 높이 가지를 뻗치고 있는 회화나무를 발견한 이후에는 더 이상 그런 생각을 하지 않았다.

사람이든 동물이든 식물이든 무생물이든, 나는 나보다 센 상대를 만나면 맞서 싸우는 대신 피해 가는 스타일이다. 불의를 만나면 가만히 있지 못하고, 얻어터질 줄 알면서도 끝까지 덤비고, 그랬으면 지금 이 나이까지 살아 있지도 못했을 것이다. 세상이 얼마나 살벌한데. 게다가 사고는 또 얼마나 자주 일어나고!

마흔이 넘도록 살아남았다는 건, 그만큼 내가 몸을 사리고 살아왔다는 반증이다. 사실 나는 후미진 뒷골목은 아예 갈 생각 안 했고, 눈 마주쳤다고 누가 시비라도 걸세라 땅만 쳐다보고 다녔다. 산과 바다를 멀리하고, 패러글라이딩이나 동굴 관광 같은 건 질색, 놀이공원의 바이킹조차 자의로는 절대 타지 않았다.

그렇게 아낀 몸으로 자살을 한다는 게 참 아이러니하지만 내 의지로 죽는 것과 죽임을 당하는 것은 다른 문제고, 이제 살날이 며칠 안 남았다고 해서 방심할 수는 없다. (원래 역전골은 경기 종료 직전에 잘 터지지 않나.) 회화나무를 무시하고 몸을 날렸다가 회화나무의 가지에 걸려 죽지는 못하고, 하반신 마비나, 식물인간이 되면 최악의 상황이다.

그래서 나는 친숙하고 의미 있는 우리 집 베란다 대신 다른 투신 장소들을 물색했고, 우리 외식사업부에서 새롭게 론칭한 브랜드 매장의 강남지점 오픈 테라스와 회사 옥상이 최종 결승전 후보로 압축됐다.

가족들의 외식 장소로 이용될 매장에서 투신을 하면 회사에 누가 되고, 브랜드의 성공에 악영향을 줄 수 있다는 게 첫 번째 후보의 약점이었지만 그래서 마음이 끌리기도 했다. (내심 회사에 쌓인 게 많은 모양이다.) 그래도 내 자살이 남들에게 민폐를 끼치지 않아야 한다는 대원칙에 충실하기 위해 회사 옥상으로 마음을 정하고, 옥상으로 나가는 출입문의 개폐 상태를 시시각각으로 점검하던 어느 날 아침, 나는 문제의 그 회화나무가 사라졌음을 알게 되었다.

관리사무소에서는 낙엽 때문에 하수구가 막혀서 할 수 없이 회화나무를 제거했노라 했지만, 이건 그런 하찮은 이유 때문이 아니고, 눈에 보이지 않는 무언가 거대한 힘이 뒤에서 조종을 하는 것이라는 직감에 몸이 떨렸다. 그동안 아무 상관없다고 생각했던 일들이 톱니바퀴처럼 맞물리며 가래떡을 밀어내는 방앗간의 기계처럼 하나의 결론을 뽑아내고 있었다.

전 주인이 갑자기 전세금을 5천만 원이나 올린 것도, 우리가 19층 아파트로 이사를 온 것도, 내 투신을 가로막고 있던 회화나무가 제거된 것도 모두 나의 마지막을 위한 서론이고 본론이었던 것이다. 그리고 결론은 바로 내가 19층 우리 집 베란다에서 투신하는 것이고, 그것이 나의 운명인 것이다.

내 정신과 의사는 이런 식으로 감정적인 추론을 하는 게 우울증 환자들의 특징 중 하나라고 하면서 비합리적이고 어리석은 생각이라고 비하했지만 나는 인정하지 않는다. 우울증에 걸리고 나서야 나는 우울증에 걸린 사람들만이 이 세상의 실체와 삶의 진실을 꿰뚫어 본다는 걸 알게 되었다.

세상은 아름답고, 사람들은 행복하기 위해 살아간다는 이야기는 인류를 지속시키기 위해 인간들이 만들어낸 환상일 뿐이다. 인생의 실체는 그저 다른 생물들처럼 태어났다 죽는 것이고, 새우깡 속의 새우처럼 인생에서 행복한 순간은 다 합쳐봐야 7퍼센트고 나머지 93퍼센트는 불행으로 채워진다. 그걸 감추기 위해 온갖 인공 조미료를 가미해 행복한 인생이란 말을 만들어내지만 우리 우울증 환자들은 그런 눈속임에 넘어가지 않는다. 아니, 그런 냉철함 때문에 우울증에 걸리게 됐는지도 모른다.

내가 지금까지 진짜 행복이라고 믿던 것이 포장된 껍데기, 질소로 채운 가짜 부피에 불과하다는 걸 알게 됐는데 우울해지는 건 당연한 거 아닌가? 그런데도 기뻐하면 그거야말로 미친 거고 정신적인 문제가 있는 거지. 그러니까 우울증 환자로 불리는 우리는 사실 선각자인 것이다.

그 깨달음의 순간은 부지불식간에, 그 어떤 예고도 없이 찾아온다. 나 같은 경우는 신사업 브랜드 론칭을 코앞에 두고 어디에 입점하는 것이 가장 홍보 효과가 좋을까를 고민하며 놀이공원의 레스토랑들을 살피던 중이었다. 그때 곰돌이 탈을 벗고 땀을 닦고 있는 알바생이 보였다. 나와 함께 있던 박 차장은 "이 더운 날 고생이다." 하고 고개를 돌렸지만, 나는 그럴 수가 없었다. 나 역시 저 알바생과 똑같다는 통찰이 내 머리를 후려쳤기 때문이다.

놀이공원을 찾아온 사람들의 판타지를 위해 곰돌이가 필요하듯, 인간들이 만들어놓은 세상은 의미 있고 중요한 일들로 하루하루가 채워진다는 판타지를 위해 매일 아침 대기업 사원으로 넥타이를 매고 출근을 하는 나의 역할이 요구되었고, 나는 아무 생각 없이 그 요구에 맞춰 살아왔던 것이다. 초밥 뷔페를 유행시키고, 그것이 시들해지면 한식 뷔페를 만들고, 그다음에는 이탈리아 가정식, 아시안 푸드, 그다음에는 또 뭘 해야 할까 매일 밤 머리를 쥐어뜯으며 고민하고 또 고민했던 내가 우스웠다. 그깟 게 뭐 그리 대단하다고. 내가 그런 레스토랑들 론칭 안 해도 사람들은 삼시 세끼 잘만 먹고 산다. (어떤 사람들은 야식까지.)

그동안 열심히, 남들보다 성실하게 수행했던 나의 일들이 죄다 무의미하고 시시하게 느껴졌다. 여전히 곰돌이 탈을 뒤집어쓰고 땀을 흘리고 있는, 스스로 그런 줄도 모르는 동료들과 친구들이 불쌍했다. 그래서 선각자의 도리로 내가 먼저 깨달은 바를 그들에게 전수해주려 했는데, 그들의 반응은 한결같았다.

"이 새끼 또 약 먹을 시간 됐네. 의사한테 좀 더 센 걸로 달라고 해, 인마! 어떻게 상태가 점점 안 좋아지냐."

바보 같은 놈들, 인생의 진리를 알려줘도 그걸 알지를 못하니⋯⋯. 인간과 휴머니즘에 대한 비관과 부정이 더 강화되는 계기였다. 물론 70억 인구 중 딱 한 사람, 보라는 그들과 차원이 다르고, 내 말을 받아들일 만한 지성을 겸비하고 있다는 걸 알고 있지만, 보라에게는 내가 깨달은 바를 절대 알려주고 싶지 않다.

사랑하는 이에 대한 보호 본능이랄까. 인생의 진실을 알고
나면 나처럼 우울해질 텐데, 차라리 모르고 사는 게 낫다는
생각 때문이다. 그래. 모르는 게 약이란 말도 있고, 약은 약사
에게란 말도 있으니, 약사인 보라가 약이 필요하면 알아서 지
어 먹겠지.

뭔 말이냐고?

나는 곧 죽을 거지만, 내 사랑 보라도 나처럼 자살을 하기
는 바라지 않는다는 뜻이다. 고통스러운 진실을 나 혼자 품고
가겠다는 거지. (이 고뇌에 찬 숭고한 결정이라니!)

4

자살을 결심한 이후, 나는 자신의 무덤 자리를 마련하는 노
인네들처럼 내가 눕게 될 마지막 장소를 여러 번 찾아갔었다.
평범한 아파트의 화단이지만 회화나무의 뿌리가 파헤쳐질 때
뒤집혀진 황토의 속살 때문에 그곳은 누가 일부러 표시를 해
놓은 것처럼 눈에 띈다. 나는 그곳이 몹시 마음에 들어 아무
도 없는 밤을 틈타 그 자리에 미리 누워보기도 했다.

회식을 하고 온 후라, 술기운 때문이었는지는 모르겠지만
맨바닥에 얼굴을 박고 누웠는데도 우리 집 라텍스 침대에 누

운 것보다 더 편안하고 상쾌했다. 내 코로 직접 들어오는 화단의 흙냄새는 막 볶아 갈아낸 원두커피라는 상투적인 표현을 쓰고 싶을 만큼 깊고 진했다. 그 냄새를 흠뻑 들이마시자 에스프레소를 원샷 했을 때처럼 내장이 짜릿짜릿하고 정신이 맑아졌다.

나는 몸을 돌려 하늘을 바라보았다. 검은 하늘을 배경으로 높게 솟구쳐 있는 아파트의 윤곽이 마음에 들었다. 황량하고 무개성한 내 삶과 닮았달까, 이생의 영정 사진으로 간직하고 가기에 딱 좋을 것 같았다. 문제는 이 풍경을 눈에 담은 채 끝내려면 베란다 난간에 뒤로 올라서든가, 아니면 다이빙 선수들처럼 공중에서 반 바퀴 회전을 해야 하는 난제가 있다는 것이다.

마지막인데 그 정도 노력은 할 수 있는 것 아닌가 하는 생각과, 죽는 순간까지 열심히 최선을 다해 인생을 살아야 한다는 환상에 부역해 또 곰돌이 탈을 쓸 것이냐는 자괴감 사이에서 방황하다가 나는 보라에게 도움을 요청했다.

"보라야. 너는 내 앞모습이 마음에 들어, 뒷모습이 더 마음에 들어?"

"한번 돌아봐."

보라의 시선이 내 뒷모습을 샅샅이 훑는 게 느껴졌을 때, 나는 엉덩이가 화끈거렸다. 내가 잃어버린 포물선은 오줌발만이 아니기 때문이다. 보라가 좋아하던 내 엉덩이의 풍만한 포물선도 많이 쇄락했다.

"다시 돌아봐."

이번에는 보라의 시선이 내 급소에 가장 오랫동안 머무는 것 같아 입이 말랐다. 한때는 무발기 상태에서도, 아무리 팬티와 바지로 감싸고 위장해도 완만한 포물선으로 존재감을 과시하던 곳이었는데, 지금은 지렁이가 살고 있는 땅처럼 평평하다.

한참 동안 보라가 고심하다 입을 열었다.

"다시 돌아봐."

"다시 앞모습."

그렇게 몇 번을 돌고 돌았는지 모른다. 그런데 날 그렇게 개고생시킨 후, 보라가 내린 결론은 엉뚱했다.

"둘 다 별로야. 관리 좀 해. 완전 아저씨가 다 됐네."

그래 너 잘났다.

하마터면 마음속으로 생각한 그 말을 입 밖에 낼 뻔했다. 정신과 의사한테 그 이야기를 해줬으면 아마 엄청나게 좋아했을 것이다.

"근태 씨는 아내를 엄청 사랑한다는 말로 자신 안에 있는 다른 감정들을 억압하고 있어요."

"그게 무슨 소리예요?"

"사랑하면서도 미워하고, 원래 감정이란 게 복합적이거든요. 그게 자연스러운 거고, 그런데 근태 씨는 스스로 그걸 용납 못 하니 문제가 생기는 거죠."

"내가 보라를 미워한다는 말이에요? 말도 안 되는 소리예요. 내가 어떻게 반짝반짝 빛나고, 통통 튀고, 열정과 활기로 터질 듯한 매력을 가지고 있는 데다가 마음까지 태평양처럼 넓은, 게다가 얼굴도 이쁘고 냄새까지 좋은, 보라를 미워할 수가 있냐구요? 나는 오로지 보라를 사랑만 해요!"

"그럼 왜 그렇게 완벽한 아내가 다른 남자랑 바람피우는 꿈을 꿀까요?"

"그거야 내가 보라를 만족시켜준 지 오래됐으니까⋯⋯."

그 생각을 하자 또 눈물이 흘러나왔다. 보라야 미안하다.

"그런데 왜 늘 아내의 상대는 같은 남자일까요?"

"그걸 어떻게 아셨어요? 난 같은 남자라고 한 적이 없는데?"

"매번 묘사하는 게 똑같잖아요. 어깨가 떡 벌어지고, 종아리는 터질 듯 단단하고, 온몸이 근육으로 포위되어 있는 데다 원시림 같은 털을 가진 남자. 그런 남자가 우리나라에 그렇게 많은 것도 아니고. 이제 그만 솔직히 털어놓으시죠. 근태 씨의 꿈속에 등장하는 그 남자가 누구죠?"

"그게 저도 몰라요. 앞모습을 본 적은 없어서."

아니, 거짓말이다. 난 뒷모습만 보고도 그가 누군지 늘 정확히 알고 있었다. 하지만 꿈속에서마저 나는 그의 앞모습을 차마 보지는 못했고, 늘 그의 얼굴을 보기 직전 깨어났다.

"근태 씨. 스스로를 속이지 말고 직시하세요. 근태 씨는 그가 누군지 알고 있잖아요."

"……장성수. 보라의 배드민턴 파트너예요. 그리고 두 사람
은 환상의 복식조죠."

'보라에게.

지금까지 나와 살아줘서 고맙고, 미안해.'

이건 지난주 금요일에 썼던 내 유서다. 사실 원래 내 자살
계획은 지난 월요일 9시 44분에 죽는 것이었기에 그 전주 금
요일에 이런 유서를 썼던 것이다. 그런데 피치 못할 사정 때
문에 내 자살 계획은 일주일 연기되었다.

그 피치 못할 사정이 뭐냐고? 그것도 장성수와 연관이 있다.

지난주 금요일 이 자리에서 유서를 쓸 때까지는 그런 돌발
변수가 생기리라고 짐작도 못 했는데, 그 다음다음 날 있었던
시장배 배드민턴 대회에서 보라가 A조 혼복(혼합복식) 우승
을 하고 말았다. 그게 어떤 의미인 줄 모르는 사람들을 위해
부연 설명을 하자면, 보라가 배드민턴을 시작한 지 8년이 됐
고, 신참 대회부터 시작해 D조 C조를 거쳐 B조로 승급하기
까지 6년이 걸렸는데 내로라하는 선수들만 모인 A조 대회에
서 1등을 했다는 것이다.

나는 배드민턴 클럽에 가입하지는 않았지만 보라를 응원
하기 위해 보라가 참여하는 시합마다 따라다닌 덕에 보라가
이룬 성취가 얼마나 대단한지를 잘 알고 있다. 물론 그 우승

라켓을 보라가 쥘 수 있게 된 데에는 보라의 파트너인 장성수의 공도 꽤 컸다.

3년 전부터 호흡을 맞춰온 두 사람은 매 시합 때마다 연전연승을 하며 환상의 복식조라는 별명을 얻었고, 정말 두 사람의 경기를 보고 있으면 서로의 몸놀림을 읽고 반응하는 두 사람의 움직임에 감탄을 하게 된다.

특히 일요일 날 했었던 결승전 경기는 전설적인 이용대 이효정의 올림픽 경기 못지않았다. 아니 비주얼적으로는 더 대단했다. 커플 티를 맞춰 입은 두 사람의 등장부터가 사람들의 시선을 압도했으니까.

몇 년간 대회를 지켜보다 보니 나는 유니폼만 봐도 그들이 어느 조에 속해 있는지를 가늠할 수 있다. 노란색, 핑크색이 섞인 화려한 유니폼을 입었다면 그들은 백발백중 신참조나 D조 소속이고 B조 이상으로 올라가면 여자 선수들도 스커트형 하의 대신 반바지를 착용하고 대부분 검은색이나 무채색 계열의 유니폼을 입는다. 그래야만 A조의 아우라를 풍긴다고 믿는 것 같다. 그런데 보라와 장성수는 그런 관습을 타파하겠다는 듯, 사람들의 상식을 전복시켜버리겠다는 듯 화사한 보라색으로 유니폼을 맞춰 입었고, 머리카락과 운동화까지 같은 색으로 통일해 이목을 끌었다.

내 사랑 보라가 보라색인 건 상관없지만, 파트너인 장성수가 내 사랑 보라와 같은 색인 게, 마치 보라와 한 덩어리처럼 보이는 게 찜찜했다. 그리고 보라의 남편이지만 나는 보라와 커플 티 하나 맞춰 입어본 적 없다는 사실이 가시처럼 내 마음을 찔러댔다. 보라를 만나고 지금까지 커플 티나, 커플 가방, 커플 핸드폰 액세서리 같은 걸 몇 번 제안했었지만, 그럴 때마다 보라는 싫다고 고개를 저었다. 심지어 결혼반지까지도 똑같은 디자인은 싫다며 거부했던 보라가 장성수와는 같은 색으로 옷을 깔맞춤하고, 머리까지 커플 염색을 한 것에 당혹스러웠다.

하지만 환호성을 지르는 응원단들과 함께 나도 보라색 커플을 향해 열렬히 박수를 치고 휘파람을 불었다. 스포츠는 스포츠니까. 서로 적대시하고 전쟁을 하던 나라끼리도 스포츠를 할 때는 악수를 하지 않는가.

그리고 어차피 다음 날이면 죽을 건데, 이렇게 사소한 일에 시시콜콜 신경을 쓸 필요가 없다는 생각이 들었기 때문이다. 생의 마지막 기억으로 보라의 열정적인 경기 모습을 담을 수 있는 것에 감사하기로 했다.

경기가 시작되자마자 네트 앞 전위를 장악한 보라가 자신의 주특기를 발휘해 점수를 선취했다. 보라는 상대방의 허리 아래로 셔틀콕을 꽂는 푸시의 여왕이다. 상대편 여자 선수는 보라가 순식간에 꽂아 넣는 푸시에 번번이 당했고, 상대편 남자 선수의 스매싱은 강력했지만 기골이 장대한 장성수의 스매싱에는 못 미쳤다.

장성수가 스매싱을 하기 위해 점프를 하고, 발끝에서 밀어 올린 힘을 손목까지 끌어올려 라켓을 휘두르는 순간마다 라켓과 셔틀콕이 밀착하며 만들어내는 '쫙' 소리와 반 박자 차이로, 사람들의 입에서 '아' 하는 탄성과 신음이 터져 나왔다. 쫙 아, 쫙 아, 쫙 아—

단단한 근육에서 뿜어내는 그 힘과 에너지의 섹시함이라니! 남자인 내가 봐도 멋진데 여자들은 오죽했을까. 실제로 여자 관중들의 눈동자는 처음부터 장성수의 몸에 고정돼서 떨어질 줄 몰랐다. 한 포인트를 올릴 때마다 장성수가 내 아내 보라와 하이파이브를 하면 부러움과 질투 가득한 눈길로 아주 잠깐 동안 보라를 쏘아볼 때만 빼고.

내 아내 보라의 인기도 만만치 않았다. 나는 보라가 그렇게 유연한지 미처 몰랐다. 수비의 빈틈을 노리고 날아온 셔틀콕을 받기 위해 보라가 다리를 쫙 펼쳤을 때 두 다리 사이의 간격은 거의 180도에 육박했고, 바닥에 거의 닿을 듯한 셔틀콕을 살리기 위해 림보를 하듯 보라가 허리를 뒤로 완전히 접었을 때는 남자들이 가만히 앉아 있질 못하고 벌떡벌떡 일어섰다.

"아 씨발, 죽인다 죽여."

"저 여자 진짜 대박. 대대대대대박."

어휘력의 한계 때문에 감탄도 짧은 욕설로밖에 하지 못하는 그 짐승들 사이에서 그들을 미치게 만드는 보라가 바로 내 아내라는 자랑스러움에 나도 가만히 앉아 있기가 힘들었다. 보라가 승점을 따고 포효를 할 때마다 당장 달려 나가 보라를 꼭 안아주고 싶었지만 정작 그렇게 한 사람은 내가 아니라 장성수였다.

보라의 어깨를 감싸 안는 장성수의 스킨십은 너무나 자연스러웠고, 보라를 바라보는 눈빛은 내 눈빛보다 더 윤기가 흘렀다. 관중석 어디선가 "둘이 부부지?" 하는 이야기가 흘러나올 정도였다. 나는 그들의 오해를 바로잡아주고 싶었지만 경기가 계속돼 그럴 틈이 없었다.

보라의 서브 미스 때문에 순식간에 경기가 역전됐고 상대방 남녀는 위축된 보라를 계속 공격해 연달아 점수를 올렸다. 후위에 있던 장성수가 보라의 앞쪽으로 튀어나온 건 그 순간이었다. 장성수가 상대의 공격을 클리어(코트 깊숙이 쳐내는 기술) 하는 동안 보라는 장성수가 비운 후위로 이동해 수비 자세를 취했고, 곧 보라의 옆으로 다가온 장성수와 함께 상대의 공격을 대비했다. 나는 그 찰나의 순간, 주고받던 두 사람의 눈빛을 기억한다. '내가 있으니 걱정할 거 없어.' '당연하죠. 난 오빠를 믿어요.'

두 사람은 진짜 한 팀이었고, 진정한 파트너였다. 말하지 않아도 두 사람 사이에 흐르는 교감은 관중석에 있는 나한테까지 전해질 만큼 강렬했다. 질투가 아니라 보라가 애초에 장성수 같은 남자를 남편으로 만났어야 했다는 안타까움이 밀려들었다. 그랬으면 나도 월요일에 자살을 하는 일은 없었겠지. 아니 화요일, 수요일, 그 어떤 요일에도 죽을 생각을 하지는 않았을 것이다. 그렇다고 내가 보라랑 결혼을 해서 자살하게 됐고 그래서 보라를 원망한다는 뜻은 아니다. 그저 여러 가지 코스 중에—레스토랑의 메뉴판에 있는 A, B 코스랑 같은 것이다—내가 보라와 결혼하는 코스를 선택했고, 그 끝에 자살이라는 결론이 있다는 얘기지.

내가 그 생각을 하는 동안에도 상대의 공격을 기다리고 있는 보라와 장성수의 표정은 비장했고, 상대방이 점프를 하자마자 장성수는 포물선을 그리며 날아오는 셔틀콕의 예상 낙하지점을 향해 몸을 날렸다. 장성수는 바닥에 엎어졌지만 그가 들고 있는 라켓은 정확하게 땅에 떨어지기 직전의 셔틀콕을 다시 공중으로 튕겨냈다. 그리고 상대편 여자 선수가 다시 잽싸게 장성수 쪽으로 쳐낸 셔틀콕을 보라가 정교한 헤어핀(상대 네트 앞에 바로 떨어뜨리는 기술)으로 끊어냈다.

위기 상황에서 더 빛나는 두 사람의 호흡이 역전에 역전을 반복하는 드라마를 끝내고 승리를 만들어냈을 때, 두 사람은 서로를 끌어안은 채 바닥을 뒹굴었다. 한 바퀴 두 바퀴가 아니고 무려 일곱 바퀴나!

두 사람의 기분을 모르는 바는 아니나, 나는 그래도 성인 남녀가 공공적인 장소에서 저래도 되나 걱정이 됐다. 서로를 끌어안고 바닥을 구르고 있던 두 사람의 몸은 너무 밀착돼 있었고, 한 사람이 다른 사람의 몸 위에 올라가 있는 순간에는 꽤 야하기도 했기 때문이다. 그런데 체육관에 모여 있던 관중들은 아무도 두 사람을 제지하지 않았고, 오히려 박수와 환호성으로 두 사람의 뒹굴기 세리머니를 부추겼다.

나는 나중에서야 그 이유를 알았다. 그곳에 있던 사람들은 대부분 두 사람이 부부인 줄 알고 있었던 것이다. 다른 클럽 사람들이야 모르니까 그렇다 쳐도 보라의 클럽 사람들까지 그런 오해를 하고 있다는 게 이상했다.

5

두 사람의 우승 축하 회식 자리에서도 마찬가지였다. 시합 때마다 얼굴을 비춰 내가 보라의 남편인 줄 알 만한데도 보라의 클럽 사람들은 나를 모르는 척했다. 아니, 노골적으로 불편함을 드러내는 사람들도 있었고, 그중 가장 호의적인 사람들조차 동정의 눈빛을 보냈다.

아까도 말했듯이 다음 날 죽을 계획이라 나는 그런 일에 일일이 신경 쓸 계제가 아니었는데, 갑자기 장성수의 아내를 한 번도 본적이 없다는 생각이 떠올랐다. 그래서 옆에 있는 보라에게 왜 장성수의 아내는 응원을 오지 않았느냐고 묻자 보라는 내가 못 할 말이라도 했다는 듯이 옆구리를 쥐어박았다.

"성수 오빠 혼자 살아."

그게 무슨 대단한 비밀이라고, 그렇게 은밀히 속삭이는지. 아니, 더 이상한 건 장성수와 파트너로 시합에 나간 지 3년이 넘었는데 지금까지 보라는 그 이야기를 나한테 한 번도 말한 적이 없다는 것이다.

내가 우울증에 걸리지 않았다면 심히 불쾌했을 것이다. 하지만 다행히도 나는 기쁨도, 슬픔도, 분노도 느껴지지 않는 무감정의 바다에 있어 평안했다. 거짓말 하나도 안 보태고 부처의 경지에 오른 스님의 마음 같았달까. 그 상태에 있으면 희로애락에 가슴 졸이고, 일희일비하는 중생들이 그저 안쓰러워 보일 뿐이다. (우울증이 깊어지면 저절로 도통하는 모양이다.)

그래서 집으로 돌아오고 나서도 우승 라켓을 만지고 또 만지는 보라를 못 본 척할 수가 없었다. A조 우승을 했다는 감격에 잠도 못 자고 이렇게 행복해하는데, 8년 만에 이룬 성취이자 기쁨인데, 내일 아침 당장 내 자살 소식으로 보라의 기분을 망치는 건, 너무 잔인하다는 생각에, 자비심이 발동해 나는 내 자살 계획을 일주일 연기하기로 했던 것이다.

'보라에게.

지금까지 나와 살아줘서 고맙고 미안해.'

일주일 만에 다시 보니 지난주 금요일에 쓴 유서는 유통기한이 지난 음식처럼 쓰레기통에 넣고 싶어진다.

미안해? 진짜?

정신과 의사의 말대로 감추고 있던 내 속마음을 파헤쳐보니 미안함은 없는 것 같다. 내가 죽고 나면 10억이나 되는 보험금이 보라에게 지급될 것이고, 보라는 나보다 훨씬 좋은 남자(장성수 같은)를 만나 지금보다 더 잘 살 텐데 미안하긴 뭐가 미안해?

보라는 마흔두 살이지만 배드민턴으로 단련돼 30대로밖에 안 보이고, 피부도 팽팽하다. 외모만 젊은 게 아니라, 내면도 마찬가지다. 아직도 매사에 호기심이 많고, 열정적이고, 에너제틱하다. 그런 보라 옆에 장성수의 모습을 합성해보니 기가 막히게 잘 어울린다. 쉰이라고 들은 거 같은데, 장성수도 보라만큼이나 동안이고 탱탱하다. 터질 듯한 그 종아리 하며, 툭 불거진 손목의 힘줄, 퓨마처럼 날렵한 발놀림을 보고 누가 장성수를 50대 남자라고 하겠는가?

그리고 두 사람은 눈빛만 봐도 척척, 환상의 호흡, 환상의 짝꿍 아닌가. 지난번 회식 자리에서 클럽 회원 중 누군가가 했던 농담이 생각난다. 남녀 복식조가 어느 정도 수준에 오르려면 배드민턴만 쳐서는 안 되고, 한 이불 속에서 몸도 맞추고 입도 맞춰야 한다고 했었다.

난 보라와 장성수가 이미 그랬노라고는, 그래서 환상의 복식조가 된 거라고는 생각하지 않는다. 하지만 내가 죽고 나면 그런 일이 얼마든지 벌어질 수 있다고는 예상한다. 이혼을 했는지 사별을 했는지 모르겠지만 장성수도 혼자 사는 남자라니 가능성이 높다. 보라를 바라보던 기름진 그 눈빛까지, 보라의 몸을 꽉 끌어안고 뒹굴던 그 팔다리까지 감안하면 아니, 가능성은 100프로라고 자신 있게 말할 수 있다.

와, 지금도 환상의 복식조인데 그럼 그때는 두 사람 어떻게 되는 거야? 시장배 대회 금메달이 아니라 전국 대회를 싹쓸이하고, 세계 재패, 우주 최강의 복식조가 되는 건가? 보라와 장성수 앞에서 깨갱하는 외계인들을 상상하자 웃음이 난다.

'보라에게.

지금까지 나와 살아줘서 고맙고 미안해. 아니 솔직히 미안하진 않아. 나는 내 자살이 당신한테도 그리 나쁜 일은 아닐 거라고 생각해. 당신은 나의 아내로 살기에는 너무나 과분하고 멋지고, 아름다운 사람이야. 그러니 분명 나보다 훨씬 더 괜찮은 사람을 만나 잘 살 거야.'

지난주에 쓴 유서보다는 진정성이 있지만 상대의 기분을 거스르지 않으려고 너무 애쓴 흔적이 역력해 마음에 안 든다.

'보라에게.

지금까지 나와 살아줘서 고맙고 미안해. 아니 솔직히 미안하진 않아. 나는 내 자살이 당신한테도 그리 나쁜 일은 아닐 거라고 생각해. 당신은 나와 상관없이 잘 살아갈 테니까.'

이 정도가 적당한 거 같다. 담백하고 시크하다. 내가 쓴 대로 아내는 지금까지도 나와 상관없이 잘 살아왔고, 앞으로도 잘 살아갈 것이다. 내가 우울증에 걸리고 발기부전이 일어나도(어쩌면 그 반대 순서일지도 모르지만) 아내는 늘 활기차고 건강했으니까. 무발기, 무기력, 무의욕, 온갖 '무' 자 돌림은 내 몫이고, 반짝반짝, 통통 튀고, 싱글벙글, 흘러넘치는 생의 에너지로 충만한 삶은 아내의 몫이니까. 그렇다고 그게 배 아프고 못마땅하다는 건 아니다. 팩트가 그렇다는 거지.

'지금처럼 행복하게 잘 살아.'

너무 진부하다. 이왕이면 마지막 인사는 좀 더 재미있고 유머러스했으면 좋겠다.

'지금처럼 행복하게 잘 살고, 다음 생에서 만나^^'

하지만 보라는 윤회를 안 믿는다.

'천국에서 기다릴게!'

자살을 하면 천국에 못 간다고 한 거 같은데.

그럼 지옥에서 기다리고 있을게? 이것도 이상하다. 아니 유서를 쓰면서까지 남한테 잘 보이고 싶어 이런 고민을 하고 있는 나 자신이 추접스럽다. 정신과 의사도 이런 면을 고쳐야 한다고 지적했었다.

"남들의 비위를 맞추느라 정작 자기 욕망은 무시하고 억압한 게 근태 씨 우울증의 뿌리예요. 그러니까 이제 하기 싫은 건 싫다고 얘기하고, 하고 싶지 않은 일은 하지 않으면서 살아보세요."

말도 안 되는 소리다. 어떻게 하고 싶은 일만 하면서 살 수가 있나? 게다가 일개 회사원이?

"부장님이시잖아요. 그럼 점심 메뉴 정도는 본인이 원하는 걸 먹을 수 있잖아요. 그렇게 작은 욕망부터 하나하나 시작해보는 거예요."

어느 시절 이야기를 하는지 모르겠다. 요즘 누가 부장이 된장찌개 먹자고 부하들이 된장찌개 먹냐고. 아니, 점심시간에 같이 밥 먹으러도 안 간다. 그리고 그 심정 누구보다 잘 아는 게 나다. 나도 점심시간까지 보기 싫은 얼굴 마주하고 밥 먹고 싶지는 않으니까. 그런데 문제는 내 상사들은 나만큼 역지사지하는 정신이 부족하다는 거다. 그래서 내가 뭘 먹고 싶은지와 상관없이 내 식사 메뉴가 정해진다. 그럴 때면 내키지 않아도 좋아하는 척해야 하고, 먹는 내내 정말 맛있다고 감탄사를 열 번은 내뱉어야 상사가 만족한다.

"모두를 다 만족시켜야 한다는 강박을 버리세요. 뭐든 계획대로, 시간 딱딱 맞춰 완벽하게 해야 한다는 강박도 버리구요."

어떻게 정신과 의사는 딱 우리 부모님과 선생님이 했던 말을 백팔십도 뒤집어 하는지 모르겠다. '대충대충 하지 마라', '항상 완벽하도록 노력해라', '시간 약속 잘 지켜라', '목표를 세울 때는 자기 능력보다 높게 둘수록 좋다. 그래야 사람은 그걸 이루기 위해 최선을 다하게 된다.' 그런 말을 듣고 새기며 40년을 살았는데, 이제 정신과 의사는 그게 다 틀렸으니 갖다 버리란다. 선배들의 이야기와 자기계발서를 보고 내가 모토로 삼았던 말들(일찍 일어나는 새가 벌레를 잡는다, 강한 자가 이기는 게 아니라 이기는 자가 강한 것이다, 네가 허비한 오늘은 어제 죽은 사람이 간절히 바랐던 내일이다 등)도 싹 다 폐기하고, 그만하면 됐다. 오늘도 수고했고, 넌 훌륭하다, 사랑한다고 스스로를 쓰담쓰담, 칭찬해주란다.

상상만으로도 낯간지럽고 징그럽다. 차라리 그냥 우울증을 달고 사는 게 낫지.

"선생님. 그동안 선생님 덕분에 많이 좋아진 거 같아요. 이제는 그렇게 우울하지도 않고, 힘들지 않아요."

"근태 씨의 치료가 힘든 건 우울증에, 스마일 마스크 증후군까지 가지고 있어서예요. 그래서 속으로는 죽을 것 같아도 다른 사람들에게는 웃는 얼굴을 보이죠. 그 스마일 마스크부터 벗어던져야 해요."

청천벽력 같은 소리다. 회사에서 제일 싫어하는 사람은 일을 못하거나, 딴짓을 하는 사람이 아니라 어두워서 분위기를 흐리는 사람이다. 신입 사원으로 입사하기 위해 면접을 볼 때부터 면접관들이 가장 중요하게 생각하는 것도 바로 그 부분이고, 그래서 통과를 했으면 속으로는 아무리 슬프고 우울해도 방긋방긋 웃으며 탬버린을 흔들어야 하는 게 회사원의 숙

명이다.

그런데 스마일 마스크를 벗어던지라고?

"지금 사느냐 죽느냐 하는 상황에 회사가 문제입니까? 우선 근태 씨부터 살고 봐야 할 거 아닙니까?"

맞는 말이다. 그래서 나도 정신과 의사의 말대로 해보려고 했다. 그런데 그게 돼야 말이지. 44년간이나 쓰고 살아 이제는 눈, 코, 잎처럼 내 일부가 된 스마일 마스크를 어떻게 팬티처럼 훌러덩 벗어던질 수 있냐고!

어린 시절 내 알람은 고등어 냄새였다.

새벽 3시, 노량진으로 생선을 팔러 가기 전에 엄마는 나와 동생이 먹을 고등어를 구웠는데, 나는 그 냄새만 맡으면 저절로 잠이 깼다. 날마다 먹는 고등어가 물리고 지겨웠지만, 그래서 내 동생 상태는 먹기를 거부했지만, 나는 고등어를 먹으면 머리가 좋아진다는 말을 철석같이 믿고 매일 새벽 고등어를 굽는 엄마를 실망시킬 수가 없어 맛있다며 먹어치웠다.

그렇게 내가 처음 스마일 마스크를 쓰게 된 건 고등어 때문이었다. 그저 선생님이 시키는 대로 열심히 해 점수를 잘 받아 온 것뿐인데도 엄마는 그게 다 고등어 덕분이라고 믿었다. 그 믿음을 깨부수기 위해 일부러 시험 기간에 고등어를 안 먹은 적도 있었는데, 결과적으로 성적이 떨어지는 바람에 내 의도와 달리 엄마의 신념을 더 강화시키고 말았다.

그 이후로 보라와 결혼을 해 집을 떠날 때까지 나는 고등어 지옥에서 벗어날 수 없었고, 남들이 평생에 걸쳐 먹는 고등어의 수백 배를 먹으며 매일매일 고등어를 저주하고 증오했다. 그 증오심이 너무 강해 고등어가 사는 바다도 싫었고, 고등어의 친구들인 어류까지 먹지 않았다.

신혼 초, 내 편식에 대한 역사를 거론하며 협조를 부탁했을 때 보라는 어이없어 했다.

"그렇게 고등어를 먹기 싫었으면 그냥 안 먹으면 되지 그게 뭐야?"

내 부모의 삶을 몰라서 할 수 있는 말이다.

우리 집에서 고등어는 그냥 고등어가 아니다. 노량진에서 평생 생선을 팔았던 우리 부모에게 고등어는 사랑이고, 희망이었다. 생선 비린내가 난다고 노골적으로 싫은 티를 팍팍 내는 택시 기사를 참으며 매일매일 새벽 출근을 하고, 한겨울 손가락이 쩍쩍 얼어붙는 날씨에 얼음을 만지는 것도, 아들한테 가지고 갈 고등어 한 손이 있었기 때문이다. 내 아들은 그 고등어를 먹고 머리가 좋아져, 자신들과는 다른 멋진 삶을 살 거라고 믿고, 바라는 사람들 앞에서 어떻게 고등어를 싫다고 말하고, 거부할 수 있냐고.

"당신 동생은 그렇게 했잖아?"

"그러니까 더더욱 나까지 그럴 순 없지."

정말 그랬다. 사람은 어디에 소속되든 의자 뺏기 게임을 하기 마련이다. 누군가 먼저 좋고, 편안한 의자를 차지하게 되면 다른 사람은 다른 의자를 차지해야만 하고, 가족 간에도 마찬가지다. (이 룰이 지켜지지 않으면 콩가루 집안이 된다.) 그리고 먼저 태어났다고 좋은 걸 고를 수 있는 것도 아니다. 내 동생 상태가 부모님 말 안 듣고, 자기 멋대로 하는 의자를 잽싸게 깔고 앉았기에, 나는 나머지 의자―부모님을 기쁘게 해주는 효자 역할―에 앉아야 했다. 그래서 동생이 안 먹은 고등어까지 먹어치웠고, 대학도, 직장도 같은 식으로 선택했다. 내가 좋아서가 아니라, 부모님이 원해서, 그들을 행복하게 해주기 위해.

그런 선택 중 유일한 예외가 보라다. 부모님이 좋아할 거 같아서가 아니라, 내가 좋아서, 내 심장과 뇌가 홀딱 반한 딱 한 사람이다. 그래서 보라는 내게 특별한 존재다. 그리고 그 특별한 존재를 내 여자로 만들 수 있었던 건 바로 그 스마일 마스크 덕분이다.

있는 그대로의 나를 보여주었더라면 보라는 절대 나와 결혼하지 않았을 것이다. 나는 보라의 마음을 얻기 위해 진짜 나를 감추어야만 했다.

이것이 제2의 피부가 돼버린 내 스마일 마스크의 역사고 아픔이다. 그것도 모르면서 무조건 왜 스마일 마스크를 못 벗느냐고 답답해하는 정신과 의사가 얄미워 나는 그를 더 열 받게 하려고 끝까지 생글생글 웃어댔다.

"예. 그럼 앞으로 노력해보겠습니다."

"지금도 또. 속으로는 이놈의 병원 내 다시 오나 봐라, 그런 생각을 하면서 겉으로는 딴 말을 하고 있잖아요!"

순간 정신과 의사가 아니라 신 내린 무당인 줄 알았다. 어쩜 그렇게 오차 범위도 없이 정확하게 내 맘을 딱 알아맞추는지.

그의 생각이 정확했다는 걸 알려주려고 그날 이후에는 정신과에 가지 않고, 대신 자살 계획을 세우기 시작했다. 그게 벌써 한 달 전 일이고, 지금 나는 두 번째 유서를 쓰는 중이다.

6

'보라에게.

지금까지 나와 살아줘서 고맙고 미안해. 아니 솔직히 미안하진 않아. 나는 내 자살이 당신한테도 그리 나쁜 일은 아닐 거라고 생각해. 당신은 나와 상관없이 잘 살아갈 테니까.'

다시 한 번 유서를 처음부터 읽어보니, 그래도 정신과 의사가 내게 많은 영향력을 미쳤다는 걸 실감할 수 있다. 그동안 돈과 시간만 버린 건 아닌 모양이다. 난 더 이상 마지막 인사말 따위는 고민하지 말고 유서를 마무리 짓기로 한다.

'지금처럼 행복하게 잘 살아.

안녕. 당신의 남편이.'

마지막으로 다음 주 월요일의 날짜를 입력하려는데 갑자기 모니터의 글씨가 흐릿해지며 제대로 보이지가 않는다. 유서까지 다 쓰고 나니 삶의 미련이 눈물로 솟아나 시야가 흐려진 것이라고 오해하지 말길. 그냥 노안 때문이다. 2년 전부터 다초점 렌즈의 안경을 맞춰 쓰고 있지만 안경이 조금만 흘러내리거나 고개를 조금만 뒤로 돌려도 렌즈의 각도가 어긋나 이런 현상이 발생한다. (이런데 어떻게 안 우울할 수가 있냐고!)

다 쓴 유서를 월요일 9시 44분에 아내에게 날아가도록 예약 메일함에 넣는데 갑자기 발자국 소리가 들려 나는 잽싸게 모니터 화면을 바꾼다.

"일 못하는 놈들이 꼭 늦게까지 남아서 일하는 척 쇼를 하지."

목소리의 주인공은 세상에서 제일 밉게 말하기 대회에 나가면 무조건 1등을 할 게 분명한 오 상무다. 그래도 난 반가운 척 미소를 띠고 대꾸를 한다.

"능력이 안 되면 열심히라도 해야죠."

회사에는 일은 잘하는데 성격이 까칠해 인간관계가 안 좋은 사람들과 일은 못하는데 조직 친화력이 좋아 두루두루 잘 어울리는 두 부류가 있고 나는 두 번째에 속한다는 평가를 받고 있다. 나와 같은 부류에 속한 사람들은 대부분 이런 타인들의 평가에 불만을 표하지만(일을 못한다는 소리만큼 회사원에게 수치스러운 건 없고, 대부분의 사람들은 자신이 가진

능력은 뛰어난데 성격이 까칠해, 혹은 정치를 안 해 그만큼 인정을 못 받고 있다고 스스로를 오해한다) 나는 그렇지 않다. 솔직히 인정한다. 나는 남들보다 창의력, 기억력, 집중력이 떨어진다. (우울증 때문이라고 핑계를 대고 싶지만 우울증 진단을 받기 전부터 그랬다.) 그래도 여기까지 올 수 있었던 건 오로지 다른 사람들이 원하는 것이 무엇인지를 아는 눈치력 덕분이다.

아주 어렸을 때부터 그랬다. 우등생이란 말을 듣게 된 것도, 남들보다 아이큐가 높거나 특별히 더 열심히 공부를 해서 그런 것이 아니라 선생님이 어디서 시험 문제를 낼 것 같은지 감이 왔고, 시험 문제를 보면 선생님이 어떤 것을 답으로 원하는지 딱 느껴졌다. 난 그게 나만 가지고 있는 초능력인 줄 알았는데, 나중에 대학에 들어가서 보니 나와 같은 사람들이 꽤 많았다. 그리고 그들은 엘리트라는 소리를 들으면서 사회생활에서도 승승장구했다.

오 상무도 그중 하난데, 오 상무의 눈치력은 윗사람들을 대할 때만 발동되고, 아랫사람들을 대할 때는 전원이 차단된다는 점에서 특수하다.

"그런데 왜 상무님은 아직까지 퇴근을 안 하시고……."

"주말 동안 나 심심할까 봐 젊은 놈들이 지들이 할 일을 다 나한테 양보하고 가버렸는데 내가 어떻게 퇴근을 해! 그중에서도 권 부장 네가 제일 날 생각해주는 부하지. 너무 무료해

치매 걸릴까 봐 부하 직원들 관리를 그따위로 하고."

"죄송합니다, 상무님. 앞으로 더 신경 쓰겠습니다."

꾸벅 고개까지 숙이며 말을 하는 내가 정말 가증스럽다.

"하여간 말만 번드르르……."

그럼 이 상황에서 내가 어쩌길 바라는데? 정신과 의사의 말대로 스마일 마스크를 벗어던지고 솔직하게 얘기해?

당신도 일은 졸라 못하면서 윗사람들한테 아부를 잘해 그 자리까지 올라갔으면서 왜 만날 부하들 일 못한다고 갈구냐고? 당신 때문에 회사 그만둔 사람들이 몇이나 되는 줄 아느냐고? 그리고 내가 좋아하는 내 친구, 최 부장을 그렇게 만든 것도 당신이라고!

최 부장은 입사했을 때부터 두각을 나타냈던 내 동기다. 근면 성실해 거의 집에 가지를 않고 회사에서 밤을 샌다는 소문이 도는데, 해마다 어떻게 아이가 태어나고 돌잔치를 하는지 우리 회사 최고의 미스터리라고 할 정도였다. 승진도 동기들 중 가장 빨라 마흔이 되자마자 부장이 됐는데, 부장이 된 지 1년도 안 돼 공황장애에 걸려 엘리베이터도 타지 못해 25층의 사무실을 주구장창 계단으로 오르내리다가 결국 쓰러졌다.

그가 쓰러지고 난 후, 그의 책상을 정리하다가 나는 서랍 속에 들어 있는 팬티 한 무더기를 발견했다. 25층까지 걸어 올라오느라 땀에 흠뻑 젖은 팬티를 갈아입기 위해 그는 그렇게 서랍 가득 여분의 팬티를 넣어두고 살았던 것이다.

그중에는 갈아입은 후, 넣어둔 것으로 추정되는 꿉꿉하고 구겨진 팬티도 있었다. 굳이 확인하지 않아도 됐는데, 왜 나는 기어코 그 냄새를 맡았는지……. 짓물러 곰팡이가 핀 귤에서 나는 냄새처럼 시큼털털하고 퀴퀴한 냄새가 진동했다. 그런데 요즘 내 팬티에서도 그것과 비슷한 냄새가 난다.

"왜 그렇게 멍하니 앉아 있어? 안 그래도 적자인 회사 전기세 많이 내 빨리 망하게 하려고 그러는 거야? 일 안 할 거면 집에 가든가!"

이 말을 듣고 바로 가방을 챙겨 일어나면 앞으로 조직 생활은 피곤해진다. 하지만 나는 월요일 9시 44분 이후로는 이 세상에 존재하지 않을 것이기에 미련 없이 컴퓨터를 끄고 책상을 정리한다.

그것이 오 상무의 심기를 또 불편하게 한 모양이다.

"진짜 가는 거야? 일 다 했어?"

"네."

"그럼 월요일 아침에 아시안 푸드 홍보 전략과 마케팅 포인트 보고서 볼 수 있겠네?"

"예? 그런 말씀 없으셨는데요?"

"외식 브랜드 론칭 처음 해봐? 내가 지시 안 하면 일 안 하냐고? 설마 오픈 앞두고 홍보 전략도 구상 안 했다는 말은 아니겠지?"

솔직히 안 했다. 어차피 나는 월요일에 죽을 거니까.

상대가 자기 앞에서 당황하고, 쩔쩔매는 표정을 지어야지 만 만족해하는 오 상무는 보무도 당당하게 돌아간다. 그가 회 사에 다니는 이유는 아마 돈을 벌기 위해서나, 회사에 도움 이 되기 위해서가 아니라, 사디스트적인 만족감을 채우기 위 해서일 것이다. 그런데 더 슬픈 건, 오 상무같이 정신적인 문 제가 있는 사람들이 한둘이 아니라는 것이다. 그래서 어떨 땐 내가 회사에 온 게 아니라 정신병원에 들어온 건가 헷갈리기 도 한다.

갑자기 이 사업 저 사업 정신없이 벌이다가 한순간에 변덕 으로 접어버리는 회장은 심각한 조증 환자고, 아이디어맨으 로 참신한 기획들을 제안하고, 남들이 며칠 걸려 할 일을 하 루 만에 다 해내다 또 며칠 동안은 완전히 방전돼 묻는 말에 도 대답을 잘 안 하는 박 차장은 조울증 환자다. 그래도 다행 인 건, 이제 월요일이면 난 더 이상 이곳에 있지 않게 된다는 것이다.

그 희망이 없었으면 지난 한 달을 어떻게 견뎠을까?

새 브랜드 론칭을 앞두고, 본사 직영점 인테리어 공사를 하 다가 사고가 나지, 그 사고를 수습하느라 피해자와 합의하고, 병원을 쫓아다니느라 정신이 하나도 없는데, 사장은 매장 인 테리어 콘셉트가 별로라고 처음부터 다시 하라고 하지, 오 상 무는 상황을 뻔히 알면서도 오픈 기일 못 맞추면 알아서 하라고 협박을 하지……. 정말 너무 골치가 아프고 괴로워 차를 타고 가다 한강으로 핸들을 몇 번이나 돌리고 싶었는지 모른다. 그리고 그때마다 나를 붙들어준 건 바로 내 자살 계획이었다. 그렇게 심혈을 기울여 시간, 장소, 방법을 선택했는데 이제 와서 그걸 무용지물로 만들 수는 없다는 생각! (정신과 의사는 내가 강박 덩어리고 그 강박이 날 힘들게 하는 거라고 했지만 그 강박이 날 몇 번이나 자살 충동에서 구했다.)

유서를 써서 그런지 이 세상 모든 것에 '마지막'이라는 수식어를 붙이게 된다. 마지막 교통 혼잡, 마지막 끼어들기, 마지막 주차 전쟁. (월요일까지 나는 집 밖에 한 걸음도 안 나갈 계획이다.)

현관문을 열고 보니 배드민턴을 치러 나갔을 거라 여겼던 보라가 집에 있다. 의외의 일이다. 금요일은 보라가 배드민턴 클럽 사람들과 밤늦게까지 막걸리를 마시며 노는 날이고, 보라는 내 생일이 아닌 이상 빠지지 않는다.

"오늘 내 생일이야?"

"뭔 소리야? 당신 생일은 벌써 지났잖아."

보라가 웃으며 하던 일을 계속한다. 보라는 캐리어에 짐을 꾸리는 중이다. 이번 주말에도 여행 스케줄이 있나 보다. 보라는 2주 전에도 대학 동창들과 함께 속초에 다녀왔다. 아, 그 생각을 하니 지난주 보라의 배드민턴 클럽 회식 때 장성수가 어떤 회원이랑 하던 대화가 떠오른다.

"주말에 네가 말했던 속초 횟집 갔었는데 진짜 끝내주더라."

그 말을 통해 보라가 속초를 갔었던 그 주말에 장성수도 속초에 갔었다는 걸 알 수 있었다. 그렇다고 뭐 장성수가 보라와 함께 갔다고 의심하는 건 아니다. 아니, 조금은 의심하는 것도 같다. 그래서 보라가 장성수랑 바람피우는 꿈을 꾸는지도 모르지. 정말 한심하다. 이젠 의처증까지, 난 정말 찌질이다.

"바닷바람이 찰 테니까 두툼한 걸 준비해야겠지?"

보라가 손에 들고 있는 추리닝 바지가 낯익다. 보라가 입기에는 꽤 커 보이는데, 어쩌면 내가 모르는 사이 살이 많이 쪘을지도 모르겠다. 보라의 맨몸을 안은 지 1년이 넘었기에 나는 보라의 신체 사이즈에 자신이 없다.

"당신은 어떤 게 좋아? 이거? 이거?"

보라는 내 취향에 맞게 헤어스타일을 유지하거나, 옷을 고르는 사람이 아니다. 그런데 왜 뜬금없이 내게 이런 질문을 하는 거지?

나는 성의 없이 아무 데나 손가락을 찔렀는데 그게 양손에 바지를 들고 있는 보라의 오른손과 더 가까웠던 모양이다. 보라가 오른손에 들고 있는 오렌지색 추리닝 바지를 내 앞에 더 가까이 들이대며 호들갑을 떤다.

"정말이야? 당신 이 옷 너무 튄다고 안 입으려고 했었잖아."

그 말에 나는 보라가 들고 있는 바지들이 보라의 것이 아니라 내 것이란 걸 인식한다. 내가 모르는 사이 보라의 몸이 저렇게 커진 건 아니라는 걸 알게 되니 조금 안심은 되는데, 왠지 내 눈앞에서 벌어지고 있는 상황들이 좀 불길하다.

"가서 안 입는다고 하기 없기야. 당신이 골랐으니까."

보라는 무슨 음모라도 꾸미는 사람처럼 음흉한 표정을 지으며 오렌지색 추리닝을 캐리어에 넣는다.

왜 보라가 내 옷을 싸는 거지?

근래 보라의 모임에 부부 동반으로 참여한 적은 없었다. 지난주에 있었던 회식 자리야 보라가 시장배 대회에서 A조 우승을 한 특별한 날이라 예외였지만 말이다.

"지금 뭐 하는 거야?"

"참 일찍도 물어본다."

솔직히 나는 끝까지 안 물어보고 싶었다. 자살을 앞두고 있는 사람은 궁금한 것도 없는 법이니까. 그런데 그러기에는 보라의 행동이 너무 부산스럽고 내 이목을 끈다.

"우리 오늘 밤에 바다 보러 갈 거야."

나는 양복을 벗다 말고 황당한 표정으로 보라를 바라본다.

"바다? 지금?"

"그래."

난 아무것도 못 들은 사람처럼 침대 위에 걸쳐놓은 내 잠옷을 집어 든다. 그런데 보라가 잽싸게 그것을 가로챈다.

"바다 갈 거라니까. 다른 거 입어."

갑자기 무슨 바다는……. 난 원래 바다를 좋아하지도 않고, 게다가 곧 죽음을 앞두고 있는 이 시점에 바다를 보러 가고 싶은 마음은 1마이크로그램만큼도, 1나노마이크로그램만큼도 없지만 그놈의 스마일 마스크 때문에 아내를 걱정하고 배려하는 자상한 남편의 말투로 얘기한다.

"당신 이번 주말에도 스케줄 있을 거 아냐. 그럼 주말을 위해서 오늘은 푹 쉬어."

"걱정 마. 주말 스케줄 취소하고 당신이랑 머물 펜션까지 다 예약해놨으니까 당신은 옷만 갈아입으면 돼."

불길함이 재난 선포 수준으로 격상된다. 보라와 결혼하고 8년을 같이 사는 동안 이런 경우는 한 번도 없었다. 보라와 나는 공통점이 별로 없지만 계획 없이 즉흥적으로 무언가를 하는 걸 싫어하고, 있었던 계획을 파토 내는 걸 몹시, 극도로 꺼려한다는 것만큼은 일치했다. 그런데 한밤중, 뜬금없이 여행을 가자니, 그것도 2박 3일씩이나 주말을 통째로 할애해서……. 난 당혹스럽고 황당하고, 얼이 빠져 말도 제대로 할 수가 없다. 오죽하면 정신과 의사의 애걸과 질책에도 꿈쩍 않던 스마일 마스크마저 내 얼굴에서 떨어졌겠는가.

난 처음으로 보라를 향해 얼굴을 찡그린다. 그리고 성난 목소리로 갑자기 일방적으로 여행을 결정한 보라를 비난하고 성토하려고 숨을 깊게 몰아쉰다.

지금까지 난 네가 원하는 대로 다 해주고 다 맞춰줬어. 그런데 마지막 월요일까지 고작 사흘, 그 시간도 내 맘대로 못 쓰고 네가 하자는 대로 해야 돼?

인생 막판에 내 속마음을 처음으로 드러낸다는 것이―그것도 하필 보라에게―마음에 걸리지만 그래도 곧 죽음을 앞두고 있는 나를 위해 나는 용기를 낸다.

"근태 씨, 그 펜션 어디 있는 건지 알아?"

그런데 보라가 나보다 조금 더 빨랐다. 그리고 질문을 하면 답부터 해야 한다는 강박 때문에 보라에게 소리치려던 내용들은 뒤로 밀린다.

"아니."

지금 중요한 건 그 펜션이 어디 있냐가 아니라, 나는 여행을 가고 싶지 않고, 아무것도 하고 싶지 않다고(유서를 쓰고 또 고치느라 진이 다 빠졌다) 말을 하려는데, 보라가 또 치고 들어온다.

"거제도."

순간, 보라와 나 사이에 짧은 침묵이 이어지고 어디선가 비릿한 바닷바람이 몰려온다. 내가 스마일 마스크까지 벗어던지고 보라에게 하려고 했었던 말들은 그 바람에 훨훨 날아가 버리고, 나는 회화나무가 사라진 걸 알았을 때 내 몸을 전율케 했던 운명의 힘에 다시 사로잡힌다.

7

거제도는 보라와 내가 처음 같이 갔었던 여행지다. 그러니까 수미쌍관적인 미학을 추구하는 운명의 여신이 나의 마지막 여행지로 거제도를 정하고 보라를 종용하고 있는 것이다. 그런 게 아니면 즉흥적인 것을 싫어하는 — 게다가 기존의 스케줄까지 취소하고 — 보라가 이럴 수가 없다. 그 깊은 내막을 모른 채 여행을 간다고 들떠 있는 보라가 애처롭다.

"우리 거제도 오랜만이지?"

그래. 결혼하고 처음이니까 8년 만이다.

"그때 당신이랑 거제도에 같이 안 갔으면 우린 아마 결혼 안 했을 거야. 그치?"

그래서 거제도에 갔던 것을 후회한다는 뜻이냐고 시비를 걸고 싶은데, 어느새 떨어졌던 스마일 마스크가 다시 찰싹 내 얼굴에 달라붙어 있다. 그래서 나는 옛 추억에 젖은 남편처럼 아련한 눈빛으로 내 마음속 말과는 다른 대답을 한다.

"아. 고마운 거제도. 아니 거제도님! 감사하고 또 감사합니다."

가증스럽고 가증스러워 죽여버리고 싶다. 이런 나를. 하지만 월요일 아침까지는 참아야 한다.

"당신은 정말 나랑 결혼한 거 한 번도 후회해본 적 없어?"

나는 지금도 간신히 참고 있으니 제발 나를 시험에 들게 하지 말라고 애절한 눈빛으로 보라에게 호소한다. 그런 걸 자꾸 물으면 난 내 가증스러움을 또 확인해야 하고, 또 자살 욕구에 시달리게 된단 말이다.

"근태 씨 왜 대답 안 해? 후회한 적 있구나?"

"절대, 네버."

"어 표정은 아닌 것 같은데?"

스마일 마스크가 한 번 떨어졌다 붙더니 기능에 하자가 생겼나 보다. 나는 내 자체 안면 근육에 잔뜩 힘을 줘서 불량한 진정성을 보완한다.

"진짜야."

보라는 회사 선배의 소개로 알게 되었다. 그는 내게 약국을 하는 사촌 여동생을 소개시켜주겠다고 했고, 나는 그 말만 듣고 소개팅 자리에 나갔다. 그런데 그녀는 약속 시간에 나오지 않았다. 나와 함께 그녀를 기다리고 있던 선배는 그녀가 약국을 봐주기로 한 사람이 펑크를 내는 바람에 소개팅 장소에 올 수 없다고 전화했다며 미안해했다.

잔뜩 기대하고 비싼 양복까지 사 입었던 나는 그냥 집으로 돌아가고 싶지 않아 선배에게 그녀가 하는 약국을 가르쳐달라고 했다.

보라약국. 아파트 단지에 있는 큰 상가 안에 그 약국이 있었고, 내 소개팅 상대인 이보라가 하얀 가운을 입고 그 안에 있었다. 난 약국 문을 열 때부터, 아니 보라약국이라는 간판을 보았을 때부터, 자기 이름을 걸고 자기 세계를 가진 그녀에게 호감을 품고 있었다.

약국은 깔끔했고, 손님이 두어 사람 있었다. 선배를 통해 보았던 사진보다 약국을 배경으로 있는 보라의 실물이 더 멋져 보였다. 나도 모르게 마치 아내의 약국에 온 남편처럼 기분이 흐뭇해지고 모든 게 정답게 여겨져, 하마터면 약을 사가지고 나가는 손님에게 안녕히 가시라고 친절하게 인사까지 할 뻔했다. 보라는 그런 나를 투명 인간이라도 되는 듯 무시하다 손님들이 모두 나가고 나서야 말을 걸었다.

"어디가 불편하세요?"

중간에 소개해준 선배를 통해 보라도 나처럼 내 사진을 먼저 보았을 텐데도 보라는 나를 알아보지 못했다.

"불편한 데 없어요, 아주 좋아요. 보라 씨."

내가 활짝 웃으며 말을 하자 보라가 미친놈을 경계하는 자세로 뒤로 한 걸음 물러섰다. 잔뜩 긴장하게 했다가 풀어주는 반전을 여자들은 좋아한다는 걸 알고 있었기에, 나는 잠깐 뜸을 들인 다음 누구나 호감을 가질 법한 표정으로 말을 했다.

"반갑습니다. 오늘 소개팅하기로 했던 권근태예요."

예상했던 대로 보라의 표정이 순식간에 바뀌었다. 그런데 내가 기대했던 변화는 아니었다. 반갑고 기쁘다기보다 귀찮고 짜증 난다 쪽에 가까운 표정. 그 사이에 아주 작은 지분으로, 주근깨 정도만 한 미안함이 살짝 걸쳐 있었다.

"미안해요. 약속을 못 지켜서."

딱 내가 느낀 만큼의 미안함을 담아, 보라는 덤덤하게 말했다. 나는 그런 것에 개의치 않는 넓은 마음의 소유자라는 걸 보여주기 위해 두 손까지 동원해 흔들며 호쾌하게 대답했다.

"아휴 괜찮습니다. 덕분에 보라 씨가 일하는 약국도 와보고. 약국이 아주 좋네요."

그렇게 봐주시니 고맙네요, 정도가 내가 예상하고 있던 대답이었는데 보라의 반응은 완전 달랐다. 내 뇌 속까지 꿰뚫을 듯 쏘아보며 말했다.

"이 약국 곧 정리할 거예요. 다시는 보라약국이란 간판 따위 걸지 않을 거구요."

나는 순간 얼어붙었다. 서바이벌 게임장인 줄 알고 물감 총을 메고 들어섰는데, 상대방이 막무가내로 진짜 총을 쏘아댈 때의 혼돈과 같은 강도의 충격 때문이었다. 나는 방탄조끼도 입고 오지 않았는데 이러는 게 어디 있냐고, 이건 아니라고 타임! 타임! 외치고 싶었는데 보라는 그럴 틈을 주지 않고 수류탄까지 연달아 투척했다.

"저 솔직히 소개팅에 일부러 안 나간 거예요. 난 결혼할 생각도 없고 애를 낳을 생각도 없고, 약국이든 뭐든 날 묶어놓고 꼼짝 못 하게 하는 그 어떤 것에도 다시는 메여 살지 않을 거예요. 노예처럼 사는 거 정말정말 신물 나요!"

사정없이 폭발하는 수류탄 공격에 만신창이가 돼버린 내 눈에 보라의 눈물이 보였다. 보라는 내게 등을 돌린 채 눈물을 닦아냈고, 난 보라에게 무차별 공격을 당한 피해자인데도 왠지 가해자가 된 듯 미안하고, 마음이 아팠다.

솔직히 약국 하는 여자라는 말에 혹해 소개팅을 하겠다고 하고, 보라의 약국까지 찾아갔었던 나는 더 이상 약국을 안 하겠다는 보라의 선언에 실망했어야 했다. 내심 약국의 크기를 가늠하며 이 정도면 한 달에 얼마 정도의 수입을 올릴까 계산하고 있었기에 내 계산기를 짓밟아버린 보라에게 화를 내며 약국 문을 박차고 나가는 게 당연했다. 아니 그렇게까지는 못 했어도 너무 속물적으로 보이지 않게, 쿨한 척 적당한 핑계를 대고 약국을 나가는 게 나다운 행동이었다. 그런데 그때의 나는 그러지 못했다.

처음 본 내게 진심 100프로를 담아 자기 이야기를 하는 보라에게 압도당했고, 비장하고 결연한 말투로 다시는 노예처럼 살지 않겠다고 선언하는 보라가 잔 다르크처럼 위대해 보였다. 그때까지 살아오며 처음으로 누군가에게 존경심을 느꼈고, 마구마구 숭배하고 싶었다. 진짜로 그녀 앞에 무릎 꿇고 영원히 당신의 뒤를 따르겠다고 맹세하고 싶은 충동에 무릎의 도가니가 뻐근했고, 다시는 당신이 눈물을 흘리지 않도록 내가 지켜주겠노라고 손가락을 깨물어 혈서라도 쓰고 싶은 심정에 송곳니를 갈아댔다. 하지만 보라가 바쁘다며 억지로 나를 약국 밖으로 쫓아내는 바람에 나는 혈서를 쓰지도, 무릎을 꿇지도 못했다.

보라는 언제 울었냐는 듯, 그저 별로 친절하지 않은 약사의 어투로 내 앞에서 문을 닫으며 못을 박았다.

"이제 여기는 약 사러 오실 때만 오세요."

그대로 물러나는 게 아쉬웠지만 이미 보라는 나의 잔 다르크고 나는 그녀를 따르는 부하이니 보라의 말을 거역할 수는 없었다. 그래서 나는 집과 회사에서 한 시간 거리가 넘는 보라의 약국을 뻔질나게 찾아가 두통약, 안약, 비염 스프레이, 감기약, 소화제, 구충제, 무좀약을 샀다. 머리부터 발끝까지 온갖 통증과 염증을 가장해 보라의 눈앞에서 직접 약까지 먹고 발랐지만 보라는 따뜻한 시선 한 번 주지 않았다. 보험금을 타먹기 위해 가짜로 아픈 척을 하는 나이롱환자를 대하듯 경멸의 눈빛으로 약만 팔았다. 다른 사람들한테는 서비스로 주는 비타민이나 쌍화탕도 일절 주지 않았다.

그래도 나는 '보라약국'이라는 글씨가 찍힌 약봉지를 부적처럼 들고 다니며, 보라색만 보이면 만사를 제쳐놓고 보라에게 달려갔다. 그 때문에 상사에게 깨지고, 가족들한테도 미친놈이라는 소리를 들었지만 개의치 않았다. 아니 어쩔 수가 없었다. 보라색만 보면 보라에게 달려갈 수밖에 없는 건 내 의지로 어쩔 수 없는 병이니까.

모두가 포기하고 동정, 혹은 연민으로 용납을 해주는데, 보라약국 옆에 있는 분식집의 아줌마마저 날 반겨주고 걱정해주는데, 약사인 보라만 내 병을 인정해주지 않았다.

감기가 걸린 사람들한테도 선뜻 전하는 위로와 따뜻한 눈길을 내게는 1초도 주지 않았다. 그 때문에 상심해 결국 병이 났을 때, 몸에서 열이 나고 목이 부어 목소리도 나오지 않았지만 내 마음만은 날아갈 듯 기뻤다. 이제는 보라가 내게도 안쓰러운 표정으로 '푹 쉬셔야 해요'라고 말해줄 거라는 부푼 꿈을 가득 안고, 의사가 끊어준 처방전을 휘날리며 보라약국으로 달려갔다.

그런데 보라약국은 없었다. 아니 간판이 떼어지고 이 세상에서 사라지고 있는 중이었다. 나는 그 앞에서 울었다. 이제는 보라를 못 본다고 생각하자 눈앞의 세상이 암흑으로 변했고, 무엇을 해야 할지, 어디로 가야 할지, 알 수가 없었다.

공사 중인 인부들이 그런 나를 뜨악하게 바라보았다.

"이 약국에 돈 떼였어요?"

돈밖에 모르는 천박한 세상. 그 세상 속에 오염되지 않은 보라가 더 고귀하고, 간절히 그리웠다. 그래서 난 보라를 소개시켜주었던 선배에게 애걸을 해 보라의 핸드폰 번호를 알아냈다.

"여보세요."

보라의 목소리가 들리자 세상이 다시 밝아지고, 내가 어디에 있는지 인식이 됐다. 하지만 목소리가 나오지 않았다.

"여보세요?"

보라가 곧 전화를 끊을 것처럼 까칠한 목소리로 두 번째 여보세요를 했을 때, 나는 제대로 나오지 않는 목소리를 필사적으로 뽑아냈다.

"저 권근태예요. 지금 보라약국 앞에 있는데……."

찌익. 분필이 칠판을 긁어대는 소음만큼 내 귀로도 듣기 싫고 끔찍한 목소리가 나왔다. 그런데도 보라는 전화를 끊지 않고 내가 말을 다 끝낼 때까지 기다려주었다.

"보라약국 앞에 있는데, 보라가 깨졌어요."

"예?"

"보라 씨 이름이, 사람들이 함부로 밟아 보라약국의 보라가 부서졌어요. 그래서 보라가 보리가 됐다구요!"

그 말을 하는데 울컥 다시 눈물이 솟구쳤다. 안 그래도 안 나오는 목소리가 울음에 막혀 더 이상 뚫고 나오지를 못하고 웅웅거렸다.

어떻게 이런 일이 있을 수가 있냐고, 사람들이 어쩜 그렇게 흉폭한 짓을 아무렇지 않게 감행할 수 있는 거냐고 깨진 간판 조각을 붙들고 한참을 탄식하는데 보라의 목소리가 들려왔다.

"저 지금 여행 가려고 하는데, 근태 씨도 같이 갈래요?"

여행이 아니라 지옥이라도, 같이 가겠다고 했을 것이다.

그렇게 가게 된 곳이 거제도였다.

거제도에 있었던 이틀 내내 나는 아팠고, 보라는 이렇게 몸이 안 좋으면 오질 말았어야지 왜 따라왔냐고 타박하면서도 나를 간호해주었다. 이마에 물수건을 놓아주던 보라의 손길은 너무나 달콤하고 짜릿했다. 그래서 난 보라가 사다 준 약을 일부러 삼키지 않고 혀 밑에 숨겨두었다가 몰래 버렸다. 계속 아파야만 보라가 내 옆에 있을 것 같아서.

그리고 잠꼬대처럼 고백했다.

"난 보라 씨의 모든 걸 사랑해요. 그리고 죽을 때까지 사랑할 거예요."

"난 사람 말 잘 안 믿어요."

"보라 씨가 믿든 안 믿든, 저는 보라 씨를 사랑하지 않게 되면, 만에 하나라도 그런 일이 생길 것 같으면 나는 바로 죽겠다고 이 자리에서 맹세해요. 보라 씨를 사랑하지 않으면서 사느니 차라리 죽는 게 나으니까."

나는 그렇게 그 자리에서 나를 보라에게 봉헌했다. 그 분위기가 얼마나 경건하고 성스러웠는지 하늘에서 파이프오르간 소리가 울려 퍼지는 것 같았다. 그 소리가 보라의 마음에도 전해진 듯, 보라는 아무 말도 하지 않고 내 옆에 누웠다.

열이 내리고 더 이상 아프지 않았지만 나는 전보다 더 아프다고, 오한이 나 뼛속까지 시리다고 보라의 품을 파고들었고, 갈증이 나 죽겠다며 보라의 입술을 핥았다. 보라는 내 꾀병을 알고 있었지만 날 밀어내지 않았다.

우리의 첫 데이트이자 첫 여행지인 그곳, 거제도에서 우리는 결혼을 결정했다. 결심한 게 아니라 결정했다는 것이 중요하다. 마음은 흔들릴 수 있어 결심은 쉽게 무너질 수 있지만 결정된 일은 되돌릴 수 없기에.

나는 결혼을 하면 무슨 일이 있어도 보라의 자유를 침해하지 않고, 아이나 직장 그 어떤 것도 강요하지 않겠다고 맹세했다. 보라는 남편인 내게 기생하지 않고 독립적으로 자신의 삶을 꾸려나가며 진실한 동반자가 되겠다고 서약했다. 그곳에서 결정한 대로 우리는 한 달 만에 결혼을 했다.

8

결혼 후 보라는 보라약국이 아닌 다른 약국에서 하루 네 시간씩 시간제 약사로 일을 하고, 나머지 시간은 자유 시간으로 썼다. 보라가 버는 돈도 모두 보라의 자유와 자아실현을 위한 경비로 사용되었다. 나는 맹세한 대로 그런 보라를 응원하고 지지했다.

아이를 기다리는 우리 부모의 기대와 압박이 시작되었을 때는 내가 무정자증이라 아이를 낳을 수 없다고 거짓말을 했다. (이것도 훗날 발기부전에 많은 영향을 주었을 것이다.)

그 이후로 보라를 대하는 우리 가족들의 태도는 백팔십도 달라졌다. 내 잘난 아들이 그렇게 죽자 사자 매달릴 만큼 대단한 여자는 아니라고 폄하하거나, 돈 잘 버는 재능을 왜 남의 약국에서 썩히냐며 탐탁지 않아 하던 기색은 싹 사라지고, 보라의 취미 생활을 나만큼이나 응원하고 장려하게 된 것이다.

애 낳고 키우느라 인생 다 보내는 건 자기들 같은 구시대 사람들에게나 해당되고, 요즘에는 자기 인생, 자기 행복이 가장 중요하다며 갑자기 진보적인 시부모로 환골탈태했다. 그에 맞추느라 명절이나 집안 행사의 매뉴얼도 새롭게 급조됐다. (가정의 달 5월에 왜 어버이날과 어린이날만 있냐면서 5월 31일을 며느리데이로 지정하고, 며느리에게 꽃다발과 용돈을 보낸다. 나한테 몰래 뺏은 용돈으로.)

보라는 대한민국 며느리들이라면 모두가 겪는다는 시월드 스트레스에서 해방됐지만 부모님의 사랑이자 희망, 우리 집안의 기둥이었던 나의 처지는 '못난 놈'으로 전락했다.

평생 부모의 기대에 맞춰 살아왔는데, 구역질을 하면서도 먹기 싫은 그 고등어를 다 먹어치웠는데, 하루아침에 나는 내 동생 상태에게마저 밀리는 처지가 된 것이다. 단지 동생이 애를 셋이나 낳았다는 이유만으로! (이럴 줄 알았으면 나도 징그럽게 말 안 듣고, 공부도 안 하고, 말썽만 피우다가 애나 줄줄이 낳는 건데!)

과일이나 생선을 먹을 때는 특히 참담했다. 보라가 같이 있을 때는 과일의 씨나 생선의 알이 보이지 않도록 미리 손을 쓰기까지 하면서, 보라가 없으면 우리 가족들은 일부러 씨나 알이 있는 것들을 내 앞에 전시하며 타박했다.

"하찮은 이 도루묵도 이렇게 알이 많은데, 어떻게 너는."

"씨 없는 수박이랑 포도는 더 비싼데 왜 삼촌은 아니에요?"

"형, 이 명란젓 많이 먹어. 명태 알이 형 몸속에 들어가서 형의 정자로 돌연변이를 일으킬지 또 알아?"

무정자증이 아닌데도 나는 상처를 받았고 배신감을 느꼈다. 나는 언제나 나보다 가족들을 먼저 생각하고, 그들을 위해 내가 하고 싶은 것도 희생하고, 포기했는데 이렇게 쉽게 그들은 날 버리고 조롱할 수 있다니. 그런 그들을 위해 지금까지 고군분투, 절차탁마, 마부작침 해온 것이 후회스러웠다. 그래서 난 내 가족들에게 했던 희생과 헌신을 회수해 보라에게만 쏟기로 했다.

나와 결혼 후 보라는 이 세상에서 가장 운 좋은 유부녀가 자신인 것 같다며 행복해했고, 날이 갈수록 더 많이 웃었다. 그런 보라를 보며, 내가 보라를 구원해주었다는 우쭐함, 내가 세상에서 가장 훌륭한 남편이라는 자만심에 엔도르핀이 치솟았지만 그건 집에 있을 때뿐이고, 회사에 가면 뭔가 잘못 살고 있는 것 같은 자책감이 밀려오기 시작했다.

회사에 처음 입사해 첫 월급을 받았을 때부터 내가 가장 많이 들은 건 재테크 정보였다. 식사 시간마다 동료들이 이야기하는 것의 90프로는 주로 어디 아파트 단지에 집을 사놓아야 시세 차익을 얻을 수 있는가였고, 대리를 지나 과장이 되었을 때는 누가 부동산 투자로 얼마의 이익을 봤고, 어떤 동네에 몇 채의 집을 마련했는가로 내용이 바뀌었다. 드러내놓고 자랑을 하지 않는 동료들도 최소한 자기 집 한 채씩은 마련하고 돈도 꽤 모아두고 있었다.

그들과 함께 있을 때면 나는 지갑 속에 넣고 다니는 '보라 약국'의 약봉지를 꺼내 보며 보라가 한 10년, 아니 딱 5년만 나와 같이 빡세게 돈을 벌어주면 우리 팀의 그 누구보다 부자가 될 수 있는데 하며 아쉬움의 한숨을 내쉬었다.

'소유욕' 대신 '자유'를 선택한 보라의 삶이 부러웠지만, 회사 동료들처럼 상가 하나 마련해 매달 임대료도 받고 싶고, 해외로 휴가 여행을 떠나 돈도 펑펑 쓰고 싶었다.

그렇게 냉탕과 온탕을 오가듯, 상반된 세계인 집과 회사를 오가는 사이 내 자아는 두 개로 분리됐다. 회사에서의 나는 그 누구보다 강한 출세욕으로 경쟁에서 밀리지 않으려고 발악을 하고, 집에서의 나는 소소한 행복을 누리는 아내를 사랑하고 지지하는 멋진 남편으로 행세했다.

그러다 언제부턴가 헷갈리기 시작했다. 회사 동료들 앞에서 보라의 가치관과 철학을 내 것인 양 이야기하다 '철없다'는 소리를 듣고, 보라에게 회사 사람들의 재테크 비법을 따라 하자고 했다가 '개념 없다' 힐난을 당했다. 더 안 좋은 건, 회사에서는 보라처럼 살고 싶다 생각하고, 집에서는 회사 사람들의 평범한 욕망을 부러워하게 된 것이다. 집과 회사, 어느 곳에서도 내 마음은 편하지 않았다.

그들 또한 나를 의심스럽게 바라보았다.

"진짜 권근태는 어떤 사람인지 모르겠어."

"당신이 원하는 게 정말 그거야? 진짜?"

나도 누가 좀 알려줬으면 좋겠다. 내가 어떤 사람인지. 내가 원하는 게 무엇인지.

날 이렇게 만든 이 세상이 원망스럽다.

부모님 말씀 잘 듣고, 선생님이 하라는 대로만 하면 훌륭한 사람이 된다고 하더니, 공부 열심히 해 좋은 대학만 들어가면 성공한 인생을 살 것처럼 요란을 떨더니, 유명한 회사에만 들어가면, 결혼만 하면 인생은 탄탄대로, 행복이 주렁주렁 열리는 거라고 떠들어대더니, 다 거짓이고 뻥이었다. 순진하게 그들의 말을 믿고 그대로 살아온 내게 남은 건, 우울증뿐이다.

보라는 옷을 갈아입을 생각이 없는 나를 대신해, 자신이 직접 내 옷을 갈아입힌다. 보라와 내 알몸을 공유한 지 오래돼서 나는 이 상황이 쑥스럽다. 그래서 내 손으로, 주도적이고 능동적으로 옷을 갈아입는다.

대망의 월요일을 위해 주말 동안은 경건히 내 지나온 삶을 반추해볼 생각이었지만, 죽기 전에 보라와 마지막 여행을 하는 것도 괜찮을 것 같다. 아니 운명의 여신이 결정한 일이니 나에게는 선택권이 없다. (보라라면 왜 꼭 운명의 여신이냐고, 남신이나, 트랜스젠더면 안 되느냐고 따졌을 것이다.)

보라는 이미 모든 준비를 마친 상태다. 내 것은 오렌지색 추리닝밖에 안 챙긴 것 같은데 어른 한 사람이 들어갈 정도로 큰 캐리어가 두 개나 놓여 있다. 도대체 뭘 그렇게 많이 싼 건지, 월요일에 자살할 계획만 없었다면, 궁금해서 캐리어를 열어보았을 거고, 그랬으면 그 안에 배드민턴 라켓과 밧줄, 용도를 알 수 없는 약병들을 보았을 것이다. 그럼 여행을 가면서 왜 그런 것들을 챙겼는지 수상하게 여길 수 있었겠지만 나는 대신 캐리어를 끌고 밖으로 나간다.

"갔다가 일요일에는 오는 거지?"

"아니 거제도에 쭉 눌러 살 생각인데?"

"뭐?"

"당신 거제도 너무 좋다며? 아까 거제도를 향해 절까지 했잖아?"

그건 그냥 당신 기분 좋으라고 했던 건데.

"왜 그렇게 봐? 꼭 다시 돌아와야 할 이유라도 있어?"

그래. 월요일엔 우리 집 베란다에서 떨어져야 하니까.

벌써 내 머릿속에서는 월요일 아침 9시 44분에 맞춰놓은 타이머가 돌아가고 있단 말이다. 째깍째깍.

"당신 약국 안 나가도 돼?"

"거제도에서 다른 약국 찾지 뭐."

"그럼 내 회사는?"

"당신 회사 다니기 싫어하잖아? 내가 먹여 살릴 테니까 당신 좀 놀아."

이게 지금 도대체 무슨 상황이냐? 뭐가 어떻게 돌아가는 거냐고? 거제도의 고층 건물들을 추리는 것부터 다시 시작해야 돼? 거제도에는 조선소도 있으니까 대형 선박을 들어 올리는 크레인까지 포함시켜서?

"뭘 그렇게 심각하게 생각해? 농담이야."

휴. 다행이다.

밤 12시가 넘은 시각인데도 고속도로에는 차가 많다. 주말을 즐기기 위해 서울을 빠져나가는 차량들 사이에서 나는 내인생의 마지막 여행을 음미한다. 아니, 그러고 싶은데 퇴근을하면서 다시는 이 교통지옥 속에서 각개전투를 벌이지 않아도 된다고 안심했던 나 자신이 가여워 눈물이 날 것 같다. 그런 내 심정은 아랑곳하지도 않고 보라는 신이 나서 노래를 흥얼거린다. 온통 '바다'에 관한 노래들이다.

파란 바다 저 끝 어딘가…… 바다로 가요 야야야야야…… 저 바다에 누워…… 초록빛 바닷물에 두 손을 담그면…….

하다 하다 이젠 동요까지. 노래만 들어도 멀미가 날 것 같다.

"왜 그렇게 바다 노래만 불러?"

"바다에 가니까. 그리고 나 원래 바다 되게 좋아해. 당신이 안 좋아해서 잘 안 간 거지. 참 당신 수영할 줄 알아?"

고등어 때문에 바다라면 질색이고, 물에 들어가본 적도 없는 사람한테 그런 걸 묻다니, 오늘 밤 보라는 정말 여느 때와 다르다.

"수영 전혀 못해?"

"응. 근데 왜?"

"아, 아냐. 혹시나 해서."

말끝을 흐리는 보라의 얼굴에 은밀한 흡족함이 묻어 있다. 근데 뭐가 혹시나라는 거지?

"근태 씨 우리 다음 휴게소에서 쉬었다가 운전 교대하자."

보라와 함께 차를 탈 때면 운전대는 항상 내가 잡는다. 보라를 위한 봉사와 희생이라고 말하지만 사실 운전대는 집안의 가장이 잡아야 한다는 가부장적 사고 때문이다. 보라 앞에서는 남녀평등주의자, 아니 페미니스트인 척하면서, 나는 음식물 쓰레기를 버리기 위해 엘리베이터를 탈 때마다, 아내가 차려준 따끈한 국과 밥을 매일 아침 먹고 출근한다는 동료의 이야기를 들을 때마다 좁쌀 같은 두드러기가 일어난다. 보라와 완전 다른 생각과 욕망을 가지고 있으면서 보라에 맞춰 살면서부터 생긴 알레르기성 두드러기다.

"저기 신탄진 휴게소다. 차선 바꿔."

나는 보라의 말을 듣지 않고 1차선을 고집하는 것으로 반항하며 두드러기가 올라온 다리를 긁어댄다.

"근태 씨."

그 말 한 마디에 담긴 보라의 위엄 때문에, 나는 얼른 깜빡이를 켜고 차선을 바꾼다.

우울증 말기로 접어들어 좋은 점은 사람들과 싸우지 않게 됐다는 것이다. 우울증 초기, 아니 중반까지만 해도 세상만사가 못마땅하고, 다 나를 고통스럽게 하려고 일부러 그러는 것처럼 여겨져 억울하고, 짜증이 났는데, 이제는 그게 없다. 어떤 감정이나 생각이 일었다가도 금세 그게 맞나 싶으면서 저절로 물에 떨어진 물감처럼 풀려버린다. 자기 확신이 없어진 것이다. 나는 인간들을 좋아하지 않지만 그중에서도 나를 가장 좋아하지 않고 못 믿는다.

정신과 의사는 무던히도 그런 날 바꿔주려고 노력했다.

"근태 씨가 얼마나 멋진 사람인데요. 그리고 아직 젊잖아요."

"제가 젊다구요?"

"그럼요. 저보다 다섯 살이나 어려요."

정신과 의사가 나보다 한두 살 어릴 거라 여겼었기에, 솔직히 놀랐다. 그래도 어디 가서 노안이라는 소리는 안 들었었는데, 이젠 그것도 유효기간이 끝났구나. 눈도 노안老眼, 얼굴도 노안老顏!

"100세 시대에 마흔네 살이면 아직 반도 안 산 거예요."

그 말을 들으니까 더 암담했다. 지금까지 살아온 것도 피곤해 죽겠는데 아직 반도 안 온 거라니. 이렇게 하자투성이인 몸으로 앞으로 50년을 어떻게 더 사냐고? 해결책은 정말 자살밖에 없구나.

9

11월의 심야 고속도로 휴게소의 화장실은 스산하고 고요하다. 줄지어 늘어선 소변기가 호객하듯 나를 유혹하지만, 내가 그곳에 서서 볼일을 본다 해도 볼 사람이 없지만, 나는 나 자신을 벌하듯 밀폐된 화장실에 나를 처넣는다. 자랑스러운 포물선을 잃고 나서는 되도록 화장실을 가지 않으려고 음료수나 국물이 많은 음식들을 자제해왔다. 그래도 어쩔 수 없이 화장실을 가야 할 때는 최대한 시선을 위로 향하고 내 하반신을 외면해왔다. 그러다 보니 오줌이 다 나오고 나서도 한참 동안 서 있기 일쑤다. 뿜어져 나오는 오줌발의 힘이 너무나 미약하고, 질량감이 떨어져 응시하고 있지 않으면 나오고 있는지, 다 나왔는지를 알 수가 없어서다.

고요하고 거룩한 휴게소 화장실의 분위기 때문에 오늘은 오랜만에, 정말 오랜만에 시선을 아래로 향하고 내 오줌발을 응시한다. 추진력이 제로라 양심상 쏘아댄다는 말을 할 수 없는 내 오줌발은 얼음이 녹지 않은 쭈쭈바에서 새어 나오는 액체처럼 감질나게 쪼르르 나오다 멈추고 또 쪼르르 나오다 멈춘다. 그런 쭈쭈바를 시원하게 먹으려면 두 손 사이에 넣고 사정없이 비벼 얼음을 녹인 다음, 입에다 쏟아부으면 되지만 우울증에 걸린 내 쭈쭈바는 그래 봤자 소용없다.

변기로 떨어져 내리는 내용물이 보이지 않아 지퍼를 올리려는데 뒤늦게 오줌이 찔끔 흘러나와 내 손을 적신다. 나도 모르게 이런 씨…… 욕이 튀어나온다. 위생이나 불결함의 문제가 아니라, 한 몸인데도 불구하고 내 몸의 일부가 또 다른 일부에게 저지른 만행이 기가 막혀서다.

팀의 분열, 내 몸의 부분들이 따로 놀게 된 것도 우울증에 걸리고 나서부터다. 뇌와 몸이 따로 놀고, 팔과 다리가 호응을 못 하고, 근육과 인대, 신경들이 제멋대로 개인플레이를 해대지만 지금 벌어진 사태는 그중에서도 최악이다.

몸을 부르르 떨고 나면 오줌 방출이 마무리되었다는 신호이기에, 그 신호를 받고 지퍼를 잠그려고 한 내 손은 잘못이 없다. 그 약속을 위반하고 잔액을 배출한 하반신이 명백히 잘못을 저지른 것이다. 이에 흥분한 상반신이 하반신을 노려보며 어떻게 내부 총질을 할 수 있냐고 욕을 하고, 하반신은 여차하면 더 큰 무기(액체가 아니고 냄새도 더 고약한)로 후방에서 공격할 수도 있노라 엄포를 놓는 바람에 나는 바지를 입지도 벗지도 못한 채 변기를 떠나지 못한다.

내 몸의 불화와 전쟁을 수습하느라 한참을 보내고 화장실에서 나오니 같이 화장실에 들어갔었던 보라는 이미 나왔는지 보이지가 않는다. 야심한 밤이라 스낵 코너는 거의 문을 닫았고 안쪽의 편의점에만 사람들이 북적거리는데 그 사이에도 보라는 보이지 않는다.

그래서 주차된 차 쪽으로 발걸음을 옮기는데, 휴게소 한쪽 구석에서 통화 중인 보라가 보인다. 그 모습이 꼭 사람들이 알면 안 되는 행위를 몰래 하는 것처럼 뭔가 비밀스러운 분위기를 풍긴다. 그래서 보라에게 다가간 건 아니다. 보라가 나를 보고 화들짝 놀라는 표정을 지으며 전화를 끊을 줄도 몰랐다. 난 그저 보라에게 오래 기다리게 해서 미안하다고, 추우니 통화는 차 안에서 하라고 할 생각이었다.

그런데 보라는 내가 묻지도 않은 질문에 대해 변명을 늘어놓기 시작한다.

"배드민턴 동호회 사람들한테 전화가 와서 통화하고 있었어. 막걸리 마시고 2차로 호프집에 갔는데 내가 빠져서 무슨 일 있나 궁금했나 봐."

"당신 파트너도 같이 있대?"

그 말도 별생각 없이 뱉은 건데, 보라의 얼굴이 무언가 잘못을 하다가 들킨 사람처럼 굳는다.

"성수 오빠? 아니. 그 오빠도 오늘 일 있다고 안 나왔나 봐."

보라가 내 시선을 피하며 말을 흐린다. 보라답지 않은 모습이다. 나는 보라에게 '성수 오빠'라는 말을 들을 때도 알레르기성 두드러기가 일어나는데, 오늘은 유난히 그 면적이 더 넓고, 더 가렵다.

겨드랑이를 긁어대며 나는 보라가 나한테는 오빠라는 말을 한 번도 해본 적이 없다는 걸 생각한다. 내가 두 살이나 더 많은데, 보라는 장난으로라도 '오빠'란 말을 한 번도 한 적이 없다. 그래도 그 말을 듣고 싶어, 한 번만 오빠라고 해주면 5만 원을 주겠다고 해도, 매수가를 10만 원으로 올려도, 보라는 들은 척도 안 했었다. (누가 보면 황금 보기를 돌같이 하라 했던 최영 장군의 후손인 줄!) 그런데 장성수에게는 어쩜 그렇게 오빠라는 말을 잘 하는지, 너무 긁어서 피가 날 지경인데도 가려움이 가라앉지 않는다.

"차 키 줘. 이제부턴 내가 운전할게."

"야간 운전 피곤해. 내가 할게."

나는 운전석을 빼앗기지 않으려고 용써보지만 보라는 완강하다. 기어코 내 주머니에서 차 키를 빼앗아 든다.

"당신이야말로 아까 보니까 깜빡깜빡 조는 거 같더라. 운전은 나한테 맡기고 좀 자."

"아냐. 나 안 졸았어."

"졸았어. 내가 봤다니까."

보라의 목소리가 화난 사람처럼 다시 뾰족해진다. 나는 더 이상 고집을 피우지 않고 오른쪽 차 문을 향해 가며 보라가 왜 화가 난 건지 고민한다.

1번, 내가 화장실에 너무 오래 있다 나와서. 2번, 운전하다 졸아놓고 안 졸았다고 우겨서. 3번, 뼛속까지 가부장주의로 물든 내가 싫어서. 4번, 뼛속까지 가부장주의로 물든 꼰대에 우울증, 발기부전, 의처증까지 있는 내가 끔찍해서.

보라는 내가 안전벨트를 매기도 전에 서둘러 차를 빼고, 마치 약속 시간에 늦은 사람처럼 액셀러레이터를 마구 밟아대며 처음부터 속도를 높인다. 내 인생 최고난도의 문제를 푸느라 잔뜩 예민해 있던 나는 그 때문에 언성을 높이며 불평한다.

"조심해. 그러다 사고 나면 어쩌려고."

"어쩌긴 뭐 어째? 당신이랑 같이 죽는 거지."

그러니까 정답은 3번이나 4번이 아니라 5번?

보라가 화난 표정으로 운전석에 앉은 이유는? 5번, 나와 함께 죽기 위해서.

정답을 알아냈다는 쾌감보다 예상하지 못한 반전 때문에 가슴이 철렁한다. 만약 이곳에서 보라와 죽게 되면 지난 한 달 동안 고심하고 고심해 세운 내 계획들은 물거품이 된다. 월요일 9시 44분에 맞춰진 내 결론은 없어지고, 내 인생은 그저 교통사고로 흐지부지 끝나는 것이다. 상상만으로 아찔하다. 오 상무가 만날 입에 달고 사는 말이 떠오른다.

"서론 본론은 중요하지 않다니까. 중요한 건 결론이야 결론! 그러니까 결론부터 말해."

그래서 결론을 이야기하면 그다음에 늘 따라붙는 말.

"그걸 결론이라고 말해? 그게 무슨 결론이야!"

나 역시 지금 이 순간, 그 말을 똑같이 보라에게 외치고 싶다. 그게 무슨 결론이야? 이렇게 고속도로에서 죽는 건 내가 원하는 결론이 아니라고!

그래서 나는 분위기를 바꿔보려고 목소리를 누그러뜨린다.

"오늘 당신 피곤했나 봐. 신경이 예민해 보여."

보라를 진정시키고자 했던 내 의도와 달리 그 말은 오히려 역효과를 낸 것 같다. 보라의 얼굴이 더 경직된다.

"내가? 아닌데."

"아냐. 평소랑 진짜 달라."

"다, 다르긴 뭐가 다, 다르다고."

보라가 해쓱한 얼굴로 말까지 더듬는다.

"갑자기 바다를 보러 가자는 것도 그렇고, 직접 운전을 하는 것도 그렇고……."

"그거야……."

마땅한 대답을 고르다 실패한 듯 보라의 얼굴이 더 구겨진다. 그걸 보니 나는 내 입으로 뱉은 말들을 취소하고 싶어진다.

입술을 깨물었다 뱉는 보라의 눈빛이 서늘하고, 슬프기까지 하다. 그 때문에 나는 혹시 보라가 내 자살 계획을 알아차린 게 아닐까 긴장한다. 나의 우울증을 옆에서 쭉 지켜본 사람이니 그럴 가능성을 배제할 수는 없다. 그래서 상심하고 차라리 나와 같이 죽을 작정으로 여행을 가자고 하고, 내 운전대를 빼앗은 거라면…….

"흑. 보라야."

"자꾸 말시키지 말고 그냥 자. 잠 안 오면 핸드폰 게임이라도 하든가."

말을 꺼내기도 전에 신경질적으로 짜증을 부리는 보라를 보니 좀 전의 내 생각은 착각이었던 것 같다. 하긴 매일 아침 집에서 나가 보라가 잠이 들고 나서야 퇴근을 했는데, 보라가 내 우울증에 대해서 알 리도 없다.

"핸드폰 좀 빌려줘."

보라가 핸드폰 검열이라도 당하듯이 질색을 한다.

"갑자기 내 핸드폰은 왜?"

"핸드폰 게임 하라며? 근데 내 핸드폰은 안 가져왔나 봐."

옷을 갈아입을 때 보라가 내 핸드폰을 안 챙긴 것 같다. 일부러 빼놓은 건지도 모르고.

"안 그래도 늦었는데 자꾸만 신경 쓰이게 하지 말고 그냥 자!"

그냥 자라는 말을 신경질적으로 반복하는 보라가 답답하다. 잠이 나를 납치해 가야 잘 수 있는데, 어떻게 그냥 자라는 말인지. 납치범이 나타나길 학수고대한다고, 납치당할 확률은 0.01프로도 안 된다.

그래서 난 눈만 감은 채 잠자는 척하며 새로운 문제를 출제한다. (난 원래 혼자 문제를 내고 맞히는 놀이를 좋아한다. 초등학교 때 담임선생님이 가르쳐준 공부 잘하는 비법인데, 그 이후로 습관이 됐다.)

무슨 행사에 가는 것도 아닌데 보라가 왜 늦었다고 서두르는 거지? 그리고 아까 했던 질문은 또 뭐야? 지금은 11월이라 바다에 들어갈 일도 없는데 보라는 왜 나한테 수영을 할 줄 아냐고 물었지?

차가 멈춰서는 느낌에 눈을 뜨자 새벽 3시가 좀 넘었다. 잠자는 척하고 있는 줄 알았는데 어느 순간, 잤나 보다. 잠이라는 납치범의 수법이 날로 진화하고 있다. 다시 잠자기 전후의 상황을 잇느라 내 뇌가 버벅거린다. 내비게이션은 제 역할을 다하고 이미 종료되었는데 펜션의 간판이 보이지가 않는다. 대신 2층 건물이 눈앞에 보인다.

"지인이 별장처럼 쓰는 곳인데 아는 사람들한테만 빌려줘."

보라가 내 의구심을 느끼고 설명한다. 보라한테 이렇게 고급 별장을 가진 지인이 있었나? 보라의 대답에 처음 들었던 의구심이 두 배로 늘어난다. 그리고 왜 애초부터 별장이라고 안 하고 펜션을 예약했다고 거짓말을 했던 거지? 한두 번이면 실수한 거라고 생각할 수 있지만 보라는 서울에서 여기까지 오는 내내 우리가 가는 곳이 펜션이라고 했었다.

아, 이놈의 못 말리는 의심병. 우울증으로 무기력, 무의미, 무의욕, 무감정 상태인데도 의심은 기하급수적으로 늘어나는 걸 보니, 의처증은 우울증보다도 센 놈 같다. 난 그런 날 감추려고 마음에도 없는 말을 한다.

"좋네."

"그치? 나도 사진으로만 봤는데 실제로 보니까 더 좋다."

바다가 한눈에 들어오는 언덕 위에 지은 2층짜리 별장은 우리를 반기기라도 하듯 불이 환하다. 아니 솔직히 말하면 나를 잡아먹으려고 눈에 불을 켜고 달려드는 괴물처럼 으스스하고, 부담스럽다. 보라가 선뜻 실내로 들어가려 하지 않는 나를 앞서가며 말을 한다.

"내가 3시쯤에 도착할 거라고 얘기해놨어. 그쪽에서 관리인한테 그리 얘기해놓겠다고 하더라고."

그래서 그렇게 보라가 서둘렀던 거구나. 그걸 모르고 보라를 의심했던 내가 참 한심스럽다. 이런 머저리 같은 놈. 너 같은 놈은 정말 보라 남편으로 살 자격이 없다. 인근 해안에서 들려오는 파도 소리도, 별장 주위의 방풍림들도 죄다 나의 탄핵을 외치는 것만 같다.

진정들 하시오. 나도 그 사실을 너무나 잘 알고 있으니. 그래서 월요일에 죽겠다는 계획을 세운 것 아니오. 보라 남편으로 살기에는 나 자신이 너무도 미흡하고 부족하다는 걸 수용하는 용퇴의 결단이란 말이오.

나는 비장하게 선포를 하고 보라를 뒤따라간다.

10

나보다 먼저 별장에 들어온 보라는 신발을 벗지도 않고 현관에 우뚝 서 있다. 그 바람에 캐리어 두 개를 끌고 들어오던 나는 보라의 등에 부딪친다.

보라는 입을 떡 벌린 채 거실에 차려진 테이블을 보고 있다. 나도 산해진미가 가득 차려진 테이블로 시선을 옮기고 보라처럼 입을 쩍 벌린다. 적어도 1인당 15만 원은 주어야 하는 고급 한정식집의 메뉴들이 한 상 차려져 있다. 아니 20만 원. 강남에 있는 곳이면 그 이상일 것이다.

보라가 감동한 표정으로 나를 돌아본다.

"간단한 술상을 준비해달라 했는데 이 정도 준비해놓을 줄은 몰랐어."

회와 게장까지 해산물도 다양하게 있지만 다행히 고등어는 없다. 보라가 내 고등어 트라우마에 대해서도 언질을 주었던 모양이다.

우린 누가 먼저라고 할 것도 없이 캐리어를 내동댕이치고 상 앞에 앉는다. 그러고 보니 유서를 쓰고 집에 가자마자 저 캐리어를 들고 다시 나왔으니 나는 어제저녁도 굶었다. 휴게소 화장실에서 장까지 비운 터라 속이 허하다.

정신없이 진수성찬을 흡입하며 난 감동한다. 월요일이면 이 세상을 떠날 나를 위해 누군가 혼신을 다해 최후의 만찬을 준비한 것처럼 모든 음식이 정성스럽고 맛깔스럽다. 이렇게 음식을 하나하나 음미하며 먹어본 게 얼마 만인지 모르겠다. 자살을 앞두고 있는 우울증 환자가 이렇게 잘 먹어도 되나, 나 자신이 의심스러울 정도로 나는 젓가락을 놓지 못한다.

"누군지 모르지만 여기 관리인 진짜 고마운 사람이네. 나중에 꼭 인사해."

보라의 표정이 아까 차 안에서 그랬던 것처럼 경직된다.

"으응."

"내가 너무너무 잘 먹었다는 얘기도 꼭 전해주고. 태어나 누군가에게 이렇게 대접받아본 거 처음이야."

말을 하고 보니 울컥 서러움이 밀려온다. 어렸을 때는 부모님이 강요하는 고등어만 먹고, 결혼을 하고 나서는 보라가 힘들까 봐 간편식만 먹었다. 이만큼 화려한 밥상도 먹어봤지만 그건 돈을 지불하고 산 것이었지 이처럼 순수하게 대접받은 게 아니었다. 그런데 생면부지의 관리인이 이런 감동을 선물하다니. 정말 엎드려 절이라도 하고 싶은 맘이다.

"이 근처에 계시겠지?"

그 말에 보라가 움찔하며 딸꾹질을 해댄다.

"그게 무, 무슨 말이야?"

"이 상 차려주신 분, 여기 관리인 말이야. 근처에 사시면 올라가기 전에 직접 인사드리려고."

"모, 몰라. 그건. 나도."

"당신 지인한테 물어보면 되잖아."

보라가 다시 화난 표정으로 나를 응시한다.

"아니, 지금 하라는 얘기는 아니고. 새벽 4시가 다 돼가는데 그건 예의가 아니지."

나는 꼬리를 내리고 다시 음식을 공략한다.

보라는 먹을 만큼 먹었는지 음식을 바라보는 시간보다 나를 바라보는 시간이 더 많아진다.

"당신 잘 먹는 거 보니까 좋다."

그 눈빛이 그윽하고 촉촉해 불안감이 엄습한다. 여행까지 왔는데, 잠자리를 회피하면 보라가 이상하게 여길 것이다. 그러다 결국 내 발기불능을 알아채면 아악…… 죽을 때까지 나는 그 사실을 은폐시키고 싶은데, 막판에 망했다. 여행 얘기를 들었을 때부터 이 사태를 예견했어야 했는데, 어쩜 전혀 생각도 안 했을까. 하룻밤도 아니고 2박 3일이나 되는데 어쩌려고!

사실 나도 안다. 난 생각을 안 한 게 아니라 못 한 것이다. 우울증이라는 게 쭈쭈바만 얼게 하는 게 아니라 뇌까지 얼려 정상적인 사고가 불가능해지니까.

"여보. 내가 왜 당신이랑 여기 왔는지 알아?"

보라가 이제는 젓가락을 내려놓고 내게로 몸을 좀 더 가까이 기울인다. 그래 1년을 기다려줬으니 보라도 기다릴 만큼 기다린 거다. 그래도 이왕 기다린 거 이틀만 더 기다려주지.

혹시 싫어 일부러 숟가락을 상 아래로 떨어뜨리고, 그걸 줍는 척하며 바지춤을 더듬어보지만 기적이나 이변이 일어날 기미는 전혀 보이지 않는다. 머릿속으로 아무리 야한 생각을 해봐도 성욕이 1도 일어나지도 않는다.

나는 입이 바짝바짝 말라 술을 연달아 들이켠다. 더 난처한 상황이 벌어지기 전에 술에 취해 뻗어버리는 것밖에 탈출구가 없는 것 같다. 그게 여행 내내 먹힐지는 몰라도 오늘 밤만은 임시방편이 돼줄 것이다.

"당신 요즘 많이 힘들어 보여."

어? 이건 내가 예상했던 것과는 다른 전개다. 그리고 발기부전을 감추기에도 좋은 빌미다.

"지난 1년 동안 신사업 기획하고, 브랜드 론칭하느라 정신없이 보냈더니 좀 피곤하긴 해. 몸도 마음도. 그렇다고 뭐 특별히 이상이 있는 건 아니고. 그래 일시적으로 잠깐. 한 며칠 쉬고 나면 다시 좋아질 거야."

2박 3일 후에는 이 세상에 내가 존재하지 않을 테니 나는 무책임하게 맘껏 큰소리를 친다.

"일 재밌어?"

"일을 재미로 하냐. 그냥 하는 거지."

"왜?"

"왜긴 왜야? 다 그렇게 사니까."

"나는 당신이 회사 다니고 싶지 않으면 그만두고, 당신 하고 싶은 거 했으면 좋겠어. 진심이야."

진심이란 말을 붙이지 않았어도 나는 보라의 말을 눈곱만큼도 의심하지 않는다. 그런데 문제는 내가 하고 싶은 게 없다는 거다. 회사 다니는 게 싫지만 그래도 그만두지 못한 건 회사를 다니지 않으면 뭘 해야 할지 모르기 때문이다. 나는 정말로 아무것도 하고 싶은 게 없다.

우울증을 모르는 사람들은 이 부분을 가장 난해하게 받아들인다. 그래서 업무 스트레스로 우울증에 걸려 죽은 사람들을 향해 그렇게 힘들면 그만두면 되지 왜 자살을 하느냐고 엉뚱한 소리를 내뱉는다. 그 일을 그만둔다고 끝나나? 어차피 그럼 또 다른 일을 해야 하는데.

이 일과 저 일, 분리된 듯, 완전히 다른 것처럼 보이는 그것들이 사실은 한통속이란 걸, 본질적으로 같다는 걸, 모르는 자와 이미 간파한 자의 차이다. 그래서 나는 새로운 일을 찾고 싶지도 않은 것이고, 그저 하루하루를 어영부영 보내는 것, 그것만이 내가 할 수 있는 일이고, 죽음으로써만 이 생활에서 벗어날 수 있다고 결론 내린 것이다.

"근태 씨."

똑같은 세 글자지만 보라가 나를 부르는 그 말은 상황에 따라, 뉘앙스에 따라 수천 개의 의미로 변주되고, 나를 천국과 지옥으로 떨어뜨린다. 지금의 '근태 씨'는 끈적끈적한 여운을 가진 씨앗으로 태풍의 눈이 될 위험성을 내포하고 있다. 그 때문에 내 머릿속에서는 비상을 알리는 빨간 등이 점멸하고 사이렌이 울려댄다.

나는 빨리 취해 곤란한 상황을 모면하려고, 평소보다 더 스마일 마스크를 혹사시키며 오버를 한다.

"당신이랑 거제도에 오니까 정말 좋다."

"정말?"

"그럼. 안주도 좋고, 경치도 좋고, 뭣보다 당신이랑 오랜만에 같이 있어 그런지 술이 쑥쑥 들어가네 그냥."

"맞아. 정말 당신이랑 같이 밥 먹어본 지도, 이렇게 같이 술잔을 부딪친 지도 너무 오래됐어."

정확히 1년 하고 1개월이 됐다. 발기부전 때문에 보라를 회피한 것도 있지만, 정신과에 가서 워낙 많은 말을 쏟아놓고 오니 보라하고 대화를 할 의욕도 없었다.

"미안해. 앞으로는 잘할게. 우리 건배하자."

보라가 술잔을 든다.

"내 사랑 보라를 위하여!"

나는 한 방울의 술도 남기지 않으려고 잔을 탈탈 털어 마시는데, 보라는 맥주잔을 입에만 살짝 댔다가 내려놓는다.

"당신 오늘 왜 이렇게 안 마셔? 내가 맛있게 폭탄주 말아줄까?"

순간, 보라가 질색을 하고 두 손을 흔든다.

"아냐. 난 당신이랑 오래오래 이 순간을 천천히 즐기고 싶어."

이번에는 보라의 말에 내가 식겁한다. 당신이랑 즐기고 싶어라는 말이 너무 무섭다. 가슴이 답답해지고 손까지 떨린다.

"근데 어쩌냐, 난 벌써 많이 취했는데. 그래서 그런지 까마귀 소리가 이상하게 들린다."

"응?"

"안 들려? 밖에서 꺄약꺄약 그러는데."

"갈매기 소리야."

"아냐. 무슨 갈매기 소리가 저래. 저건 까마귀야. 그것도 진짜 까마귀가 아니고 꼭 사람이 흉내 내는 소리 같은. 하하하."

보라가 굳은 표정으로 나를 보다가 내 술잔을 다시 채워 준다.

"당신은 바다에 많이 안 와봐서 갈매기 소리를 잘 몰라 그런데 아까 그 소리 갈매기 소리 맞아."

"그래? 그럼 성질 드러운 놈인가 보다."

"뭐?"

"갈매기 우는 소리가 그랬다니까. 짜증스럽고, 기분 나빠 미치겠다는 듯이."

내 말이 끝나기도 전에 보라가 맥주잔에 소주를 잔뜩 들이 붓고 내게 건넨다.

"잔이 너무 작아서 같이 건배할 맛이 안 나잖아. 자 건배!"

그렇게 보라가 채워주는 술잔을 몇 번이나 비웠는지는 모르겠다. 다시 또 까마귀 같은 갈매기 소리가 들려왔고, 보라가 냉장고에 있던 술병을 죄다 꺼내 온 것까지는 기억나는데, 그 이후로는 필름이 끊겨 무슨 일이 있었는지 알 수가 없다.

그러다 보라의 목소리에 의식이 돌아온다.

"내가 준 수면제 술에 다 탔어?"

나는 보라가 나한테 하는 말인 줄 알고, 그래서 무슨 말이냐고 되물으려 하는데, 다른 사람이 먼저 대꾸한다.

"응. 소주에만. 넌 맥주만 마셨지?"

익숙한 목소리다.

"그럼. 내가 누군데? 오빠가 아 하면 어 하는 오빠의 파트너라고."

오빠라면, 이 세상에서 보라가 오빠라고 부르는 사람은 장성수뿐이다.

아, 이런 못 말리는 의처증. 또 보라가 장성수와 바람을 피우는 꿈을 꾸는 모양이다.

"수면제에 내성이 생겨 그런가, 그 정도 약이면 저 인간 진작 뻗었어야 하는데 어쩜 그렇게 오래 버티냐."

"나도 너 빨리 안고 싶어 미치겠는데 문은 안 열리고, 아무리 갈매기 신호를 보내도 응답이 없어 속이 까맣게 탔다."

"그랬쪄? 우리 오빠 고생 많았네. 근데 나도 저 인간이 폭탄

주를 만들어주겠다고 설쳐서 철렁했어. 또 갈매기 소리가 이
상하다고 하질 않나."

"기다리다 지친 갈매기라 그렇지. 조금만 더 시간 끌었으면
그냥 뛰어 들어와서 죽여버렸을지도 몰라."

헉. 누구를?

11

오늘의 꿈은 다른 날 꾸었던 것과 비교해 살벌하고 오싹하
다. 다른 때는 영화 같았다면 오늘의 꿈은 다큐처럼 너무 리
얼하달까. 게다가 더 이상한 건 라디오처럼 보라와 장성수의
목소리만 들리고 두 사람의 형체는 보이지 않는다는 것이다.
노안이 심해져 이제는 실명까지 된 건가?

"저 인간 잠든 거 확실하지?"

"그럼 그 정도 약이면 내일 아침까지는 못 일어날 거야."

아닌데.

난 두 사람의 생각이 틀렸다는 걸 말해주려다가 내 입이 무
언가로 막혀 있음을 깨닫는다. 그러고 보니 입뿐만 아니라 눈
도 부자연스럽다. 무언가가 눈꺼풀을 꽉 조이는 걸 보니 안경
대신 안대를 채워놓은 모양이다. 하지만 귀는 멀쩡하다. 다른
감각이 막혀 있으니 더 성능이 좋아진 듯 모든 소리를 선명하

게 흡입한다.

쪽.

누군가가 누군가를 빨아대는 소리다.

까르르륵.

보라가 좋아서 웃는 소리다. 안대를 쓴 채 소리만 듣고 무엇인가를 알아맞히는 게임을 하는 것처럼 나는 나도 모르게 소리에 집중한다.

헉. 허억. 헉.

흥분한 장성수의 숨소리. 딩동댕.

헉. 쿵쾅쿵쾅쿵. 꺄악. 까르륵.

장성수가 보라를 안고 계단을 뛰어 올라가고, 장성수의 품에 안긴 보라가 웃는 소리. (딩동댕 만점입니다.)

그러니까 이 꿈의 배경은 내가 어젯밤에 도착한 거제도의 별장이다. 그곳에서 보라와 장성수가 나에게 수면제를 탄 술을 먹이고, 내가 잠든 걸 확인한 후 밀회를 즐기는 내용이다. 그 꿈속에서 나는 잠든 척하고 있지만 자지 않고 혼자 '소리로 알아맞춰요' 게임을 하고 있다. 그런 내 귀로 2층에서 뒹구는 두 사람의 요란한 마찰음과 신음 소리가 들려온다.

나는 이런 꿈을 꾸고 있는 나 자신에게 자괴감을 느낀다. 요즘 들어 부쩍 내가 이런 음란한 꿈을 꾸는 이유는 지난주 시장배 대회 뒤풀이 회식 때 장성수의 포물선을 목격한 경험 때문일 것이다. 3차로 옮긴 횟집에서 술을 마시다가 화장실에 갔을 때였는데, 그곳은 남녀 화장실이 분리되어 있지 않은 곳이었다.

나는 포물선을 잃고 나서의 습관대로 좌식 변기가 있는 문안으로 들어가서 쭈그리고 앉아 볼일을 보는데, 밖에서 인기척이 들렸고, 곧 입식 소변기를 향해 포물선을 그리며 떨어지는 우렁찬 소리가 들려왔다.

포물선의 크기와 각도를 결정하는 질량과 힘이 과거의 내것보다 우수해 나는 밖에 서 있는 사람을 향한 경외심이 들었는데 전화벨 소리가 울렸다.

"여보세요. 장 형사님은 무슨, 형사 그만둔 게 언젠데 인마."

목소리의 주인공은 장성수였고, 미사일처럼 위대하고 장엄한 포물선을 만들고 있는 사람도 장성수였다. 그의 호쾌한 목소리와 오줌발에 주눅이 들어 찔끔찔끔 나오던 내 소변은 슬금슬금 자취를 감추고 말았고, 나는 장성수가 밖으로 나갈 때까지 화장실에서 숨을 죽이고 기다리며 온몸으로 열패감을 느껴야 했다.

인력 사무소 소장인 줄만 알았는데, 과거에 형사였다는 사실을 알고 나자 왠지 그를 볼 때마다 죄를 지은 것처럼 몸이 움츠러들었고, 꿈만 꿨다 하면 장성수에게 주연 자리를 넘겨줬다.

나는 관음증에 걸린 변태처럼 두 사람의 밀회를 지켜보는 이 꿈에서 벗어나고 싶은데, 가위에 눌린 것처럼 꼼짝할 수가 없다. 그러다 문득 내 몸의 부자유가 가위 때문이 아니라는 걸 깨닫는다. 내 팔이 허리 뒤에 고정되어 있고, 두 다리가 얌전히 붙어 있는 건 밧줄로 묶여 있기 때문이다.

그 와중에도 2층에서 들려오는 소리는 점점 더 볼륨이 높아진다. 상대의 하반신 공격에 능한 푸시의 여왕답게 보라의 맹공격은 장성수를 숨넘어가기 직전으로 몰아붙이고, 이에 질세라 장성수는 강 스매싱으로 보라의 중심부를 연달아 타격한다. 신음을 뱉어내며 유연하게 허리를 꺾는 보라의 다리가 공중에서 180도로 벌어지고, 장성수는 그 사이에서 격정의 땀방울을 흘리며 보라와 끈끈한 교감을 주고받는다. 그리고 절정의 세리머니.

와, 어떻게 소리만 듣고도 이렇게 선명한 영상을 머릿속에 그릴 수가 있냐? 우울증에 걸리기 전까지 꾸준히 학습했던 야동의 효과가 이런 초능력을 선물해준 건가? 그런 영상을 떠올리면서도 꿈쩍 않는 이 무성욕의 경지라니!

그러다 문득 놀이공원에서 마주쳤던 깨달음의 순간과 비견할 만한 통찰이 내 정수리를 후려친다. 이건 꿈이 아니고, 지금 듣고 있는 저 소리는 내 의처증이 만들어낸 망상이 아니라 실제의 소리다. 100퍼센트 리얼!

이미 꿈으로 여러 번 시뮬레이션을 했던 탓인지 현실적인 타격이 그리 크지는 않다. 오히려 더 충격적인 건, 아무런 감정이 일지 않는 나 자신이다.

보통의 경우라면, 다른 남편들이라면, 이 상황에서 자기 아내에 대한 배신감에 몸서리치고, 질투에 눈이 멀어 두 연놈을 죽여버리고 말겠다고 이를 갈 것이다. 그런데 난 전혀 그렇지가 않다. 내 윗니와 아랫니는 너무나 얌전히 제자리를 지키고 있고, 내 마음 또한 그저 푹 자고 아침에 눈을 뜬 사람처럼 평온하고 무심하다.

무발기, 무기력, 무의욕, 무감정의 경지에 이르렀다고 말은 했지만 내 상태가 이 정도인 줄은 나도 미처 몰랐다.

바로 머리 위에서 사랑하는 아내가 다른 남자와 격렬한 시합을 하고 있는데, 그 아래 누워 이렇게 아무렇지 않게, 그 시합이 얼마나 오래 지속되는지 시간을 재고 있는 나 자신이 무섭기까지 하다. 내 정신과 의사가 알면 우울증의 신기원을 개척했다고 흥분해 날 연구 대상으로 삼을 것 같다. 그는 호기심이 많아 내게서 다른 우울증 환자들과 다른 면모를 발견할 때면 눈을 반짝 빛내면서 기록했었다.

"근태 씨 정도의 중등도 우울증 환자들은 손가락 하나도 까딱하기 싫어하고, 화장실까지 걸어가는 것도 힘들어 오줌을 참을 정도인데 근태 씨는 어떻게 매일매일 출근을 할 수 있죠?"

"오랜 훈련의 결과 아닐까요?"

"훈련요?"

"어렸을 때부터 그랬으니까요. 학교에 가기 싫어도 가고, 고등어를 먹기 싫어도 먹고, 하기 싫어도 일을 하고, 웃기 싫어도 웃고. 그렇게 살다 보니 내 몸이 하기 싫은 일을 하는 데는 도가 터서 우울증에도 끄떡 안 하는 거죠."

"그럼 정말 하고 싶어서 한 일은 없어요? 아내와 결혼을 한 건 근태 씨가 정말 하고 싶어 한 거잖아요?"

"그렇죠. 그래서 더 힘든 거 같아요. 하기 싫은 일을 억지로 할 때는 내가 해주는 거니까 이 정도만 해도 됐어 할 수 있는데, 내가 그렇게 원했던 거고, 하고 싶어 했던 건데 이 정도밖에 못 하나 싶으니까 내 무능력을 탓하게 되고, 우울해지고. 그러다 그런 생각이 들더라구요. 그동안 내가 하고 싶지 않은 일만 일부러 골라서 했던 게 아닌가. 그래야 핑계 댈 수 있으니까. 보라가 장성수와 바람피우는 꿈을 꾸는 것도, 보라가 그러기를 정말 바라는 마음이 있어서일지도 몰라요. 그럼 나 때문에 우리 결혼이 실패한 거라는 비난을 피할 수 있으니까."

소리가 소강상태로 접어들어 경기가 끝났나 보다 했는데, 그게 아니다. 두 사람은 다시 시합을 재개하고, 1차전보다 더 속도감 있고, 격렬하게 서로를 몰아붙인다. 문득 다른 신체 부위를 다 묶고 가렸으면서 내 귀는 그대로 둔 이유가 궁금해진다. 실수인 건지, 의도적인 건지.

어쨌든 덕분에 나는 보라와 장성수가 배드민턴만 같이 치는 사이가 아니라는 걸 알 수 있다. 금요일에 클럽 활동을 하고 집에 돌아오는 보라가 싱그러운 샴푸 냄새를 풍겼던 것도 꼭 배드민턴을 치고 샤워를 하고 와서는 아니었다는 뜻이다.

보라가 장성수와 주고받았던 대화를 유추해보면 두 사람이 합의하에 나를 이곳으로 데리고 왔고, 장성수는 보라가 미리 전해준 수면제를 받아 내가 마실 술에 타놓았다. 그럼 내가 감동했던 그 음식들을 준비한 관리인도 장성수란 얘기다. 그러니까 장성수는 체력, 정력만 좋은 게 아니라 음식 솜씨까지 훌륭하다!

형사 출신 요섹남, 팔방미인 장성수는 별장 밖에서 내가 수면제에 취해 뻗기를 기다리다 지쳐 갈매기 신호를 보냈다. 갈매기 소리까지 잘 냈으면 완벽했을 텐데 장성수에게도 약점은 있다는 걸 알게 되었다. (살짝 흐뭇하다, 동시에 이런 내가 한심하다.)

보라가 맥주잔에 소주를 가득 채워 내 입에 때려부은 건 그때부터다. 장성수의 신호를 받은 보라는 초조해졌고, 내가 갈매기 소리가 까마귀 소리 같다고 흠잡을 때마다 건배를 외쳐댔다. 그 바람에 나는 정신을 잃었고, 마침내 장성수는 안으로 들어와 나를 밧줄로 포박했다. 물론 그 일에 보라도 동참했을 것이다. 두 사람은 환상의 복식조니까.

그런데 자초지종을 따라가다 보니 근본적인 궁금증이 솟구친다. 어차피 자기들끼리 시합을 벌이고 나를 이렇게 소외시킬 거면서 왜 굳이 이곳까지 나를 데리고 온 거지? 이렇게 1층에 묶어두느니 아예 서울에 두고 둘만 내려왔으면 밖에서 내가 잠들길 기다릴 필요도 없었는데? (게다가 그 맛있는 음식들도 나한테 양보 안 하고, 사이좋게 보라와 나란히 앉아 먹을 수도 있었다!)

그게 또 어려운 일도 아니다. 보라의 주말 스케줄은 전적으로 보라가 관리, 진행하고, 나는 전혀 간섭을 안 하니까 말이다. 오늘 거제도에 온 것도 보라가 강요하다시피 해서 온 것이지, 그러지 않았으면 나는 지금쯤 보라의 냄새가 물씬 나는 이불을 뒤집어쓰고 누워 보라의 냄새를 탐닉하거나, 이틀 후 내가 떨어질 화단(회화나무가 있던 자리)을 배회하며 뒤로 점프하는 게 좋을까, 앞에서 회전하는 게 좋을까 고민하고 있었을 것이다.

순간, 피부끼리 부딪쳐 만들어내는 쫙 소리와 이어지는 신음 소리가 전파처럼 천장을 타고 내려와 내 몸에 수신된다.

쫙 아 쫙 아 쫙 아—

아!

그러니까 내연의 관계에 있는 두 남녀가 여자의 남편을 다른 곳으로 유인해 살해하는 스토리가 이 별장에서 전개되는 중이고, 그 남편이 아직은 죽지 않은 도입부에서 자신이 처한 상황을 깨닫는 순간이 지금인 것이다!

아까와는 달리 신선한 충격, 짜릿한 흥분감이 발끝까지 전달된다. 아니, 이건 한 자세로 오래 있어 다리에 쥐가 난 것이다. (살살 묶지 이렇게 꽉 묶어야 했나?)

정말 그런 의도로 날 데려온 것이라고 해도 난 두 사람을 비난할 생각은 없다. 화가 나지도 서운하지도 않다. 무발기, 무기력, 무의욕, 무감정의 다음 단계는 무의미다.

유부녀가 남편 몰래 외간 남자랑 어떻게 그럴 수가 있냐고, 윤리와 도덕을 들먹이고 싶지도 않다. 그래 봤자 뭐 할 건데? (이 말은 우울증의 최고봉을 등반한 자들만이 이해할 수 있는 말이다.)

오히려 내 마음속에 점점 차오르고 있는 건 안타까움이다. 사흘만 기다려주지. 그러면 내가 알아서 죽어줄 텐데 뭐 하러 굳이 이런 수고를…….

물론 그들의 입장에서는 월요일에 자살하려는 내 계획을 몰랐으니 어쩔 수 없었을 것이다. (이럴 줄 알았으면 내 자살 계획을 살짝, 넌지시 알려주었을 텐데.)

난 정말, 진심으로 보라에게는 장성수 같은 남자가 남편으로 어울린다고 생각한다. 내가 죽고 나서 두 사람이 재혼을 하면 저 하늘에서도 축하해줄 생각이다. 두 사람은 지구 최강, 우주 특급 환상의 복식조니까.

그 타이틀에 걸맞게 2층에서는 3차전이 진행 중이다. 남녀 상열지사로 붉게 달아오른 보라와 장성수가 서로를 끌어안고 뒹군다. 지난번 시장배 대회 결승전 승리 후 체육관에서 그랬던 것과 다르다면 이번에는 두 사람 사이에 보라색 유니폼이 없다는 것이다. 그리고 한 번 뒹구는 시간이 그때보다는 좀 더 길어 상위와 하위의 파트너 전환이 오래 걸린다.

1, 2차전에 비해 부드럽고 감성적인 경기 운영이라고 볼 수도 있지만 우울증에 걸린 아래층의 청중에게는 좀 지루하고 하품이 나는 대목이다. 이제야 본격적으로 수면제가 약효를 발휘하는지도 모르겠다.

12

알람 소리를 듣고도 못 일어나는 사람들을 위해 획기적인 상품을 고안한 적이 있다. 소리가 아니라 음식 냄새로 사람들을 깨우는 것. 고등어 냄새만 맡으면 아무리 깊이 잠들었어도 깨어나는 내 경험을 기반으로 상상해낸 아이디어다. 어떤 사람들에게는 삼겹살 냄새, 어떤 사람에게는 빵 냄새가 더 효과적일 수 있다. 그 냄새를 응축해 타이머를 설정할 수만 있다면 전 세계에 히트할 대박 상품인데 — 해외 수출용으로 똠양꿍, 우동, 햄버거, 피자, 훠궈 등등의 냄새를 옵션으로 추가 — 인류의 과학기술력이 아직까지는 내 상상력을 못 따라오는 것 같다.

실제로 그런 상품이 나온대도 나는 고등어 알람 시계를 구입하지는 않을 것이다. 잠을 깬다는 것은 확실하지만 짜증을 내면서 일어날 게 분명하니까. 지금 내가 느끼고 있는 상태가 바로 그 기분이다.

몽롱하고, 아직 내가 어디 있는지, 무얼 하고 있었는지 현실감이 자리도 잡기 전인데 누가 나한테 똥을 던지기라도 한 것처럼, 불쾌하고 더러운 기분으로 눈을 뜬다. 검은 암막만 보이던 아까와는 달리 색색의 실내와 햇살이 눈에 들어온다. 내 눈을 가리고 있던 안대가 풀린 모양이다.

어젯밤 내가 보라와 술잔을 부딪쳤던 테이블에 보라가 밥상을 차리고 있고, 장성수는 주방에서 고등어를 굽고 있다. 실내에 흐르는 경쾌한 팝송까지, 아주아주 평화롭고 여유로운 휴가 풍경이다. 밧줄로 묶인 채 애벌레처럼 누워 꿈틀거리는 나만 없다면 말이다. 그리고 내가 꿈틀거리는 건 영화에서처럼 적들 몰래 밧줄을 풀려고 그런 게 아니라 재갈을 물리지 않은 내 콧속으로 파고드는 고등어 냄새 때문에 괴로워서다. 하지만 음악에 맞춰 몸을 흔들어대고 있는 보라와 장성수(두 사람의 커플 염색은 아직도 그대로 남아 있어 백이면 백 모두 두 사람을 사이좋은 부부로 알 것이다)는 내 애로 사항을 해결해줄 기미가 없고, 나는 어떻게든 콧구멍을 막아보려고 고개를 비틀어대며 발악을 한다.

"으, 맛있는 냄새!"

보라가 침까지 삼키며 조르르 장성수 옆으로 달려간다. 장성수는 그런 보라의 입에 구운 고등어를 한 점 뜯어 넣어준다. 그 모습을 흘끔 보기만 했는데도 구토가 날 것 같다.

"진짜 고소해."

"그래. 그래서 대구가 제일 좋아하는 먹이도 바로 이 고등어라니까. 냄새만 맡으면 아주 환장을 하고 떼로 달려들지."

"사람인 줄도 모르고?"

"고등어 기름을 발라놨으니 걔들은 고등어인 줄만 알지. 그래서 덥석! 그럼 권근태는 뼈 한 조각 남기지 않고 대구 배 속으로 사라지는 거야."

세상에 태어나 들어본 농담 중에 가장 재미없고 끔찍한 이야기다. 뭐 나한테 고등어 기름을 발라 대구 밥으로 준다고?

그런데 보라는 나와 다른 의견을 피력한다.

"진짜 완벽한 완전범죄네?"

"그럼, 그럼. 내가 형사 생활하면서 몸소 체득한 건데 이제 우리나라에서 CCTV랑 카메라에서 자유로운 곳은 바다밖에 없어. 깊은 산속 오지도 누군가 숨어서 핸드폰으로 찍어댈 위험성이 도사리고 있지만 바다는 그럴 수가 없거든."

"그러네. 오빠 진짜 똑똑하다."

똑똑하긴 개뿔! 이보라 너 진짜 제정신이냐? 내가 고등어 트라우마가 있다는 걸 뻔히 알면서 어떻게 내 몸에 고등어 기름을 발라 대구 밥으로 준다는데 그만 소리를 할 수가 있어? 내가 아무리 눈을 부라려봤자 두 사람에게는 내 의사가 전달되지 않는다는 걸 알고 나는 허리의 힘을 이용해 묶여 있는 다리를 요동치게 만든다.

"어, 이 사람 깼다."

물고기처럼 버둥거린 덕분에 보라의 관심을 얻는 데 성공한다. 곧 고등어를 굽던 장성수까지 나를 돌아본다. 나는 이 기회에 나의 자살 계획을 알려 그들의 음모를 중단시키려고 필사적으로 소리를 만들려는데, 입에 물린 수건 때문에 침만 질질 흘러나오고 소리는 웅웅거린다.

"뭐라고 하는 거야?"

"몰라. 되게 흥분했는데."

"흥분할 만하지 뭐. 이봐요. 근태 씨 이렇게 된 건 미안하지만 당신도 너무 눈치가 없었어. 진작 알아차리고 보라를 나한테 양보했으면 이런 일도 안 일어났을 테니 이렇게 된 데는 당신 책임도 있는 거야."

눈치 하나로 지금까지 살아온 나한테 눈치 없는 사람이란 말은 명예훼손이고, 이렇게 된 데 내 책임이 있다는 말은 명백한 무고죄에 해당되지만 나는 일일이 시비를 가리고 싶지가 않다. 지금 더 중요한 건 그게 아니기 때문이다. 그래서 나는 의사 표현을 할 수 있는 유일한 눈빛으로 보라에게 호소를 한다.

"뭔가 할 말이 있는 것 같은데."

빙고. 역시 보라는 센스가 있다.

"해봤자 욕이겠지 뭐."

땡. 아니거든.

"재갈 풀어줘볼까?"

그래. 바로 그거야. 보라야. 네 생각대로 해. 넌 누구 눈치 보고 행동하고 그런 사람 아니잖아!

그런데 보라는 보라답지 않게 장성수의 대답을 기다린다.

"소리 질러봤자 들을 사람도 없으니 그렇게 하지 뭐."

"근태 씨 막 소리 지르고 난리 치면 다시 묶을 거다."

알았어. 알았다고.

내가 마구마구 고개를 끄덕이자 보라가 내 입을 묶고 있던 재갈을 푼다. 수건인 줄 알았던 그것은 내가 예전에 보라의 생일에 선물했던 스카프다. 심혈을 기울여 백화점을 몇 바퀴나 돌고 돌다 고른 그것이 이렇게 쓰일 줄이야.

"환기 좀 시키면 안 돼?"

나도 모르게 그 말이 먼저 튀어나간다.

"뭐?"

"고등어 냄새 때문에 속이 뒤집힐 것 같아 그래."

"하고 싶은 말이 그거야?"

"아니. 그건 아니고."

"오빠 어떡하지? 창문 좀 열까?"

뭐야? 왜 일일이 하나하나 허락을 받는데? 너는 주체적이고, 세상 사람들이 다 예스라고 할 때도 노라고 하는 사람이잖아? 무소의 뿔처럼 혼자서 간다며!

"안 돼. 냄새 좋기만 하구만."

"그러다 이 사람 탈 나면 어떡해?"

그래. 그래도 보라 너는 아직까지는 내 아내구나.

"대구 밥으로 줄 때까지는 신선한 상태를 유지해야 하잖아. 죽은 고등어는 안 먹는다며."

아. 수십 억 지구인 중 유일하게 믿고 사랑했던 보라 너마저…….

보라가 장성수와 짜고 나를 이곳으로 데려와 죽일 작정이라는 것을 알았을 때도 배신감이나 실망감은 들지 않았는데, 이번에는 좀 다르다. 아마도 고등어라는 원초적인 내 트라우마가 중간에 끼어 있어 그런 것 같다. 그 내밀한 비밀을 알고 있는 보라가, 그걸 알면서도 이런 식으로 내게 상처와 고통을 준다는 게 나는 아픈 것이다.

"중요한 이야기를 할 거니까 날 좀 일으켜줬으면 좋겠어."

보라와 장성수가 서로를 바라보더니 동시에 나의 몸을 번쩍 들어 소파에 앉힌다.

"이제 됐어?"

"그래. 먼저 두 사람의 관계와 나를 여기까지 데려온 목적을 이미 다 파악했으니까 서론 본론은 생략하고 결론만 말할게."

"눈치가 없는 줄 알았더니 아예 없는 건 아니네."

장성수가 보라의 어깨에 손을 올리며 미소를 짓는다. 아무리 눈치가 없어도 귀가 막히지 않은 이상 모르려야 모를 수 없을 만큼 요란한 애정 행각을 벌인 게 누군데?

"갑자기 두 사람의 계획에 제동을 걸어 미안한데 사실 그 계획 자체부터가 잘못됐어."

"나쁜 짓인 건 우리도 알아."

보라가 양심적인 가책에 표정이 어두워진다. (원래 악한 여자는 아니다.)

"그게 아니고, 애초에 이럴 필요가 없었다는 거지. 가만히 내버려둬도 나는 월요일에 자살할 생각이었거든."

중대한 발표를 마친 사람처럼, 나는 약간은 으쓱한 표정으로 내 말에 놀라 할 말을 잃은 두 사람을 바라본다.

그런데 장성수가 곧 코웃음을 친다.

"에휴. 머리 많이 굴렸네. 그럼 우리가 속아 넘어갈 줄 알고?"

진위 판단도 못 하다니. 갈매기 모사에 이어 두 번째로 찾아낸 장성수의 약점이다. 그런데 보라는 장성수의 코웃음에 동참한다.

"그래. 참신하긴 한데 너무 과했다. 거짓말일수록 그럴듯해야 하는데 말이야."

"진짜야. 보라야. 나 거짓말하는 거 아냐."

"그걸 내가 어떻게 믿어? 당신 밥 먹듯이 거짓말하는 사람이잖아."

"뭐?"

"아프지도 않으면서 만날 아프다고 내 약국에 찾아왔었던 거 기억 안 나?"

"그건 널 사랑하니까, 그래 그땐 하얀 거짓말을 한 거야."

"하하하. 거짓말이 무슨 24색 크레파스냐. 하얀 거짓말 노란 거짓말 파란 거짓말 따로 있게?"

장성수의 저급하고, 무식한 조롱은 상대하고 싶지도 않다.

"정말로 난 월요일 9시 44분에 죽을 계획이었고, 그 시간에 너한테 도착하도록 유서를 써서 예약 메일로 보내놨어."

그 말에 보라와 장성수의 표정이 진지해진다.

"정말이야?"

"그래. 내 메일함 확인해보면 알잖아. 그전에 먼저 이놈의 고등어 냄새 좀 어떻게 해주고."

내 아이디는 KTgood. 누가 보면 핸드폰 통신사와 관련 있는 줄 알지만 근태라는 내 이름의 약자를 딴 것으로 인터넷 초창기부터 이 아이디를 사용해왔다. 너무 오랫동안 아무 생각 없이 사용해서 이 아이디도 나처럼 스마일 마스크(GOOD)를 쓰고 있다는 걸 이제야 발견한다. 내 앞에서 내 아이디를 입력하고 있는 보라에게 좀 쪽팔린다.

"비번은?"

"ilovebora00!!"

보라가 멈칫하고 나를 응시한다. 보라의 눈빛과는 다른 눈빛으로 장성수도 나를 노려본다.

"소문자로 아이러브보라 영영 그다음 느낌표 두 개야."

(00은 영원히라는 의미를 담은 거다.)

나는 장성수에게 과시하듯 힘주어 반복한다.

"예약 메일함에 아무것도 없는데?"

말도 안 된다. 그럴 리가.

"거봐. 뻥친 거라니까."

장성수가 역전의 포인트라도 획득한 표정으로 보라의 어깨를 안는다.

"아냐. 분명히 보냈어. 이 손 좀 풀어줘봐봐. 내가 확인해볼게."

"이게 어디서 아직도 수작을 부리려고!"

장성수가 한 대 칠 듯 내 머리 위로 손을 올린다.

"그런 게 아니라구요."

"봐. 이거 당신 메일함 맞잖아."

보라가 핸드폰을 내 얼굴 쪽으로 돌려 보여준다. 받은 메일함에 오 상무와 박 차장에게서 온 메일들이 주르륵 담겨 있는 걸 보니 내 계정이 확실하다. 그런데 예약 메일함에는 정말 아무것도 없다.

13

이게 어떻게 된 거지? 분명히 월요일 9시 44분에 맞춰 보라에게 발송되도록 유서를…… 아, 오 상무 때문이다. 오 상무가 나타나는 바람에 예약 메일함에 유서를 넣다가 실수를 했던 모양이다. 유서를 쓰다가 인기척을 느꼈을 때부터 나는 오 상무라는 걸 직감하고 있었다. 회사에 제일 일찍 출근하고 제일 늦게 퇴근하는 걸 자랑으로 여기는 사람이니까. 그래서 또 무슨 말을 들을까 긴장해 허둥지둥하다가 메일도 못 보낸 거다.

그것을 설득시키기 위해 어쩔 수 없이 나는 어제저녁, 그러니까 금요일 7시의 상황부터 디테일하게 설명한다. 모두가 퇴근한 사무실에 홀로 앉아 보라에게 유서를 쓰고 있었고, 사실은 지난주에도 쓴 유서가 있었는데, 보라와 장성수가 시장배 배드민턴 대회에서 우승을 하는 바람에 내 자살 계획을 일주일 연기할 수밖에 없었고, 그래서 유통기한이 지난 유서를 폐기하고 다시 작성했으며, 그것을 월요일 투신 시각에 맞춰 보라에게 가도록 하려고 했는데, (왜 월요일을 선택했는가에 대한 구구절절한 설명도 포함했다.) 갑자기 나타난 오 상무의 방해 때문에, 지금 두 사람에게 내 자살 계획을 증명하지 못하게 된 거라고.

"그 유서에 뭐라고 썼는데?"

"보라에게. 그동안 나와 같이 살아줘서 고맙고 미안해. 아니 솔직히 미안하진 않아."

장성수는 내 말이 다 허구라고 주장하며 자세히 듣지도 않았지만 보라는 죽음을 생각하면서까지 자신을 배려하고 양보한 나의 사랑에 조금은 감동한 것 같았는데, 유서의 내용이 그 감동에 찬물을 끼얹은 것 같다. 그래서 난 내가 기억하고 있는 유서의 내용을 마사지해 좀 더 듣기 좋게 만든다.

"솔직히 미안하진 않아. 당신은 나 없이도 잘 살아갈 테니까. 당신은 나의 아내로 살기에는 너무나 과분하고 멋지고 아름답고 훌륭하고 지혜롭고 완벽한 사람이야. 그러니까 나보다 더 잘난 남자를 만나서 잘 살아갈 거야. 이 부분을 쓰면서 그 남자가 여기 이 남자, 장성수일 수도 있다고, 아니 장성수면 좋겠다고 생각했어."

보라가 잠시 고개를 갸웃하고 무언가를 골똘하게 생각한다.

"정말 그렇게 쓴 게 확실해?"

양심에 찔리지만 이 정도면 내가 썼던 유서와 아주 다른 맥락은 아니라는 생각에 나는 고개를 끄덕인다. 보라가 그래도 믿을 수 없다는 듯 다시 입을 열려 하자 장성수가 그 말을 가로막는다.

"근태 씨가 그렇게까지 나를 좋게 생각해줄 줄은 몰랐어요."

역시 나는 설득의 귀재다. 나를 죽이려고 했던 사람의 마음까지 얻다니.

"그런 줄도 모르고 근태 씨한테 이런 대접을 하다니. 정말 송구스럽고 면목이 없습니다. 당장 이 밧줄부터 풀어드리겠습니다."

나는 뭐 그렇게 미안해할 것까지는 없다고 너그러운 표정을 지으며 묶여 있는 두 발을 먼저 내미는데 장성수가 가소롭다는 듯이 바라본다.

"내가 이럴 줄 알았냐? 이게 어디서 사기를 칠라고."

당혹스럽다. 그런데 보라까지 장성수를 거든다.

"그러게. 유서를 그런 식으로 쓰는 사람이 어디 있어?"

"그게 뭐 어때서?"

"당신답지가 않아. 당신은 그렇게 간단명료하게 말하는 사람이 아니잖아. 구구절절 재미있지도 않은 이야기를 유머랍시고 길고 길게 늘어놓는 스타일이지."

"그래 인정. 그치만 유서니까, 이 세상에 마지막 남기는 편지니까 처음이자 마지막으로 내 속마음을 있는 그대로 심플하게 쓰고 싶었어."

"속마음을 있는 그대로? 그럼 그게 진짜 당신의 솔직한 마음이라 이거야?"

"그래."

보라의 얼굴이 보랏빛으로 변한다. 아름다운 붓꽃색이 아니라 멍이 든 보라색에 가깝고, 그 입에서 나오는 목소리도 잔뜩 피멍이 들어 있다.

"그럼 우리가 당신을 대구 밥으로 줘도 당신은 우리를 원망 안 하겠네."

"그건 아니지. 너도 내가 얼마나 계획대로 하는 걸 좋아하는지 알잖아."

의사는 강박을 버리라고 했지만 나는 죽을 때까지 그냥 함께 데리고 있다 같이 갈 생각이다.

"그건 나도 마찬가지야. 나도 내 계획이 어긋나는 거 싫어."

처음 약국에서 만났을 때 이후, 보라가 내게 이렇게 단호한 표정과 말투를 쓴 적은 없었다. 8년간 한집에서 살았던 시간들이 허공으로 날아가고, 우리가 처음 만났을 때처럼 보라는 노골적으로 내게 반감을 드러낸다. 하지만 난 그때의 나처럼 보라를 숭배하지도, 충성을 맹세하지도 않는다.

역시 나의 문제인가?

내 사랑이 변질된 것인가?

"자자자. 둘이 싸우지 말고 내가 공평하게 결정을 내려주지. 보라의 계획은 공모자가 여기 있으니 실재하는 것임이 분명하지만 권근태의 계획은 아무도 증명할 수가 없고, 물증도 없으니 지금 이 자리에서 즉흥적으로 만들어낸 가짜 계획이라고 의심할 여지가 충분해. 그러니 보라의 계획이 승!"

세상에, 말도 안 되는 판정이다.

아니 그리고 같은 편 파트너가 심판을 하는 게 어디 있어? 주최 측의 농간이 요즘 세상에 말이나 되냐고!

내가 항의하거나 말거나 보라와 장성수는 자신들의 계획을 착착 진행시키는 중이다. 고등어구이로 점심을 먹은 장성수는 내 몸에 바를 고등어 기름을 구하기 위해 바다에 그물을 치러 나간다.

"고등어 통조림도 많지만 신선한 기름을 써야 대구들이 좋아한대."

내가 묻지도 않았는데 보라가 친절하게도 설명한다.

나는 고등어구이를 먹어 고등어 냄새를 진하게 풍기는 보라를 보는 것이 괴롭다. 아무리 사랑하는 보라지만 고등어를 먹은 보라는 사랑스럽지가 않다. (내 사랑의 허약성이라니!)

"진짜 밥 안 먹을 거야?"

보라가 다시 한 번 확인하지만 나는 고개를 젓는다.

"이렇게 묶인 채 고등어를 먹는 건 최악의 고문이야."

"그럼 말고. 한 이틀 굶는다고 죽지는 않으니까 뭐."

보라는 상을 치우기 시작한다.

나는 소파에 기대 누운 채 1시를 가리키는 시계를 바라본다. 지금은 토요일 1시. 그럼 월요일 9시 44분까지는 아직 44시간 44분이 남아 있고 절망하기엔 이르다.

"보라야. 난 진짜 이해가 안 된다. 아니 가만히 놔둬도 죽을 사람인데 왜 군이 그런 수고를 하겠다는 거야? 고등어 잡고, 또 거기서 기름 뽑고 얼마나 번거롭고 어려워?"

"그렇게 어렵진 않아. 고등어를 믹서로 드르륵 갈아가지고 거기다 핵산을 섞으면 지방이 녹거든. 오메가 쓰리나 사람이 먹을 식용 기름 같은 경우는 그걸 끓이고 걸러야 되지만 대구 밥 용도로는 그럴 필요가 없으니까 간단하지."

보라는 약국에 찾아온 사람에게 약의 복용 방법을 설명하듯, 집에서 가져온 캐리어 두 개 중 하나를 열어 커다란 유리 병을 꺼내 보여준다.

"이게 바로 헥산이야. 위험 등급 물질이지만 약국에서 주문하면 의심받을 일이 없지. 화장품 만드는 사람들이 실제로 구매해 가기도 하거든."

내 자살 계획만큼이나 보라의 계획도 오랜 시간에 걸쳐 치밀하게 준비된 모양이다.

"그래 기름은 그렇게 뽑는다 쳐. 그렇다고 사람 몸에 그 기름을 발라놓으면, 대구들이 고등어로 착각하고 먹는다는 게 말이 되냐? 나같이 큰 고등어가 어디 있어? 어떻게 저보다 더 큰 고등어를 대구가 먹냐고?"

"당신이 왜 대구보다 크다고 생각해?"

"뭐?"

"성수 오빠네 아버지는 2미터나 되는 대구를 잡았었대."

"야, 그건 다 뻥이야."

"아니야. 나한테 사진도 보여줬어. 정말 사람보다 더 큰 대구였어."

"카메라로 그렇게 보이게 찍은 거뿐이야. 어떻게 너는 그런 데 속아 넘어가냐? 이보라 그렇게 안 봤는데 너 좀 실망이다."

"듣자듣자 하니 진짜 너무하네!"

갑자기 장성수의 목소리가 끼어들어 돌아보니 어느새 장성수가 현관문을 열고 들어와 있다.

"아니 도대체 날 어떻게 보고 그딴 소리를 하는 거야? 내가 당신처럼 거짓말이나 하고, 보라를 속이는 사람으로 보여?"

"아니 그게 아니라, 나는 합리적인 의심을 제기하는 거예요. 대구가 그렇게 크다는 건 말이 안 되잖아요."

"그래요? 그럼 머리 좋고 공부 잘해 좋은 대학 나오고, 대기업에 취직해 돈 잘 벌고, 이쁜 마누라까지 있는 당신이 죽으려고 마누라한테 미리 유서를 보내놨다는 건 말이 돼?"

할 말이 없다.

"좀 전에 당신이 한 말은 나와 보라뿐만 아니라 평생 어부로 살아온 우리 아버지까지 무시하고 모욕하는 발언이야. 2미터짜리 대구? 우리 아버지 3미터짜리 문어도 잡았던 사람이야! 그리고 당신이 간과하고 있는 게 있는데, 대구는 떼로 몰려다닌다는 거야. 반경 100미터급에 달하는 대구 떼한테 180도 안 되는 권근태 당신은 한 끼 거리도 안 된다고."

"좋아요. 그럼 크기 문제는 그렇다 치고, 더 핵심적인 맛과 질로 넘어가죠. 고등어와 나는 어류와 포유류로 어마어마한 차이가 있는데 과연 대구가 모를까요? 게다가 대구는 신선한 고등어만 먹는다면서요? 근데 찌들 대로 찌들고 냄새나는 나를 먹겠냐구요?"

"근태 씨 그 정도는 아냐."

보라가 눈을 동그랗게 뜨고 끼어든다.

"그래. 자학이 좀 심하네."

"아뇨. 겉으로 보이는 것보다 속은 더 부패했어요. 신선하기는커녕 상할 대로 상한 인간이라구요. 정신 상태는 완전 썩었구요!"

오 상무한테 확인을 해보면 아마 내 말이 틀리지 않았음을 증명해줄 것이다.

— 권 부장? 완전 맛이 갔지. 흐리멍덩한 눈깔만 봐도 알잖아. 그런 놈을 대구 밥으로 준다고? 대구들은 바보래? 그런 쓰레기를 먹게?

보라와 장성수가 진지한 눈빛으로 서로를 바라본다. 나의 프레젠테이션이 임원들의 마음을 움직였을 때의 분위기와 흡사하다. 이제 곧 박수를 치며 나를 향해 엄지손가락을 들어 보이겠지.

그런데 환상 속의 그들과 달리 내 눈앞에 서 있는 보라와 장성수는 냉담하다.

"걱정 마. 당신보다 더 안 좋은 악조건으로도 이미 성공한 사례가 있으니까."

에?

"내 아내의 경우지. 권근태 너보다 나이도 많고, 건강도 더 안 좋았는데, 아주 깨끗하게 대구 배 속으로 사라졌거든."

헉. 그래서 장성수가 혼자 사는 거야?

체력도 좋고, 정력도 좋고, 요리도 잘하는, 게다가 형사 출신인 장성수가 살인자라고?

14

장성수가 자기 아내의 몸에 고등어 기름을 발라 대구 밥으로 줘버렸다는 사실보다 더 충격적인 건 보라가 그 사실을 알고도 장성수를 만나왔다는 것이다. 살인자와 매주 배드민턴을 치고, 다른 것도 함께했던 것이다. 환상의 복식조라는 말을 들으면서!

어떻게 그럴 수가 있을까?

내가 보라에 대해서 너무 몰랐던 건가?

되짚어 보니 사실 보라에 대해 그렇게 많이 알지는 못한다. 아는 만큼 사랑하게 된다고 하지만 난 꼭 그렇다고는 여기지 않는다. 사랑은 몰라도 할 수 있다. 아니 몰라야 오히려 사람을 사랑할 수 있는 거 아닌가? 속속들이 다 알고 나면 어떻게 사람을 사랑할 수 있지? 인간이 그렇게 사랑스러운 존재가 아닌데?

결혼하고 나서 보라의 앨범을 딱 한 번 보았다. 태어나서 서른네 살이 될 때까지 보라가 찍은 사진은 50장짜리 앨범 하나도 꽉 채우지 못한 상태였고, 그것도 대부분 소풍 가서 친구들과 찍은 사진들이 한 무더기씩 끼워져 있어 연대기별로 보라의 과거를 파악하기에는 미흡했다. 그래도 하나 알 수 있는 건, 어렸을 때부터 보라가 성실하고 온건한 학생이었다는 것이다. 옷차림이나 헤어스타일, 같이 사진 찍은 친구들을 살펴보면 그건 쉽게 파악할 수 있다. 그리고 몇 장 되지 않은 가족사진을 통해 보라네 가정의 형편을 짐작할 수도 있었다.

한쪽 다리가 불편하고 병색이 짙은 보라의 아버지와 남편을 대신해 가장 노릇을 하느라 피곤에 전 보라의 어머니, 올망졸망 어린 두 명의 동생들이 보라의 가족이었고, 언제나 그 가운데 서 있는 보라는 어린아이답지 않게 입을 꼭 다물고 있었다.

그 사진들을 볼 때 보라가 그런 말을 했던 게 기억난다. 아버지의 약값을 대느라 늘 돈을 빌리는 엄마 때문에, 번번이 사람들에게 아쉬운 소리를 하면서 괴로워하는 엄마 때문에 약값에 한이 생겨 약사가 됐다고 했다.

보라는 '보라약국'을 차려 집안의 빚을 갚고, 동생들의 학비도 대주었다. 하지만 그러는 사이 보라는 자신의 삶을 잃었고, 약국의 노예가 돼 세상과 담을 쌓고 살았으며 마음속으로는 자신을 그렇게 만든 가족들을 원망하게 됐다고 했다. 계속 그렇게 살다가는 사랑하는 가족도 잃고, 자신도 잃고, 인생을 망칠 것 같아서 보라는 더 이상 그렇게 살지 않으리라 결심을 하게 된다. (그게 딱 나를 만났을 때라는 게 개인적으로는 조금 유감이다.)

어쨌든 보라의 과거사를 피상적으로밖에 몰라도 보라가 지극히 평범하고, 건전한 생각을 가진 사람이란 걸 확인할 수 있다. 그런 보라가 자기 아내를 죽인 살인자를 사랑하다니!

이건 논리적으로도, 감성적으로도 이해하기가 어렵다.

오히려 장성수에게 뭔가 약점을 잡혀 어쩔 수 없이 장성수의 파트너가 됐다고 보는 게 나을 것 같다.

그래. 정말 그런지도 모른다. 그래서 나까지 이곳으로 데리고 온 거지. 보라의 의지가 아니라 순전히 장성수의 지시와 명령에 복종하느라. 그렇게 생각하니까 어젯밤부터 보여줬던 보라의 이상한 행각이 한 줄로 꿰어진다.

고속도로 휴게소에서 장성수의 독촉 전화를 받고, 보라는 내 운전대를 강탈해 액셀러레이터를 밟아댔다. 그러면서도 나를 정말 장성수에게로 데려가야 하나 하는 내적 갈등 때문에 신경질적으로 굴고, 나한테 화를 냈다.

하지만 이미 살인까지 저지른 무시무시한 장성수의 손아귀에서 벗어나는 건 불가능하기에(형사 출신인 장성수가 얼마나 교묘하고, 집착적인 방식으로 보라를 포획했겠는가?) 장성수의 뜻에 따를 수밖에 없다고 판단했던 것이다.

나는 장성수가 낮잠을 잔다고 2층에 올라간 틈을 이용해 보라에게 은밀히 속삭인다.

"보라야. 내가 널 장성수한테서 구해줄게."

"뭔 소리야?"

"장성수가 무서워서 그 사람이 시키는 대로 하는 거잖아."

보라가 너무나 재밌는 개그라도 들은 것처럼 까르르 웃어댄다.

"당신은 성수 오빠가 무서워? 난 하나도 안 무서운데."

"살인잔데도?"

"자살은 살인 아냐? 당신 자살하려고 했었다며?"

예상치 못한 급습에 적당한 말이 생각나지 않는다.

"나는 자기를 죽이는 사람이 다른 사람을 죽이는 사람보다 더 독하다고 생각해. 그래서 더 무섭고."

"그건 오해야."

"뭔 오해? 당신 자살하려고 했다는 거 그럼 거짓말이야?"

"그건 아니고 진짜로 죽으려고 했어. 아니, 죽을 거야."

"정말로?"

"그래. 하늘에 대고 맹세할 수 있어. 난 진짜 월요일 아침 9시 44분에 우리 아파트 베란다 난간에서 떨어져 죽고 싶다니까."

순간 왼쪽 볼 하나가 떨어져 나가는 듯한 통증이 밀려온다. 손목의 스냅을 자유자재로 이용하는 푸시의 여왕답게 보라의 싸대기는 강력하다. 평생 맞아온 것 중에 역대급이다.

"배신자!"

다른 때도 아니고, 내연의 남자와 짜고 날 죽이려고 여기까지 데리고 온 마당에 보라가 그런 말을 할 줄이야!

아무리 우울증으로 집중력이 떨어지고 논리적인 사고를 할 수 없는 상태지만 이건 아니다 싶은데, 보라의 흥분은 더 높아진다.

"난 당신이 날 사랑한다고 철석같이 믿었어. 그래서 내가 좋아하는 사람이 있다고 해도 나를 놔주지 않을 것 같아 이런 계획까지 세운 거라고!"

이렇게 화가 난 보라의 얼굴은 처음 본다. 정말 배신당한 여자처럼 눈물까지 글썽거리니 내가 무척 잘못한 것 같다. 그래도 나는 정신을 똑바로 차리고 반격한다.

"그렇게 말하면 당신도 배신자지. 나는 당신이 나를 속이고 여기까지 데려와서 내 몸에 고등어 기름을 발라 대구 밥으로 줄 거라고는 상상도 못 했어."

수백 수천 가지의 살인 방법이 있는데, 하필 나를 고등어로 위장시켜 끝을 내겠다는 그 기획이 정말 나는 용서가 안 된다. 죽이는 거야 그렇다 쳐도 왜 내가 가장 싫어하는 고등어를 끌어들이는데?

"지금 당신 머릿속엔 고등어밖에 없지?"

그래 맞다. 그래서 뭐?

"내 가슴이 지금 어떤지, 얼마나 찢어지는 고통에 몸부림치는지 그런 건 상상도 못 하고."

"당신 가슴이 왜? 유방암이라도 걸렸어?"

"뭐? 그걸 말이라고 해?"

40대 여자한테 유방암에 걸렸냐고 묻는 게 무슨 큰 죄라고, 보라는 하늘이 무너져라 한숨을 내쉰다.

"당신이 이런 사람인 줄 정말 몰랐어. 어떻게 그딴 유서를 남기고 날 떠날 생각을 할 수 있어? 뭐 솔직히 미안하지는 않아? 나 없어도 당신은 잘 살아갈 거라고?"

"맞는 말이잖아. 팩트."

글썽거리던 보라의 눈물이 젓가락으로 찌른 계란 노른자처럼 터져 흐른다. 예전 같았으면 이유 불문하고, 당장 무릎부터 꿇고 사죄했을 테지만, 난 그저 멀뚱멀뚱 바라만 본다. (진짜 난 변했다!)

"순 거짓말쟁이. 날 사랑한다고? 웃기지 마. 이게 사랑이야? 이게 무슨 사랑이야?"

보라의 슬픈 목소리가 너무 날카로워 우울증으로 둔감해진 내 가슴속까지 파고든다.

"당신을 믿은 내가 바보지……."

찰싹 뺨을 때리는 소리가 들려 보라가 다시 싸대기를 날린 줄 알았는데, 보라가 때린 뺨은 내 뺨이 아니라 보라의 뺨이다.

보라가 맞는데 왜 내가 아픈지 모르겠다. 보라에게 맞았을 때보다, 왜 더 아프게 통증이 깊숙이 파고드는지. 생각해보면 사실 보라가 자기 뺨을 때리는 건 당연한 것이다. 보라는 누가 봐도 맞을 짓을 했으니까. 그래 놓고도 오히려 내가 잘못했다 적반하장 큰소리를 쳤으니 사실 가중처벌로 더 맞아야 한다. 그런데 내 입에서는 내 생각과 반대되는 말이 튀어나온다.

"그만해 보라야. 내가 잘못했어."

"진짜 그렇게 생각해?"

그렇게 물으니 대답을 못 하겠다. 그러자 보라가 그럴 줄 알았다는 표정을 짓는다.

"그럼 내가 잘못한 거네. 당신이 그런 유서를 쓰게 된 건 다 내 탓이고."

보라는 아까보다 더 센 강도로 자신의 다른 쪽 뺨을 찰싹 때린다. 갈비뼈가 쪼개지는 것 같은 통증이 내 가슴을 훑고, 내 혀는 속사포처럼 애원한다.

"아니, 그건 내 잘못도 네 잘못도 아냐."

보라가 발갛게 부어오른 얼굴로 나를 본다.

"내가 그런 유서를 쓴 건, 우울증 때문이니까."

"우울증?"

나는 보라의 슬픈 눈을 보며 지난 1년간 내게 일어났던 무발기와 무기력, 무의욕, 무감정, 무의미에 대해 털어놓는다. 욕실에 들어갈 때마다 문을 잠가야만 했던 내 자존감의 상실에 대해, 비뇨기과와 정신과를 앞에 두고 갈등했던 내 고뇌에 대해.

그런데 실존적인 내 고백에 대한 보라의 응답은 지극히 화학적이다.

"그건 내가 당신 주스에 에스트로겐을 타서 그런 거야."

"뭐?"

"성수 오빠랑만 하고 싶어 당신의 남성 호르몬을 약화시키려고 약을 넣었다고. 그래서 당신 게 안 서게 된 거야."

갑자기 윙 하는 믹서의 소음과 함께 나를 둘러싸고 있는 세상이 빙글빙글 돌아간다. 그 속에는 매일 아침 믹서에 사과, 당근, 허브와 함께 알약을 넣는 보라가 있고, 아무것도 모른 채 그 주스를 쭉 들이켜는 내가 있다. 그걸 먹고 내가 이렇게 된 거라고?

"두 사람이 파트너가 된 건 3년 전부터잖아?"

"그때는 배드민턴만 같이 쳤고, 다른 것도 같이하게 된 건 1년 전부터야."

뭐야? 그럼 내가 전형적인 우울증이고, 발기부전도 그 때문이라고 진단한 내 정신과 의사는 돌팔이였던 거야? 그런 돌팔이 의사를 만나 있지도 않았던 우울증을 얻고 여기까지 오게 된 거라고?

그런데 이상하다. 보라의 말대로라면 어제오늘은 보라가 주는 영양주스(에스트로겐이 녹아 있는)를 먹지 않았으니 쭈쭈바 상태가 달라야 하는데 전과 똑같으니 말이다.

이제 와서 정신과 의사가 맞는지, 보라가 맞는지 시비를 가리고 싶지 않다. 본론이 달라졌다고 결론이 바뀌지는 않으니까. 비뇨기과와 정신과를 눈앞에 두고 갈등을 하다 정신과로 발걸음을 옮긴 건 내 탓이고, 내 운명이다. 이제 와서는 돌이킬 수 없는.

"정말로 그렇게 우울해? 죽고 싶을 만큼?"

보라가 눈물 흔적을 닦아내고 약사처럼 진지하게 묻는다.

"그래."

"그런데도 대구 밥으로 먹히기는 싫고, 꼭 당신이 계획했던 대로 우리 집에서 월요일 9시 44분에 뛰어내리고 싶다?"

"그게 가장 최선이지만 여의치 않으면 차선이라도……."

"차선?"

"고등어 기름을 바르고 죽는 건 진짜 싫어. 너도 알잖아. 내가 얼마나 고등어를 질색하는지."

"그래서?"

"그냥 차라리 여기 벼랑에서 뛰어내려 죽을게. 내 계획에서 시간 장소 다 양보한 거야."

나는 이만큼 양보했으니 더 이상은 물러설 수 없다며 배 째라는 전략을 구사하는 협상가처럼 고개를 돌리고 보라의 시선을 외면한다.

"성수 오빠가 받아들이지 않을 거야."

"보라야. 너답지 않게 그런 말 하지 말고 너 자신만 생각해."

"나다운 게 뭔데?"

부부 싸움을 하다가 이 말이 걸리면 지뢰를 밟는 것과 마찬가지다. 발 하나를 잃지 않고 그 지뢰를 제거하려면 최소한 1박 2일은 소비해야 하고, 내게는 그럴 만한 시간이 없다. 그래서 나는 지뢰를 밟지 않은 척 사뿐히 발길을 돌린다.

"그냥 단순하게 생각해도 네가 날 죽이는 것보다 내가 스스로 죽는 게 네 맘도 더 편할 거 아냐. 나중에 두고두고 찝찝한 마음도 들지 않을 거고."

"그건 그렇겠지."

"그러니까. 너는 그냥 내 다리만 풀어주면 돼. 나머지는 내가 다 알아서 한다니까."

"마이 허니, 마이 러브 보라!"

다 된 밥에 장성수가 코를 빠뜨린다.

수컷 중의 수컷인 척하는 장성수가 — 그것도 형사 출신인 — 이렇게 코맹맹이 소리를 하는 걸 들으니 닭살이 돋는데, 보라는 비위도 좋게 맞장구를 친다.

"나 여기 있어, 오빵."

그러고는 황급히 계단을 올라간다.

보라를 설득하느라 진을 뺀 데다 못 볼 꼴을 보아 그런지 너무 허기가 진다.

보라가 아침마다 만들어주던 영양주스라도 한 컵 마시고 싶다. 그 안에 에스트로겐이 녹아 있더라도.

15

오후 5시. 오전에 놓고 온 그물을 보러 가겠다며 장성수가 외출을 한다. 나는 장성수 때문에 중단됐었던 설득 작전을 다시 개시한다.

그런데 보라의 태도가 아까와 달리 회의적이다. 장성수와 2층에서 몇 시간을 함께 보내는 사이 내게 가졌던 연민과 동정이 흐려진 것 같다.

"당신 때문에 성수 오빠가 배까지 구하고, 이 별장 빌리고, 그물 사고 얼마나 투자를 많이 했는데, 이제 와서 그걸 어떻게 물거품으로 만들어?"

"돈? 돈이 문제야? 그건 내가 몇 배로 보상해줄 수 있어."

돈에 관심 없는 줄 알았는데, 보상이란 말에 보라의 눈동자가 휘둥그레진다.

"당신한테 아직 말 안 했는데, 나 나 죽으면 10억 나오는 생명보험 가입해놨어. 당신 앞으로."

"진짜야?"

"그래. 못 믿겠으면 보험회사에 조회해봐. 그리고 그건 자살해도 지급되는 보험이야. 확실히 알아보고 당신을 위해 가입했지."

보라는 즉시 핸드폰으로 보험회사의 홈페이지에 들어가 확인을 한다. 그리고 좀 전보다 더 커진 눈동자로 나를 돌아본다.

"진짜네."

"거봐. 나 거짓말 안 한다니까."

"근데 이상하다. 아까는 1년 전부터 우울증이 시작됐고 결국 자살 직전까지 온 거라더니 이 보험은 3년 전에 가입한 건데?"

그래? 그건 나도 몰랐다.

아, 어렴풋이 기억이 난다. 3년 전 최 부장이 쓰러졌을 때 우리 회사에 보험 열풍이 불었었다. 그리고 누가 더 사망 보험금을 많이 받는 보험에 가입하나 경쟁이 붙어 난 내 동기들과 오 상무를 이기고자 10억을 준다는 보험에 가입했다. 다달이 200만 원이 넘는 돈을 20년씩이나 내야 하는 조건이 부담스러웠지만, 내가 최고로 아내를 사랑하는 남편이라는 타이틀을 놓칠 수 없어 덥석 계약을 했다.

그 타이틀에 집착한 이유는 남들에게 과시하고 싶어서만은 아니었다. 난 내가 누구인지, 무엇을 원하는지 모른다. 그런 나를 지탱해주는 유일한 부표가 보라를 지극히 사랑하는 남자라는 것이고 난 그것에 매달려야만 숨을 쉴 수 있었던 것이다.

매달 보험금이 빠져나갈 때마다 후회를 했지만 해지할 수는 없었다. 지금까지 부은 돈이 아까워서.

내 지나온 삶도 그 보험과 마찬가지였던 것 같다. 이렇게 계속 가는 건 아니라는 생각이 드는데도, 지금까지 쏟아부은 게 아까워서 멈출 수가 없었다.

"그래서 그때 어머님 아버님 드릴 용돈도 줄이자고 한 거야?"

꼭 그런 것만은 아니다. 늘어난 보험금 때문에 다른 지출을 줄여야 하는 이유도 있었지만 나를 동생보다 더 하치로 취급하는 부모님에 대한 배신감과 서운함 때문에 용돈을 줄이는 것으로 복수를 하려 했던 의도가 더 짙었다. (치사하지만 먼저 치사하게 군 건 그들이다.)

보라가 실망스럽다는 표정으로 나를 본다.

"이게 무슨 나를 위한 거고, 나에 대한 사랑이야?"

"보라야. 그럼 이렇게 생각해보는 건 어때? 아마 3년 전 그때부터 난 무의식적으로 내 운명의 끝을 예감하고 있었던 거야. 그래서 이런 보험을 가입했던 거고. 그리고 1년 전부터는 본격적으로 의식적으로, 그래 우울증을 통해 내 운명을 체감하게 된 거지. 그래. 바로 이거야."

"자살로 끝을 내는 게 당신의 운명이다?"

"그래."

"왜?"

"운명에는 이유가 없어."

보라가 못마땅한 표정으로 다시 손목을 꺾는다. 이번에는 그 손의 목적지가 내 뺨이 될 게 분명하다는 예감이 든다. 그게 정신과 의사의 호소보다 내 스마일 마스크를 떼어내는 데 더 효과적이다. 나는 펌프질을 하듯 내 마음 깊숙이 자리 잡고 있는 말들을 끌어올린다.

"너를 사랑하지 않게 되면 차라리 죽겠다고 맹세했었잖아."

"그래서 나를 사랑하지 않게 됐다는 거야?"

"곧 그렇게 될 것 같은 예감이 들어."

"뭐뭐 할 거 같은이란 말 좀 쓰지 마."

"우울증에 걸리면 원래 자기 확신이 없어져."

"어쨌든. 내 앞에서 또 한 번만 쓰기만 해봐."

보라가 열 손가락을 쫙 펴고 접었다 폈다, 손목의 스냅을 꺾어 보이며 위협을 한다.

"알았어. 노력할게."

"계속해. 그러니까 지금은 사랑하지만 곧 나를 사랑하지 않게 될 것이다. 그 얘기지?"

"그래."

"그렇게 생각하는 이유는?"

"너는 점점 더 생기 있어지고, 점점 더 에너제틱해지는데, 나는 점점 더 쭈구리가 돼가니까. 그래서 네 옆에 있으면 내가 더 초라한 것 같고, 곰팡내가 나는 것 같아 비참해."

솔직히 언젠가부터 나는 보라한테 피해 의식까지 가지게 됐다. 보라가 내 삶의 좋고 맛있는 부분만 쏙쏙 다 빨대로 빨아먹어 자신의 젊음과 행복을 유지하는 게 아닌가 하는. 그래서 93프로 불행한 내 인생은 7프로의 행복도 빼앗기고 100프로 불행해진 게 아닐까 하는.

보라 때문에 난 집안에서 왕좌의 자리를 잃고 무정자증 못난이로 추락했고, 회사 사람들의 재산 증식 경쟁에서도 도태

되었다. 그게 나를 우울증에 빠뜨리고, 무발기, 무기력, 무의욕, 무감정, 무의미의 계단을 밟게 했는지는 모르겠지만 내심 그럴 가능성이 농후하다고 난 추정하고 있다. (보라색이 사람을 우울하게 하고, 특히 우울증 환자들에게 좋지 않다는 심리학적 연구도 있다.)

지하 3,000미터 암반수를 뽑아내듯 내 가슴속 깊이깊이 매장되어 있는 속마음을 토해내자, 바람길이 생기기라도 한 것처럼 가슴이 시원해진다.

"그동안 너한테 보여준 내 모습은 사실 다 가짜야. 진짜 나는, 진짜 권근태는 가부장적 사고로 똘똘 뭉친 꼴통에, 속물이고, 돈의 노예, 이기적인 나르시시스트야."

실망해 연속 싸대기를 날릴 줄 알았는데 보라는 두 손을 꼭 쥔 채 기도하듯 나를 바라본다.

"근태 씨."

"그런 나를 감추고 사는 게 너무 힘들어. 난 너를 사랑하지만, 너처럼 살 수가 없어."

"그럼 그렇게 안 살면 되잖아. 당신답게 살아."

"그건 내가 용납 못 해. 내가 사랑하는 보라, 너의 남편은 그렇게 살면 안 되니까. 그건 너에 대한 모독이고 결례니까."

보라가 꼭 잡은 두 손을 풀기에 입안 가득 공기를 빵빵하게 채우고 나도 마음의 준비를 하는데, 보라는 그 손으로 내 발목을 묶고 있는 밧줄을 풀기 시작한다.

"당신이 그렇게 원하는 게 자살뿐이라면 할 수 없지."

"고마워 보라야."

"내가 당신한테 실망했다는 건 알아둬. 난 정말 당신이 이럴 줄은 몰랐어."

"미안해 보라야. 그리고 사랑해."

"그딴 소리는 하지도 마!"

나는 보라가 마음이 바뀌어 풀고 있는 밧줄을 다시 묶을까 봐 밧줄이 내 발목에서 채 풀리기도 전에 일어나 현관으로 달려간다. 하지만 손이 묶여 있어 문을 열 수가 없다.

"이왕 풀어준 거 손도 풀어주면 안 돼?"

그 말에 보라의 표정이 일그러진다.

"알았어. 알았어. 더 이상은 안 바랄게. 문만 열어줘."

"정말 여길 나가면 벼랑으로 뛰어내릴 거야?"

"그럼. 그래야지."

"그래. 그럼 잘 가."

보라가 문을 활짝 열어준다.

나는 보라에게 마지막 키스라도 하고 싶지만 눈치를 보니, 보라의 기분이 영 아닌 것 같아 포기하고 밖으로 뛰어나간다.

어제 새벽에 도착할 때는 몰랐는데, 별장 아래의 벼랑 아래로 작은 항구와 마을이 보인다. 그리고 별장에서 100미터쯤 떨어진 곳에 2차선 도로가 있다. 뒤를 돌아보니 보라는 차마 내 마지막을 지켜볼 용기가 없는지 문을 닫고 들어간 것 같다. 아니 들어갔다. 보라에게는 내가 세운 자살 계획의 시간과 장소를 포기하겠다고 했지만 막상 밖으로 나오니 미련이 남는다. 계획에 대한 강박증 때문인 것 같다. 아니 강박증 때문이다. (보라 때문에 말투를 고치니 없었던 자기 확신이 조금 생기는 것도 같다. 아니 생긴다!)

그래서 나는 별장을 둘러싸고 있는 울타리를 지나 벼랑 쪽으로 걸어가는 대신 2차선 도로를 향해 뛰어간다. 그리고 고함을 지른다.

"사람 살려! 날 좀 도와줘요!"

저만치 해안가 쪽에서 이쪽으로 올라오고 있는 차 한 대가 보인다. 나는 그 차를 향해 달려가며 만약 운전자가 차를 세우고 나를 구조해준다 해도 보라와 장성수가 세웠던 계획에 대해서는 일절 말을 하지 않고 월요일 내가 죽을 때까지 비밀을 지키겠노라고 맹세한다. 그래야만 나를 믿고 풀어준 보라에게 덜 미안하기 때문이다.

가까워질수록 속도를 줄이는 자동차가 낯익다. 내 차와 같은 색깔, 같은 브랜드다. 그 차에 앉아 있는 사람마저 낯익다.

헉. 장성수다.

나는 급히 방향을 바꿔 반대 방향으로 달리기 시작한다. 굽이굽이 휘어진 산길을 따라 내려오고 있는 트럭이 내 마지막 희망이다. 나는 지름길로 가기 위해 억새가 자욱한 산길을 헤치고 달려간다. 차에서 내린 장성수가 내 뒤를 쫓아온다.

무거운 발을 한 발 한 발 내디딜 때마다 퓨마처럼 날쌔게 배드민턴 코트를 누비던 장성수의 발이 떠오른다. 흘끗 돌아보니 장성수는 손에 배드민턴 라켓까지 치켜들고 있다. 장성수 같은 A급 선수들이 그 라켓을 휘두르면 셔틀콕이 시속 300킬로미터로 날아간다는 것을 모르는 사람들은 그 순간 내가 느낀 공포를 이해할 수가 없을 것이다.

　셔틀콕이야 오리털이 달려 그저 포물선을 그리며 날아갈 뿐이지만, 내 머리통이 그 라켓에 맞으면 온전치 못할 것이다. 실제로 나는 배드민턴 라켓에 맞아 눈이 실명된 사람의 이야기를 보라에게 들은 적이 있다.

　목숨을 걸고 달리지만 내 마음만큼 몸이 따라주지 않는다. 반대로 몸이 최선을 다하려고 하면, 왜 굳이 그래야 하냐고 마음이 어깃장을 놓는다. 그냥 항복해. 너 원래 그런 거 잘하잖아! 이런 악조건 속에서 나는 억새를 뚫고 2차선 도로와 만나는 지점까지 통과하고 S자 도로를 따라 내려오고 있는 트럭을 향해 소리를 지른다. 밧줄로 묶여 있는 두 손이 뒤가 아니라 앞에서만 묶여 있어도 구조를 요청하는 데 도움이 됐을 텐데, 두 손이 허리 뒤로 묶여 있어 아쉽다.

　"살려줘요."

　외국인일 수도 있다는 생각에 영어로도 소리친다.

　"헬프 미!"

　트럭이 나를 발견하고 멈춘다.

아니, 멈추는 줄 알았는데 그냥 가버린다. 동남아에서 온 노동자들이 타고 있는 것 같다. 나는 베트남어와 인도네시아어까지 동원한다. 아시안 푸드 레스토랑 브랜드 개발을 위해 동남아 나라들을 오가며 익힌 일상 회화를 이렇게 써먹을 줄이야!

"줍 또이 버이!"

"똘롱!"

앞서 가는 트럭은 멈추지 않고 뒤통수에 엄청난 충격이 느껴진다.

16

염라대왕이 만약 내 인생에서 한 장면을 삭제할 수 있는 기회를 준다면, 나는 장성수에게 붙들린 채 현관으로 들어가 보라와 대면하는 이 순간을 지목할 것이다. 나는 차마 보라를 바라볼 용기도 없어 목뼈가 부러진 사람처럼 고개를 아예 아래로 처박는다.

"이게 어떻게 된 거야? 보라 네가 이 인간 풀어준 거야?"

나만큼이나 숨을 헐떡이고 있는 장성수가 보라에게 소리친다. 고개를 푹 쑤셔 박고 있기에 나는 내 뒤통수를 후려쳤던 배드민턴 라켓을 잡고 있는 장성수의 오른손에 힘이 들어가는 걸 볼 수 있다.

그 라켓이 보라를 가격할까 봐 나는 절박하게 소리친다.

"아니에요. 내가 풀고 도망간 거예요."

무언가를 말하려던 보라가 다시 입을 다물고 나를 응시한다. 쪽팔리고, 창피하고, 미안해서 방금 전까지도 차마 고개를 못 들었던 나지만, 보라를 위해 뭔가 했다는 기분이 내게 보라를 볼 용기를 준다.

"손도 묶여 있는데 어떻게 풀었단 거지?"

장성수는 아직까지도 보라에 대한 의심을 지우지 않은 채 나를 취조한다.

"두 다리를 버둥거려서 밧줄을 느슨하게 만든 다음 한 발을 빼고, 또 한 발을 뺀 거예요."

"그러는 동안 보라 너는 뭐 했어?"

"보라는 2층에 올라가고 없었어요."

"난 너한테 물은 게 아니라 보라한테 물었는데?"

보라가 나와 장성수를 짧게 번갈아 보고 입을 연다.

"맞아. 난 2층에서 핸드폰으로 음악을 듣고 있었어. 그래서 이 사람이 밧줄을 풀고 도망갔는지도 몰랐어."

장성수와 한편이던 보라가 갑자기 내 편으로 돌아선 것처럼 기분이 흐뭇해진다.

"그래? 그럼 지금 내 앞에서 한번 해보시지."

"뭐?"

"내가 다시 권근태의 두 다리를 묶어놓을 테니 너는 그 다리를 풀고, 보라 너는 2층에서 음악을 듣고 있으라고. 두 손이 묶인 채 현관문을 어떻게 열고 나갔는지, 그 문이 열리고 닫히는 동안 보라 네가 그걸 모를 수 있었는지 내가 직접 시험해봐야겠어."

누가 형사 출신 아니라고 할까 봐 깐깐하기는!

장성수는 내 두 발을 밧줄로 꽁꽁 묶고(아까보다 더 세게 묶었다) 나를 덥석 집어 소파에 내동댕이친다. 그러고는 범죄 재연 현장을 구경하는 형사처럼 두 팔을 팔짱 낀 채 뒤로 물러서서 지켜본다.

"시작해. 보라 너는 2층으로 올라가서 음악 듣고."

보라는 그렇게 왜 그런 거짓말을 했냐는 원망의 눈초리로 나를 바라보다가 계단으로 움직인다. 이제 어째야 하나? 밧줄을 못 풀면 거짓말을 한 죄까지 포함돼 더 가혹한 형벌을 받게 될 텐데. 게다가 보라까지 공범이 돼 난처해진다.

"권근태 왜 가만히 있어? 아까처럼 밧줄을 풀어보라니까!"

가만히 있고 싶어서 가만히 있는 게 아니다. 두 발목을 버둥거리려고 해도 너무 꽉 묶여 있어 움직이지 않는 것이지.

이럴 땐 일찍 포기하고 다른 방법을 찾는 게 수다.

"안 해요!"

내 말에 계단을 반쯤 올라가던 보라가 멈춰 선다.

"아니 못해요."

"왜?"

"아까랑 지금이랑 조건이 다르잖아요. 아까는 종아리에 힘을 줘서 밧줄을 느슨하게 할 기운이 있었지만 지금은 당신 때문에 죽을힘을 다해 달리느라 두 다리에 힘이 하나도 없다구요."

위기를 모면하기 위해 순간적으로 둘러댄 거짓말이지만 내가 생각하기에도 참 그럴듯한 변명이다.

"맞아. 나도 아까는 졸린 상태로 멍하니 음악을 듣고 있어 아래층에서 무슨 일이 벌어지는지 몰랐지만 지금은 다르잖아."

보라가 공모자의 눈빛으로 내게 동조를 한다.

장성수는 우리 두 사람의 말을 곰곰이 생각하다 고개를 끄덕인다.

"그래. 나도 또 똑같은 상황이 벌어지면 아까처럼 달릴 수는 없으니 두 사람 말을 접수하지."

얏호.

내 임기응변이 통했다. 내가 장성수를 이기고, 위기에서 보라를 구한 것이다! 오롯이 내 세 치 혀로! 서희 장군이 여진족 적장과 담판으로 국토를 되찾은 것에 버금가는 승리다. 그 기쁨으로 눈앞에 불꽃이 일고 온몸이 짜릿해진다. 아니, 이건 장성수의 주먹이 날아와서다.

장성수는 두 손과 두 발이 묶인 나를 깔고 앉아 가차 없이 주먹질을 해댄다. 소파가 아니라 전신 마시지 기계에 누운 것처럼 머리부터 발끝까지 골고루, 마디마디 구석구석, 타격이 느껴진다.

"지금 왜 맞는지 알아?"

"밧줄을 풀고 도망가서요."

"원래 자살하려고 했다며? 근데 도로 가로 달려가서 사람 살려달라고 소리를 쳐?"

계단을 올라가다 말고 내려온 보라가 장성수의 말에 목소리를 높인다.

"진짜야?"

"그래. 까딱했으면 너랑 나랑 바로 감옥에 갇힐 뻔했다니까."

장성수가 다시 생각해도 식겁했다는 표정으로 땀을 닦아낸다.

"그럴 일은 없었을 거예요. 난 여길 벗어나도 두 사람의 계획에 대해서는 끝까지 비밀을 지켜주려고 했으니까."

다시 장성수의 주먹이 날아온다.

"이게 아주 입만 열면 거짓말이네!"

"진짜예요."

난 정말 억울한 표정을 짓는다. 하지만 보라는 더 이상 보고 싶지도 않다는 듯 차갑게 등을 돌리고 2층으로 올라간다. 계단을 한 칸 한 칸 올라가는 보라의 발걸음 소리가 내 가슴을 짓밟는 것처럼 무겁다.

"근데 고등어 잡으러 간다더니 왜 벌써 온 거예요?"

"바람 덕분에 하루 더 사는 줄 알아. 아까 나가서 고등어 걸어 가지고 왔으면 바로 기름 뽑아서 오늘 밤에 널 대구 밥으로 던져버릴 생각이었으니까."

장성수의 이야기는 말이 안 된다. 바람이 불지 않아 장성수가 배를 타고 바다에 나갔으면 그가 고등어를 잡는 사이 나는 히치하이킹을 해 이곳을 탈출했을 테니까.

밤이 되도록 보라는 1층으로 내려오지 않는다. 나는 보라가 걱정이 된다. 내 사랑을 믿었던 자신을 탓하며, 자신의 뺨을 때리던 보라의 모습이 눈앞에 아른거려 마음이 괴롭다. 그런 보라가 또 나를 믿고 풀어줬다가 이런 배신을 당했으니 얼마나 상심했을까. 그래서 혹시 병이라도 난 게 아닐까.

장성수가 저녁으로 전복죽을 끓인다. 그 때문에 내 걱정은 더 심해지고, 내 배고픔도 더 자극을 받는다. 하루 종일 아무 것도 안 먹은 데다, 근 20년 만에 처음으로 그렇게 오래 달린 터라 온몸이 음식을 갈구하고 있는데, 장성수는 식욕을 자극시키는 냄새만 남기고, 2층으로 올라간다. 배가 고파 미치겠다고, 먹을 것 좀 달라고 아우성치고 싶지만, 보라에게 염치가 없어 그럴 수도 없다.

나는 어떻게든 이 허기를 면해보겠다는 생각으로 애벌레

처럼 온몸을 꿈틀거리며 주방 쪽으로 기어간다. 거실에서 싱크대 앞에까지 오는 데 30분이 걸린다. 전복죽 냄비가 있는 가스레인지에 가까워질수록 고소한 전복죽의 향기가 짙어진다. 나는 그 냄새를 흡입하며 싱크대에 몸을 기대 세우려고 버둥거린다. 그리고 머릿속으로 어떻게 하면 전복죽을 먹을 수 있을까를 고심한다.

몸을 일으켜 세우기만 하면 가능성은 있다. 입으로 냄비 뚜껑을 열고 냄비 안에 고개를 처박고 핥아먹으면 되니까. 얼굴에 덕지덕지 전복죽이 묻을 테지만 그런 것쯤이야 상관없다. 나는 엉덩이를 싱크대에 대고 밀어 올린다. 그리고 뒤로 묶인 두 손을 이용해 싱크대의 손잡이를 잡고 하체에 힘을 준다. 무릎을 펴고 허리를 세우기만 하면 되는데, 그게 생각만큼 쉽지가 않다. 그래도 여섯 번 실패한 끝에 마침내 성공한다.

나는 싱크대 앞에 서 있고, 이제 전복죽이 있는 가스레인지까지는 세 번만 콩콩콩 뛰어가면 되는 거리다. 그래서 두 발에 힘을 주고 점프를 하려는데, 2층에서 인기척이 들린다. 나는 잽싸게 방향을 바꿔 거실로 점프를 한다. 콩 콩 콩 콩 콩, 그리고 소파를 향해 아주 크게 점프!

그런데 비거리가 부족해 내가 착지한 곳은 소파가 아니라 그 밑 바닥이다. 그 여파로 얼굴부터 턱, 가슴, 하복부, 무릎까지 안 아픈 곳이 없는데, 장성수는 내 쪽으로는 고개도 돌리지 않고, 냉장고에서 물만 꺼내 들고 다시 계단을 올라간다.

허탈하다.

뭐야? 이럴 줄 알았으면 그냥 주방 식탁 아래에 숨어 있는 건데!

그렇다고 다시 주방으로 기어갈 엄두도 나지 않는다. 그래 차라리 자자. 그럼 허기도 잊을 수 있겠지. 그런데 잠도 잘 수가 없다. 불면증과 우울증은 장성수와 보라처럼 한 팀이니까. 오늘 하루는 시시때때로 졸지도 않았고, 평소보다 몇 배로 육체도 움직였으니 피곤해서 잠이 올 만한데도 잠이 오지 않는다.

고등어구이 냄새만큼이나 전복죽 냄새도 고문이다. 나는 그 냄새 때문에 또다시 모험을 감행할까 하다가 점프할 때 부딪친 온몸의 통증 때문에 포기한다. 대신 바닥에 코를 박은 채 다른 음식들을 상상하는 것으로 이 시련을 잊어보려 한다.

지금 이 순간, 가장 먹고 싶은 것은 나보다 먼저 승진을 했던 내 동기 최 부장이 나의 승진을 축하한다고 사주었던 소꼬리찜이다. 거기에 보라가 토속 음식 동호회에서 배워 온 시락국을 먹으면 끝내줄 것 같다.

평생 다른 사람들을 맞춰주고만 살았다고 생각했는데, 그 음식들을 떠올리니 꼭 그런 건 아니었던 것 같다. 최 부장은 자기 돈으로 7,000원짜리 이상의 밥은 사 먹지 않는 걸 원칙으로 하는 짠돌이였다. 그런 최 부장이 날 위해서는 비싼 소꼬리찜을 사주었다. 주말마다 보라가 시락국을 끓인 것도 내가 좋아해서다. 그리고 그 국에는 에스트로겐을 안 넣었던 게 분명하다. 그 국을 먹고 우리는 사랑을 나누었으니까.

일요일 한낮이었다. 구수한 시락국 냄새가 가득한 실내에서, 커튼을 쳤는데도 살짝 틈이 벌어진 사이로 눈부시게 쏟아지던 햇살을 맞으며 우리는 서로를 안고 있었다. 아파트 놀이터에서 들려오는 아이들의 목소리가 시끄러워 로맨틱하거나 전혀 에로틱한 분위기가 아니었는데도 그때의 우리 사랑은 너무나 완벽하게 여겨진다. 부부 관계라는 말에 딱 맞는 색감, 질감, 온도, 정서를 다 갖추었달까.

명치가 아프다. 아까 점프할 때의 충격 때문이겠지. 얼굴이 끈적거린다. 또다시 침이 흐른 거겠지. 근데 눈가까지 축축하다. 침이 아니고 눈물이 나왔나 보다. 우울증에 걸리고 시도 때도 없이 나오던 눈물이 눈물샘 윗부분에서 흘러넘친 것이라면, 이건 눈물샘 깊고 깊은 곳에서 펌프로 끌어올려진 것처럼, 훨씬 밀도가 높고 뜨겁다.

살금살금 계단을 내려오는 소리가 들린다. 어둠 속이라 누군지 형체는 보이지 않지만 아까 내가 전복죽을 먹기 위해 시속 0.1킬로미터로 온몸을 꿈틀거리며 기어갔듯이, 계단을 내려오는 사람도 천천히, 최대한 소리를 내지 않으려고 애쓰면서 어둠 속을 움직이고 있다.

그리고 냄비 뚜껑을 내려놓는 소리, 국자로 냄비의 내용물을 박박 긁어 담는 소리, 숟가락을 챙기는 소리가 이어진다.

보라와 장성수 중 한 사람이 다른 사람 몰래 전복죽을 한 그릇 더 먹을 셈인가 보다. 나는 이렇게 쫄쫄 굶고 기진맥진해 울고 있는데, 심야에 전복죽 리필이라니!

나는 속이 상해 전복죽 냄새가 내게로 다가오는 것도 감지하지 못한다. 그러다 너무나 익숙한 손길에 놀라 고개를 돌리다가 코앞에 있는 전복죽 냄새를 대면하고 숨이 턱 막힌다.

"근태 씨."

보라다.

17

"보라야."

"옛!"

보라가 2층을 눈짓하고, 나를 소파에 기대고 앉을 수 있도록 해준다. 그리고 한 숟가락 가득 죽을 담아 내 입 쪽으로 가져온다. 나는 거북이처럼 고개를 내밀어 숟가락이 더 가까이 오기를 기다리지 않고 숟가락을 덥석 문다. 거기 담긴 내용물이 목구멍으로 꿀꺽 들어가자 다시 눈물이 난다.

"왜 울어?"

보라가 놀란 눈으로 본다.

"네 걱정 많이 했어. 나 때문에 상심해 병이 난 게 아닌가. 근데 보라야, 진짜로 나는 너를 속이려고 그런 게 아니야. 여기 있을 때는 정말 벼랑에서 떨어져 죽을 생각이었는데 밖에 나가보니 생각이 달라진 것뿐이야. 아무리 생각해봐도 내 계획대로 월요일 9시 44분에 우리 집에서 죽는 게 맞는 거 같더라고. 그래서 도로로 달려간 거야."

"그래. 그럴 수도 있지."

"정말 그렇게 생각하는 거야?"

보라가 고개를 끄덕이고 다시 전복죽을 한 숟가락 가득 떠 내밀어준다. 그런 보라가 내 눈에는 천사처럼 보인다. 창문을 통해 들어온 달빛까지 후광처럼 보라를 비추자 성스럽게까지 보인다.

"그러니까 울지 말고 먹어. 그리고 아까는 고마웠어."

"응?"

"근태 씨 아니었으면 성수 오빠한테 엄청 혼났을 거야."

"그 인간이 그러면 내가 가만 안 있지!"

보라가 미소를 짓는다.

"배 많이 고팠나 보네?"

"죽는 줄 알았어."

"성수 오빠한테 좀 달라고 하지 그랬어?"

"차라리 죽으면 죽었지 그런 말은 안 해."

이건 허세고 뻥이다. 내가 장성수에게 그런 말을 안 한 건 자존심 때문이 아니라 보라의 눈치가 보여서니까.

"그래도 오빠가 끓인 죽은 맛있게 먹네?"

보라 얘는 쓸데없이 날카로울 때가 있다.

"널 위해 먹는 거야. 혹시 장성수 그 인간이 널 다시 의심하고, 괴롭힐지도 모르니까."

보라가 이번에는 참을 수 없다는 듯이 까르르 소리까지 내며 웃는다.

어쨌든 보라가 웃으니까 좋다. 보라가 주는 죽은 더 좋고.

전복의 내장을 같이 넣고 끓였는지 고소하고 쫄깃쫄깃, 이렇게 맛있는 전복죽은 처음이다. 장성수가 내 아내를 훔친 것도 모자라 나를 죽이려고 여기까지 데려왔고 아까는 폭행까지 했지만, 요리 실력은 정말 인정 안 할 수가 없다.

"더 없어?"

"이게 다야."

아쉽다. 하루 종일 아무것도 안 먹었으니 세 그릇은 먹어도 되는데.

"아까 당신이 성수 오빠랑 같이 들어오는데 기분이 묘하더라."

그때 난 차마 보라의 얼굴을 볼 수 없어 고개를 처박고 있느라 보라의 표정을 살피지도 못했지만 분명 한심하다는 표정을 짓고 있을 거라고 생각했었다.

"그전에 당신이 한 말 때문에 나 당신한테 좀 화가 나 있었거든."

"어떤 말?"

"나 때문에 당신이 우울증에 걸린 거 같다는 말 말이야."

"그건 너 때문에 그렇다는 게 아니고……."

"어쨌든 나를 만나서 결국은 이렇게 됐다는 얘기였잖아. 그게 근태 씨의 운명이고."

"그래 그런 취지였지."

"내 입장에서 한번 생각해봐. 그런 말 들으면 화가 안 나나, 나나."

보라가 나 때문에 우울증에 걸렸다고 한다면, 난 죽고 싶었을 것이다. 아니 벌써 죽었을 것이다.

"미안해."

"난 사실 오늘까지 당신이 당신 가족들한테 그런 거짓말을 한 줄도 몰랐어. 그리고 그런 거짓말을 하라고 한 적도 없고."

"그건 그렇지."

"그리고 당신이 당신 회사 사람들을 부러워하는 줄도 몰랐어. 그 사람들이 당신을 부러워한다고 당신은 늘 말했었잖아? 애 보느라 집에 가기 싫다, 애들 학원비 대느라 힘들어 죽겠다고 만날 징징거리면서 다 당신을 부러워한다며?"

"그건 사실이야. 그런데 가끔씩은 그런 불평도 부러울 때가 있더라는 거지."

보라가 날 빤히 본다.

"걔들은 그걸 고충이라고, 스트레스라고 하는데 조직 사회에서는 그것도 경쟁력이야. 내가 아무리 정신 무장을 해도, 애들을 먹여 살려야 한다고 필사적으로 달리는 사람들을 이기긴 힘들더라고."

"꼭 그렇게 이겨야 해?"

"그 생각도 없으면 버티기 힘드니까. 경쟁을 하고 싶어 하는 게 아니라 그거라도 하지 않으면 뭘 해야 할지 모르니까 경쟁에 몰두하고 집착하는 거지."

"그러다 경쟁에서 밀리면 자살을 하고?"

"꼭 그런 건 아니지만…… 뒤르켐이라는 사람이 그런 말을 했어. 사람은 삶의 존재 이유를 잃어버렸을 때 자살한다고."

"당신의 존재 이유를 잃어버렸다는 말이야?"

"응. 우리 가족들을 위해서, 당신을 위해서 지금까지 살았는데, 우리 가족도, 당신도 이제는 내가 없으면 더 잘 살 거 같으니까."

"왜 그런 생각을 해? 아니, 그런 생각이 들었으면 나한테 말을 했어야지. 같은 집에 살기만 하면 부부야?"

위에서 소화 분해되던 전복이 다시 합체, 합성돼 위장에 딱 달라붙는 기분이다. 빨판이 얼마나 강력하게 빨아대는지 속이 다 뽑혀 나갈 것 같다.

"사실 뭐 나도 떳떳한 건 아니야. 성수 오빠랑 만나는 거 당신한테 말 안 했으니까."

그래. 내가 하고 싶었던 지적이다.

"어쨌든 아까는 그래서 당신한테 화가 났었는데, 당장 벼랑에서 뛰어내려 죽겠다는 말에 그래서 밧줄도 풀어준 건데, 당신이 살아서 성수 오빠랑 다시 이 현관으로 들어오는 걸 보는데 나도 모르게 울컥 눈물이 날 것 같더라."

전혀 예상치 못했던 반전이다.

나는 왜 그런 거냐고 더 묻고 싶은데, 보라는 부끄러운 고백이라도 한 소녀처럼 서둘러 자리를 정리한다.

"보라야."

보라가 다시 손가락을 입에 대고 조용히 하라는 시늉을 한다. 뭐야, 제 할 말은 다 해놓고.

보라는 내려올 때와 달리 빈 그릇을 개수대에 조심성 없이 넣어버리고 쿵쾅거리며 계단을 올라간다.

풀어주기만 하면 벼랑으로 뛰어내리겠다 큰소리를 치고 나간 후, 살려달라고 도움을 요청하다 장성수에게 붙잡혀 돌아온 나를 보면서 보라는 왜 울컥했을까.

불면증으로 잠도 안 오고, 핸드폰으로 유튜브를 보며 시간도 보낼 수 없으니 나는 그 질문만 몇 시간째 곱씹는다. 그러는 사이 날이 밝는다.

실컷 잠을 자고 난 장성수도 깨어났는지, 2층에서 장난을 치는 남녀의 목소리가 어렴풋이 들려온다. 장성수가 보라를 간지럽힌다. 보라는 간지럽다며 장성수에게 복수를 한다. 장성수가 하지 말라며 보라의 두 팔을 잡고, 두 다리로 보라의 두 다리를 누른다. 거미줄을 사이에 두고 마주 보고 있는 두 마리의 거미들처럼. 그리고 키스.

이게 아닐 수도 있다. 사실 내가 들은 건 보라의 웃음소리와 장성수의 웃음소리뿐이고 거기에 제목만 들어본 소설《거미여인의 키스》를 연결시켜 그런 장면을 연출해본 것이다. 내 상상 속 거미 여인(보라)의 표정이 너무나 섹시해서 내 마음이 꿈틀거린다. 아니, 이건 마음이 아니라 내 몸, 얼어붙은 쭈쭈바에서 벌어진 현상이다.

너무 오랜만이라 내가 착각한 게 아닌가 의심할 뻔했는데, 영원히 얼어 있을 줄 알았던 얼음이 풀리고 꿈틀꿈틀 기지개를 켜며 팽창한다. 그것이 순면 100프로 사각팬티를 밀어 올리고, 스판이 섞인 폴리에스테르 추리닝에까지 영향을 미쳐 푹 꺼져 있던 내 아랫배에 봉긋한 무덤이 만들어진다.

정말 내 쭈쭈바가 얼어버린 건 보라가 주스에 넣었다는 에스트로겐 때문이었나? 그렇다면 이틀 동안 에스트로겐이 든 영양주스를 먹지 않았는데도 변화가 없었던 건, 내 몸속에 남아 있던 에스트로겐의 잔류 성분 때문? 하긴 1년이나 투약을 했으니 그럴 만도 하다.

이제는 얼어붙은 쭈쭈바가 아니라, 2중 장막을 뚫고 나오려는 성난 쭈쭈바의 용트림에, 나는 천장을 향해 사자처럼 포효한다.

"화장실! 나 화장실 가야 돼!"

수컷 거미, 아니 장성수가 황급히 걸치느라 티셔츠까지 뒤집어 입은 채 계단을 내려온다. 보라가 아니고 장성수가 나타난 게 실망스럽다. 보라에게 다시 포물선을 찾게 됐다는 희소식을 전하고 싶었는데.

장성수는 화장실 대신 나를 집 밖으로 데리고 간다.

"어딜 가는 거예요? 나는 화장실에 가고 싶다고 했는데."

"화장실은 무슨. 일부러 우리 방해하려고 그런 거잖아?"

"아니에요."

"그럼 밖에서 싸."

"예?"

"해 뜨는 거 바라보면서, 파도 소리 들으면서 싸본 적 없지?"

당연히 없다. 그건 노상 방뇨고 경범죄에 해당하니까.

그런데 전직 형사 출신인 장성수는 준법정신이 없다. 정말해 뜨는 게 보이는 마당 정중앙에 나를 세워놓고 내 허리띠를풀려 한다.

"내 몸에 손대지 마요."

"오줌 마렵다며?"

"내 손을 풀어주든가, 아니면 보라한테 내 옷을 내려주라고하든가."

난 최대한 단호하게 딜을 한다.

"그렇게 안 해주면? 그냥 옷 입은 채 쌀 거야? 그럼 그렇게 하든가. 난 손해 볼 거 없어."

내 딜이 먹히지가 않는다. 그렇다고 물러설 순 없다.

"왜 손해 볼 게 없어요? 당신이 내 손을 풀어주지 않아 내가 바지를 적신 걸 알면 보라가 당신한테 실망할 텐데."

"보라가 왜 나한테 실망을 해?"

"내 주먹이 무서워서, 당신이 내 손을 못 풀어준 거라고 생각할 테니까요. 그리고 이 추리닝 바지 보라가 특히 좋아하는 거예요."

껄껄껄. 호탕한 장성수의 웃음소리가 희부연 새벽 공기를 가르고 울려 퍼진다.

"그래? 그럼 손을 풀어주는 게 낫겠네."

엄청 치밀한 척하지만 알고 보면 장성수도 단순하다. 보라에게 잘 보이고 싶어 용을 쓴다. 내가 그랬던 것처럼.

난 꼬박 하루 동안 뒤로 묶여 있던 손이 낯설어 결박이 풀리고 나서도 한참 동안 두 손을 바라본다. 이것도 우울증에 걸리고 나면서부터 생긴 증상이다. 자세히 바라보고 있으면 내 몸이 내 것이 아닌 것처럼 너무 낯설고, 꼭 남의 집을 잘못 찾아 들어온 것처럼 어색해진다.

그사이 장성수가 먼저 허리띠를 푼다. 지난주 횟집 화장실에서 목격했던 포물선에 비해 질적으로도, 양적으로도 왜소

해 보인다. 이 정도면 해볼 만하다는 경쟁의식이 발동해 나는 장성수가 일을 마치기 전에 장성수와 나란히 서서 포물선 발사 버튼을 누른다. 기대했던 것만큼 멋진 포물선은 만들어지지 않는다. 앞으로 뻗어 나가는 장력은 괜찮은데, 중력에 밀리지 않고 위로 솟구치는 힘이 달린다. 그런데도 내 포물선을 응시하는 장성수의 얼굴에 긴장감이 어린다. 내 포물선의 도착점이 장성수의 것보다 멀어서다. (미학적인 것보다는 무조건 크고 굵은 것에 집착하는 수컷들이란!) 장성수는 나를 이기려고 엉덩이를 앞으로 쭉 내밀기까지 하지만 내 오줌발의 길이에 못 미친다.

얼마 만에 느끼는 승리감이고 기쁨인가!

게다가 이 청정한 자연 속에서 맘껏 분출을 하고 있으니 중학교 때 학교에서 배우고 한 번도 써먹어보지 않았던 '호연지기'라는 말이 저절로 떠오르며 내가 화랑이라도 된 것 같다. 때맞춰 시작되는 일출까지 내 생에 잊지 못할 명장면이다.

장성수는 결국 포기를 하고 탈탈 털어낸다.

"겉보기보다는 실하네."

장성수의 칭찬에 나는 한껏 오만한 표정을 짓는다.

"이 정도 가지고 뭘. 어제 제대로 먹은 게 없어서 오늘은 그냥 탁구공 수준으로 한 거예요."

"탁구공?"

"보통은 늘 농구공처럼 크고 긴 포물선을 만들죠. 슈―욱."

전성기 시절의 내 포물선에 조금 더 과장을 보태 내가 벼랑 끝까지 뻗치는 가상의 포물선을 손으로 그려 보이자, 장성수가 수갑을 채우듯 내 손목을 비튼다.

"손을 풀어주니 이젠 손으로도 거짓말을 하네."

"아, 안 할게요. 안 할게요."

그래도 장성수가 손을 놓아줄 것 같지는 않아 타협안을 제시한다.

"그럼 뒤로 말고 앞으로 묶어주세요. 하루 종일 뒤로 묶여 있었더니 어깨가 뒤로 휜 것 같아 그래요."

장성수는 그것까지 거절하지는 않는다. 아예 인정머리가 없는 사람은 아니다. 그랬으면 보라가 정부로 삼지도 않았겠지. (보라는 남자 보는 눈이 있다.)

18

햇살이 뜨겁다. 여름보다 겨울의 햇살이 피부에는 더 안 좋다고 했는데, 보라와 장성수는 나를 햇볕 아래 벌세우고, 지들은 나무 그늘 아래서 배드민턴을 한다. 알몸이 아니라 옷을 입고 하는 진짜 배드민턴 경기다.

나는 경기에 한 팀으로 나간 두 사람만 보았지, 이렇게 일대일로 겨루는 두 사람을 보는 건 처음이다. 솔직히 두 사람이 라켓을 들고 마주 섰을 때부터 난 장성수가 보라를 이길 것이라고 예단했다. 장성수가 남자고, 힘에서도 실력에서도 보라보다 위라는 선입견을 가지고 있었기 때문이다. (내게 남성우월주의도 있는 모양이다!)

그런데 보라는 장성수에게 밀리지 않는다. 장성수는 보라보다 크고 힘이 좋지만 보라는 셔틀콕이 장성수의 라켓에 닿기 전에 이미 장성수의 자세만 보고도 셔틀콕이 날아갈 방향을 감지하고 받아낸다. 자신이 공격하는 타임에는 발 빠른 장성수가 받아내지 못할 위치로 재치 있게 떨궈 장성수를 농락한다. 게다가 더 놀라운 건, 보라가 장성수와 한 코트에 있을 때는 본 적 없는 강력한 스매싱이다. 장성수의 종아리에 들어가는 힘과 목에 잔뜩 선 핏줄들로 보건데 장성수는 보라를 봐주느라 그걸 못 받아내는 척하는 게 아니다.

그 때문에 흥분해 나는 두 손 두 발이 묶인 채 입으로 환호성을 지른다.

"보라 파이팅!"

장성수가 그런 나를 못마땅하게 째려보지만 보라는 내 응원에 한껏 의기양양해져 목소리가 높아진다.

"오빠, 우리 내기 걸고 정식으로 한판 하자."

"내기? 뭐?"

"뭐가 좋을까?"

고민하는 보라를 향해 나는 있는 힘껏 소리친다.

"보라가 이기면 내 손 풀어주기! 밥도 주고! 삼겹살!"

보라와 장성수의 시선이 일제히 나를 향한다.

"그래. 마지막 날인데 그 정도쯤은 괜찮을 것 같아. 오빠는 어때?"

"좋아. 대신 내가 이기면 권근태 입에 다시 재갈 물린다."

뭐야 진짜. 치사하게.

그래도 괜찮겠냐는 듯 나를 돌아보는 보라를 향해서는 큰 소리를 친다.

"괜찮아 보라야! 난 너를 믿으니까."

나의 밥과 자유를 놓고 벌이는 단판 15포인트 경기가 시작된다. 나는 서브를 하는 장성수의 주의를 흐트러뜨리기 위해 야유를 한다.

"앗, 거기 내가 오줌 눈 자린데. 보라야 너 그거 아냐? 아까 장성수랑 나랑 오줌발 시합했는데 내가 이겼어!"

"그게 무슨 시합이야?"

"어쨌든 내가 더 멀리 갔잖아요. 와 거기 아직까지 흔적 남아 있네. 누구 건 벌써 다 지워졌는데."

심리전은 유치하고 원초적일수록 효과가 좋다. 예상대로 내 심리전에 휘말린 장성수의 서브는 제대로 들어가지 못하고 덕분에 보라가 쉽게 선취점을 얻는다.

"보라 파이팅! 이보라 파이팅!"

보라의 강서브가 코트 깊숙이 날아오고, 장성수가 그걸 더 세게 쳐낸다. 나는 셔틀콕이 바닥에 떨어지기도 전에 '아웃'을 소리친다. 바람까지도 내 편이다. 아니 우리 편이다. 장성수가 공격을 할 때마다 바람이 방해를 하고, 보라가 공격을 할 때는 절묘하게 바람이 도와준다. 바람뿐만이 아니다. 서브를 하려는 장성수의 얼굴을 향해 똥을 떨어뜨리고 가는 갈매기까지, 모두 우리의 우군이다. 그런데 장성수가 어떻게 이길 수 있겠는가.

한 포인트씩 보라가 따낼 때마다 한편인 보라와 나는 눈으로 하이파이브를 하고, 나와 온 우주의 응원에 힘입어 보라는 13대 6까지 점수를 벌인다. 승리가 코앞에 다가오니, 명치에 지렁이가 기어가는 것처럼 섬찟하면서도 간지럽고 짜릿한 기분이 내 몸을 감싼다.

"이제 보니 그동안 우리 보라 덕분에 이겼던 거네. 오늘 완전 실력 뽀록났어, 당신!"

"입 좀 닥치고 조용히 못 있어!"

장성수가 나를 향해 눈을 부라린다.

"시끄러워서 집중을 할 수가 없네."

"비겁한 남자들이 지고 있으면 꼭 남 평계를 대지."

그 말에 더 이상 못 참겠다는 듯이 장성수가 라켓을 든 채 나를 향해 달려온다. 보라가 뒤따라와 붙잡지 않았으면 당장 나를 죽여놨을 기세다.

"오빠 아직 시합 안 끝났는데 뭐 하는 거야?"

"이런 조건에서 무슨 시합을 해? 먼저 저 깐족거리는 입부터 막아버릴 거야."

"그런 게 어디 있어? 지금 내가 이기고 있는데!"

"뭐?"

"아까 내기 걸었잖아. 오빠가 저 사람 입에 재갈 물리고 싶으면 먼저 날 이겨."

보라와 장성수가 팽팽하게 쏘아본다.

"그래. 좋아. 그럼 지금부터는 진짜로 한다."

"지금까지도 진짜로 했으면서 뻥은."

난 보라가 하고 싶은 말을 대신하고, 보라는 그런 날 바라보며 잘했다는 듯이 웃는다. 장성수가 그런 우리를 험악한 표정으로 번갈아 보며 애꿎은 허공을 배드민턴 라켓으로 연타한다. 쌩쌩, 공기를 가르는 소리가 위협적이다. 장성수가 밀어낸 차가운 공기가 내 얼굴까지 강타하지만 나는 하나도 안 무섭다는 표현을 하려고 온몸을 더 크게 흔들며 응원의 목소리를 높인다.

"야야 야야야야 보라야 빨리 끝내고 밥 먹자. 배고파!"

"오케이!"

장성수가 갑자기 배드민턴 라켓을 땅바닥에 패대기치며 보라에게 달려든다.

"뭐 오케이? 보자보자 하니까 보라 너 지금 뭐 하는 거야?"

놀란 보라가 움찔한다.

"너 지금 우리가 여기 왜 왔는지 잊었어?"

순식간에 분위기가 급변한다. 내게는 불리한 전조다.

"자기가 질 것 같으니까 괜히 그러는 거야 보라야. 절대 휘말리면 안 돼."

"당신은 가만히 좀 있어! 입 확 막아버리기 전에."

지금까지 나와 한편이던 보라가 다시 장성수 편으로 돌아선다.

"오빠 미안해. 경기에 너무 집중을 하다 보니 나도 모르게 깜빡했어."

속 좁은 장성수는 그래도 화난 얼굴을 풀지 않고 씩씩거린다.

"기분 좋게 몸 풀러 나왔다가 이게 뭐야?"

보라가 그런 장성수의 허리를 끌어안으며 애교를 피운다.

"오빠아. 화 풀어. 엉?"

더 이상 보기가 민망해 나는 고개를 돌리고 바다를 바라본다. 노래방 기계의 배경 화면처럼 바다에서 밀려온 파도가 하얗게 부서진다. 이런 배경에는 조용필의 〈친구여〉란 노래가 흘러나올 것만 같다.

"꿈은 하늘에서 잠자고 추억은 구름 따라 흐르고 친구여 모습은 어딜 갔나 그리운 친구여……."

보라와 한 팀으로 나누었던 기쁨과 내밀한 교감은 한순간의 꿈이었나? 보라는 낄낄거리며 장성수와 숨바꼭질을 한다.

"나머지 경기는 방해꾼들 없는 실내에서 하는 거다."

"콜!"

두 사람은 날 1층 소파에 내던지고 2층으로 올라간다. 그리고 곧 천장이 쿵쾅쿵쾅 울려대고, 한 사람이 포인트를 딸 때마다 열렬한 환호성이 이어진다.

"벗어라, 벗어라."

장소를 이동하면서 룰도 바뀐 모양이다. 옷 벗기기 고스톱도 아니고 옷 벗기기 배드민턴이라니. 고상하고 우아한 보라에게 이런 저질 취향이 있었을 줄이야! 진짜 이곳에 와서 새로 알게 된 점이 너무 많다.

"이제 오빠 팬티밖에 안 남았다!"

잘했다고 좀 더 파이팅하라고 아까처럼 보라를 응원할 수가 없다. 보라가 이기면 장성수가 팬티를 벗게 되니까. 그렇다고 장성수를 응원할 수도 없다. 그럼 보라가 옷을 벗게 되니까. 누가 이기든 나만 지는 이상한 게임이다.

그리고 이 게임이 끝나면 무슨 일이 벌어질지 충분히 예상이 된다. 알몸이 된 성인 남녀가 뭘 할지는 너무 뻔하잖은가? 승부욕으로 온몸이 달궈진 상태니 따로 전희도 필요 없을 것이다.

언제 배드민턴 게임이 끝나고 본게임이 시작됐는지 소리로 판별하기는 너무 난해하다. 쫙쫙 부딪치는 소리가 라켓과 셔틀콕이 부딪치는 소린지, 두 몸이 밀착되는 소린지 모르겠다. 그런데도 가슴이 아프다. 아무래도 어제 점프하다 타박상을 입은 게 심각한 것 같다. 뼛속까지, 그 안에 있는 명치를 지나 심장까지, 금이 간 모양이다. 그렇지 않으면, 잔잔하고 평온한 무감정의 바다가 갑자기 태풍이 휘몰아치는 바다로 급변했을 리가 없다.

2층에서 들려오는 신음과 비명 소리에 맞춰 내 마음도 성난 파도와 태풍에 출렁거리는 조각배처럼 삐거덕삐거덕 소리를 낸다. 그래도 배드민턴으로 체력을 소진한 후라 그런지 오늘 시합은 길게 이어지지는 않는다. 짧고 굵은 장성수의 탄성과 함께 천장을 뚫고 내려오는 오디오의 전원이 꺼지고 조용해진다.

갑자기 너무 조용해지니 어색할 정도다. 그래서 나는 아까 읊다 만 노래를 이어 부른다.

"기쁨도 슬픔도 외로움도 함께했지. 부푼 꿈을 안고 내일을 다짐하던 우리의 굳센 약속 어디에⋯⋯."

노래를 부르다 보니 기분이 묘해진다. 파노라마처럼 결혼식과 신혼여행의 장면들이 펼쳐지고 그 속에 웃고 있는 내 얼굴이 클로즈업된다. 하와이의 반얀트리 나무 밑이다. 우리는 그 거대한 나무 밑에서, 다정한 노부부를 바라보며 우리도 나중에, 한 50년 후쯤 저렇게 늙었을 때 이곳에 다시 오자고 약속했었다.

그때 우리 둘 중 누구도 그 나이까지 우리 둘 다 살아 있을까, 누가 중간에 유서를 쓰고 먼저 자살을 하거나, 누가 외도를 해 다른 사람을 죽이려고 하지는 않을까 같은 말은 하지 않았다. 인생의 실체를 모른 채 바보처럼 웃으며 보라와 손가락을 걸고 있는 그 당시의 내가 지금의 나보다 괜찮아 보인다. 도장도 찍어야 한다며 다시 호텔 방으로 가자고 보라를 꼬드기는 내가 부럽다. 그 때문에 그날 오후의 스케줄은 하나도 못 했었지. 그다음 날은 또 무슨 핑계를 댔었더라. 5박 6일간의 하와이 신혼여행 중 기억나는 건 반얀트리 나무와 보라, 바보 같았던 내 웃음소리뿐이다.

　가지가 땅에 닿으면 그곳에서 뿌리가 생기고 거기서 다시 가지를 뻗쳐 점점 커지는 그 나무 한 그루처럼, 나도 보라의 뿌리가 되고, 가지가 되고, 보라와 하나가 되고 싶었다. 아니, 될 줄 알았다. 결혼을 했으니까 시간이 지나면 당연히 그렇게 되는 건 줄 알았다. 그래서 50년이 지나면 우리도 하나의 반얀트리로 그 앞에 서 있을 줄 알았다.

　그런데…….

　"기쁨도 슬픔도 외로움도 우리가 함께했었던 거 맞아?"

　보라가 계단에서 내 노래를 듣고 있었던 모양이다. 보라의 표정도 나처럼, 무언가를 잃어버린 걸 깨달았을 때처럼 황망하고, 속상한 빛이다.

　"다른 때는 몰라도 아까 마당에서 네가 장성수와 시합을 할 때는 그랬지."

"그래서 내가 이겼나 보다. 성수 오빠 일어나면 삼겹살도 구워서 같이 먹자."

좋은 소식인데 하나도 기쁘지가 않다. 마누라를 팔아 삼겹살이나 얻어먹는 기둥서방이 된 것처럼 씁쓸하고 침울하다.

보라가 다가와 내 손을 풀어준다. 샤워를 막 하고 나와 그런지 머리부터 발끝까지 보라는 촉촉하다. 눈빛까지도.

"어쩌다 성수 오빠랑 이런 관계가 됐지만 나 당신 사랑했어. 아니 사랑해."

명치가 다시 아파온다.

보라한테 사랑한다는 말을 들어본 적이 한 번도 없었기에 충격을 받아서다. 안 그래도 금이 간 심장이 견딜 수 있을지 모르겠다.

보라를 만나고 지금까지 늘 사랑한다고 말하는 사람은 나였다. 내가 먼저 사랑을 했고, 프러포즈를 했고, 결혼을 졸랐으니 당연한 거라고 생각했다. 그저 난 보라가 나와 살아주는 것만으로도 감사했고, 보라의 몫까지 2인분의 사랑을 했다. (그런 사정을 모르는 사람들은 내가 오버를 한다고, 유난을 떤다고, 과하다고 비난했다.)

그런데 보라가 나를 사랑한다니!

죽기 전에 이런 일이 벌어질 줄은 정말 몰랐다.

"나도 내가 이렇게 당신을 사랑하는지 몰랐었어. 근데 어제 당신이 살아서 저 문을 열고 들어오는데, 날 아프게 한 당신이 참 미운데도 당신이 살아 돌아와서 다행이라는 생각이 가장 먼저 들더라고. 그래서 알았어. 내가 당신을 많이 사랑한다는 걸."

보라가 그랬던 것처럼 나도 울컥 눈물이 날 것 같다. 그런데 그동안 너무 과소비를 해서 그런지 내 눈물샘은 눈물을 내보내지 못한다.

19

"아까 너 응원하는데 정말 좋더라. 우리가 한편이라서."

"나도 좋았어."

"그럼 다시 한편이 되면 안 될까?"

"어떻게?"

"우리가 힘을 합쳐 장성수를 무찌르는 거지."

"근태 씨가 그런 말 할 때마다 참……."

보라가 깊게 한숨을 내쉰다.

"참 뭐?"

"너무 유치하고 어린애 같다고. 지금 이 상황이 그렇게 단순해 보여?"

"복잡할 게 뭐 있어?"

"당신 월요일에 죽을 거라며? 이제 마음 바뀌었어?"

"그건 아니지."

"그런데 무슨 힘을 합치고 누구를 무찔러?"

"그러네. 네가 안 하던 말을 해서 내가 잠시 정신을 놓고 말실수를 했나 보다. 그러게 막판에 왜 그런 말을 해서 사람을 놀래냐?"

"사실이니까."

또 명치가 아프다. 이 정도면 습관성 통증이거나 치명상을 입은 것이다.

"당신을 사랑해. 근데 난 성수 오빠도 사랑해. 당신보다 더!"

태풍에 이리저리 휩쓸리던 조각배가 결국 난파당해 고꾸라진다. 나는 너덜너덜하게 분해된 그 조각배가 되어 호수처럼 잔잔했던 무감정의 바다를 그리워한다. 딱 하루 전까지만 해도 나는 방수 처리가 된 비옷을 입고 있는 사람처럼 그 어떤 감정에도 젖지 않았었다. 아픔도 슬픔도 내 몸에 침투하지 못하고 방수 처리된 내 비옷 위에서 또르르 굴러 미끄러져 내렸다고! 그런데 이제는 그 비옷 곳곳이 찢어져 온갖 감정들이 스며들고, 난 축축하고, 따갑고, 쓰리다.

왜 그렇게 된 거지?

오늘 아침 잃어버린 포물선을 되찾아서?

그럼 결국 무감정, 무의미의 경지에 오르게 한 우울증이 발기부전 때문이었단 말이잖아? 지난 1년간 풀지 못한 난

제 ─ 닭이 먼저냐, 알이 먼저냐의 문제만큼이나 어려운, 우울증이 와서 발기부전이 된 거냐, 발기부전 때문에 우울증이 시작된 것이냐 ─ 의 답을 알아내는 순간이다.

그렇다면 사태를 이 지경으로 만든 가장 큰 책임은 내 주스에 에스트로겐을 넣은 보라에게 있다. 그런데도 뻔뻔하게 나보다 장성수를 더 사랑한다고 말을 하다니!

"왜인 줄 알아? 성수 오빠는 무슨 일이 있어도, 당신처럼 날두고 혼자 죽을 생각 같은 건 절대 안 하는 사람이니까."

할 말 없다. 아니 있다. 어제 같은 상태였더라면 해봤자 무슨의미가 있나 싶어서 안 했겠지만 무감정을 유지해주던 특수비옷은 다 찢어졌고, 나는 다시 감정적인 인간이 돼버렸기에.

"그래도 난 내 아내를 죽이진 않아. 그런 생각 같은 것도 절대 안 하는 사람이고."

"그건…… 그건 꼭 성수 오빠 잘못만은 아냐."

장성수를 두둔하는 보라의 태도가 미심쩍고 수상하다.

"그게 무슨 말이야?"

보라는 더 이상 말을 하지 않고 주방으로 가서 식사 준비를 한다.

"당신도 이리 와서 채소 좀 씻어."

내 손을 풀어준 이유가 그 때문이었나? 일을 시키려고?

나는 보라가 시키는 대로 마늘을 까고, 채소를 씻지만 머릿속으로는 혹시 장성수가 아내를 죽일 때 보라도 개입한 게 아닐까 하는 생각에 몰두한다. 헥산이 든 유리병을 직접 보여주며 고등어 기름을 추출하는 방법을 설명하던 보라의 모습을 떠올리자 의심은 점점 더 확신으로 기운다.

고등어 기름을 발라 대구 밥으로 준다는 아이디어는 장성수의 머릿속에서 나왔을지도 모르지만 그것을 실행할 수 있는 구체적인 방법은 보라가 도왔을 것이다. 일반인들이나 문과 출신들은 이런 화학작용에 대해 잘 모르니까. 아니 이과 출신이더라도 화학과나 약학, 의학 계열이 아니면 이렇게 전문적인 방법까지는 알 수 없다.

그럼 보라가 그렇게 한 동기는?

보라는 장성수와의 관계가 1년 전부터 시작됐다고 말했지만 그걸 거짓이라 보고, 두 사람의 관계가 시작된 시간을 앞으로 당기면 모든 게 설명된다.

장성수와 내연의 관계인 보라가 장성수의 아내를 좋아했을 리는 없을 테니까. 게다가 두 사람이 파트너가 된 건 3년 전부터고, 장성수의 아내가 죽은 것도 3년 전이다!

감정을 다시 느낄 수 있게 되자 잃어버렸던 집중력과 논리력도 향상되는 것 같다.

자, 다시 한 번 정리를 해보자.

그러니까 보라는 장성수의 아내가 살아 있을 때부터 장성수와 내연의 관계였고, 지금 나를 없애려고 여기까지 데려온 것처럼, 장성수의 아내를 없애기로 장성수와 공모한다. 그리고 두 사람은 장성수의 아내 몸에 고등어 기름을 발라 대구 밥으로 주는 완전범죄를 저지른다. 장성수가 형사 출신이니 증거를 조작하고 뒤처리를 하는 것은 식은 죽 먹기였을 것이다.

"채소를 도대체 몇 번이나 씻는 거야?"

보라는 내 손에 들려 있는 상추만 보고, 내 머릿속에 든 의심을 보지 못한다.

"장성수의 아내 말이야."

"응."

"본 적 있어?"

"아니."

보라가 거짓말을 하는 것 같지는 않다. 정말 얼굴을 보지는 않았는지도 모르지. 장성수의 아내를 죽일 때는 굳이 이번처럼 두 사람이 함께 와야 할 필요성은 없었을 것이다. 장성수의 아내는 여자고, 나보다 나이도 많고 건강도 안 좋았다니까.

"장성수는 그 여자를 왜 죽였대?"

"왜 갑자기 그런 걸 물어?"

"그냥 궁금해서."

"자기 아내도 간수 못 하는 사람이 남의 아내에 대해 왜 궁금할까?"

갑자기 계단을 내려오던 장성수가 끼어드는 바람에 나는 더 이상 이야기를 진전시키지 못한다.

두 발이 묶인 내가 채소 준비를 다 했는데, 두 사람은 내가 거실의 테이블까지 가기도 전에 지들끼리 고기를 굽고 먹기 시작한다. 준비하는 사람, 먹는 사람 다른 건 만국 공통의 적폐. 콩콩콩콩 내가 최대한 멀리 뛰어 테이블 앞에 안착하자 장성수가 재밌다는 듯이 너털웃음을 터뜨린다.

"아주 잘 뛰네. 이따 바다에 들어갈 때도 그렇게 콩콩 뛰어드는 거야!"

이따?

그럼 오늘 중으로 내가 죽는 건가?

"오빠."

"왜?"

"밥 먹을 때는 개도 안 건드린다는데 왜 그런 이야길 해? 이 사람 얼굴 잔뜩 굳었잖아."

"아냐. 괜찮아. 난 죽는 건 하나도 안 무서워."

스마일 마스크를 장착해 허세를 부리는 게 아니라 진짜다. 나는 지금 죽음이 아니라 죽더라도 진실을 알고 죽어야 한다는 강박에 경도되어 있다. 내 인생 마지막 음식으로 무얼 먹을까 많은 고민을 했었는데 삼겹살로 낙찰되니, 더 이상 그런 고민을 할 필요도 없어져서 내 뇌의 사고 영역을 몽땅 진실 찾기에 올인한다.

"캬. 역시 남의 살이 맛있어! 유황을 먹인 돼지라 그런가?"

"사료 속에 유황 가루를 섞어서 먹이는 거니까, 우리가 고등어 기름을 발라 대구한테 주는 것과 마찬가지다, 그치?"

삼겹살을 먹으며 늘어놓는 두 사람의 대화 하나하나가 예사롭게 들리지 않는다. 고기를 먹는 것보다 두 사람의 대화에서 무언가를 찾아내려고 기를 쓰는 나 스스로가 놀랍다. 이렇게 무언가를 의욕적으로 해본 것도 오랜만이다. 입사 전 면접심사장에 들어선 것처럼 가슴이 울렁거린다.

"처음에 그 아이디어는 누가 생각해낸 거야?"

"무슨 아이디어?"

"고등어 기름을 발라 대구 밥으로 준다는 생각 말이야."

"당연히 나지."

장성수가 뭐 대단한 자랑이라도 된다는 듯이 으스댄다.

"내 고향이 저 아랫동네거든. 우리 아버지가 대구잡이 선수였고."

"그럼 기름을 추출하는 것도?"

장성수와 보라가 짧게 서로를 응시한다. 그러다 갑자기 장성수가 시계를 보고 벌떡 일어선다.

"간조 시간 되기 전에 나가야 하는데 깜빡하고 있었네!"

"그게 뭔 소리야?"

"물이 너무 빠지면 배가 못 나가니까 지금 나가서 고등어 가져와야 한다고. 보라 너는 기름 뽑을 준비 해놓고 있어. 기름만 뽑고 나면 바로 실행이다."

장성수가 서두르는 바람에 남아 있는 우리의 분위기까지 어수선해진다. 입맛이 떨어졌는지 고기를 집어 드는 보라의 젓가락질도 눈에 띄게 느려진다. 대신 짠한 표정으로 나를 홀끔 보다가 고기라도 많이 먹고 죽으라는 뜻인지, 구워진 고기를 내 쪽으로 옮겨준다.

"근태 씨. 술도 한잔 줄까?"

또 수면제를 타서 날 재우고 묶어놓으려고?

"아니, 됐어."

난 보라의 유혹을 물리치고, 잠시 이 상황을 냉정하게 파악해본다. 지금 이곳에는 보라와 나 둘뿐이고, 내 손은 밧줄에 묶여 있지 않다. 보라가 다른 여자들보다 힘이 좋다고 해도 남자인 내가 먼저 공격을 하면 충분히 승산이 있을 것이다. 보라를 때려눕힌 후, 발목을 묶어놓은 밧줄을 풀고 이곳을 빠져나간다? 하지만 그럼 보라가 장성수의 아내 살인에 가담을 했는지 아닌지는 알 수 없다.

그게 목숨을 구하는 것보다 더 중요한 일이냐고 묻는다면 그렇다고 할 수밖에 없다. 자살로 내 삶을 결론짓겠다는 내 계획은 아직까지 변하지 않았으므로. 그러니까 지금 내게 내 목숨은 똥값이다.

"되게 웃기지 않아?"

"뭐가?"

"당신이랑 나랑 8년이나 같이 살았는데 여기 와서 제일 많은 대화를 한 것 같아서."

"많다뿐이냐, 이렇게 깊은 대화도 처음이었지."

"맞아. 진작 이런 이야기들을 주고받았으면 여기까지는 안 왔을 수도 있었을 텐데."

보라의 얼굴에 안타까움이 스친다.

"어차피 이렇게 됐으니 할 수 없지 뭐. 난 그냥 내 운명이라고 생각해."

"당신이 그렇게 생각해주면 나는 고맙지."

"그래서 말인데 마지막이니까 그냥 허심탄회하게 다 털어놓는 건 어때?"

"뭘?"

"장성수하고 말이야. 두 사람 그렇고 그런 사이가 된 거 더 오래전 아니야?"

보라가 삼겹살을 뒤집다가 정지한다.

"난 괜찮아. 아까 말했잖아. 그냥 운명이라고 생각한다고. 나 너 원망 하나도 안 해. 그저 궁금해서 묻는 거뿐이야."

보라가 이글거리는 눈으로 나를 바라보다 갑자기 일어서더니 나를 향해 옆차기를 날린다.

"진짜 나쁜 새끼네."

삼겹살을 씹다가 기습을 당해 나는 목이 막힌다.

"이게 무슨 부부야. 아무것도 모르고, 아무것도 믿지 못하면서! 그러면서 잘도 나불거렸네. 뭐 날 사랑한다고? 보라색만 보면 나한테 달려올 수밖에 없다고! 야 권근태! 이 개자식, 나쁜 새끼야!"

보라의 날카로운 비명에 천장의 샹들리에가 흔들린다. 별장의 유리창까지 와르르 갈라져 쏟아지는 줄 알았다. 이렇게 흥분하고, 이렇게 폭주하는 보라를 보는 게 처음이라 나는 어쩔 줄을 모르겠다. 아직도 씹다 만 삼겹살이 입에 들어 있는데, 그걸 더 씹어서 삼켜야 하는지, 뱉어야 하는지도 고민이다. 그래도 뱉는 것보다는 씹는 게 나을 것 같아 오물거리는데, 보라의 날벼락이 또 떨어진다.

"다른 사람 가슴에 비수를 찌르고 고기가 넘어가? 당신 진짜 이렇게 잔인한 사람이었어?"

"그게 아니라……."

헉 하는 숨소리와 함께 보라가 통곡한다.

"내가 미쳤지. 이런 사람을 왜……."

왜 사랑하고, 왜 결혼하고, 왜 8년이나 같이 살았을까. 그 많은 후회와 자책이 보라의 울음소리에 범벅돼 거실을 가득 채운다. 그래도 난 익사하지 않고, 이 울음도 악어의 눈물일지 모른다고 의심한다. 그리고 난 더 이상 나의 의심병을 자책하지 않는다. 이곳에 올 때만 해도 의처증까지 걸린 찌질이라고 스스로를 자학했지만 실제로 보라는 장성수와 내연의 관계니 나의 의심은 병이 아니라, 진실을 꿰뚫어 보는 예지력 혹은, 통찰력인 것이다.

20

보라는 한참을 울다가 2층으로 올라간다. 내 손을 풀어준 상태라는 걸 깜빡한 것인지, 이제는 도망치든 말든 상관하지 않겠다는 것인지 알 수 없지만 내게는 골칫거리를 하나 더 안겨준 꼴이다.

보라가 올라가자마자 나는 불판을 달구고 있는 가스 불부터 끄고, 안 탄 고기를 골라 입에 넣는다. 그러면서 햄릿처럼 고뇌한다. 밧줄을 풀고 여기를 나갈 것인가 말 것인가. 지금 나가면 보라를 두 번 배신하는 것이다. 그럼 아마 보라는 절대 나를 용서하지 않을 것이다.

하지만 남아 있다면 나는 곧 고등어 기름을 몸에 바른 채 대구 밥이 되어야 한다. 나는 발목을 묶고 있는 밧줄을 푼다. 그리고 한 발 한 발 걸음을 옮긴다.

보라가 있는 2층을 향해.

2층은 내가 상상했던 구조가 아니다.

아랍 왕의 침실처럼 커다란 침대가 중앙에 자리 잡고, 배드민턴을 칠 수 있을 만큼 넓은 공간이 있는 침실이라 여겼는데, 평범한 두 개의 방과 화장실이 있을 뿐이다. 보라는 그중 작은 방의 침대에 엎어져 있다.

나는 살며시 다가가 침대에 걸터앉는다.

"보라야."

보라가 고개를 돌리고 나를 본다. 아직까지도 보라의 눈은 젖어 있다.

"미안해. 널 의심해서."

그렇다고 의심을 안 하겠다는 말은 아닌데, 보라는 뒷말을 들어보지도 않고 덥석 두 팔로 내 목을 감는다. 그런 자세로는 나도 속마음을 솔직하게 드러내기가 곤란하다. 내 몸에 닿는 보라의 몸이 너무 부드럽고 느낌이 좋아 정신이 몽롱해지기 때문이다. 나도 모르게 보라의 입술을 핥는다. 너무나 달다. 그래서 입술을 뗄 수가 없다.

"장성수가 오면 어떡하지?"

장성수가 무서워서가 아니라, 보라가 걱정돼서 한 말이다.

"그물 걷어가지고 오려면 한참 걸려."

보라는 장성수와 환상의 복식조고, 장성수에 대해서는 모르는 게 없으니 신뢰할 만하다. 보라는 그물처럼 두 팔과 두 다리로 나를 포획하고 나는 보라의 그물에 걸린 채 보라 속으로 들어간다.

지금까지 우리가 나눈 사랑 중에 이렇게 열정적이고 격렬했던 사랑은 없었다. 장성수가 언제 들이닥칠지 모른다는 스릴 때문인지, 어제오늘 아래층에서 나 혼자 상상했던 영상들 때문인지, 1년 동안의 무발기 상태로 억눌려졌던 욕망이 한꺼번에 폭발해선지, 죽기 전 마지막 사랑이라는 비장함 때문인지, 나는 대장장이의 화로 속에서 뜨겁게 달구어지는 쇠처럼 점점 더 단단해지고 뜨거워져 나를 감싸 안은 보라까지 녹이고 나와 한 덩어리로 만든다.

우리의 쾌락은 점점 더 높아지고, 그 꼭짓점에서 나는 장성수가 밧줄에 꽁꽁 묶인 채 아래층에서 우리의 소리를 듣고 있다고 상상한다. 그러자 나의 아내인데도, 장성수의 여자를 빼앗은 듯한 쾌감이 휘몰아치고, 이대로 죽어도 좋다는 충만감으로 내 온몸이 전율한다.

잃어버린 나라를 되찾은 기쁨에 버선발로 달려 나가 만세를 외쳤다는 할아버지의 기쁨을 이제는 이해할 수 있을 것 같다. 보라 만세! 우리 사랑 만세다!

장성수가 고등어를 믹서로 갈아 냄비에 부으면 보라가 헥산을 섞어 골고루 젓는다. 두 사람은 인류의 미래를 거머쥔 과학자들처럼 신중하고, 꼼꼼하게 그 일을 수행한다. 보안경에 마스크까지 끼고 있어 전문가의 포스까지 느껴진다.

보라와 사랑을 나눈 건 꿈이었나?

이번에는 보라가 삼겹살에 환각제를 발라놓았는지도 모른다. 그래서 저는 삼겹살을 안 먹고 나한테만 줬던 건가? (약국 여자라는 말에 혹해 보라를 만날 때는 약사와 결혼을 하면 이런 걱정을 할 수도 있다는 걸 미처 몰랐다.)

나는 두 손과 두 발이 묶인 채 소파에 앉아, 내 몸에 바를 고등어 기름을 추출하고 있는 두 사람을 바라본다.

"권근태의 온몸을 충분히 적시려면 최소한 20리터는 만들어야 돼. 180센티미터, 71킬로그램의 키와 몸무게를 반영해 나온 계산이야."

"그럼 밤새야겠는데?"

"날 밝으면 사람들 눈에 띄어 안 좋은데. 아 이놈의 믹서 최대한 큰 걸로 산 건데도 고등어 두 마리를 못 가네. 대충 갈고 헥산을 좀 더 많이 섞어볼까?"

"그건 안 돼."

"왜?"

"오빠. 헥산은 해로운 물질이야. 바다에도 안 좋고 대구한테도 안 좋다고. 대구 몸에 헥산이 들어가면 신경계 교란을 일으켜."

그럼 큰일이다. 대구탕은 보라가 제일 좋아하는 음식인데.

그런데 장성수는 그걸 모르고 보라의 말을 비웃는다.

"지금 우리가 그런 거 따질 때냐?"

"뭔 소리야?"

"웃기잖아. 지금 이 상황에 그런 말을 한다는 게. 네가 무슨 그린피스 활동가도 아니면서?"

그 말에 보라가 발끈한다.

"그러니까 오빠가 하고 싶은 말이 뭐야? 다른 남자랑 눈이 맞아 자기 남편 죽이려고 왔으니까 나는 그런 말 할 자격이 없다 이거야? 그럼 오빠는 그렇게 날 비웃을 자격 있어?"

"왜 그렇게 날카롭게 굴어? 난 그냥 농담한 건데."

"지금이 농담할 상황이야?"

두 사람의 분위기가 살벌해서 나까지 무서워진다.

"너 진짜 이상하다. 나 없는 동안 무슨 일 있었냐?"

"무, 무슨 일이라니?"

보라가 딱 더 의심하기 좋은 표정을 지으며 말까지 더듬는다. 나까지 의심스러워진다. 그럼 그게 꿈이 아니고 진짜 있었던 일인가?

꿈같았던 그 사랑이 현실 속에서 벌어진 일이라고? 그런데 왜 나는 다시 이렇게 묶여 있는 거지?

"그럼 뭐야? 아까 나갈 때까지는 괜찮다가 바다에 다녀오니까 내 눈을 안 맞추고 쌀쌀맞게 대하는 이유가?"

"내가 언제 그랬어?"

"권근태 네가 말해봐. 보라가 그랬나 안 그랬나?"

왜 갑자기 화살이 나한테 와!

"난 잘 모르겠는데……."

장성수가 이제는 나까지 수상하게 바라본다.

"혹시 둘이……."

"그런 거 절대 아니에요. 좀 전에 내가 잘 모르겠다고 한 거는 보라가 쌀쌀맞게 말하지 않았다는 게 아니라, 나는 다른 생각을 하느라고 두 사람을 관심 있게 지켜보지 못해서 그런 판정을 할 수가 없다, 그걸 말한 겁니다."

내가 말했지만 뭔가 찔려서 변명을 하는 것처럼 들린다. 장성수도 보라도 나를 바라보는 눈길이 곱지 않다.

하지만 나보고 어쩌라고?

그래. 난 기억을 못 하는 게 아니라 못 하는 척하고 있는 것이다. 보라 때문에 기분이 상해서. 보라는 2층에서 내가 샤워를 마치고 나오자마자 내 두 손을 밧줄로 묶었다.

"이래야 성수 오빠가 날 의심하지 않을 거야."

내 인생 최고의 절정을 맛본 감동과 여운이 가시지도 않은 상태에서 나는 그렇게 두 손을 결박당한 채 1층으로 끌려왔고, 두 다리까지 묶였다. 그리고 보라는 식어서 딱딱해진 삼겹살을 억지로 내 입에 구겨 넣었다.

"몸에서 삼겹살 냄새가 안 나면 성수 오빠가 이상하게 생각할 테니까 입 벌려."

"그렇다고 탄 고기까지 넣으면 어떡해? 거기에 발암물질 있는 거 몰라?"

그때 나를 흘기던 보라의 눈길에 난 정말 상처받았다. 이제 곧 죽을 놈이 무슨 발암물질 타령이냐고 보라의 표정은 한심함을 노골적으로 내뿜고 있었다. 어이가 없다. 그럼 넌 이제 곧 죽을, 아니 죽일 놈이랑 왜 사랑을 한 거야?

저녁 무렵 고등어를 잔뜩 들고 돌아온 장성수는 일말의 의심도 하지 않았다. 그렇게 보라의 완전범죄는 성공했다. 너무 완벽해서 나까지 꿈에서 있었던 거라고 착각할 만큼.

그래놓고 이제 와서 왜 장성수에게 꼬투리 잡힐 짓을 하고, 날 원망하냐고? 나도 감정이 있는 인간(어제까지는 아니었지만!)인데 말이다!

지금까지 살아와보니 뭐든 내용보다 중요한 게 순서다. 내가 기분이 나쁜 것도 바로 그 순서의 문제라고 할 수도 있다. 삼겹살을 먹고 나서 보라가 나를 결박했다면 크게 기분 나쁘지는 않았을 것이다. 그런데 보라는 우리가 하나라는 감정에 취하게 한 후, 날 결박해 내게 배신감을 느끼게 했다. 차라리 결박을 먼저 하고, 사랑이 뒤로 갔다면 또 달랐을 것이다.

이처럼 보라한테 사과를 받아야 할 사람은 나인데, 보라는 엉뚱하게도 장성수에게 사과를 한다.

"내가 예민하게 굴었다면 미안해, 오빠. 그래도 남편이라고 곧 죽는다 생각하니까 마음이 무거워서 그랬나 봐."

"그럼 그만둘까?"

"이제 와서?"

"넌 권근태가 월요일에 자살할 거라는 말을 믿고 있잖아."

"그건 그렇지만."

보라가 복잡한 눈빛으로 나를 돌아본다.

"당신 지금 그냥 서울로 돌아가면 정말 내일 죽을 거야?"

"그래."

대신 유서는 다시 쓸 작정이다.

'내가 오늘 내 계획대로 죽을 수 있게 날 대구 밥으로 주지 않고 살려줘서 고마워. 당신의 공범인 장성수에게도 고맙다는 내 인사 전해줘. 저세상 가면 남편에게 살해돼 먼저 가 있는 장성수의 아내한테 두 사람의 안부도 전해줄게.'

그래, 나 뒤끝 있는 사람이다. 어쨌든 날 이렇게 만든 건 보라다!

보라가 내 머릿속 생각을 읽기라도 한 듯이 고개를 젓는다.

"아냐. 우리 계획대로 하는 게 좋을 것 같아."

좀 더 시간을 단축하기 위해 두 사람이 헥산을 섞은 고등어를 끓이면서 고등어 비린내가 진동하기 시작한다. 덕분에 나는 마지막 음식으로 먹은 삼겹살을 다 토해낸다. 한 번, 두 번, 세 번에 걸쳐서.

그때마다 누가 내 오물을 치우고, 옷을 갈아입힐 것인가로 장성수와 보라는 말다툼을 한다. 장시간 계속되는 반복 작업에 두 사람도 지친 것이다.

"같은 남자니까 오빠가 해."

"네 남편이잖아 아직까지는!"

"우리 부부를 이렇게 만든 게 누군데?"

"그게 내 탓이냐?"

"그럼 내 탓이야?"

"내 탓이에요. 내가 못나서 보라가 당신을 만나고, 두 사람이 그런 수고를 하게 된 거죠. 잠깐 내 손을 풀어주면 내가 토한 건 내가 치울게요."

보다 못한 내가 나서자 갑자기 분위기가 숙연해진다.

21

"괜찮아. 내가 치워줄게, 근태 씨. 대신 다음에 또 토하면 그 땐 오빠 차례야."

보라가 못을 박자 장성수가 짜증을 낸다.

"무슨 인간이 저 모양이야? 잘 처먹고 왜 토하는데? 드럽게."

"오빠!"

"왜?"

"내가 이 계획 세울 때부터 말했었잖아. 저 사람 고등어 트라우마 있다고."

"그러니까 그런 트라우마가 왜 있냐고 혼자 유별나게! 노량진에서 생선 파는 사람들이 한둘이야? 그 집 자식들은 그럼 다 고등어 냄새만 맡으면 토한대?"

"왜 그렇게 무식한 소리를 해? 사람마다 다른 거지!"

"뭐? 무식?"

"그렇잖아. 이 사람의 입장에서 생각 안 하고 왜 오빠 입장에서 일방적으로 이 사람을 판단하고, 평가하냐고. 그건 아주 나쁘고 폭력적인 거야."

"그래. 너 잘났다."

"나 그런 말 하는 거 제일 싫어해. 맞지 근태 씨?"

아 미치겠다. 왜 자꾸 날 끌어들이는 건데. 둘 문제는 둘이 해결하라고!

"왜 대답 안 해? 당신 알잖아? 그래서 당신은 내 앞에서 그런 말 쓴 적 없잖아?"

그렇긴 하다. 하지만 나는 두 사람의 싸움에 끼어들고 싶지 않다. 스위스처럼 중립으로 있고 싶다. 그래서 눈을 감고 꾸벅꾸벅 조는 척한다.

"그렇게 배려심 많은 남편을 두고 그럼 왜 바람을 피웠대?"

아, 장성수의 이번 도발은 너무 위험한데.

"오빠가 이런 사람인 줄 몰랐으니까!"

역시나 보라가 지극히 격양된 반응을 보인다. 정작 죽을 사람은 얌전히 있는데 왜 두 사람이 흥분을 해 이 난리를 치는지 모르겠다. 초범들도 아니면서.

"진짜 치사하고 비열해. 오빠에 비하면 권근태 저 사람은 천사고 신사야. 그걸 이제야 알게 된 내가 바보지."

"난 너 바본 거 진작 알았어."

아 제발, 할 수만 있다면 장성수를 말리고 싶지만 나는 중립을 지켜야만 한다.

"그런 바보를 데리고 A조까지 올라가고, 우승까지 하느라 얼마나 힘들었는데, 지가 잘나 그런 줄 알고 뭐 내가 무식해?"

"허. 나랑 파트너 하고 싶다는 사람들이 얼마나 많았는데. 그중에 왜 내가 오빠를 선택했는지 알아? 마누라도 없는 홀아비, 불쌍하고 측은해서 그런 거야!"

오, 중요한 정보가 튀어나오는 바람에 나도 모르게 심봉사처럼 눈을 번쩍 뜬다.

그러니까 보라가 장성수와 파트너가 될 때는 이미 장성수가 홀아비인 상태였다는 것이고, 그 말은 즉, 장성수가 자기아내를 죽일 때는 보라가 가담하지 않았다는 뜻이다!

야호! 소리라도 지르며 거실을 방방 뛰어다니고 싶다.

"그래, 보라가 그랬을 리가 없지. 얼마나 착하고 따뜻한 여잔데."

마음속으로만 생각한 건데, 입 밖으로 잘못 튀어나간 모양이다. 그것도 큰 소리로. 말싸움을 하던 보라와 장성수가 나를 빤히 바라본다. 이제 와 다시 눈을 감고 조는 척하기에는 늦은 것 같다.

"근태 씨 당신도 착하고 따뜻한 사람이야."

아 참 난감하다. 굳이 장성수 앞에서 그런 칭찬을 할 필요는 없는데.

"당신이랑 처음 거제도 왔을 때 난 당신이 나와 닮은 사람이란 걸 알았어. 나중에 결혼하고, 당신 앨범을 봤을 때도 나랑 같은 표정을 하고 있어 깜짝 놀랐지."

내 앨범 속의 표정은 기억나지 않는데 보라 앨범 속의 보라 얼굴은 기억난다. 어린 나이답지 않게 성숙하고 무거워 보이는 표정이었다.

"칭찬 릴레이는 그만하고 착하고 따뜻한 남편이 토한 거나 치워주시지!"

장성수가 눈살을 찌푸리며 빈정거린다.

보라가 아이를 세수시키듯, 따뜻한 물수건으로 내 얼굴 구석구석을 닦아준다. 보라의 손이 다시 내 몸에 닿자 2층에서 안았던 보라의 몸, 그 부드럽고 따뜻했던 감각이 떠올라 온몸이 저릿저릿하다. 나는 장성수에게 들리지 않게 하려고 입모양으로만 말을 건넨다.

"날 용서해줘."

장성수에게 등을 돌리고 있는 보라도 나처럼 입술로만 묻는다.

"뭘?"

"당신을 의심했던 거."

보라가 나를 빤히 바라본다.

못 알아들은 모양이다.

이럴 줄 알았으면 수화라도 배워놓는 건데.

"방금 전까지 난 당신이 장성수와 함께 장성수의 아내를 살해했다고 의심했었어."

보라가 알아듣지 못하더라도, 죽기 전에 고백을 해야 마음이 편할 것 같다.

"미안해 보라야. 네 말대로 난 입으로만 사랑한다 나불거리면서 정말로 사랑이 뭔지도 모르고, 널 사랑하지도 못했었나 봐."

그런데 아무것도 못 알아들은 줄 알았던 보라의 눈에 눈물이 고인다.

"이제 순순히 바다로 뛰어들어 죽을 거야. 그리고 다시 태어나면 그땐 진짜로 널 사랑할게."

"바보."

보라의 목소리가 갑자기 툭 튀어나온다. 보라도 나처럼 실수를 한 것이다. 그 바람에 장성수가 우리를 돌아본다.

"둘이 뭐 해?"

"아냐. 아무것도."

보라는 장성수에게 가면서도 나를 흘끔 돌아보며 입 모양으로 말한다.

"사랑해."

사랑해가 아닐지도 모른다. 사망해, 타당해, 자랑게 그런 말 중 하나인지도.

그런데 왜 코끝이 시큰거리고 눈물이 핑 도는지 모르겠다.

아, 헥산 때문인가 보다. 보라가 아까 장성수랑 다투며 말했었다. 공장에서 일하다가 헥산 때문에 앉은뱅이병에 걸리는 외국인 노동자들도 많다고. 설마 나도?

그렇다 해도 내게는 병이 진행될 시간이 없으니 다행이다.

"해가 떠오른다. 가자. 바다로. 대구 밥 주러."

20리터의 고등어 기름을 마련한 장성수가 '달이 차오른다 가자'로 시작되는 노래를 개사해 불러댄다. 보라는 그 옆에서 집에서 가져온 옷들을 죄다 꺼내놓고 내 마지막 의상을 고른다. (끝까지 아내 노릇을 다하려는 성실함이라니!) 고심 끝에 보라가 선택한 옷은 바로 오렌지색 추리닝이다.

"색깔이 너무 튀는 거 아니냐?"

장성수가 이의를 제기한다.

"어차피 고등어 기름 바를 때는 다 벗길 거잖아."

"그건 그렇긴 한데, 가는 동안……."

"이 사람이 고른 옷이니까 더 이상 태클 걸지 마."

그건 아니지. 나도 장성수만큼이나 이 옷이 마음에 안 든다고. 그리고 그 옷을 고를 때 내게는 아무런 정보가 없었다. 그게 보라의 옷인 줄 착각하고 있었던 상태에서 성의 없이 아무 데나 손가락을 찌른 죄로 오렌지색 수의를 입어야 하다니! 아니 죽기 전에 다 벗기고 고등어 기름을 바른다니까 수의란 말은 안 맞네. 어쨌든 이생의 마지막 의상으로도 싫다고.

"옷 갈아입히고 손이랑 다리는 다시 묶어? 사람들이 보면 이상해할 텐데?"

"아니 묶지 마. 너랑 나랑 양쪽에서 잡고 가야지. 그래봤자 차에서 내려 배에 탈 때까지 100미터도 안 돼."

"도망갈 생각 없으니까 걱정 안 해도 돼."

진심이다.

순순히 바다에 뛰어들겠다고 보라에게 맹세까지 했는데, 그 약속을 어기지는 않는다. 그래 고등어를 파는 부모 밑에서 태어나 그 고등어 덕분에 먹고살고, 공부도 했으면서 그 고마움을 모르고 고등어를 증오했으니 고등어의 기름을 바르고 대구 밥으로 먹히는 게 아주 논리적이고, 인과응보적인 결론이다. 까탈스러운 오 상무도 이런 결론이라면 아주 흡족해할 것이다.

"샤워하고 갈아입고 나오면 안 돼?"

"어차피 바다에 입수할 건데 무슨 샤워를 해?"

"그래도 마지막으로 씻고 싶다구요. 이도 닦고."

장성수는 못마땅해하지만 보라는 나를 데리고 욕실로 간다.

"천천히 씻고 나와. 갈아입을 옷이랑 속옷은 문 앞에 둘게."

정부와 짜고 남편을 죽이려는 아내의 말투라기에는 너무나 일상적이고, 편안하다. 그래서 나까지 휴일 날 집에 있는 듯한 기분이 든다.

하지만 우리 아파트 화장실에는 창문이 없다. 그런데 이곳에는 A4 용지 두 장 정도 되는 창문이 있다. 도망갈 생각으로 찾아본 게 아니라 그냥 들어오다 보니 그렇다는 거다. 아주 잠깐 그 창문으로 내 몸이 빠져나갈 수 있을까를 생각해보긴 했다. 그냥 순수한 호기심이지 다른 뜻은 없다.

금요일 밤에 서울에서 내려와 월요일 아침 7시인 지금까지

거울을 한 번도 본 적이 없어 3일 만에 내 얼굴을 보니 반갑다. 3일이 아니라 3년 만에는 보는 것 같다. 언제 이렇게 늙고 수척해졌나. 그래도 순교자처럼 모든 것을 다 내려놓은 표정은 마음에 든다. 죽음을 코앞에 두고 있는 지금 이 순간, 나는 또다시 운명이란 단어를 생각하지 않을 수가 없다.

인생이라고, 사람 인人자가 들어 있다고 인간이 주인공이 아니다. 인간은 운명이 시키는 대로 할 수밖에 없는 꼭두각시고, 운명은 깡패다. 내가 그렇게 치밀하게 내 결론을 준비했는데, 전혀 다른 곳에서 위장 고등어로 죽게 된 것만 봐도 알 수 있다. 그래도 월요일 아침 9시 44분은 아니어도 그 비슷한 시간대에 죽게 된 것을 위안으로 삼아야 하나?

나는 매운탕을 끓이기 전에 생선의 수염과 지느러미를 다듬듯이 내 얼굴의 수염을 꼼꼼하게 면도한다. 그러다 이왕이면 머리카락도 자르고, 체모도 자르는 게 내 포식자인 대구를 위해 좋지 않을까 하는 생각이 든다.

그래서 내 뜻을 보라에게 전하니 보라는 난감한 표정을 짓는다. 장성수는 미친놈, 어쩌고저쩌고 별의별 욕을 다 퍼붓는다. 그보다 더 참을 수 없는 건, 내가 죽기 싫으니까 별짓을 다하려 한다는 모함이다. 그 말이 듣기 싫어 난 더 이상 대꾸하지 않고 다시 화장실 문을 닫는다. 이제 이만 닦으면 끝이다.

칫솔을 집어 드는데 온몸에 힘이 쭉 빠진다. 언제 해놓은 건 줄 모르겠는데, 보라가 내 칫솔에 치약을 짜놓은 걸 발견해서다.

보라와 결혼을 한 이후, 보라는 항상 이렇게 내 칫솔에 치약을 짜놓곤 했다. 아침에 일어나 출근을 하기 전에도, 퇴근을 해 집에 돌아갔을 때도 보라가 치약을 짜놓은 내 칫솔이 기다리고 있었다. 다른 남자와 외도를 하는 기간에도 보라는 그 일을 거르지 않았다. 상식적으로 이해가 안 되는 부분이다. 나라면 그럴 수 있을까? 다른 여자랑 신나게 놀고 와서 보라의 칫솔에 치약을 짜준다? 전혀 상상이 안 된다.

그런데 어떻게 보라는 그럴 수 있었을까? 그냥 몸에 밴 습관이라서 자기도 모르게 그럴 수는 있겠지. 그럼 내가 죽고 나서도 보라는 계속 내 칫솔에 치약을 짜놓는다는 거잖아! 나는 그 칫솔을 사용하지 못할 테니 보라가 매일 아침저녁으로 짜놓는 그 치약은 점점 쌓이고 굳어 63빌딩만큼 아니, 새로 생긴 잠실 롯데타워만큼 높아질 것이다.

그 장면을 상상하자 울컥 목울대가 뜨거워진다. 칫솔을 목구멍 너무 깊숙이 집어넣어 그런 게 아니다. 내가 없어도 보라는 잘 살아갈 거라고 확신했었는데, 겨우 이 쥐똥만 한 치약 때문에 내 신념이 흔들려 오열이 터진 거다.

장성수와 사흘간 함께 있어보니 그렇게 완벽한 남자는 아니다. 체력도 정력도 내가 상상했던 것만큼은 아니고(대단하긴 하지만 내가 상상했던 건 더 어마어마했다), 무엇보다 보라를 자주 기분 상하게 하고, 불쾌하게 한다. 나보다는 장성수가 보라의 남편으로 어울린다는 내 판단도 보류해야 할 것 같다.

배드민턴만 잘 치지, 아니 요리 솜씨도 좋긴 하지만, 보라의 마음을 살피는 섬세함이 떨어지고, 덩치에 맞지 않게 잘 삐치고, 유머 감각도 없다.

빨리 안 나온다고 화장실 문을 두드려대며 지금도 아우성치는 걸 보니 인내심도 지극히 부족하다.

22

별장에서 항구까지 자동차를 타고 가는 데 걸리는 시간은 5분. 차에서 내린 장성수는 트렁크에서 배드민턴 라켓을 챙긴다. 나는 왜 그걸 꺼내는지 몰랐는데, 나를 가운데 끼고 보라와 장성수가 양쪽에서 배드민턴 라켓을 들고 걸어가니 운동이라도 하러 나온 사람들로 보일 거란 생각이 든다. 누군가 우리를 보고 있다면 말이다.

하지만 내 눈에는 아무도 보이지 않는다. 차에서 내려 방파제까지 걸어가는 동안 한 사람도 마주치지 않는다. 왠지 실망스럽다. 반면 장성수는 그래서 더 기분이 좋은지 한 손에 들고 있는 배드민턴 라켓을 경쾌하게 휘두르며 떠들어댄다.

"너 대구가 왜 이빨이 없는지 아냐?"

"이빨이 없어요?"

"그것도 몰랐어? 세상에 어떻게……."

장성수는 그 정도 상식도 어떻게 모를 수 있냐는 듯 눈을 희번덕거리지만 나는 그런 장성수가 더 어이없다. 생선을 좋아하지도 않는데, 대구한테 이빨이 있는지 없는지 내가 어떻게 아느냐고!

"그래서 대구가 이빨이 없는 이유가 뭔데요?"

"그건 이빨을 쓸 필요가 없어서야. 걔들이 왜 대구인지는 알지? 입이 엄청 크거든. 사람처럼 목구멍이 쪼만하면 이빨로 잘게 자르고 좃아서 삼켜야 하지만 걔들은 그럴 필요가 없는 거야. 그냥 덩어리째 입안으로 쑥 삼켜버리는 거지."

"다 안 들어가면요?"

"그건 상관없어. 걔들은 욕심이 많아서 지들 몸속에 들어갈 수 있냐 없냐는 안 따지거든. 그냥 한 번 물어서 목구멍으로 집어넣고 그게 다 소화되면 다시 밀어 넣고. 그래서 그물에 걸린 대구 보면, 입 바깥으로 물고기가 반쯤 나와 있는 게 많이 있어."

뭐야? 그럼 한순간에 죽는 게 아니란 말이잖아? 하반신은 대구 배 속에, 상반신은 바닷물 속에 잠긴 채 비명을 지르고 있는 내 모습을 상상하자 아찔해진다. 그런 내 머릿속을 들여다본 것처럼 보라가 말을 한다.

"걱정 마. 다른 대구들이 그냥 보고만 있진 않을 테니까. 근태 씨를 삼키고 남은 부분들은 다른 놈들이 달려들어 해결할 거야. 왜 있잖아. 빼빼로 게임처럼!"

"날 가운데 두고 두 마리의 대구가 주둥이를 마주칠 때까지 야금야금 먹어 들어온다고?"

"그래. 내가 말하고 싶었던 게 바로 그거야!"

그걸 위로랍시고 하냐? 그래 퍽이나 안심된다.

"그럼 여기서 두 사람 기다리고 있어. 난 차에 가서 고등어 기름 가지고 올게."

장성수는 자동차를 향해 가면서 신이 나 휘파람을 불어대고, 보라는 먼바다로 고개를 돌린 채 지금까지와는 다른 목소리로 낮게 말한다.

"성수 오빠 돌아와서 같이 배 타면 끝이야. 더 이상 기회는 없어."

"무슨 말이야?"

하지만 보라는 더 이상 말을 하지 않고 기름통을 들고 오는 장성수를 향해 시선을 돌린다. 나는 보라의 진심, 의도를 알고 싶어 보라를 주시하지만 보라의 표정은 딱딱하게 굳어 있어 암호를 풀 수가 없다. 그런데 장성수가 점점 우리에게 가까워질수록, 내 오른팔을 붙잡고 있는 보라의 손이 느슨해지는 것 같다.

보라는 내가 도망치길 바라는 것일까?

나는 도망치고 싶지 않지만 보라가 바란다면, 보라를 실망시킬 수는 없으니 그래야 할 것 같은데, 내 팔을 잡고 있는 보라의 손에 다시 힘이 들어간다. 내가 잠시 착각한 건가? 그런데 또 슬그머니 힘을 빼고.

뭐야? 사람을 가지고 노는 것도 아니고.

아, 그게 아니고 보라도 나처럼 갈등을 하는 중이구나!

나를 살려야 하는지 죽여야 하는지 보라도 마음이 왔다 갔다 하는 거다. 이럴 땐 가장이고 남편인 내가 결단을 내려야 한다! (가부장주의도 때로는 쓸모가 있다.)

다시 돌아온 장성수가 배를 묶고 있는 밧줄을 풀고 배 위로 올라가는 순간, 나는 보라가 붙잡고 있는 손에서 내 팔을 빼고 도망치기 시작한다. 흘끗 뒤돌아보니 장성수가 뒤늦게 상황을 파악하고 나를 따라오려 하는데 보라가 막는다.

역시 보라는 내가 도망치길 바랐던 것이다! 부부는 일심동체, 이심전심!

명치에 다시 지렁이가 기어가는 것처럼 간지럽고, 섬찟하면서도 짜릿한 기분이 스멀스멀 퍼지고 하늘을 날아오를 것 같은 해방감이 드는데 장성수의 목소리가 뒤통수를 붙잡는다.

"권근태, 네가 가면 너 대신 보라가 대구 밥 되는 줄 알아!"

그 말에 돌아보니 장성수가 보라의 팔을 꺽어 쥔 채 배에 태우고 있다.

"근태 씨 난 괜찮아. 그러니까 내 몫까지 잘 살아!"

보라가 최선을 다해 소리친다. 누가 봐도 그냥 하는 말이 아니라 진정성이 100프로 담긴 말이다. 그런 말을 무시하거나 거역하는 건 예의가 아니다.

그래서 나는 온 힘을 다해 달린다. 그동안 개인플레이를 하며 따로 놀던 내 몸의 부분들이 어쩐 일로 하나가 돼 멋진 팀워크를 발휘한다. 오른발, 왼발, 순서대로 바닥을 내디딜 때마다 왼팔, 오른팔이 엇갈리며 공기의 저항을 뚫고 나아가는 그 환상적이고 아름다운 조화라니! 숨이 차지 않도록 코와 입이 서로를 도와 호흡을 분산시키도록 지시하는 뇌와 운동신경의 긴밀한 협조는 또 어떻고! 한 팀이 돼 일사분란하게 움직이는 내 몸이 정말 신기하고 기특하다.

"딱 5초만 기다려주고 배 출발한다!"

장성수의 말은 마음에 두지 않는다. 사랑하는 보라가 나 대신 죽게 생겼는데 어떻게 나 혼자 도망갈 수 있냐고 누가 질책한다면, 난 세상은 원래 냉정하고, 인간은 이기적인 존재라고 말할 것이다. 그리고 보라를 위해서도 이게 최선이라고.

보라는 날 속이고 장성수와 내연의 관계를 유지하다가 내 목숨까지 빼앗으려고 했던 아내다. 그런 보라가 속죄를 하고 신께 용서를 받을 수 있는 길은 나 대신 죽는 것밖에는 없다. (매정해 보여도 어쩔 수 없다.)

그래서 난 눈물을 참으며 보라로부터 멀어지고 있는 것이다. 그래도 보라의 죽음이 헛되지 않게, 보라의 마지막 말을 가슴에 새기고 잘 살아야겠다는 마음이 든다. 그리고 보라가 나쁜 짓을 저질렀지만 결론적으로는 좋은 아내였다고 기억할 것이다.

내 허락도 없이 장성수가 몰고 다닌 내 자동차가 한쪽에 주차돼 있다. 나는 그 앞에 멈춰 선다. 차는 문도 잠그지 않고 열쇠도 차에 꽂힌 상태. 남의 차라고 함부로 취급하는 걸 보니 장성수는 횡령, 배임을 저지를 소지가 다분한 사람이다. 이것도 장성수의 단점 리스트에 추가하고 나는 자동차의 시동을 켠다.

그리고 막 출발하려는데, 트럭이 달려와 급정거를 한다. 전에 내가 장성수에게 쫓기며 히치하이킹을 하려고 했던 트럭과 비슷한 거 같은데, 트럭에서 내리는 사람들도 동남아시아인이다. 아는 말을 써먹고 싶은 충동 때문인지, 예의 바른 동방예의지국의 후손이라 그런지, 이 와중에도 나는 창문을 내리고 그들에게 인사를 건넨다.

"신 짜오! 아빠 까바르!"

그들이 환한 웃음을 지으며 인사를 한다.

"안녕하세요."

그 순간, 그들이 단체로 쓰고 있는 보라색 모자가 내 눈에 들어온다. 시동이 켜진 자동차는 이미 예열이 다 됐고, 이제 출발만 하면 되는데, 나는 시동을 끄고 차에서 내려 보라를 향해 달리기 시작한다.

보라색만 보면 보라에게 달려가야만 하는 보라병의 재발. 그 말을 할 때도 안 믿었던 사람들과 반신반의했던 사람들조차 이제는 이게 내 의지로 제어할 수 없는 병이라는 걸 믿을 수 있을 것이다. 보라에 대한 서운함과 원망, 미움이 모두 증발하고, 내 가슴속 뚝배기에는 보라에 대한 그리움, 보라에 대한 사랑만 보글보글 끓어댄다.

장성수가 벌써 보라를 태우고 떠나버렸으면 어쩌지? 액션영화의 주인공이라면 망설이지 않고 바다로 뛰어들어 떠나간 배를 쫓아 헤엄을 치겠지만, 난 먹은 것도 없이 왔다갔다 뛰어다니느라 체력이 바닥난 상태고, 게다가 수영도 못한다. 아, 그래서 보라가 거제도로 내려올 때 수영을 할 줄 아냐고 물었던 건가? 서울로 돌아가면 수영부터 배워야겠다.

보라병이 내게 초능력을 부여해 내가 아무리 순식간에 부두로 되돌아갔다 해도, 그전에 이미 5초가 훌쩍 지났을 텐데, 5초만 기다렸다 출발하겠다고 협박을 했던 장성수는 그 자리에 그대로 있다. 이것으로 장성수가 시간개념이 철두철미한 사람이 아니고, 자기가 한 말을 칼같이 지키는 스타일도 아니라는 단점이 또 추가된다. 진짜 단점이 많은 사람이다. 나보다도 더.

다시 돌아온 나를 바라보는 보라의 눈이 휘둥그레진다. 내 사랑이 이렇게 대단할 줄 미처 몰랐겠지. 너는 나를 죽이려 했지만 나는 그런 너를 용서하고, 너를 구하기 위해 이렇게 다시 왔으니 말이다.

장성수도 태평양같이 넓고 깊은 내 사랑에 질린 눈치다.

"빨리빨리 타. 시간 없으니까."

장성수는 퉁명스레 내뱉고, 보라를 데리고 먼저 조타실로
간다. 나는 순순히 장성수의 배에 오르려는데, 물살이 일렁거
리며 배 한 척이 항구로 들어온다. 나는 장성수의 배에 타는
대신 그 배를 향해 소리친다.

"119에 신고 좀 해주세요. 아니 112."

내 목숨을 구하기 위해서가 아니라 보라를 구하기 위해서
다. 그래서 내 목소리는 절박하고 다급하다.

"장성수가 내 아내를 납치해 대구 밥으로 주려 해요!"

배에 탄 노인이 멀뚱멀뚱 나를 바라본다. 그러다 옆 배에
있는 장성수를 돌아보고 함빡 미소를 짓는다.

"성수 친구들이랑 놀러 왔나?"

"예. 아재 고기 많이 잡았심꺼?"

"없어. 재밌게들 놀다 가시다."

놀기는 개뿔.

"경찰에 신고 좀 해달라구요! 핸드폰! 핸드폰 좀 빌려주세
요!"

"오늘 파도가 좀 치는디 친구들이 멀미는 안 할랑가 모르
겄다."

노인은 귀가 먹었는지 자기 말만 하고 간다. 혹은 다 알아
들었으면서 일부러 못 알아들은 척 연기한 것일 수도 있다.
이곳은 장성수의 고향이니까. (아 이놈의 학연 지연!)

"탈 거야 말 거야?"

장성수의 표정이 아까보다 더 험악해진 상태다.

보라가 조타실에 갇힌 채 나를 보고 고개를 젓는다. 나를 위해 혼자 죽음의 길로 떠나려는 보라의 절개와 사랑에 눈물이 날 것 같다. 고등어 기름을 뒤집어쓴 채 바다에 빠진 보라에게로 달려드는 대구 떼를 떠올리니, 보라의 팔과 다리를 하나씩 삼킨 채 땅따먹기 하듯 보라의 몸을 누가 더 많이 먹어치우나 한껏 지느러미를 펄럭거릴 그놈들을 생각하니 치가 떨린다.

그래서 나는 배에 뛰어오른다. 그리고 이제 내가 왔으니 보라는 풀어주라고 멋지게 말하려는데, 장성수가 내 머리통을 배드민턴 라켓으로 내려치고, 나는 배의 바닥으로 엎어진다. 그런데 그냥 바닥인 줄 알았던 그곳은 바닥이 아니다.

찬 바닷물에 푹 빠지고 나서야 정신이 번쩍 든다. 내가 있는 곳은 잡은 고기를 넣어두는 수조다. 장성수는 그 수조의 뚜껑을 열어놓은 채 나를 푸시해 내가 이곳으로 입수하게 된 것이다. 윙 하는 엔진음과 함께 배가 출발하고 나는 짠 바닷물에 절여진다.

23

한 시간 후쯤, 배가 망망대해 한가운데, 다른 배들도 일절 보이지 않는 곳에 도착해서야 장성수는 나를 수조에서 꺼내 준다. 그때까지 나는 수조에서 죽지 않기 위해 온몸으로 발버 둥을 쳤다. 처음 출발할 때는 물의 깊이가 내 가슴까지밖에 안 돼 가만히 서 있으면 됐지만 배가 점점 바다로 갈수록 수 조로 들어오는 물의 양도 많아져 나중에는 수조의 입구를 손 으로 붙잡고 고개를 내밀려고 혼신의 힘을 다해야 했다.

그렇게 악착같이 발버둥을 쳐본 적은 난생처음이다. 내 사 랑의 위대함에 나 스스로도 놀랐다. 사랑하는 여자를 위해 꽃 을 사주고, 가방을 사주는 남자들은 많아도, 나처럼 이 추운 바닷물 속에서 한 시간 동안 사투를 벌이는 남자는 흔치 않을 거다.

장성수는 오들오들 떨고 있는 나를 끌어다가 보라와 등을 마주대고 묶는다. 보라가 내 몸의 한기를 느끼고 표독스럽게 장성수를 쏘아본다.

"이 사람 얼려 죽일 거란 얘긴 없었잖아?"

"그래서 죽기 전에 꺼내줬잖아."

나는 젖은 내 몸이 보라까지 젖게 할까 봐 최대한 몸을 떼려 고 애쓰는데, 보라는 반대로 내게 좀 더 달라붙어 자신의 체온 을 나눠주려고 등을 비빈다. 뒤로 묶인 두 손가락을 꼼지락거 려 차가운 바닷물에 오그라든 내 손가락을 녹여주려 한다.

감각이 없는 손가락에 세포 하나하나가 살아나고, 얼어붙 은 피 한 톨 한 톨이 녹을 때마다 저릿한 아픔과 쾌감이 동시에 밀려온다. 기억하지 못하지만 엄마 배 속에 있다 이 세상에 나올 때도 이와 비슷했을 것 같다. 좁은 곳에서 답답하게 지내다 그곳을 벗어나게 되니 해방감도 들면서, 낯선 공기와 공간이 당혹스럽고 두렵기도 했겠지. 하지만 난 그때처럼 울 수는 없다. 어른이라는 체면 때문에!

바로 그게 문제다. 속은 똑같은데, 덩치가 커졌다고, 연식이 오래됐다고 어른이라는 이름을 붙이고, 그에 걸맞은 행동만 해야 한다는 게 우울증의 시발점일 것이다. 그래서 아메바나 물고기, 새나 개미, 뱀들은 우울증이 없는데, 강아지와 개, 송아지와 소, 망아지와 말, 어린이와 어른으로 구분되는 것들만 우울증에 빠지는 거지. 이 저주받은 포유류의 운명을 거부하고자 고래는 바다로 돌아갔는지도 모른다. 깊은 바닷속에서는 체면 따위 생각할 필요도 없고, 전투적이고, 남 참견하기 좋아하는 포유류들 꼴 안 보고 살 수 있으니까. (그동안 미처 몰랐던 바다의 발견이다!)

보라에게 긴급 수혈된 삶의 온기로 푸르뎅뎅 죽어가던 내 피부가 다시 살아나고, 내 손가락이 다시 꼼지락거릴 때쯤, 어군탐지기로 대구 떼를 찾던 장성수가 우리를 돌아보고 눈살을 찌푸린다.

"별장에서 권근태가 밧줄 풀고 도망갔을 때부터 두 사람 수상하다 싶었어. 그때도 보라 네가 풀어줬던 거지?"

난 보라의 손을 잡아 부인하라고 신호를 보내지만 보라는 내 말을 듣지 않는다.

"그래 맞아. 내가 그런 거야."

"꼴에 부부라고. 그렇게 서로를 위하는 부부가 왜 남편 몰래 바람을 피우고, 마누라 몰래 죽을 생각을 했대?"

"다 너 때문이야!"

"뭐?"

"네가 날 유혹해서 내가 이 사람한테 발기 안 되도록 약을 먹이고, 그 때문에 이 사람이 우울증에 걸려 자살을 생각하게 된 거라고."

듣고 보니 그러네. 그러니까 내게 닥친 재앙은 모두 장성수 때문이었어! 순진한 보라는 뱀 같은 장성수의 유혹에 잠시 정신을 잃었던 것뿐이다.

"그래서, 지금 날 만난 걸 후회한다 이거야?"

제발. 보라야. 대답을 잘 해야 돼. 정직한 너의 성품대로 밀고 나가면 안 된다고! 비굴해도 어쩔 수 없어. 살기 위해선 그래야 하는 게 이 세상살이야.

"당연하지. 당신의 실체를 모르고 여기까지 온 나를 용서할 수 없을 만큼 후회하고 또 후회해. 내 남편한테 너무 미안하고."

내가 가장 우려했던 대답이 보라에게서 흘러나왔다. 내가 장성수라도 더 볼 것도 없이 가위표를 쫙쫙 그어댈 것이다.

"그래? 그럼 남편이랑 같이 죽게 해줄까?"

나는 더 이상 두고 볼 수 없어 소리친다.

"그건 말도 안 되는 소리예요."

보라가 꿈틀거린다.

"뭐가 말이 안 돼? 난 저런 인간이랑 사느니 차라리 당신이
랑 죽고 싶어."

"내가 싫어!"

나는 감정이 과열돼 막 나가는 두 사람을 진정시키려고 최
대한 이성적이고 논리적으로 말을 한다.

"자자, 차분하게 생각합시다. 두 사람이 어제 밤새 추출한
고등어 기름은 1인분뿐이라구요. 내 키와 몸무게에 맞춰 철
저한 계산을 하고 또 해 20리터를 준비한 거 아닙니까? 그리
고 애초에 두 사람이 계획을 세울 때 그 고등어 기름을 바르
고 대구 밥으로 먹히는 사람도 나였구요. 그러니까 내가 대구
밥이 되는 게 수학적으로도, 원칙적으로도 맞아요."

장성수가 내 말에 수긍을 한다. 문제는 보라다.

"당신이 죽으면 나도 따라 죽을 거야."

미치겠다.

"보험금은 어떡하고? 그거 붓느라 다달이 내가 얼마나 고
생했는데! 죽더라도 그 돈 다 쓰고 죽어."

"싫어. 난 당신 목숨이랑 바꾼 돈은 한 푼도 원하지 않아.
10억이 아니라 100억이라도 당신 없으면 다 필요 없다고."

이게 로맨틱코미디 영화라면 이 순간 하늘에서 폭죽이 터지고 주인공과 아내가 서로를 뜨겁게 바라보다 키스를 했을 것이다.

하지만 보라와 나는 등을 대고 묶여 있어 서로를 마주볼 수도, 키스를 할 수도 없다. 그것이 안타깝기라도 한 듯 장성수가 보라와 나를 뜨겁게 쏘아보다 우리의 입술 대신 뒤통수끼리 부딪치게 한다.

아야. 보라는 뒤통수까지 근육질인 모양이다.

"아이고, 눈물겨워 더 이상은 진짜 못 들어주겠네. 세상에서 제일 애틋한 부부 나셨어!"

"지금은 당신이 낄 때 아니니까 좀 빠져 있으시지."

내가 뒤통수의 고통 때문에 장성수에게 신경질을 내자 보라가 잘했다는 듯 내 손을 꼭 쥔다.

"보라야. 너도 냉철하게 생각해. 지금은 두 사람 기분이 상해서 싸우고 있지만, 아주 잘 맞는 커플이야. 환상의 복식조잖아!"

"환상의 복식조는 무슨. 저 인간 체면 세워주느라고 내가 얼마나 코트에서 개고생하는데. 치기 어려운 건 다 내가 커트하고, 저 인간은 폼 나는 것만 친다니까. 지난주 결승전 대회 때 엎어진 것도 다 쇼야. 그냥 받을 수도 있는 걸, 일부러 보여주려고 그런 거라고."

"정말?"

"그래. 그것보다 더 쇼킹한 건 뭔지 알아? 저 인간 비아그라 없으면 하지도 못한다는 거야."

"뭐?"

이건 또 전혀 생각지도 못했던 정보다. 장성수가 반박을 못 하고 얼굴만 빨갛게 달아오르는 걸 보니 보라의 말이 거짓은 아닌 것 같다.

당혹스럽다. 수컷 중의 수컷이라고 생각했던 장성수가 비아그라의 도움을 받아야만 할 수 있다니. 내 상상력에는 훨씬 못 미쳤지만, 그래도 대단하다고 말해줄 만했던 정력도 순수한 장성수의 것이 아니고 화학적인 작용이었을 줄이야.

"그에 비하면 내 남편은 엄청나지. 어제 당신이 바다에 고등어 가지러 갔을 때 우리가 뭐 했는지 알아?"

"보라야!"

나는 제발 하지 말라고 애원하지만 보라는 모든 걸 포기한 사람처럼 거침이 없다.

"우린 사랑을 나누었지. 완전 최고였어. 너무 좋아서 이대로 죽어도 좋다는 생각이 들 만큼!"

보라도 나와 똑같은 기분이었다니! 찌찌뽕!

"역시 사랑의 힘은 비아그라의 약효와는 비교가 안 되더라고."

장성수는 더 이상 참을 수 없다는 듯이 수건으로 보라의 입을 막는다. 그러고는 성난 콧김을 내뿜으며 나를 보라에게서 떼어내 밖으로 끌고 간다. 보라가 따라오려고 기를 쓰자 인정사정없이 보라를 발로 찬다.

그 때문에 44년간 내 몸속에 은둔해 있던 괴력이 분출된다. 나를 묶고 있는 밧줄이 툭 끊어지고, 나는 장성수에게 달려든다.

조타실이 있는 후미에서 엉겨 붙은 나를 장성수는 뱃전으로 끌고 와 곤죽이 되도록 때린다. 밧줄이 끊어질 만큼 내게 괴력이 생긴 줄 알았는데, 혹은 보라병이 발현할 때 잠시 동안 찾아오는 초능력이 아직 내게 남아 있는 줄 알았는데, 내 주먹질에 꿈쩍 않는 장성수를 보니 그냥 나를 묶었던 밧줄이 삭았던 거다. 장성수는 이제 아예 나를 깔고 앉는다. 장성수의 몸무게보다 나 자신에 대한 실망감이 나를 짓누른다.

나이도 더 젊고, 게다가 비아그라의 도움을 받지 않아도 보라를 만족시킬 수 있는 놈이 장성수를 이기지 못하고 깔리다니. 아니, 어쩌면 여기 오기 전에 장성수는 운동선수들이 시합전에 먹는 약 같은 걸 먹고 온 건지도 모른다. 그래 보라가 테스토스테론을 타서 줬겠지.

"이제 옷 벗고 고등어 기름 바를 시간이야."

장성수가 내 안경을 벗기고, 최후의 의상을 벗기려고 하는 순간, 배가 큰 파도에 밀려 출렁한다. 그 바람에 장성수가 옆으로 나동그라진 사이, 나는 일어나 장성수의 몸에 올라탄다. 장성수에게 밀리는 게 나 자신의 문제가 아니라 약물 때문이라고 생각하자 없던 힘이 저절로 솟구친다. 이건 순수한 인간 대 화학물질과의 대결이고, 정의와 사기와의 대결이다.

"고등어 기름을 바르고 대구 밥이 될 사람은 장성수 당신이야. 당신이 당신 아내를 그렇게 죽였으니 이제는 당신이 똑같이 당해야 한다고."

나는 옆에 있는 기름통의 뚜껑을 열어 장성수의 얼굴에 들이붓는다. 안경을 쓰지 않아 그런지 눈에 뵈는 것도 없고, 두려움도 없다. 그런데 또다시 배가 출렁하는 바람에 기름통과 내가 나뒹굴고 장성수와 나의 위치가 역전된다.

"하모. 고렇게 기름을 쏟아뿌고 뒹굴어주믄 나야 일일이 바를 필요 없고 고맙제. 그란데 이왕이면 옷도 벗고 바르지 그라냐? 니 마누라 보라가 바다 환경을 엄청 생각하는 사람인데, 이런 합성 섬유가 대구 몸속에 들어가면 우짤라고? 이게 다 미세 플라스틱이 된다이자."

장성수가 내 발목부터 추리닝을 잡아당기는 바람에 내 하반신이 추위에 노출된다. 그에 당황한 틈을 이용해 장성수는 내 윗옷까지 홀러덩 벗겨버린다. 나는 마지막 자존심을 지키기 위해 절규한다.

"내 팬티는 순면 100프로야. 그러니까 미세 플라스틱하고 전혀 상관없어."

"그건 그런데 미관상 문제가 있잖어. 대구가 보기에 팬티를 입고 있는 고등어는 이상하단 말이지."

장성수가 기어코 내 팬티까지 벗기려고 달려든다. 나는 고등어 기름에 젖은 손과 발로 장성수를 공격한다. 파도가 아까보다 더 심해져 일어서 있는 장성수보다는 바닥에 누워 있는 내가 더 유리하다. 파도가 칠 때마다 이리 뒹굴, 저리 뒹굴 굴러가면서 나는 장성수의 손아귀에 잡히지 않으려고 몸부림을 치고, 그 바람에 머리칼부터 발끝까지 내 온몸에 고등어 기름이 골고루 스며든다.

그 때문에 장성수가 날 잡을 때마다 나는 미꾸라지처럼 빠져나갈 수가 있다. 반면 옷을 다 입고 있는 장성수는 잡을 데가 많다.

나는 장성수가 나를 빠뜨렸던 수조의 뚜껑을 살짝 열어놓은 채 장성수를 유인한다. 장성수는 내가 준비한 함정을 모르고 나를 향해 달려든다. 나는 잽싸게 몸을 피하며 수조의 뚜껑을 더 잡아당기고 그곳으로 장성수를 밀어 넣는다.

풍덩.

장성수가 헤엄을 치며 기어 나오려고 하지만 나는 그때마다 두더지 잡기 게임을 하듯이 장성수의 배드민턴 라켓으로 장성수의 머리를 쳐 넣는다. 그리고 보라를 향해 포효한다.

"보라야! 내가 이겼어! 순수한 나의 힘만으로, 약물의 힘을 빌린 장성수를, 자기 아내를 대구 밥으로 먹여버리고 아무런 죄책감 없이 살아온 괴물을, 또다시 사람을 죽이려던 살인마를 물리쳤다고!"

이거야말로 다윗과 골리앗의 싸움이고, 내가 바로 다윗이다!

24

11월 바닷가 한가운데에서 팬티만 입고 있는데도 나는 조금도 춥지 않다. 몸에 바른 고등어 기름이 추위를 막아줘서 그런지, 내가 이룬 기적이 엄청나서 그런지 내 몸은 뼛속까지, 그 안의 내장들까지 후끈거린다. 초인, 슈퍼맨이 된 것 같다. (전생에 슈퍼맨이었을 가능성이 더 높아졌다.) 그동안 영화에서 본 건 있어가지고, 보라를 묶고 있는 밧줄을 풀어주자마자 나는 보라와 포옹, 키스를 한다. 이 추위에도 얼어붙지 않고 꿈틀거리는 쭈쭈바가 보라의 피부를 느끼고 더 용솟음친다. 당장 보라를 안고 사랑을 하고 싶다. 내 정념의 눈길에 사로잡힌 보라가 수줍게 얼굴을 붉히자 내 욕망은 파도처럼 일렁거리고 동시에 배가 요동을 치며 급회전을 한다. 내가 안고 있는 보라의 엉덩이가 조타실의 핸들을 건드린 탓이다. 그 바람에 놀란 우리는 누가 먼저라고 할 것도 없이 서로를 내던진 채 조타실 벽과 바닥을 붙잡고 매달린다. 배의 진동은 곧 진정되지만, 놀란 내 가슴은 아직도 쿵쾅거린다. 그런데 나보다 먼저 안정을 찾은 보라가 조타실 창밖을 두리번거리다 의

아한 표정을 짓는다.

"성수 오빠 어디 있어? 설마 물에 빠진 거야?"

나는 놀란 보라를 데리고 밖으로 나가 의기양양 수조의 뚜껑을 열어 보인다. 등 푸른 고등어, 아니 온몸이 퍼렇게 얼어가는 장성수가 보인다.

"오빠!"

보라가 해쓱한 얼굴로 황급히 장성수를 밖으로 끌어올린다.

"뭐 해? 빨리 오빠 안 꺼내고."

나는 보라를 도와 장성수를 물 밖으로 꺼낸다. 대구는 살아 있는 고등어만 먹는다니까 장성수가 얼어 죽기 전에 고등어 기름을 발라 던져줘야 한다. 기름통이 다 엎어졌지만, 내 몸에 발라진 걸 비비고, 바닥에 남은 기름을 묻히면 고등어 맛은 날 거다. 원래 새우깡에도 새우가 7프로밖에 안 들었으니까 그 정도면 충분하다.

그래서 나는 장성수를 안고 몸을 부비는데, 보라가 그런 나를 뜨악하게 바라본다.

"당신 뭐 해?"

"뭐 하긴? 내 몸에 묻은 고등어 기름을 이놈한테 발라주는 거지."

"왜?"

"왜긴 왜야? 대구 밥으로 던져버려야 하니까."

"그러고 나서는?"

"응?"

"그러고 나서는 어떻게 할 거냐고?"

"뭘 어떡해? 너랑 서울로 돌아가서 아무런 일 없었다는 듯이 잘 살아야지."

"당신 자살 계획은 어떡하고?"

"하하하. 보라야. 난 오늘 여기서 새로 태어났어. 그런데 내가 왜 그런 걸 해?"

"진짜야?"

"그럼. 봐봐. 네가 봐도 나 완전 달라 보이지 않아?"

난 미스터코리아 대회에 출전한 헬스보이라도 되는 것처럼 팬티만 입은 채 폼을 잡는다. 그게 너무 감동스러운지, 보라가 흑 울음을 터뜨린다.

"울지 마 보라야. 너도 지금 이 순간 다시 태어나면 돼. 난 이미 네가 저지른 일 다 잊었어. 그러니까 너만 새로 시작하면 돼."

감격한 보라가 막달라 마리아처럼 내 발에 엎어져 키스라도 하려는 줄 알았다. 그럼 나는 예수처럼 인자한 표정을 지으려고 마음의 준비를 하고 있는데, 보라는 내가 아닌 장성수의 손을 꼭 붙들고 눈물을 쏟는다.

"성수 오빠 고마워. 이게 다 오빠 덕분이야. 오빠가 내 남편을 살렸어!"

엥? 이게 다 무슨 소리야?

"아냐. 보라야. 네가 해낸 거야! 것 봐. 넌 할 수 있다고 했잖아!"

장성수가 이를 딱딱 부딪치면서 덜덜 떨리는 손으로 보라와 하이파이브를 한다.

이게 어떻게 돌아가는 건지 모르겠다.

갑자기 고등어 기름의 방한 효과가 뚝 떨어지고 바닷바람이 뼛속까지, 내장까지 파고든다.

별장으로 돌아와 뜨거운 물로 샤워를 몇 번이나 했는데도 내 몸에 밴 고등어 기름은 빠지지가 않는다. 보라와 장성수에게 받은 충격도 마찬가지다. 그런 나를 위해 두 사람은 몇 번이나 같은 이야기를 반복한다.

골자는 이렇다.

금요일 오후 8시. 배드민턴 클럽에 가기 위해 준비 중이던 보라는 내 유서를 받는다. 갑자기 나타난 오 상무 때문에 예약 메일함에 넣어 월요일 아침 내 투신 시각에 맞춰 보라에게 발송하려던 메일을 내가 잘못 발송해버린 것이다.

그 유서를 받고, 하늘이 무너지는 듯한 충격에 빠진 보라는 장성수에게 SOS를 친다.

우울증에 걸려 자살한 아내를 지켜주지 못했다는 죄책감과 회한을 안고 있던 장성수(장성수가 형사를 그만둔 것도 이 때문이란다)는 잘못하면 보라도 남편을 잃을 수 있다 충고를 하고, 두 사람은 나를 살리기 위한 작전에 돌입한다.

보라가 짐을 챙겨 나를 데리고 거제도로 오는 사이, 장성수는 미리 거제도에 도착해 배를 빌려놓고, 별장의 음식도 세팅해놓는다. 휴게소에서의 은밀한 통화는 그걸 알려주기 위한 것이었다. (그래서 보라는 내가 그걸 눈치채기라도 했을까 봐 그리 예민하게 굴었던 것이다.)

그리고 별장에 도착해 우리가 장성수의 요리를 먹는 동안 장성수는 2층에서 우리의 이야기를 엿듣는다. 청진기로 의사가 환자의 내부 상태를 살피듯이 장성수는 그렇게 내 상태를 가늠한 것이다.

"심각한 무기력과 무의욕이 엿보이더라고. 갈매기 소리를 까마귀 소리라고 우기고, 그것도 사람이 어설프게 흉내 내는 것 같다고 할 때 의처증까지 있다는 걸 간파했지. 그래서 2단계 전략을 세울 수 있었어."

보라와 잠자리를 하게 될까 봐, 그래서 발기부전이란 사실이 들통날까 봐 내가 술을 급히 마시고 뻗자(내가 마신 소주에 수면제 같은 건 타지 않았다), 보라와 장성수는 앞으로의 시나리오를 구체화하고, 내가 잠에서 깨는 기척에 맞춰 연기를 시작한다.

— 내가 준 수면제 술에 다 탔어?

— 응. 소주에만. 넌 맥주만 마셨지?

— 그럼. 내가 누군데? 오빠가 아 하면 어 하는 오빠의 파트

너라고.

두 사람이 내연의 관계라고 설정한 건, 우울증에 걸려 무감정의 경지에 오른 나를 자극시키기 위해서다. 그래도 내가 별 반응을 보이지 않자 두 사람은 내 우울증이 그들이 생각했던 것보다 훨씬 더 심각하다는 걸 알고 걱정한다.

"그래서 더 강도를 높여 신음 소리를 내고 비명을 질렀는데, 30분 하는데도 진짜 힘들더라. 성우들이 존경스럽더라니까!"

"쪽쪽 소리를 내려고 내 팔을 하도 빨았더니 난 입이 다 헐었어."

나를 위해 그렇게까지 해준 두 사람의 노고에 마음이 숙연해진다.

"난 사실 처음에는 좀 비관적이었어요. 근태 씨 상태가 워낙 안 좋아서. 그런데 하루 만에 도로 가로 달려가며 살라달라고 말을 하는 근태 씨 보면서 희망이 좀 생겼지."

"나도. 당신을 풀어줄 때 정말 벼랑으로 뛰어내리면 어쩌나 마음이 조마조마해 숨도 못 쉬고 있었거든. 그러다 살아 돌아온 당신을 보니 얼마나 눈물이 나던지."

아, 그래서 그때 보라가 울컥했던 거구나.

"근데 난 솔직히 그때 식겁하기도 했어. 정말로 누군가 나보다 빨리 근태 씨를 발견하고 차에 태웠으면 보라랑 나는 완전 살인미수범이 되는 거잖아."

"그래 우리가 당신을 살리려고 이랬다는 걸 누가 믿어줬겠어? 당신도 마찬가지고."

아마 그랬을 것이다. 내가 구조돼도 두 사람에 대한 이야기는 안 하겠다고 결심했었지만 묶여 있는 내 팔을 해명하려면 몇 가지 단서는 줘야 했을 거고, 그럼 경찰들이 별장을 찾아오고, 보라와 장성수를 연행했겠지. 그리고 내가 내 계획대로 월요일 9시 44분에 우리 집 베란다에서 투신을 해도, 사람들은 내가 보라 때문에 죽었다고 여기고, 보라는 결국 남편을 죽인 희대의 악녀로 손가락질 받는 게 우리 부부의 결론이 되었겠지. 상상만으로도 끔찍하다.

"그럼 지난 1년간 내가 먹는 주스에 에스트로겐을 넣은 건?"

"그런 적 없어. 플라시보 효과를 역이용하려고 그런 말을 꾸며낸 거야."

약의 효능 중 80퍼센트는 이 약을 먹으면 나을 거라는 믿음, 즉 플라시보 효과 때문이라고 약사인 보라는 믿는다. 그걸 역이용해, 내 발기부전이 에스트로겐 때문이다라고 해서 위축된 내 심리를 풀어주겠다는 보라의 발상은 훌륭했다. 그리고 효과도 만점이다. 그 덕분에 난 다시 잃어버린 포물선을 찾았으니까.

"그럼 장성수가 비아그라를 먹어야만 할 수 있다는 것도 거짓이야?"

"당연하죠. 나 그 정도 아닙니다. 근데 솔직히 그 순간은 당황스럽고 보라 너한테 서운하더라. 아무리 자기 남편 살리려고 그런다지만 파트너인 날 성불구로까지 만들다니.”

“미안해 오빠. 너무 다급해서 그랬어. 난 배에 타기 전에 모든 게 끝날 줄 알았는데, 그게 아니라서 완전히 멘붕 상태였거든.”

“그게 무슨 말이야?”

“당신이 고등어에 트라우마가 있다는 걸 아니까. 당신 몸에 고등어 기름을 발라 대구 밥으로 준다고 하면 당신이 그렇게 죽느니 차라리 살겠다고 할 줄 알았어. 도망이라도 칠 줄 알았지. 그래서 일부러 밧줄도 풀기 쉽게 묶고, 기회도 여러 번 줬는데 당신은 번번이 날 실망시켰어.”

보라의 눈시울이 붉어진다.

그러자 어떻게 자신을 두고 자살할 생각을 할 수 있냐고 화를 내던, 스스로를 자책하며 자신의 뺨을 때리던 보라의 모습이 떠올라 다시 마음이 아파진다.

그런 보라의 마음도 모른 채 적반하장도 유분수라고 나는 보라를 비웃었었다. 나를 사랑한다는 보라의 말에 대한 보답으로 순순히 바다에 뛰어들어 죽어주겠다고 응답했었다. 그 말을 들으면서 보라의 가슴은 얼마나 찢어졌을까.

그런 보라한테 대고 유방암 따위 소리나 해대다니. 난 정말 바보, 머저리다.

"그래도 당신이 나를 살리기 위해 다시 돌아온 건 감동적이더라."

"그러게 말이야. 웬만하면 배타고 바다까지는 안 나가려고 우리가 그렇게 겁을 줬는데도 말이지."

대구들이 내 몸을 가지고 빼빼로 게임을 하는 이미지는 정말 섬뜩했다. 그래서 나도 정말 도망가려고 했는데, 그 보라색 모자, 그러니까 보라병이 결국 나를 보라에게로 다시 소환한 것이다.

하지만 보라의 뜨거운 눈길을 보니 사실 그대로 말하는 건 아니다 싶다. 그래서 나는 보라와 장성수를 감동시킬 수 있으면서, 내 양심에도 걸리지 않는 표현으로 대체한다.

"네가 대구탕을 먹는 건 볼 수 있지만 대구들이 널 먹는 건 절대 볼 수 없으니까."

날 바라보는 보라의 눈빛이 10도는 더 뜨거워진다.

"그런 근태 씨 보면서 반성 많이 되더라고. 나는 근태 씨처럼 아내를 사랑했었나."

보라와 반대로 장성수의 눈빛은 마이너스 10도만큼 서늘해진다.

"아니 난 전혀 그렇지 못했지. 나쁜 놈들 잡는답시고 늘 아내를 외롭게만 만들고. 그래서 결국 아내를 죽게 했으니 살인자지."

"오빠."

"아까 수조에서 말이야. 차라리 이렇게 얼어 죽으면 좋겠다는 생각을 했어. 그럼 아내를 지키지 못한 죄책감에 더 이상 괴롭지는 않을 테니까."

"이젠 더 이상 그런 생각 하지 마. 오빠가 우리 근태 씨를 구했잖아."

"아냐. 내가 한 게 뭐 있다고. 보라 너의 사랑이 근태 씨를 구한 거야. 두 사람은 정말 진짜 사랑을 할 줄 아는 부부야."

"우리를 그렇게 만들어준 게 바로 당신이에요. 당신이 우리의 은인이라구요!"

진심이다. 장성수는 인류애가 무엇인지를 몸소 보여준 아름다운 사람이고, 절망과 허무에서 나를 구원해준 메시아다. 그리고 보라도! 환상의 메시아 복식조!

25

월요일에 자살을 할 거라 계획하면서 미리 연차를 내놓는 사람도 있겠지만 나는 그렇게 철두철미하거나, 성실한 사람은 못 된다. 어차피 죽고 나면 끝이라고 생각해 전날 무단결근을 하고 화요일에 출근을 할 수 있다는 예상도 전혀 하지 못했다.

그런데 사무실에 들어서는 내 마음에는 일말의 불안과 두

려움은 존재하지 않는다. 난 더 이상 예전의 권근태가 아니다. 어제 거제도 앞바다에서 나는 새로 태어났고, 그때부터 권근태 2.0 버전이 시작된 것이다.

"굿모닝!"

내가 너무 당당하게 인사를 해서 그런지, 시말서를 쓰라고 찾아온 오 상무까지 내 눈치를 살핀다.

"출근을 못 할 사정이 있으면 전화라도 해야지, 전화도 안 받고 뭐 하자는 거야? 하루 만에 출근한 거 보니 부모님이 돌아가신 건 아니고, 뭐야 죽을병이라도 걸렸어?"

"네."

우울증도 죽음에 이르는 병이니 내가 틀린 말을 한 건 아니다.

"그런데 이제 다 나았습니다."

죽을병에 걸렸다고 했을 때보다 오 상무의 얼굴이 더 일그러진다.

"그날, 그러니까 금요일 밤에 상무님이 여기 오셨을 때……."

"서론 본론은 필요 없고 결론만 말하라고!"

그사이 난 생과 사의 경계를 몇 번이나 오가며 권근태 2.0으로 새로 태어났는데 그때와 조금도 달라진 게 없는 오 상무를 보니 기분이 묘하다. 최신형 컴퓨터가 아주 오래된 구식 컴퓨터를 마주한 기분이랄까.

"결론은 사랑입니다."

"뭐?"

"사랑이 저를 구원했다는 게 제 결론입니다. 그래서 제가 이렇게 다시 살아 회사에 나올 수 있게 됐구요."

한 번도 좋은 표정을 지은 적이 없는 오 상무지만, 이렇게 무시무시하게 눈살을 찌푸리는 건 처음 본다.

"보고서는?"

"네?"

"신사업 홍보 전략과 마케팅 포인트 보고서 어제 아침까지 준비하라고 했었잖아!"

죽다 살아 온 부하 직원에게 한다는 말이 이것밖에 없을까?

보라와 성수 형의 사랑으로 새로 태어나면서(나는 이제 존경하는 마음을 담아 장성수를 성수 형이라고 부른다) 나는 내가 받은 사랑을 다른 사람에게 전파하리라 다짐했었지만 생각과 실천은 다른 문제다. 둘은 함께 움직이는 파트너가 아니고 다른 팀이라는 거지.

권근태 1.0이었으면 무조건 죄송하다는 말을 한 후 하루의 말미를 얻어내고, 하루 종일 부하 직원들을 닦달해 오 상무가 또 화를 내고, 욕을 할 수 있을 만큼의 빈틈이 있는 보고서를 작성해 올려 오 상무의 사디즘을 충족시켜주었을 테지만 나는 그러지 않는다. 웃음기 없는 얼굴로 당당하게 오 상무를 응시한다.

"아시안 푸드의 진짜 주인을 찾아주는 겁니다."

그건 머릿속의 생각이 입으로 튀어나와 말이 된 게 아니라, 내 마음속에 저장된 보라색 모자가 내 입을 빌려 말한 것이다.

"우리나라에 와서 농업, 어업, 힘든 공장 일을 하는 대부분의 외국인 노동자들이 아시안입니다. 우리가 파는 아시안 푸드는 바로 그들의 고향 음식인데, 정작 그들은 우리 레스토랑에 와서 맛을 볼 수 없죠."

"그래서?"

"그들에게 매달 우리 레스토랑을 공짜로 이용할 수 있는 쿠폰을 주는 겁니다. 그리고 그들의 시식 평을 메뉴에 반영해 진짜 아시안 푸드로 만드는 거죠."

"권 부장. 지금 정신이 있는 소리를 하는 거야 뭐야? 누가 비싼 레스토랑 가서 하층 외국인 노동자들과 같이 식사를 한다 그래?"

오 상무는 자신의 분노를 맘껏 터뜨릴 수 있는 내 아이디어에 신이 나서 소리를 고래고래 지른다. 하지만 난 주눅 들지 않는다. 오 상무를 원망하지도 않는다. 나도, 예전의 나라면 오 상무처럼 생각했을 테니까. 인간에 대한 회의, 비관에 젖어 있으면 당연한 것이다. 그러고 보니 오 상무도 화장실의 소변기 앞에 서 있는 걸 본 적이 없는 것 같다. 발기부전으로 내가 우울증을 겪었듯이 어쩌면 그의 분노 조절 장애도 발기부전과 관련이 있을지도 모르겠다. 그렇게 생각하자 오 상무 때문에 피곤한 게 아니라 그가 안쓰럽다.

아침이면 회사에 가기 싫고, 저녁이면 집에 가기 싫었던 내가 아침이면 회사에 가고 싶어 설레고, 저녁이면 집에 가서 보라를 안을 생각에 콧노래가 나온다.

오 상무의 예상과 달리 아시안 푸드의 진짜 주인을 찾아주자, 우리는 아시안이라는 내 홍보 전략이 제대로 먹혀들었다. 우리나라에 일을 하러 온 외국인 노동자들뿐만 아니라, 본국에 있는 그들의 가족, 친구들로부터 고맙다는 메시지가 회사의 홈페이지를 도배하고, 그들과 같이 밥을 먹으니 진짜 베트남이나 태국, 인도네시아 현지 식당에 간 듯하다는 내국인들의 평도 우호적이다. 이게 다 보라와 성수 형, 환상의 복식조 덕분이다.

두 사람이 아니었으면 내가 거제도에 내려가 외국인 노동자들과 직접 조우하는 일도 없었을 테니까. 거제도에 다녀온 후, 우리의 부부 관계도 더할 나위 없이 좋아졌다. 우리는 신혼 때처럼 자주 사랑을 나누고, 아침마다 사이좋게 영양주스를 나눠 마신다. 보라가 근무하는 약국의 3층에 있던 소아과가 다른 건물로 이사를 하는 바람에 보라가 근무하는 약국도 좀 한가해지고, 덕분에 보라의 월요병도 사라졌다.

이렇게 모든 게 술술 잘 풀릴 수가 있나. 인생은 새우깡 같은 거라 행복은 7프로뿐이고, 나머지는 불행이라고 했었던 말

을 폐기하고, 이제 난 100프로 새우로 만든 새우깡도 있다고
주장한다.

　그리고 어떻게 사람이 그렇게 달라질 수 있냐고, 날 아는
사람들이 그 비결을 물을 때마다 성수 형에 대한 이야기를 한
다. 성수 형은 사람과 세상에 대한 내 부정적인 생각을 완전
히 뒤집어버린 혁명가라고. 마음 같아서는 체 게바라의 것처
럼 성수 형의 사진이 프린트된 티셔츠를 전 세계 사람들에게
골고루 나눠주고 싶다.

　성수 형은 이제 우리 가족의 일원이다. 나는 맛있는 걸 먹
을 때마다 성수 형을 불러 같이 먹자고 하고, 재밌는 영화가
나오면 성수 형의 것까지 세 장을 예매한다. 성수 형은 영영
이별할 뻔한 우리 부부를 다시 붙여준 땅콩잼 같은 존재라 성
수 형이 있어야 우리는 완전체가 되고 더 고소해진다. 물론
자리에 앉을 때도 항상 성수 형이 우리 부부 사이에 앉는다.
(땅콩잼이 비스킷 사이에 끼지, 비스킷, 비스킷, 땅콩잼 같은
순서는 이 세상에 없으니까.) 부득이 셋이 같이 앉을 수 없을
때는, 예를 들어 자동차나 4인용 식탁 같은 경우는 보라와 성
수 형이 나란히 앉고, 내가 그 앞에 따로 앉는다. 땅콩잼이 가
운데 낀 과자를 먹을 때, 보라는 비스킷이나 쿠키를 하나 떼
어 나에게 주고, 땅콩잼이 붙어 있는 부분은 자기가 먹는 걸
좋아하기 때문이다. 그렇다고 해도 난 전혀 불만이 없다. 그건

개인의 취향이고, 난 보라만큼 땅콩잼을 좋아하지는 않으니까. 마찬가지로 보라는 콜라를 나처럼 좋아하지 않아 영화관에 갈 때면 우리 세 사람은 항상 콤보 세트를 시키고, 보라는 내 걸 조금만 빼앗아 먹는다. 그런데 중간에 앉아 있는 성수 형을 거쳐 보라에게 내 콜라가 전달되다 보니, 어떨 때는 성수 형의 콜라가 대신 갈 때도 있고, 그게 다시 성수 형한테 갔다가 다시 내게 오기도 한다. 마치 야바위 게임을 하듯, 정신을 똑바로 차리고 있지 않으면 내 콜라가 어떤 건지 알 수 없는 사태가 발생하는 것이다. 그런데 나만큼 두 사람은 그 일에 신경 쓰지 않는다. 내가 영화에 집중하느라 보라가 내 콜라가 아니라 성수 형의 콜라를, 성수 형이 입에 대고 쪽쪽 빨았던 빨대를 보라가 입에 넣는 걸 미처 막지 못할 때가 있는데, 그럴 때도 보라는 그리 놀라지 않는다. 그걸 다시 쪽쪽 빨아 먹는 성수형도 마찬가지다. (아무래도 두 사람은 나만큼 위생 관념이 투철하지 않거나, 간염 항체가 A, B, C형 골고루 다 있어서 무서운 게 없는 모양이다.)

이렇게 실컷 같이 놀다가 밤이면 성수 형과 헤어져 보라와 둘이서 우리 집에 가지만, 왠지 항상 성수 형과 같이 있는 느낌이다.

보라는 내가 형을 너무 좋아해서 그런 거란다.

정말 그래서 그런 건지 나는 보라와 사랑을 나눌 때조차 성수 형을 생각한다. 성수 형이 밧줄에 묶인 채 우리의 사랑을 듣고 있다고 상상하는 것이다. 별장에서 처음 그런 상상을 했을 때의 극치감을 잊지 못해서인 것도 같다. (그땐 2층에서 보라와 사랑을 나누고, 아래층에 성수 형이 나처럼 꽁꽁 묶여 있다고 상상했었다.)

늘 효과는 만점인데, 뒤끝이 안 좋다. 날 구원해준 은인을, 내가 사랑하는 형을 그런 식으로 이용하는 게 죄스럽고, 내가 변태 같은 자책감이 든다. 그래서 안 그러려고도 노력해봤는데, 이미 중독이 된 건지 잘 고쳐지지가 않는다. 보라를 안기만 하면, 저절로 우리가 있는 곳이 거제도 별장 2층이란 환상이 펼쳐지고, 성수 형이 소환돼 그 아래층에서 애벌레처럼 꿈틀거리는 것이다. 그리고 내가 그랬던 것처럼, 위층에서 들려오는 마찰음과 신음 소리를 들으며 나의 정력에 감탄하고 경탄한다.

그때 내가 들은 건, 진짜 사랑의 소리가 아니라 가짜였지만……. 그래, 그건 나를 자극시키기 위해 두 사람이 목소리 연기를 한 거다. 그런데 연기치고는 너무 리얼한 거 아닌가? 그리고 지금 내 눈앞에 있는 보라의 입에서 흘러나오는 신음 소리하고도 너무 똑같은데? 뭐야 그럼 보라가 지금도 연기를 하고 있는 거야? 그게 아니라면 그때도 진짜였던 거고?

어느 쪽으로 생각해도 결론이 불쾌하긴 마찬가지다.

그 때문에 이빨로 꼭지를 따기 직전의 쭈쭈바처럼 한껏 탱탱했던 내 쭈쭈바가 다 빨아 먹고 마지막 남은 몇 방울의 액체까지 입에 넣기 위해 흡입할 때처럼 바싹 쭈그러진다.

"갑자기 왜 그래?"

보라가 자기 쭈쭈바를 빼앗긴 아이처럼 실망한 눈빛으로 날 바라보며 이제라도 맛보려 하지만 소용없다. 껍데기 속의 달달한 내용물은 이미 다른 놈의 입속으로 다 빨려 들어간 후니까.

그놈이 누구냐고?

내 안에서 점점 커져가는 의심이라는 놈!

두 사람이 날 살리기 위해 거제도로 날 데려가고, 3박 4일 동안 열연을 펼쳤다는 말을 나는 지금까지 눈곱만큼도 의심하지 않았었다. 그래서 정말 진심으로 두 사람에게 감사했고, 성수 형을 내 동생보다도 더 끔찍하게 챙겨왔다. (물론 내 동생을 거의 안 챙기니까 내가 아는 대부분이 여기에 해당되긴 한다.)

그런데 좀 이해가 안 된다.

아니, 아주 많은 의문이 든다.

배드민턴만 같이 치는 사이라면 그렇게 리얼하게 내연의 관계를 연기할 수 있을까?

물론 두 사람이 남들과 다른 훌륭한 연기력을 보유하고 있을 수도 있다. 하지만 그렇다면 같이 배드민턴을 칠 게 아니라 할리우드에 진출했어야지!

아니, 백번 양보해 두 사람이 정말 그런 연기력을 보유하고 있다 치자. 자신들이 그런 연기력을 가진 줄 미처 몰랐다가 뒤늦게야 알게 됐는데, 이미 아줌마 아저씨가 된 나이라 배우의 꿈은 포기하고, 일상 속에서 그 재능을 발휘하고 있는 케이스일 수도 있으니까.

그래서 나를 거제도로 데려갔던 3박 4일 중, 3박 동안 나는 감쪽같이 두 사람의 연기에 속아 넘어간다. 그리고 4일째 되던 날, 비로소 진실을 말하는데…….

그때부터가 왜 나는 더 어색하게 느껴지냐고?

보라가 배 위에서 지금까지는 다 나를 위한 쇼였다고 말을 할 때, 바로 그 반전 지점을 말하는 것이다. 그때 보라는 국어책을 읽는 초등학생처럼 지나치게 또박또박 말을 했고, 그런 보라에게 맞추고자 덜덜 떨리는 손으로 하이파이브를 하는 성수 형의 모습은 할리우드 액션처럼 오글거렸다. 그 이후, 나를 설득시키기 위해 그들이 반복했던 이야기는 너무 억지스럽게 짜 맞춘 듯한 인상을 풍긴달까.

뭐 그때는 몰랐는데, 지금 생각해보니 그렇다는 거다.

그러니까 다시 한 번 정리하면, 두 사람은 3박 4일 중, 3박이 연기고 4일부터가 진짜라고 말하지만, 난 3박이 진짜고, 4일부터 거짓 연기가 아닐까 싶다는 거지.

그래. 그래서 보라는 성수 형이 쪽쪽 빨던 빨대를 아무렇지 않게 빨았던 거다. 그런 게 아니면, 성수 형의 혓바닥이 봉춤을 타듯 어루만졌던 빨대를 어떻게 입에 넣고 음미할 수 있냐고! (위생 관념은 뭐라 판정할 수 없지만, 처제한테 들어보니 보라는 B형간염 항체가 잘 생기지 않는 가족력이 있다!)

"부장님, 진짜 오 상무님 너무한 거 아닙니까?"

"왜?"

"처음에 부장님이 아시안 푸드 홍보 전략 말했을 때 그렇게 반대하고 난리 친 사람이 어떻게 그럴 수 있어요? 반응 좋고, 회장님이랑 사장님도 우리 회사 이미지 좋게 만들었다고 칭찬하니까 그게 다 자기가 한 거라고 했대요."

"오 상무답네."

"부장님. 그게 끝이에요?"

"그럼 뭐?"

"와. 부장님 솔직히 말씀해보세요. 로또 맞았죠?"

"뭐?"

"안 그럼 사람이 그렇게 달라질 수가 없잖아요. 어디 경치 좋은 데 별장 하나 지어놓고, 거기서 요트 타고 낚시나 하면서 놀고먹을 여건이 되니까 그렇게 너그러워지신 거죠?"

말이 많은 걸 보니 박 차장의 조증이 시작된 모양이다. 이럴 때의 박 차장은 상상력과 창의력이 풍부해지고, 엄청나게 빨리 일을 처리해내지만 그게 업무에만 국한되지 않는다는 게 단점이다. 그리고 말릴 수도 없다.

"지난번 무단결근도 그래서 하신 거구나? 땅 보러 갔다 오셨어요? 어디 바닷가예요?"

박 차장의 눈빛이 내 눈이 아니라, 내 눈이 보았던 거제도의 앞바다를 응시하는 것처럼 깊어서 거짓말을 할 수가 없다.

"바닷가 별장에 가긴 했는데……."

"어쩐지. 부장님이 거기서 들었던 바닷소리가 제 귀에도 들린다니까요."

사기꾼 같기도 하고. 약을 팔면 잘 팔 것 같다.

"파도 소리 철썩철썩. 갈매기 끼룩끼룩."

"갈매기 소리가 어떻다고?"

"끼룩끼룩."

"아닌데. 내가 들은 건 까악까악이었어."

"그런 갈매기가 어디 있어요?"

"정말 그랬다니까. 까마귀처럼 깍깍, 그렇게 울더라고."

"말도 안 돼요. 이 세상에 그런 갈매기는 없어요."

박 차장은 자신의 말을 증명하기 위해 유튜브를 뒤져 전 세계 갈매기들의 소리를 다 찾아온다. 그래서 하루 종일 얼마나 많은 새소리를 들었는지 모른다. 내가 인정하지 않으면 박 차장은 끝까지 멈추지 않을 것이다.

"그래. 자네 말이 맞았어. 까악까악 우는 갈매기는 없네. 아마 내가 까마귀 소리를 갈매기로 착각했나 봐."

"아뇨. 그건 까마귀 소리가 아니라 사람이 까마귀 소리를 흉내 낸 거예요."

"뭐?"

"왜냐, 실제 까마귀는 거의 아악아악 이런 식으로 울거든
요. 근데 사람들은 까마귀라는 이름의 선입견 때문에 쌍기역
을 꼭 넣어서 까악까악 그렇게 듣고 따라 하죠."

박 차장이 동물 박사도 아니고 새소리 전문가도 아닌데, 나
는 박 차장의 말이 맞는 것 같다. 거제도에 도착한 그날 밤, 나
도 박 차장과 똑같은 생각을 했었다. 하지만 보라와 성수 형
은 그냥 갈매기 소리라고 우겼다. 그것도 필사적으로.

왜?

26

박 차장 때문에 머릿속에 갈매기들이 둥지를 튼 것 같다.
퇴근길에도 그 갈매기들은 나를 따라오고, 의심의 똥을 내 머
릿속에 휘갈긴다. 지난번의 연기력 논란은 너무 주관적인 것
같아 자체 내사 종결하기로 했는데, 박 차장이 제기한 까마귀
문제는 객관적인 자료와 증거들까지 있어, 그냥 넘어갈 수가
없을 것 같다.

박 차장의 말이 맞다면, 3박 4일 중 3박이 진짜고, 4일이 가
짜 연기라는 내 가설에 힘이 실린다. 그리고 그때와 같은 퇴

근길을 따라가다 보니 또 하나 드는 의문이 있다.

금요일 8시, 보라는 내가 오 상무의 등장 때문에 예약 메일함에 넣지 못하고 바로 보낸 내 유서를 받고, 하늘이 무너지는 듯한 충격을 받고, 장성수에게 SOS를 쳤다고 했다. 그런데 내가 집에 도착한 건 9시다. 그러니까 그 한 시간 만에 하늘이 무너지고 — 거기서 빠져나와 장성수에게 구원을 요청하고 — 두 사람이 권근태 구하기 작전을 짜고 — 거제도의 별장을 빌리고 — 각종 밧줄과 핵산까지 준비하고 — 옷장을 뒤져 권근태의 오렌지색 바지까지 챙겼다는 건데, 그게 가능할까? 겨우 한 시간 만에?

이미 다들 알겠지만, 난 무턱대고 의심하는 스타일은 아니다. 항상 다른 가능성에도 늘 마음을 열어놓고 있다는 거지. 그래서 집으로 가기 전에 보라가 일하는 약국으로 간다. 보라는 오전에만 일하니 저녁 시간에는 다른 약사가 있다.

"핵산 있어요?"

"네."

휴, 다행이다. 만약 이 약국에 핵산이 구비돼 있지 않다면 보라가 다른 곳에서 구했거나, 미리 주문해서 가지고 있었던 게 되니, 내 유서를 받고 즉흥적으로 여행을 준비한 거라는 그들의 이야기는 거짓일 가능성이 높아지지만 이 약국에 있는 거라면 내가 알고 있는 아름다운 이야기는 사실일 수 있으니까.

그런데 여자 약사가 꺼내주는 핵산이 내가 아는 핵산이 아니다.

"헥산파워 찾으시는 거 아니에요? 영양제?"

"아니 그런 거 말고 기름 추출할 때 쓰는 헥산이요."

"그런 건 없어요."

"파는데 다 떨어져서 없는 거예요? 원래 그런 건 안 파는 거예요?"

"우리 약국에는 구비해놓지 않아요."

"확실해요?"

"예?"

"여기 약국에 있는 게 수백 가진데 그걸 일일이 다 알고 있냐구요?"

심사가 사나워지니 애꿎은 약사에게 괜히 화풀이를 하게 된다.

"제 약국이니까 다 알죠."

보라보다 어려 보이는데 이 여자가 약국장인가 보다. 그 사실을 알고 나자 괜히 더 반감이 생긴다. 이 여자가 약 자동 조제기를 들여놓고 약사 한 명을 없애는 바람에 보라의 일이 두 배로 늘었다.

"그럼 다 말해봐요. 저기 위에 있는 것부터 아래로 하나하나 다!"

"예?"

나도 안다. 내가 지금 미친놈처럼 굴고 있다는 거. 하지만 그만큼 내 마음은 지금 혼란스럽고, 불안하고, 두렵다. 지금까지 내가 알고 있던 거제도 대작전이 가짜고 진짜 실체는 엄청난 것이라는 불길한 예감이 날 잡아먹기 직전이기 때문이다.

두 사람은 진짜 내연의 관계다. 그래서 날 대구 밥으로 줘 흔적도 없이 사라지게 하려고 거제도로 데려갔던 것이고, 그러다 일이 꼬여, 오히려 내가 장성수를 대구 밥으로 줄 것 같자, 같은 편인 보라가 장성수를 구하기 위해 거짓말을 한 거라면, 환상의 짝꿍인 장성수가 거기에 대고 맞장구를 친 거라면, 난 환상의 복식조에게 두 번이나 속고 기만당한 게 된다!

그런 줄도 모르고 두 사람을 생명의 은인이라며 떠받들고, 아내의 정부인 장성수를 형님이라 부르며 손수 운전기사 노릇까지 해가며, 밥 사주고 술 사주고 영화까지 보여주고 있는 바보 멍충이가 되는 것이다!

그런 나를 두 사람은 또 얼마나 비웃고 있을 것인가.

두 사람의 말에 속아 장성수를 대구 밥으로 내던지지 않았을 때부터, 한 담요를 덮은 채 뒷자리에서 곤히 자는 두 사람을 태우고(그때는 3박 4일간 나를 살리기 위해 불철주야 고생했으니 당연하다고 생각했었다), 자동차를 운전해 서울로 돌아왔을 때부터 두 사람의 비웃음은 점점 더 강도를 높여가고 있겠지.

영화관에서 둘이 소곤거리다 재밌지도 않은 부분에서 웃음을 터트린 것도 그래서인지 모른다.

난 그것도 모르고 억지로 따라 웃기까지 했다!

금요일이라 배드민턴 클럽을 다녀온 보라의 머리칼이 촉촉하다. 사람들과 배드민턴을 친 후 샤워를 하고 온 거라고, 내가 생각할 줄 알겠지만 아니다.

"당신 왜 그래? 안색이 안 좋은데?"

안색이 좋을 리가 있겠냐?

"그냥 머리가 좀 아프네."

뒤에 너 때문에라는 말은 속으로만 내뱉는다.

"두통약 줄까?"

약이라는 말에 내 몸이 먼저 반응한다. 그리고 내 눈에만 보이는 홀로그램에 거제도에서 보라가 언급했던 약의 목록이 연관 검색어로 주르르 나열된다.

수면제. 에스트로겐. 비아그라.

그 모든 게 실제로 쓰인 적은 없다고 했지만 그것도 거짓일 수 있다. 난 약사로서 보라를 신뢰하지 않는다.

수면제는 내가 마신 소주에 탔을 가능성이 높다. 우울증과 파트너인 불면증 때문에 나는 밤에 깊이 잔 적이 별로 없는데 그날 밤에는 길게 잤다. 그게 술 때문인지, 술에 탄 수면제 때문인지는 알 수 없지만, 어쨌든 50프로의 확률이다.

아침마다 먹는 내 영양주스에 에스트로겐을 넣었다는 말도 사실일 것이다. 그렇지 않다면 1년 전 갑자기 내 쭈쭈바가 얼어붙었던 걸 설명할 수 없다.

비아그라는 나한테 쓴 게 아니라 장성수에게 썼다고 했으니 가타부타 뭐라고 할 수는 없는데, 그때 거제도에서 쓰기는 했을 것이다. 보라의 캐리어에 들어 있던 여러 가지 약병 중에서 비아그라와 비슷한 색깔을 본 것 같다.

"약은 됐어."

"그럼 이리 와. 내가 머리 안 아프게 지압해줄게."

약만큼이나 보라의 손도 믿을 수는 없지만 이마저 거절하면 보라가 이상해할 것 같아 나는 순순히 보라의 허벅지를 베고 눕는다. 나도 너만큼은 연기력이 있다는 걸 보여주고 싶은 마음도 발동한다.

보라는 남편을 사랑하는 아내처럼 다정한 연기를 하지만, 역시 어색하다. 열 손가락 가득 들어간 힘이 너무 과하다. 그러느라 이를 악물고 인상까지 찌푸리니 내게 상처를 줬던 그 표정과 비슷하다. 내 입에 억지로 불에 탄 삼겹살을 쑤셔 넣고 내가 발암물질을 먹이면 어떡하냐고 항의하자 비웃던 표정 말이다.

또다시 발견한 의심 정황 ④다. (①은 신음의 진위 여부, ②는 갈매기 소리, ③은 핵산의 부재)

날 사랑해서, 내가 죽는 걸 막으려고 장성수까지 동원해 3박 4일간의 대작전을 펼친 거라면서 그렇게 몸에 해로운 걸 억지로 먹인다? 이건 지독한 모순 아닌가?

나는 더 이상 보라의 허벅지를 베고 있을 수가 없어 아내 덕분에 머리가 말끔해진 남편의 연기를 하며 자연스럽게 일어난다.

"당신 손이 약손이네. 금세 괜찮아졌어."

"그래? 그럼 저녁 줄까. 당신 주려고 고등어조림 해놨는데."

"뭐?"

"당신 고등어 트라우마 거제도에서 다 극복했잖아."

겁도 없이 거제도란 말을 먼저 꺼내다니! 이건 자기 거짓말에 그리 쉽게 넘어가버린 날 진짜 바보 찐따라고 여겨 무시하는 처사다. 이런 모욕을 당하고 그냥 있을 수는 없다.

"거제도에서 있었던 일은 다 가짜야."

"응? 그게 무슨 말이야?"

"나 사실은 우울증 같은 거 안 걸렸어. 자살할 생각도 없었고. 그냥 장난으로 너한테 그런 유서를 보내고 우울증 환자인 척 쇼한 거야! 거기서 한 말도 다 거짓말이고, 완전 속았지?"

니들만 나를 속인 줄 아냐? 사실은 내가 먼저 니들을 속인 거라고 말을 하면 통쾌하고, 보라가 움찔할 줄 알았는데, 전혀 그렇지가 않다.

보라는 내가 또 재미없는 농담을 했다는 투로 무시한다.

"씻고 나와. 고등어조림 데워놓을게."

"고등어 안 먹는다고!"

보라가 내 고함에 놀라 눈을 동그랗게 뜨고 날 본다.

아직은, 그래 진실을 확실히 알게 될 때까지는 보라에게 내색을 하지 말아야 한다. 포커페이스, 악어의 눈물, 뭐 그런 것과 친해야 한다고. 그리고 뭣보다 더 우선적이고, 중요한 건, 집에서 아무것도 먹지 말아야 한다는 것이다. 보라가 거기에 또 무슨 약을 넣을지 모르니까.

"사실은 저녁 먹고 왔어."

"그래? 뭐 먹었는데?"

"대구탕."

보라의 약국에 헥산이 없었어도, 근처 어딘가에서 구했을 수는 있다. 하지만 별장은? 만약 장성수와 보라가 지인이라는 별장 주인에게 별장을 빌려달라고 한 것이 금요일 밤이 아니고 그 전이라면 두 사람은 사전에 나를 데려가 죽일 계획을 공모한 것이라고 봐야 한다.

그걸 확인하려면 별장 주인이 누구인지를 알아내야 하는데, 문제는 보라가 내 의심을 눈치채고 그 지인에게 거짓말을 부탁하면 모든 게 헛수고라는 것이다. 그래서 보라가 의심하지 않을 만큼 자연스러운 정황을 만드느라 나는 거금을 쓰며 시간과 공을 들인다.

"이번 달 보너스로 당신이랑 성수 형 선물을 좀 샀어."

"정말?"

"응."

나는 보라와 장성수를 위해 사 온 운동복을 내민다. 지난 시합 때 그들이 입었던 보라색 커플 운동복을 다시는 못 입게 하려는 내 꼼수도 숨어 있다.

"커플용이 아니네."

"일부러 맞춰 입는 건 좀 촌스럽더라. 진짜 실력자들은 그냥 무심하게, 아무거나 걸치고 나온 듯, 그런 느낌적인 느낌을 풍기는 게 좋아."

"그래서 내 건 빨간색, 성수 오빠 거는 파란색이야?"

그래. 최대한 두 사람이 후져 보이는 유니폼을 찾느라고 발품 많이 팔았다.

"어쨌든 고마워."

"그리고 또 하나 있는데."

"응?"

"그때 우리가 갔던 별장 주인 말이야. 당신 지인이라는 분. 그분한테 드리고 싶어서. 그 별장 덕분에 내가 새로운 삶을 얻었잖아. 그래서 꼭 직접 만나 감사의 인사와 함께 이 선물을 전하고 싶어."

"근태 씨!"

이번에 '근태 씨'는 어떤 뉘앙스인지 파악하기가 애매하다. 보라가 내 의도를 벌써 눈치챈 건가?

"왜?"

"당신은 정말 좋은 사람이야. 사랑해."

안도의 한숨을 쉴 틈도 없이 보라가 나를 안는다. 나는 이제 장성수가 꽁꽁 묶인 채 아래층에서 우리의 소리를 듣고 있다고 상상하며 죄스러움을 느끼지 않는다. 오히려 할 수 있는 대로 최대한 많이 장성수를 밧줄로 꽁꽁 묶고 보라의 실크 스카프로 재갈까지 채운다. (눈치가 빠른 사람들은 내가 더 이상 장성수를 성수 형이라고 부르지 않는다는 것도 알아챘을 것이다.)

27

보라가 알려준 별장의 주인은 '회장님'이다. 무슨 그룹이나 회사의 회장님이 아니라 배드민턴 클럽 '친다'의 회장. 그것도 현 회장이 아니고 초대 회장님이란다. 그런데 보라나 장성수나 '회장님, 회장님' 얼마나 깍듯하고 공손하게 말을 하는지, 오 상무가 우리 회장님을 대하는 것에 못지않다.

나는 보라가 토속 음식 동호회 사람들을 만나러 나간 주말에 그 회장님을 만나러 간다. 회장님이 오라는 곳은 배드민턴 코트. 그런데 주말 대낮이라 그런지 운동하는 사람들은 보이지 않고, 70대의 노인 혼자 코트를 청소 중이다. 한겨울에 러닝셔츠 바람으로 밀대를 밀고 다니는 노인의 양어깨에 여자 문신이 화려하다. 그 모습이 기이해 한참 동안 바라보고 있으니 노인이 대뜸 소리친다.

"보배 남편?"

"예?"

"날 만나러 온다고 전화했던 우리 보배 남편이냐고?"

"보배가 아니고 보라 남편인데요."

"그럼 맞네. 나 성인배요."

노인은 밀고 있던 막대 걸레를 내던지고 내게 손을 내민다. 머리가 하얘서 그저 노인이라고만 생각했었는데 러닝셔츠 밖으로 삐져나온 가슴과 팔뚝은 근육으로 울퉁불퉁하고, 손아귀의 힘이 나보다 더 좋다.

"네. 전화드렸던 권근태입니다."

끝에 회장님이라는 말을 붙일까 말까 고민하지만 차마 입이 떨어지지 않는다. 내 머릿속 회장님의 이미지와 눈앞의 성인배 노인이 너무 달라서다. 꼭 문신 때문이 아니더라도 왠지 조폭 출신일 것 같은 냄새가 난다. 그래 '친다'라는 클럽의 이름도 예사롭지 않다.

"그래 무슨 일로?"

나는 준비해 간 양주 상자를 내밀면서, 나도 모르게 부하들이 조폭 보스를 대하듯 허리를 90도로 꺾는다.

"그렇게 좋은 별장을 빌려주셔서 약소하게라도 인사를 드리고 싶어 찾아왔습니다."

"에이. 뭘 그런 거 가지고. 우리 보배가 쓴다면 그깟 별장이 문제야? 내 집도 빌려줄 수 있어."

"근데 왜 자꾸 보라를 보배라고 하세요?"

"아. 보라가 우리 클럽의 보배라서 난 보배라고 불러."

"네?"

"이 '친다'를 만든 건 나지만 우리 '친다' 클럽이 지금에 이른 건 다 보라 때문이거든. 보라 때문에 우리 클럽에 가입한 회원들이 한둘이 아냐."

보라의 인기가 그 정도인 줄은 몰랐다.

"아, 그래요?"

"그럼. 보배가 성수랑 파트너 하면서 실망해 그만둔 놈들도 많지만. 히히히히."

성인배는 70이 넘은 노인답지 않게 온몸을 흔들며 웃는다. 그 바람에 양어깨에 문신된 두 여자까지 춤을 추는 것 같다.

"그 사람도 이번에 우리 부부랑 같이 그 별장에 갔었는데."

"알어. 내가 별장 열쇠를 성수한테 줬잖어."

"저, 근데 혹시 그게 언제예요?"

"뭐가?"

"그 별장 열쇠를 빌려주신 거요."

"그건 왜 물어?"

"아니. 그냥 궁금해서요."

"아무리 궁금하다고 해도 우리 식구들끼리의 일을 외부인한테 발설할 순 없지."

식구? 이런 말도 조폭들이 잘 쓰는 용어 아닌가? 조폭 영화에서 가장 많이 들을 수 있는 쌍두마차가 식구와 나와바리 아니냔 말이다. 내 앞에 있는 성인배가 더 예사롭지 않게 보이고, 그를 회장님이라고 떠받들고 있는 '친다'의 회원들, 특히 보라와 장성수가 더 의심스럽다.

"정말 알고 싶으면 사시미 칼 잡아."

역시! 내 예상이 맞았다.

"내가 배드민턴 치는 거 딱 3분만 보면 그 사람이 어떤 사람인지, 왜 왔는지 딱 알거든. 그러니까 더 알고 싶으면 배드민턴 채 잡으라고."

아, 사시미 칼이 아니라 배드민턴 채였구나. 그렇지만 선뜻 성인배가 하라는 대로 하기가 망설여진다. 나 역시 다른 수컷들의 포물선만 보고도 그 사람에 대해서 알기에, 성인배의 말이 과장이나 거짓이 아닐 거란 생각이 들어서다.

"싫으면 그냥 가든가."

이대로 30만 원짜리 양주만 빼앗길 수 없다는 계산이 내게 용기를 준다. 나는 배드민턴 채를 잡고 성인배와 마주 선다. 성인배가 가볍게 셔틀콕을 서브하고 중얼거린다.

"아까도 말했듯이 우리 클럽에 오는 사람들이 모두 배드민턴 치는 게 정말 좋아 오는 건 아냐. 어떤 놈은 장사를 하려고, 어떤 놈은 정치를 하려고, 어떤 놈은 또 연애를 하려고 오지."

내가 연달아 성인배의 셔틀콕을 중앙으로 강하게 쳐내자,

셔틀콕을 넘기는 성인배의 팔에도 힘이 들어간다.

"배드민턴 쳐본 적 있어?"

"아뇨. 그냥 보기만 했습니다."

"그만. 됐어. 이제 가봐."

"아까 말씀해주신다는 건……."

"지금 상태로는 안 돼."

"예?"

"보라가 성수를 처음 여기 데려왔을 때 성수도 딱 자네 같았지."

"예?"

"이제 보청기 뺄 거니까 말해봐도 소용없어."

성인배는 정말로 귀에서 보청기를 빼내고 다시 청소를 한다. 참 편리한 방식이다. 듣고 싶을 때만 듣고, 듣기 싫으면 안들을 수 있다니, 최첨단 미래인, 아니 최첨단 미래 조폭을 보는 기분이다. 그 성능을 시험해보려고 나는 커다란 밀대를 쑥쑥 밀고 다니는 성인배를 향해 고함을 지른다.

"회장님은 무슨."

아무 반응이 없는 걸 확인하고 나는 더 크게 소리친다.

"조폭 늙은이, 당신도 한패지? 보라 장성수랑 당신도 한패니까 사실대로 말 못 하는 거잖아!"

주말인데도 우리 아파트 지하 주차장에는 빈자리가 보이지 않는다. 이놈의 주차 전쟁, 그때 끝낼 수 있었는데. 보라와 장성수가 날 거제도로 유인하지 않았으면 난 주말 내내 집구석에서 뒹굴다가 월요일 9시 44분에 베란다로 떨어졌을 테니 말이다. 그럼 이 꼴 저 꼴 안 보고, 보라에 대한 사랑만 안은 채저세상으로 갔을 텐데, 그 사흘을 못 기다리고 그런 일을 저질러서 날 이렇게 골치 아프게, 주차장을 뱅뱅 돌게 하냐고!

그렇게 솟구친 적의가 가라앉기도 전에, 그 환상의 복식조가 내 눈앞에 나타나 기름을 들이붓는다. 아니, 나타난 게 아니라 내가 찾아냈다고 하는 게 정확하다. 결국 우리 동에 할당된 주차장에 차를 세우지 못하고 다른 동의 구역으로 가다가 한쪽 구석에 주차된 차에 타고 있는 두 사람을 내가 먼저 발견했으니까. 둘이 특별히 무슨 행위를 하고 있지는 않았지만 나란히 앉아 있는 것만으로도 난 충분히 불량, 불순, 불건전한 느낌을 받았다. 아침에 보라는 토속 음식 동호회에 간다고 했었으니까.

그런데 왜 장성수와 같이 여기 있는 거냐고?

내 엄중하고 매서운 시선에 두 사람은 당황하지 않은 척 차에서 내리며 알은척을 한다.

"회장님은 잘 만났어?"

"응. 근데 넌 왜 여기 있어? 다른 데 간다고 하지 않았어?"

"토속 음식 동호회. 나도 거기 가입해서 같이 갔다 왔어."

보라 대신 장성수가 대답한다.

"예?"

"오늘 처음 같이 갔는데 재밌더라고. 우리 엄마 손맛도 생각나고."

"당신이랑 저녁 같이 먹으려고 우리만 일찍 나온 거야."

"근태는 보라 같은 아내가 있어 참 좋겠다."

말하는 태도들이 너무 뻔뻔해서 욕지기가 올라온다. 그래 니들 연기력 많이 늘었다! 둘이 손잡고 할리우드에 가도 되 겠어!

그런데 가만, 지금은 흥분할 때가 아니다. 무심결에 뱉은 장성수의 말속에 중요한 단서가 있기 때문이다. 성인배가 그 런 말을 했었다.

"보라가 처음 성수를 데려왔을 때……."

그러니까 장성수가 보라의 배드민턴 클럽에 들어온 건, 보 라 때문이란 거다. 오늘 보라를 따라 장성수가 토속 음식 동 호회에 가입한 것처럼 그때도 보라를 따라 '친다'에 가입한 거라면, 두 사람은 그전부터 아는 사이였단 거지! 어쩐지 그 래서 그렇게 성수 오빠라는 말이 입에 쫙쫙 붙는 거였구만.

하루 종일 보라랑 붙어 있었으면서도 저녁까지 같이 먹고 싶어 19층 우리 집까지 올라온 장성수는 자기 집인 양 편안하 게 TV를 본다. 리모컨을 찾아 채널을 옮기는 모습이 이 집 안 에서 사는 사람처럼 자연스럽다.

내가 없는 사이 자주 왔는지도 모르지. 보라는 오후에 근무를 안 하고 장성수는 인력 사무소 소장이니 마음만 먹으면 얼마든지 내 집에서…… 아, 더 이상은 생각하지 말자. 그래 진정, 진정하자고.

오늘의 저녁 메뉴는 밀푀유 나베다. 배춧잎 위에 소고기, 깻잎을 순서대로 쌓으라고 보라가 지시한다. 여기는 우리 집이고 장성수는 우리 집에 온 손님이니 집주인인 보라와 내가 음식을 준비하는 게 당연한 것 같지만 거제도 별장에서 채소를 씻었던 게 떠올라 난 기분이 좋지 않다. 그때는 내 신세가 주인이 아니라 보라와 장성수에게 붙잡힌 포로 신세였었다. 지금이라고 별반 다르지 않을 수도 있다. 밧줄로 다리만 안 묶여 있을 뿐이지 여전히 두 사람에게 농락당하고 있는지도 모르니까.

내 심정도 모르고 보라는 천연덕스럽게 묻는다.

"근태 씨. 우리 회장님 멋지지?"

"글쎄. 멋진지는 모르겠고…… 꼭 은퇴한 조폭 같던데?"

"조폭?"

내 말에 보라와 장성수가 동시에 까르르 웃는다.

"은퇴한까지는 맞는데, 뒤에는 틀렸어. 은퇴한 교장 선생님이셔."

뭐? 은퇴한 교장이라고? 무슨 교장이 그렇게 양어깨에 여자 문신을 크게 한대? 어울리지 않아도 너무 어울리지 않는

다. 아, 이들이 말하는 학교가 내가 아는 학교가 아니겠지. 그
래 조폭 용어로 번역을 하면 이해가 된다.

"우리 회장님이 근태 네 칭찬 많이 하시더라."

"내 칭찬을요?"

"그래. 아까 너 만났다고 우리 회장님한테 전화 왔었어."

역시, 내 예상대로 성인배도 이 두 사람과 한통속이다.

"뭐라고 칭찬하셨어요?"

"사람이 순수하다고."

그 말을 하면서 장성수가 보라와 눈을 맞추고 웃는다.

순수한 게 아니라 바보라고 말했겠지. 그 말에 보라와 장성
수도 맞장구를 쳤을 거고. 그 광경이 눈앞에 선하다. 하지만
내가 일부러 그렇게 보이려고 한 것까지는 모를걸. 니들만 연
기 중인 게 아니라 나도 지금 혼신을 다해 바보 연기를 하는
중이라고.

"근데 회장님이 그러시대. 처음에 성수 형을 배드민턴 클럽
에 데려온 게 보라라고. 두 사람 그전부터 아는 사이였어?"

"아니."

"응."

환상의 복식조라고 늘 완벽한 호흡을 자랑하는 건 아니다.
그래, 니들도 사람인데 실수할 때가 있는 거지.

난 그 실수를 놓치지 않고 동시에 다른 대답을 한 보라와
장성수를 날카롭게 바라본다.

"보라는 아니라고 하고, 성수 형은 그렇다고 하고 뭐가 진짜야?"

"그게 아는 사이라고 말하기는 좀 그래서 아니라고 한 거야."

보라가 생각해낸 궁색한 변명을 장성수가 좀 더 힘 있게 쳐낸다.

"보라약국의 단골이었거든. 내가."

너무 멀리 쳐내서 아웃, 실점이다.

장성수가 보라약국의 단골이었다고? 그럼 두 사람이 알고 지낸 지 8년도 넘고, 나보다도 더 오래전부터 두 사람은 알고 있었다는 얘기잖아!

난 그저 거제도에서 있었던 3박 4일간의 진상을 알고 싶을 뿐인데, 너무나 깊숙이, 보라라는 인간의 뿌리 근처까지 파고 들어가는 것 같아 두렵다. 나는 지금까지 한 번도 그렇게 타인의 삶 속으로 침투해본 적이 없다. 수박 겉핥기처럼 얕게, 그 정도만 알고 지내는 게 좋다. 그런데 나도 모르는 사이 지하로 내려가는 갱도 열차에 태워진 기분이다.

28

나와 결혼 후 보라약국을 정리한 보라는 다른 동네, 다른 약국에서 일을 한다. 그런데 우연히 장성수가 그 약국에 들르게 되고, 아내를 잃고 실의에 빠진 장성수를 보라는 자신의 배드민턴 클럽 '친다'에 데려간다. 그리고 두 사람은 파트너가 됐다는 게 보라의 설명이다.

참 그럴듯하고, 매끄럽다.

난 정말 그렇게 생각하고 싶다. 그런데 그렇게 되지가 않는다.

우선 '우연'이라는 것부터가 마음에 안 든다. 고등학교 국어 시간에 우리 국어 선생님은 분명히 말했었다. '우연'은 고대 소설에서나 남발하는 작의적인 장치라고. 그래《구운몽》이나 《사씨남정기》에서나 통하는 '우연'을 21세기, 그것도 1,000만 명의 인구가 상주하는 서울을 배경으로 들먹이는 건 말이 안 되지.

그리고 약국에서 만난 약사와 손님의 관계에서 약사가 손님을 오빠라고 부르기는 쉽지 않다. (미용실이라면 또 몰라!) 게다가 보라 너는 남편인 나를 꼬박꼬박 '근태 씨'라고 부르잖아!

누가 봐도 '오빠'보다는 '근태 씨'가 더 거리감이 있다. 호칭뿐만이 아니다. 같이 식탁에 둘러앉아(보라는 장성수 옆에 앉고 나는 맞은편에 혼자 앉았다) 식사를 하니 장성수를 챙기는 보라의 태도가 노골적으로 드러난다. 장성수가 냄비 속에서 소고기만 골라 먹을 때는 아무 말 안 하면서, 내가 그러면

배추랑 같이 먹는 거라고 눈을 흘긴다. 치사하고 더러워서 몇 번이나 젓가락을 놓을 뻔한 걸 참고 있는데, 전골냄비에 집어넣은 칼국수를 배분하는 보라의 편파성에 결국 내 인내심은 끝장난다. 아니, 2대 1도 아니고 3대 1로 칼국수를 나눠주는 게 어디 있어?

3대 1이라는 건 엄청나게 가혹한 비율이다. 피자를 한 판 시켜서 네 조각으로 나누면, 나한테는 한 조각만 주고 나머지를 다 장성수에게 몰아준다는 거고, 장성수는 삼시 세끼 꼬박꼬박 챙겨 먹을 때 나는 한 끼만 겨우 먹는 거다. 잘못을 해도 장성수에게는 삼진 아웃을 적용하고, 나는 원아웃이라는 거지!

칼국수 사건을 통해, 나는 내가 보라에게 어떤 존재고, 비중인지를 알게 되었다. 장성수는 보라에게 남편인 나보다 세 배나 더 소중하고, 가까운 사람이란 것도. (단지 땅콩잼을 좋아해서 보라가 늘 장성수랑 붙어 앉는 게 아니란 거다.)

그러니까 결론은 보라가 장성수를 나보다 세 배 더 사랑한다는 이야기다.

난 이 비극적인 결론의 추론 과정에 문제가 있나 싶어 박 차장에게 감수를 받고자 찾아간다.

"네가 자주 가는 약국이 있어. 그 약국에는 여자 약사가 있고. 근데 어느 날 그 약국이 사라져. 그리고 몇 년 후, 넌 다른 약국에서 그 여자를 만나. 그럼 알아볼 수 있어?"

"난 약국에 자주 안 가는데요."

좀 전까지만 해도 조증이었는데 그새 울증으로 패턴이 바뀌었는지 박 차장의 얼굴은 똥 씹은 표정이다. 이럴 때 박 차장과 대화하는 것은 쇠심줄을 씹는 것처럼 어렵다. 모든 것에 시비를 걸고, 화를 내고, 부인부터 하기 때문이다.

그래서 대화를 포기하고 돌아서려다 오히려 조증일 때보다는 상황을 객관적으로 볼 수 있을 거라는 생각이 들어 멍 때리고 있는 박 차장의 어깨를 다시 친다.

"그냥 한번 상상해보라는 거야. 박 차장이 자주 가는 약국이 있고, 거기 여자 약사가 있어."

"예뻐요?"

"응?"

"약사가 예쁘면 한번 상상해볼게요."

"그래. 예뻐."

박 차장의 멍한 눈빛이 한 점으로 모여들더니 불꽃처럼 이글거린다.

"하여간 예쁜 것들이 문제예요."

"응?"

"예쁜 걸 무기로 다른 사람을 가지고 놀다 지들 맘대로 버리니까요. 인간들의 미학 기준을 바꿔야만 돼요. 옛날에는 얼굴 작고 눈 크고 코 높은 여자들을 미인이라고 안 했어요. 근데 언제부턴가 그런 여자들이 미인으로 군림하게 되면서 너무 오랫동안 왕좌를 차지하고 있다구요. 그래. 그래서 문제가 생기는 거예요. 해먹어도 너무 오래 해먹었다구요!"

박 차장이 책상을 내리치는 바람에 모두의 시선이 우리를 향한다. 그래도 박 차장은 침을 튀기며 분개하기를 멈추지 않는다.

"이제부터 남자도 나처럼 키가 작고 뚱뚱하고 얼굴 큰 사람을 미남으로 불러야 돼요. 권 부장님 같은 사람은 완벽한 추남이 되는 거죠. 추남! 하하하."

점점 박 차장의 조울증이 심해지는 것 같다.

"박 차장. 병원에 좀 가보지그래?"

그 말에 박 차장이 웃음기를 지우고 날 원망스레 쏘아본다.

"부장님도 오 상무님과 똑같아요!"

"뭐?"

"지금 일부러 저 상처 주려고 그런 말 하는 거잖아요!"

"그런 거 아냐. 요즘 정신과 상담 받는 거 흠 아냐. 나도 1년 동안이나 다녔었어." (물론 효과는 전혀 없었지만.)

"날 가지고 놀다 버린 그 이쁜이가 의사거든요! 그런데 나보고 또 병원에 가서 의사를 만나란 말이에요?"

조울증이 아니라 실연 때문이었나 보다. 조울증 때문에 실연을 당했을 수도 있고.

"미안. 난 그런 줄은 몰랐지."

"나도 몰랐어요. 그 여자가 유부녀인지는 전혀 생각도 못

했다구요!"

내 예상은 완전 빗나갔다. 문제는 박 차장이 아니라 상대 쪽 여자한테 있었던 것이다.

"뭐?"

"유부남 유부녀들한테는 유태인들처럼 가슴에 표식을 달 아줘야 돼요. 그래야 나 같은 피해자가 다시는 발생하지 않는 다구요!"

박 차장의 흥분을 진정시키느라 식은땀은 흘렸지만 박 차장 의 말은 내게 모종의 영감을 준다. 그 영감으로 내가 내린 결론 에 뼈와 살을 붙이니 기가 막힌 한 편의 드라마가 완성된다.

어느 날 보라약국에 장성수가 찾아오고 두 사람은 서로에 게 호감을 느낀다. 하지만 그 당시 장성수는 유부남이라 두 사 람의 사랑은 은밀하게 진행된다. 그 와중에 그 사실을 모르는 사촌 오빠가 소개팅을 제안한다. 보라는 소개팅을 수락하지 만 소개팅 할 남자의 사진도 보지 않고, 약속 장소에도 나가지 않는다. 보라의 마음에는 오로지 장성수뿐이었기 때문이다.

소개팅 상대였던 나는 그것도 모르고 보라약국을 찾아간 다. 보라가 그런 내 앞에서 눈물을 흘린다. 말로는 약국에 얽 매이는 삶이 싫어서라고 하지만 사실은 장성수를 사랑하는 고통 때문이다.

사랑하는 사람이 있는데도 남들한테 그렇다고 말을 할 수 없는 상황이 괴로웠던 것이다. 그러니 눈치 없이 계속 찾아오는 내가 미울 수밖에 없지. 그래서 나한테 그렇게 쌀쌀맞게 굴고, 다른 사람들한테는 쉽게 주는 쌍화탕이나 비타민도 절대 안 줬던 것이다. (유부남 유부녀뿐만 아니라 다른 사람을 이미 사랑하는 사람들도 박 차장이 말한 표식을 가슴에 달게 해야 한다. 그래야 나 같은 피해자가 안 생기지.)

하지만 보라도 자신들의 사랑이 이루어질 수 없다는 걸 알기에, 장성수와 헤어져야겠다고 생각한다. 그래서 약국을 정리하고 나를 이용하기로 결심한다.

갑자기 나에게 거제도 여행을 제안하고, 못 이기는 척 내 프러포즈를 받아들인 건 그 때문이다. 그러면서도 날 사랑하지는 않기에 아이는 안 낳겠다 결심하고, 다른 말―약국이든 아이든 다시는 그 무언가의 노예가 되지는 않겠다―로 나를 기만해 내 동의를 얻어낸다. (난 그것도 모르고 우리 가족들한테 내가 무정자증이라 아이를 못 낳는다고 거짓말을 하고 동생에게 왕좌를 빼앗긴다.)

한편, 보라가 자신을 떠나기 위해 약국까지 정리한 걸 알게 된 장성수는 보라를 찾아 헤맨다. 그러길 몇 년, 마침내 보라가 일하는 약국을 알아내고 찾아가는 장성수. 아마 그날은 비가 쏟아지거나 눈이 펑펑 내렸을 것이다. 그래서 장성수가 그 약국 문을 열고 들어설 때 보라는 흠뻑 젖은 장성수의 몰골에 더 가슴이 아린다.

장성수는 그런 보라에게 아직 널 사랑한다고 고백한다. 보라 역시 장성수를 잊지는 않았지만 이루어질 수 없는 사랑이 얼마나 고통스러운지 알기에, 유부남인 장성수와 다시는 만나지 않겠다고 선을 긋는다. 그 말에 상심해 돌아간 장성수는 보라를 되찾기 위해 자기 아내를 없애고 자살한 것처럼 위장한다.

보라는 그 사실을 알고 장성수를 살인자라고 비난하는 대신, 자기를 사랑해 그렇게까지 한 장성수에게 감동해 '오빠'라고 부른다. 그리고 그를 데리고 배드민턴 클럽에 가 파트너라는 명목으로 늘 함께 붙어 다니며 사랑을 즐긴다. (교도소에서 만기 출소를 하고 은퇴한—남들에게는 교장인 척 행세하는—성인배는 두 사람의 불륜을 보호해주는 방패막이 역할을 자처한다.)

덕분에 환상의 복식조가 되고, 승승장구, 시장배 대회에서 우승까지 한다. 그리고 그 우승 선물로 장성수는 내 목숨을 요구한다.

자신이 아내를 죽였듯이, 보라도 남편인 나를 죽여 장성수에 대한 사랑을 증명하라는 것이다. 보라는 그러기로 결심하고 나를 데리고 거제도로 간다.

그런데 보라의 마음이 흔들린다.

그동안 미처 몰랐던 나의 매력, 나의 정력을 거제도 별장에서 알게 된 것이다. 게다가 선상의 치열한 결투 끝에 내가 장성수를 이기고 만다!

그러자 애초의 계획과 너무 다른 결과에 두려움을 느낀 보라는 장성수를 살리기 위해 지금까지 있었던 일은 우울증에 걸린 나를 자살에서 구하기 위한 작전이었다는 거짓말로 위기를 모면한다.

그리고 서울로 복귀해 장성수와 다음 기회를 노린다.

보라의 이야기보다 내 이야기가 더 설득력 있고, 서스펜스까지 흘러넘친다. 내가 만들었지만 너무 생생하고, 현실적이라 쉽게 그 이야기의 여운에서 빠져나올 수가 없다.

덕분에 기획서의 예산란에 0을 하나 더 기입해 온 상무가 마구 소리를 지를 수 있는 기회를 제공한다.

"50억을 500억으로 해놓고, 450억은 네가 슈킹하려고 그랬냐? 오늘 퇴근하기 전까지 기획서 다시 써 와. 숫자만 바꾸지 말고."

"예?"

"결론이 틀렸으니까 서론 본론도 다 고쳐서 해 오라고!"

그러거나 말거나 나는 야근을 하는 대신 우리 집에서 제일 가까운 수영장을 찾아간다. 거제도에서 서울로 돌아가면 수영을 배워야겠다고 생각했지만 지금은 그때와는 다른 이유로 수영을 배우려 한다. 또 언제 보라 일당(성인배까지 포함해야 하니 이젠 복식조가 아니라 일당이다)이 날 대구 밥으로 주려 할지 모르니 그때를 대비해 수영을 배우려는 것이다. 말 그대로 생존 수영이다.

새벽반 강습을 예약하고도 마음이 진정되지 않아 집으로 가지 못하고 차에서 시간을 보낸다. 내 상상이, 상상이 아닐 거란 이 예감의 신빙성은 장성수의 아내가 자살을 한 것인지, 타살된 것인지에 달려 있다.

나는 핸드폰으로 홍신소를 검색한다. 뒷골목 후미진 곳에 위치해 알음알음으로 오는 사람들만 상대할 거라는 내 예상과 달리 포털 사이트에 떡하니 광고까지 하는 홍신소가 꽤 많다. 오랜 경력을 자랑하는 홍신소와, 수사관 출신 전문가 집단임을 자랑하는 홍신소도 있지만 내가 고른 건 24시간 풀가동, 속전속결로 모든 걸 해결해준다는 곳이다.

착수금을 입금하고 나자 긴장된 마음이 조금은 누그러진다. 매달 아깝다고 욕을 하면서도 거액의 보험금을 내는 것과 마찬가지로 자본주의 사회에서는 돈을 써야 심리적인 안정감을 느낄 수 있는 모양이다. 그러고는 또 그 빚을 갚기 위해 죽으라고 일을 하고, 그러느라 생긴 스트레스를 해소하느라고 또 돈을 쓰고, 그렇게 몇 번의 랠리를 반복하다 보면 인생이 끝난다. 옛날에도 그랬을까? 박 차장의 분노를 빌려 나도 소리치고 싶다. 자본주의도 너무 오래 해먹었다고!

돈질을 한 덕분에 집에 올 때까지는 괜찮았는데, 막상 현관문 앞에 서니 다시 심장이 요동을 친다.

　장성수가 이 안에 있는 건 아닐까. 그동안 내가 괜히 장성수가 늘 같이 있는 기분을 느꼈던 건 아닐 수도 있다.

　난 초인종을 누르는 대신 도어록을 누르고 살그머니 현관문을 연다. 현관에 장성수의 신발은 보이지 않는다. 그렇다고 안심할 수는 없다. 보라나 장성수나 완전범죄에 탁월한 선수들이니까.

　"깜짝이야. 언제 왔어?"

　보라가 침실에서 나오다가 나를 발견하고 소리친다. 보라가 놀라니까 더 수상하다. 침실에서 뭘 하다가 나온 거지?

　"왜 그렇게 서 있어? 옷 안 갈아입어?"

　"갈아입어야지."

　나는 옷장이 있는 침실로 가는 척하면서 거실과 베란다를 유심히 살핀다. 장성수가 보라와 함께 침실에 있었다면 보라의 목소리에 내가 온 줄 알았을 테고, 지금쯤 침실에서 나와 어딘가에 숨어 있을 것이다.

　역시나 침실에는 사람이 없다. 침실에 달린 화장실도 비어 있다. 그런데 변기의 의자가 위로 올라가져 있다. 보라만 변기를 사용했다면 엉덩이를 받치는 의자가 이렇게 위로 올라갈 이유가 없는데. 아, 아침에 내가 사용하긴 했다. (요즘은 변기와 떨어져 선 채 포물선을 맘껏 감상한다.) 하지만 그럼 보라는 그 이후에 이 화장실에 한 번도 들어가지 않았다는 이야기? 보라의 방광이 그렇게 큰가? 월요일마다 방광이 터질 것 같다고 호소했던 걸 보면 그렇게 대용량은 아닌 게 분명하다. 아니, 밖에도 화장실이 있으니 그 화장실을 이용했을 수도 있다. 그런데 그 화장실의 변기 의자마저 위로 올라가 있다!

29

보라는 화장실마다 변기 의자가 위로 올려져 있는 건, 청소를 해서라고 한다. 그렇다면 변기 안에 고여 있는 물이 오줌이 섞인 것처럼 약간 누런빛을 띠고 방금 전 섞인 것처럼 자잘한 방울들이 보이는 건 왜지?

"좋은 냄새가 나라고 내가 바디워시를 좀 넣었어."

바디워시? 그래, 장성수의 오줌도 '바디워시'긴 하지. 그렇게 좋은 냄새는 안 나지만 말이야.

변기 속의 액체를 담아 성분 분석을 의뢰하면 시판용 바디워신지, 그놈의 바디워신지 분명해지겠지.

난 이번에는 다초점 렌즈의 안경을 치켜올리고 베개와 이불을 꼼꼼히 살핀다. 장성수가 이곳에도 흔적을 남겼을지도 모르니까. 그런데 꼬부라진 털은 하나도 보이지 않는다.

"침실도 청소했어?"

"그럼."

보라는 너무도 당연한 걸 왜 묻냐는 표정이다. 그런데 난 그럴수록 보라가 더 수상하다. 보라가 원래 이렇게 청소를 잘 하는 사람이었나? 그런 사람이라면 어떻게 장성수가 먹던 빨 대를 쪽쪽, 아니 쪽쪽쪽쪽 빨아댔지?

"근데 당신 요즘 일찍 퇴근한다?"

"그래서 불만이야?"

"그게 아니라 이상하니까 그렇지. 그전에는 만날 12시 넘 어서야 집에 왔었으니까. 이것도 거제도 여행의 효관가?"

효과라기보다 영향이라고 말하는 게 맞다. 그전에는 사람 들 눈치 보느라 퇴근도 내 마음대로 못 했지만 또다시 대구 밥으로 먹혀 죽을지도 모른다 생각하니 이젠 눈에 뵈는 게 없 고, 오로지 생존만 생각하게 된다.

침대에 누워서도 편안히 잠들 수가 없다. 그야말로 적과의 동침이다. 보라의 숨소리 역시 예사롭지 않다. 나란히 누워 있 지만 우리 사이에는 잔혹 스릴러에 버금가는 긴장감이 존재 한다. 아까 화장실 변기 의자와 바디워시에 대해 너무 꼬치꼬 치 물었던 게 후회된다. 보라는 내일 아침 내가 그 안의 물을 성분 분석 의뢰할까 봐 용의주도하게도 오줌이 마렵지도 않 으면서 일부러 화장실에 가 물을 내린다.

밖의 화장실에 남아 있는 증거까지 보라가 없애기 전에 확 보해야 한다. 그래서 나도 오줌이 마려운 척하면서 밖의 화장 실로 가서, 변기 속의 물을 한 컵 따로 챙겨놓고 돌아온다. 그런데 침대에 눕자마자 보라가 내 품을 파고들며 육탄 작전을 시작한다.

"근태 씨 우리 아이 가질래?"

생각지 못한 방향이다.

"뭐?"

"아이 말이야. 당신이 거제도에서 그랬잖아. 평범하게 사는 사람들이 부럽다고."

그래, 부러워 미치겠다. 퇴근하고 집에 와 편안히 쉬지도 못하고, 장갑도 없이 변기 속의 물이나 푸고 있는 내 신세가 정말 한심하다. 근데 이 상황에 뭐, 아이? 내가 네 속셈을 모를 줄 알아? 내가 니들의 관계를 간파한 거 같으니까 내 의심을 누그러뜨리려고 그러는 거잖아! 그렇게 나를 방심하게 해놓고 또 다른 음모를 꾸미려고?

"보라 너도 아이 싫다고 했잖아. 약국이든 아이든 무언가에 얽매여 노예처럼 살지 않겠다면서?"

"그땐 그랬는데, 당신이 도와주면 노예처럼 안 살면서 아이를 키울 수도 있을 거 같아서. 당신 생각은 어때?"

"난 싫어."

"왜?"

"우리 가족들한테 이미 나 아이 못 낳는다고 말했는데 이제 와서 어떻게 애를 낳아?"

난 보라가 더 이상 말 붙이지 못하도록 일부러 크게 하품을 하고 보라에게 등을 돌리고 눕는다. 그리고 잠든 척한다. 그래야 우리 집 어딘가 숨어 있는 장성수가 밖으로 기어 나올 테니까.

예상대로 얼마 지나지 않아 내가 잠든 줄 알고 보라가 슬그머니 일어나 밖으로 나간다. 그리고 베란다 세탁기 속에 숨어 있던 장성수를 꺼내준다. 두 사람은 별장에서 그랬던 것처럼 소곤거린다.

"눈치 못 챘지?"

"응. 얼른 나가. 그리고 이제 아무 때나 퇴근하니 집에서 만나는 건 조심해야겠어."

"아 진짜 짜증 나네. 회사에 처박혀 일이나 하지 왜 일찍 오는 거야? 혹시 우리 의심하는 거 아냐?"

"그런 것 같애. 집 안을 샅샅이 뒤지지 않나, 요즘은 아침에 내가 만들어주는 주스도 안 먹어."

"그래?"

"응. 아까 핸드폰 보니까 수영장 강습도 끊고, 누구한텐가 돈도 입금했어. 아마 사람을 붙인 것 같아."

"진짜?"

"응. 그래서 아이 낳자는 말로 의심을 누그러뜨리려고 했는데 그것도 안 먹히네."

"젠장 이러다 우리가 당하게 생겼는데."

"어떡하지?"

"어떡하긴. 지금 죽여버려야지."

"지금? 그럼 뒤처리는 어떡하고?"

"그런 거 따질 때가 아니야. 우리한테는 시간이 없다고."

보라와 장성수가 스카프와 밧줄을 들고 침실로 들어온다. (거제도에서 그것들을 잘 챙겨 캐리어에 넣을 때부터 재활용할 생각이 있었던 것이다.) 그리고 살금살금 침대로 다가와 이불을 걷다가 놀란다. 내가 보이지 않기 때문이다. 난 이미 니들의 계략을 알고 다른 곳으로 몸을 피했지! 하하하 니들은 절대 날 못 죽여. 왜인 줄 알아? 내가 니들보다 한 수 위니까.

그런데 베란다 난간을 잡고 있는 팔이 너무 아프다. 손가락에도 힘이 풀린다. 흘끔 아래를 내려다보니 밤이라 아무것도 안 보일 거 같은데도 19층의 아득한 높이감이 온몸에 느껴진다. 괜히 봤다. 손에서 땀이 배어 나와 난간의 얇은 베란다 기둥을 잡고 있는 손가락 두 개가 미끄러진다.

이렇게 결국 베란다에서 떨어져 죽는 것인가? 역시 회화나무가 있던 자리에 눕는 게 내 운명인 건가?

하지만 장소만 같을 뿐 지금은 그때와 완전 다른 상황이다. 나는 스스로 죽고 싶은 마음이 눈곱만큼도 없으니까. 이대로 저들에게 당할 수는 없다. 절대로.

환상의 복식조는 아직도 집 안에서 나를 찾고 있는데, 내 손가락은 점점 풀린다. 열 개의 손가락 중 네 개는 립싱크하듯 붙잡는 시늉만 하고 있다. 거기에 두 개가 더 가담한다.

나 여기 있다고 소리칠까? 그럼 그들이 날 살려줄까? 아니 오히려 간신히 기둥을 붙잡고 있는 네 개의 손가락들마저 풀어버릴 것이다. 그래도 다른 사람들이, 그래 앞 동에 사는 사람들 중에 부부싸움을 하고 화를 삭이기 위해 베란다에서 담배를 피고 있는 아저씨나, 아줌마가 날 발견할 수도 있으니까 살려달라고 소리를 치는 게 나을 수도 있다. 아니 그것도 틀렸다. 여기는 금연 아파트다.

집 안을 샅샅이 뒤져도 나를 찾지 못한 환상의 복식조가 베란다로 나온다. 그리고 난간에 매달려 있는 나를 발견하고 가소롭다는 표정을 짓는다. 그런 그들이 너무 재수 없어, 순간적으로 내 이성은 마비되고, 나는 나도 모르게 반사적이고, 동물적인 반응을 하고 만다. 내가 처한 위치를 고려하지도 않고, 그 중요한 포물선의 법칙도 잊은 채 침을 뱉고만 것이다.

환상의 복식조를 향해 발사한 침이지만 그 침은 그들에게 닿지 못한 채, 아주 짧은 포물선을 그리며 내 안경 위로 낙하한다. 그 바람에 내 시야가 얼룩지고, 주의력이 흔들린 사이, 간신히 난간을 붙잡고 있던 네 개의 손가락마저 풀어진다.

그리고 내 몸이 회화나무가 있던 자리에 떨어진 건 순식간이다. 마음의 준비도 없이 19층 베란다에서 떨어지는 바람에, 어떤 자세로 이 세상과 작별을 할지 고민할 틈 같은 건 전혀 없었는데, 바닥에 떨어지고 보니 저절로 하늘을 바라보는 자세다. (베란다에 매달려 있다 떨어지면 반 바퀴 회전 같은 건 필요 없다는 걸 알게 됐다.)

검은 하늘과 우뚝 솟은 회색빛 아파트의 풍경 같은 건 눈에 들어오지 않는다. 에스프레소를 한 잔 마신 것 같은 흙냄새도 느껴지지 않고, 내 감각은 머리부터 발끝까지 모든 뼈와 살, 장기, 뇌가 조각조각 분해되고 해체되는 아픔에 올인한다. 그러다 영화에서 보았던 것처럼 내 영혼이 내 몸에서 스르륵 빠져나와 날 바라본다. 근데 난 이런 유체이탈 경험을 그동안 숱하게 해봐서 이 상태가 전혀 신기하지 않다. 우울증이 최고조로 깊어졌을 때, 내 의식은 늘 나와 분리돼 나를 바라보곤 했다. 그래서 지금 내가 죽은 건지, 또 우울증이 도진 건지 모르겠다. 그런 나를 혼란에서 구해주려는 듯, 장성수를 다른 곳으로 빼돌린 보라가 달려 나와 내가 죽었다고 소리친다.

한밤중에 경찰차와 구급차가 우리 아파트로 들어온다. 난 이런 민폐 상황을 정말 피하고 싶었지만 내 의지로 어쩔 수가 없었다. 보라와 장성수, 그 환상의 복식조 때문에 이렇게 된 것이다. 그런데 보라는 모든 게 내 책임이라고 떠넘긴다. 내가 전에 보냈던 유서 메일을 증거로 제출하며, 자기가 자고 있는 동안 내가 이런 일을 벌인 거라고, 자기는 자다가 내가 없어져 이상한 예감에 찾아 나왔다가 여기 떨어져 죽어 있는 나를 발견한 거라고 잡아뗀다. 잠옷 바람으로 신발도 짝짝이로 신고 있는 보라의 메소드 연기에 다들 깜빡 넘어간다.

죽으면 다 끝나는 줄 알았는데, 이런 걸 다 보고 있어야 한다는 게 너무 괴롭다. 왜 저승사자는 얼른 와서 날 데려가지 않는 거야?

그런데 나보다 먼저 죽어 구천을 떠돌고 있는 선배들은 더 암담한 이야기를 전해준다. 내가 여길 뜨고 싶다고 뜰 수 있는 게 아니라, 나와 관련 있는 사람들의 마음에 원망과 미련이 다 사라져야 갈 수 있는 거란다.

"혼자 그래서는 안 되고 쌍방 합의, 오케이?"

그래 뭔 말인 줄 알겠는데 내 장례식장에서 오열을 하는 엄마를 보니 전망이 밝지 않다.

"내가 어떻게 키웠는데 네가 이럴 수가 있어? 어떻게 부모를 버리고 세상을 버려 이놈아!"

"엄마, 난 자살한 게 아니에요. 보라랑 장성수를 피하다가 이렇게 됐으니 타살을 당한 거나 마찬가지라구요."

하지만 엄마는 내 말을 듣지 못한다. 보라가 하는 말만 듣고, 보라가 하는 이야기만 믿는다.

"지난달에 죽으려는 걸 제가 천신만고 끝에 구했거든요. 밥도 잘 먹고 잠도 잘 자길래 이제 우울증은 다 나았다고 안심하고 있었는데, 갑자기 이럴 줄은……."

아, 정말 미치겠다. 어차피 죽었는데 이제 와서 왈가왈부해 봤자 뭐 하나, 그래 다 내 잘못이다 생각하려고 했는데, 네가 이렇게 나오면 나도 그럴 수 없지.

게다가 내가 먹고 싶은 것도 안 먹고, 입고 싶은 것도 안 입으면서 한 달에 200만 원씩 꼬박꼬박 부은 보험금을 타자마자 우리 가족에게는 한 푼도 주지 않고(보험이 있다는 이야기도 하지 않고), 장성수와 호의호식을 하는 데 쓰다니!

환상의 복식조는 금칠을 한 배드민턴 라켓에 다이아몬드가 박힌 셔틀콕을 주고받으면서, 내 덕분에 자신들의 삶이 더 업그레이드됐다고 주절거린다.

양심도 없는 것들! 어떻게 일말의 죄책감도 안 느낄 수가 있는지.

난 꿈에서라도 그들을 찾아가 괴롭혀주고 싶어 내 선배들에게 조언을 구하려는데 그것도 쉽지 않단다.

"귀신이 됐다고 갑자기 초능력이 막 생기고 그런 게 아냐."

"그럼 무당이나 영매? 그런 사람을 찾아가서 빙의를 하는 건 어떨까요?"

"미친놈. 영화를 너무 많이 봤어."

"예?"

"현실과 영화를 구분 못 하고 설치는 놈들 꼴 보기 싫어 죽었는데, 내가 죽고 나서까지 너 같은 놈들을 봐야 돼? 꺼져 새꺄!"

사후 세계라고 오 상무 같은 사람이 없는 게 아니다. 아니, 이곳에는 더 많다. 게다가 나처럼 자살한 사람들의 무리에도 끼지 못하고, 그렇다고 타살된 팀에도 끼지 못하는 무소속 아웃사이더는 외톨이 신세로 그 누구의 보호도 받지 못한다.

그리고 더 절망스러운 건, 언제까지 이렇게 지내야 할지 모른다는 것이다. 내가 혼자 아무리 마음을 비우고 수양을 해도, 쌍방 합의라는 원칙 때문에, 살아 있는 사람들의 마음속에서 원망과 미련이 사라지지 않는 한, 나는 이렇게 구박 덩어리로 구천을 떠돌아야 한다.

30

엄마, 이제 그만 날 잊어줘요. 날 위해서 날 보내달라구요.

"천하에 나쁜 놈. 그런 놈은 자식도 아냐."

맞아요. 아버지. 그러니까 엄마보고 그만 날 잊어버리라고 하세요.

나는 술 마시고 잠이 든 아버지의 의식을 붙잡고 애원하고 호소한다. 그것이 효과가 있었는지, 술이 깬 아버지는 머리를 싸매고 누워 있던 엄마를 향해 소리친다.

"자식이 근태 하나야? 우리한텐 상태가 있잖아!"

그 말에 엄마가 벌떡 일어나 앉는다.

"그래요. 나도 이제 그 나쁜 놈은 싹 잊어버리고 상태 엄마로 살 거예요!"

바랐던 바지만 그렇게 말하니 좀 섭하다.

어쨌든 덕분에 나는 이제 저승사자를 호출할 수 있다. 그런데 신청하자마자 빠꾸다. 아직 나한테 원망과 미련이 남은 사람이 있단다.

내 동생 상탠가?

겉으로는 그런 형 없는 게 낫다고 말하면서 짜식, 속으로는 아니었구나.

살아생전에도 못 느꼈던 형제애에 코끝이 시큰해져 상태가 일하는 편의점으로 찾아가 호소한다.

상태야. 네 마음 알지만 그래도 형은 가야 돼.

"뭔 소리야? 형? 나한테 형이 어디 있어? 아유, 난 애초부터 그 인간은 형이라고 생각하지도 않았어."

위로를 전하는 제 친구한테 하는 말인데, 딱 보니 그냥 하는 말이 아니라 진심이다.

그럼 누구지? 나한테 미련이 남은 사람이?

설마 보라?

보라는 무슨 의식을 치르듯 아침저녁으로 욕실에서 이를 닦을 때마다 내 칫솔에 치약을 짜놓고 한참을 바라본다.

날 죽여놓고 이제 와서 왜!

그런데 도통 말을 안 하니 무슨 생각을 하는지 알 수가 없다. 귀신이면 다른 사람의 속마음 정도는 읽을 수 있어야 하는 거 아냐? 그래서 귀신같다는 둥, 귀신이 곡할 노릇이라는 말도 있는 거잖아? 그것도 다 틀린 거야? 그럼 도대체 맞는 건 뭐가 있어? 죽으면 끝이라는 것도 뻥, 죽으면 아무 고통도 없고 아름다운 천사들이랑 노닥거린다는 것도 다 거짓이잖아!

그럼 난 또 당한 거야?

남들 탓할 것도 없다.

죽음을 경험하지도 못한 인간들이 만들어낸 이야기를 철석같이 믿었던 내가 바보지. 이 회사든, 저 회사든 비슷한 숫자의 또라이들과 사이코들이 있고, 세상은 만만치 않다는 걸 그렇게 잘 알고 있었으면서 왜 저세상은 다를 거라고 생각했냐고? 왜 온갖 걸 다 의심하면서 사후 세계는 의심 안했냐고!

이생에서 개지랄을 떨던 인간들이 죽는다고 갑자기 착해진다는 게 말이 돼? 오히려 이생에서 상처받고 자살하거나, 타살당한 귀신들까지 상대해야 하니 스트레스가 더 많을 텐데. 다시 우울증이 올 거 같다. (돌팔이 의사인 줄 알았는데, 우울증은 재발하기 쉽다던 그 말은 맞는 거 같다.) 근데 우울증에 걸린 귀신은 누가 치료해주지?

살아 있을 땐, 자살 계획이라도 세울 수 있었는데. 그렇게 죽고 나면 끝이라는 희망이라도 있었는데, 이곳에서는 순도 100프로의 절망뿐이다.

게다가 이 절망에서 빠져나갈 수 있는 유일한 열쇠는 보라가 쥐고 있다. 그리고 난 개랑 말도 안 통해 울며 매달릴 수도,

애원할 수도 없다!

뭐 이런 세계가 다 있어? 사후 세계가 이런 줄 알았으면 사전 세계死前世界에서 어떻게든 버텼을 거라고!

"무단결근을 하지 않나, 일도 안 마치고 퇴근을 하지 않나, 11시가 넘도록 지각을 하지 않나, 권 부장 요즘 대체 왜 그래? 회사 다니기 싫어? 그럼 사표를 내든가!"

눈에 쌍심지를 켠 오 상무의 호통은 멈출 기미가 없다.

"그렇게 썩어빠진 정신 상태로 무슨 일을 한다고."

"말씀이 심하시네요."

"뭐?"

"잠이 든 줄 몰랐어요. 그게 꿈인 줄 몰랐다구요."

정말 베란다에서 떨어져 죽었다고만 생각했다. 침대가 아니라 관 속에 누워 땅속으로 깊이깊이, 마이너스 19층만큼 들어가는 느낌이었고, 다시는 깨어나지 못할 것 같은 잠이어서 당연히 사후 세계에 온 거라고 생각했다. 아주 멀리서 보라의 목소리가 들리긴 했다.

"근태 씨. 일어나! 출근해야지. 출근 안 할 거야?"

하지만 그건 내가 떠나온 세계에서 가져온 기억의 조각이라고 여겼다. 보라 때문에 죽었으면서도 보라의 목소리를 간직하고 있는 내가 애달파 눈물이 조금 났던 것도 같다. 그래도 난 내가 부은 보험금으로 장성수와 럭셔리 라이프를 즐기는 보라가 미워 보라를 향해서는 고개도 돌리지 않았고, 저승사자를 빨리 만나 이 꼴 저 꼴 안 보고 떠나기만을 학수고대했다. 내가 그러는 동안 보라는 내가 어젯밤에 성분 분석을 의뢰하기 위해 양치 컵에 떠놓은 장성수의 바디워시를 폐기하고 혼자 출근했다.

"지금 도대체 무슨 소리를 하는 거야?"

"만날 결론 결론 결론만 들으니 아무것도 이해 못 하는 게 당연하죠."

"뭐?"

"인간이면 다 태어났다 죽는 건데 결론이 뭐가 그렇게 중요합니까? 진짜 중요한 건 결론이 아니라 본론, 그러니까 어떻게 살았냐 이겁니다."

"그거랑 지각이랑 무슨 상관이야?"

"무슨 상관인지 저한테 묻지 마시고 직접 생각 좀 해보세요. 제 아이디어는 다 본인 거라고 하시면서 그 아이디어를 뽑아낸 제 마음은 왜 한 번도 살피지를 않으세요?"

한 번도 겪어보지 못한 나의 질책에 오 상무가 당황해 얼굴이 시뻘게진다. 나는 그가 숨을 돌리고 다시 분노를 장전할 틈을 주지 않고, 오 상무의 방을 나온다.

이 일을 어떻게 알았는지 박 차장은 날 영웅시하며 떠받든다.

"우리 권 부장님 진짜 존경합니다. 진짜 훌륭하십니다."

"호들갑 떨지 마. 난 그냥 하고 싶은 말을 했을 뿐이야."

"그러니까요! 아니 어떻게 그 엄청난 일을 하신 거예요? 그럴 수 있는 용기, 결단력, 그런 건 어디서 구하신 겁니까?"

"해외 직구로 구했다, 인마!"

"꺅! 이젠 유머까지! 이제 우리 권 부장님의 시대가 열리는 거군요. 아니 권 상무님."

"뭐?"

"곧 인사 철이잖아요. 음양팔궤의 기운으로도 오 상무는 이제 끝났어요. 그 자리를 이제 우리 권 부장님, 아니 권 상무님이 이으실 겁니다."

헛소리인 줄 알지만 기분이 좋다. 아부의 독이다. 처음에는 그저 재밌는 농담으로 받아들이지만 시간이 지나면 아부처럼 달콤한 소리만 듣고 싶어지고, 부하들이 그렇게 하지 않으면 화를 내게 된다. 오 상무의 분노 조절 장애도 그렇게 시작됐을 것이다.

"박 차장. 그런 말 하지 마."

"네?"

"나도 박 차장이 나한테 잘 보이고 싶어 그러는 게 아니라, 그저 내 기분을 좋게 해주고 싶어 그런 말 한다는 거 잘 알아."

나도 그랬다. 상대가 웃는 게 좋아서, 기분 좋아하는 걸 바라보는 게 좋아서, 내 감정과 상관없이 스마일 마스크를 쓰고 꼬리를 흔들었었다. 그러다 그게 습관이 되고, 나를 잃게 된 것이다.

"그치만 난 박 차장이 내 기분보다 박 차장의 기분에 더 관심을 쏟길 바라. 박 차장처럼 나도 박 차장이 웃는 게 좋거든."

박 차장의 눈이 놀라움으로 휘둥그레진다. 나도 이런 말을 하고 있는 내가 놀랍다. 임사 체험을 하고 나면 삶을 대하는 자세가 달라진다더니, 꿈속에서라도 한 번 죽었다 나오니 철학책을 세 권은 읽은 것처럼 인문학적 소양이 깊어진 느낌이다.

죽음에 대한 환상도 없어졌다. 죽으면 다 끝이라고 생각했던 내가 순진했던 것 같다. 끝이 아니면 어떡할 건데? 이번에도 또 속은 게 아니라는 보장이 있냐고?

그러니 이생에서 시작한 개싸움은 이생에서 끝내야 한다.

흥신소 사람은 약속대로 24시간 만에 내가 원하는 것들을 가지고 온다. 공식적으로 장성수의 아내는 3년 전 11월 28일 자살한 것으로 기록되어 있다.

"그 여자 쪽 가족들을 통해 알아보니 바다에 빠져 죽었다더라구요. 그런데 시체는 찾지 못했대요."

"혹시 그 바다가 거제도 앞바다?"

"맞아요!"

역시 내 예감이 맞았다. 장소가 같더라도 11월이 아니라 3월이나 7월이었다면 난 장성수의 아내가 자살했다는 걸 믿었을 것이다. 그런데 11월 28일이라니! 내가 거제도의 별장에 납치 감금됐던 것도 그 무렵이고, 그때는 거제도 앞바다에 대구들이 출몰하는 시기니 장성수의 아내는 대구 밥이 돼 시체도 찾을 수 없었던 것이다! 오랫동안 우울증을 앓았다는 가족들의 증언과 본인이 직접 쓴 유서가 있었다지만, 보나마나 장성수의 개입이 있었을 것이다.

"거제도 별장에 대해서도 알아봤어요?"

"예. 소유주는 성인배라는 노인이에요."

"그건 나도 아는데, 그 노인의 고향도 그쪽인가요?"

"아뇨. 성인배는 서울 출신이구요. 그 별장이 있는 땅 주인은 원래 장성수였는데, 2년 전에 성인배가 사서 그곳에 별장을 지은 거예요."

그곳이 장성수의 땅이었다고?

성인배는 왜 하필 그 땅을 사서 별장을 지었을까? 장성수가 아내를 죽인 살인자라는 걸 알고는 있을까?

흥신소 사람이 조사해 온 바에 따르면 성인배는 초등학교 교장으로 정년 퇴임을 한 진짜 교사다. 지금은 작은 상가 건물을 세 채 소유하고 있는 건물준데, 특이한 점은 그 건물에 세를 들어 장사를 하려면 성인배가 만든 배드민턴 클럽 '친다'에 가입해야 한다는 것이다.

세상에 뭐 그런 상가 계약이 다 있어?

"그래도 다른 상가보다 월세가 싸니까 서로 들어가고 싶어한대요. 성인배에 대한 평판도 아주 좋더라구요. 다들 회장님

회장님 하면서 깍듯하게 대하더라구요."

그거야 보라와 장성수를 통해 익히 알던 바다. 그런데 다른 사람들까지 그런다니까 더 의심이 든다. 무슨 교주도 아니고……. 그리고 외모에서 풍기는 낌새가 교장 선생님하고는 멀어도 너무 멀다.

"혹시 성인배의 아내는 살아 있어요?"

"아뇨. 20년 전에 죽었어요."

"사인은요?"

"그것까지는 모르죠. 고객님이 우리한테 의뢰하신 부분은 장성수의 아내와 거제도 별장 주인에 대한 것이지 성인배의 아내까지는 아니니까. 따로 비용을 내시면 그 부분에 대한 조사도 신속 정확하게 진행하겠습니다."

지난달에 죽을 생각이라 흥청망청 돈을 써버린 바람에 지난번 흥신소 비용도 카드로 현금서비스를 받아 지출했는데, 또다시 빚을 지는 게 내키지 않는다. 게다가 흥신소에서 알아오는 건 그저 서류만 떼면 알 수 있는 기본적인 것들뿐이다. 내가 궁금한 건 그 내막, 서류에 드러나 있지 않은 진실인데 말이다.

차라리 내가 직접 조사하는 게 나을 것 같다. 그러려면 먼저 그 수상한 클럽 '친다'에 들어가야 한다.

31

"나도 당신 배드민턴 클럽에 가입할까 하는데 보라 네 생각은 어때?"

"그동안 내가 그렇게 같이 가자고 해도 안 가더니 진심이야?"

"응. 나도 이제 운동 좀 하면서 몸 관리해야지."

"당신 새벽에 수영도 다니잖아?"

"수영은 나랑 잘 안 맞는 거 같아서 그만두려고."

거짓말이다. 신변의 위협을 느껴서 생존 수영을 배우려 했지만 장성수의 아내가 거제도 앞바다에서 죽었다는 걸 아는 순간 내게는 시간이 없다는 걸 깨달았다. 킥 판을 붙잡고 겨우 발차기를 하며 음파 음파 하고 있는 내가 배영을 마스터할 때까지만이라도(평영까지는 바라지도 않는다) 환상의 복식조가 기다려준다는 보장도 없고, 더 불안한 건 1월이 지나면 대구도 사라진다는 것이다. 지금이 12월이니 내게 남은 말미는 겨우 한 달뿐일지도 모른다.

그래서 난 과감하게 수영을 포기하고, 배수진을 치기로 했다. 내게 주어진 그 한 달 안에 진실을 밝히고야 말 것이다.

"당신 야근도 많은데 클럽 활동을 할 수 있겠어?"

그렇게 같이 운동하자고 할 때는 언제고 내가 막상 클럽에 가입한다고 하니 보라가 반기지 않는다. 예상했던 바다.

"야근을 안 하면 되지. 그래서 잘리면 다른 일 하면 되고. 당신이 그랬었잖아. 힘들면 회사 그만두고 하고 싶은 일 하라고."

보라의 얼굴에 당혹감이 어린다.

"보험도 해지했어. 당신 말대로 내가 어리석었던 거 같아. 이젠 나도 당신처럼 인생을 즐기면서 살 거야."

꼭 그래서라기보다 꿈속에서 그 돈을 탄 보라가 어떻게 쓰는지를 눈으로 보고 났더니(황금 배드민턴 채와 다이아몬드가 박힌 셔틀콕이라니!), 참을 수가 없어 꿈에서 깨자마자 당장 보험사에 전화부터 했다.

"지금 해지하시면 원금 보장도 안 돼 손해가 크신데 정말 해지하시겠어요?"

난 1초도 망설이지 않고, '네'라고 대답했다. 지금까지 부은 돈이 아깝다는 생각보다, 이제부터 붓지 않아도 되는 그 돈을 생각하니 갑자기 은행 잔고가 쌓인 것만 같았다. 그 돈으로 할 수 있는 것들을 상상하는 것도 재미가 쏠쏠하다.

"근데 보라 네 표정이 왜 그래? 싫어?"

"싫은 게 아니라, 놀라서 그래. 너무 당신답지 않은 말들을 하니까."

"나다운 게 뭔데?"

캬…… 이 복수의 쾌감이라니!

보라 역시 지뢰를 피해 살포시 뒷걸음질 친다.

"어쨌든 환영이야. 당신이랑 같이 배드민턴 치면 나야 좋지."

말은 그렇게 하면서도 보라의 표정은 영 아니다. 그럴수록 나는 기분이 좋아진다.

'친다'에 가입을 했지만 여전히 보라의 파트너는 장성수다. 학교나 회사나 배드민턴 클럽이나 잘나가는 것들끼리 어울리는 건 똑같다. 하지만 상관없다. 내가 여기 온 건 보라의 파트너가 되기 위해서가 아니니까.

게다가 내게 배드민턴을 가르쳐주고 상대해주는 사람은 성인배다. 그는 새벽부터 밤까지 배드민턴장에 상주하고, 나는 그와 친해지기 위해 정시에 퇴근해 달려간다. 그래서 성인배에 대해 좀 알게 됐다.

성인배는 자신을 선생님이라고 부르는 걸 몹시 싫어한다. 어깨에 문신을 한 것도 선생이었던 과거를 감추기 위해서인 것 같다. 왜? 조폭이 자신의 과거를 감추고 싶어 한다면 쉽게 이해할 수 있는데, 반대로 선생이 자신의 과거를 감추기 위해 조폭처럼 구는 건 영 이상하다.

"다음 주에 있는 연합회장기 대회에 신참조로 출전해봐."

"벌써요?"

"시합에 참가를 할수록 실력이 느는 거야. 단식은 없으니까 혼복으로 나가봐."

"예? 파트너도 없는데 어떻게 혼합복식을……."

"내가 네 파트너 구해뒀어. 저기 오네."

성인배의 시선을 따라 고개를 돌리자 딱 봐도 신입임을 알 수 있는 화려한 유니폼을 입은 여자가 보인다.

"내 막내딸이야."

"네?"

"하라는 결혼은 안 하고, 장사하겠다고 해서 내가 우리 클럽에 들어오는 조건으로 사무실 빌려주기로 했으니까 힘들게 해서 나가떨어지게 해."

"예?"

성인배는 딸을 팔아넘기는 무심한 조폭처럼 자기 딸을 내게 인계하고 다른 곳으로 간다.

"안녕하세요. 성수정이에요."

목소리가 좋다. 웃는 얼굴도 매력적이다. 게다가 젊다. 그래서 순간, 내가 이곳에 온 목적을 간파하고 성인배가 미인계를 써서 나를 방해하려는 게 아닌가 의심이 든다. 그래서 난 한껏 재수 없는 표정으로 경계를 한다.

"혼복 파트너는 아무나 하는 게 아니라는데, 배드민턴 좀 치세요?"

"아뇨. 어렸을 땐 아버지랑 좀 쳤는데 안 친 지 20년도 넘었어요."

또 20년이란 숫자가 등장했다. 성인배의 아내가 죽은 지도 20년, 성수정이 아버지랑 배드민턴을 안 친 지도 20년이다.

"그럼 한번 같이 쳐보고 결정하죠."

"좋아요."

성수정은 정말 못 친다. 서브도 몇 번이나 실패하고, 간신히 넘긴 셔틀콕을 내가 살살, 아주 치기 좋게 넘겨주었는데도 힘들게 받아낸다. 그래도 투지가 있어 랠리가 짧게 끊기지는 않는다. 우리는 서로를 이기기 위해서가 아니라, 서로가 잘 칠 수 있는 곳으로 셔틀콕을 보내기 위해 최선을 다한다. 누가 그러자고 한 것도 아닌데 한마음으로 그러고 있는 게 신기하다. 내가 실수를 했을 때도 성수정은 좋아하는 대신 안타까워하며 격려의 파이팅을 외친다. 이게 뭐지? 세상에 이런 시합도 있다니!

애초에 난 한 번 쳐보고 잘 안 맞는 것 같다고 성수정을 거절할 생각이었는데, 배드민턴을 치면 칠수록 성수정과 하나가 되는 내 몸의 반응에 정신이 나간다. 성수정이 숨을 들이쉴 때마다 숨을 내쉬고, 성수정의 몸이 움직이는 리듬에 맞게 저절로 내 몸이 움직이는, 이 경이로운 기적이라니! 아니, 난생처음 만난 남녀가 이렇게 호흡이 잘 맞을 수가 있나?

나만 그렇게 생각하는 게 아닌지, 성수정도 땀을 닦을 생각도 못 하고 뚫어져라 나를 바라만 본다.

"마이 파트너, 당신의 이름은 뭔가요?"

"권근태예요. 수정 씨."

"그냥 수정이라고 불러요. 근태 오빠."

세상에 살다 보면 이렇게 기적 같은 일이 도미노로 이어지기도 하는가 보다. 그렇게 들어보고 싶었던 '오빠'란 말을 이렇게 쉽게 듣게 되다니!

배드민턴을 치고 싶어 회사에서도 몸이 근질근질하다. 아니 어쩌면 성수정을 만나고 싶어 그런 건지도 모른다. 이성적으로 끌리는 거라 오해는 하지 마라. 내가 성수정에게 갖는 감정은 정말 파트너로서 느끼는 동지애와 일체감이다.

성수정은 나와 배드민턴 호흡이 잘 맞을 뿐만 아니라, 세상을 바라보는 시각, 성인배를 향한 감정까지도 똑같다.

"세상 사람들이 아는 우리 아버지는 진짜 우리 아버지가 아니에요. 아주 나쁜 사람이죠. 언니랑 엄마까지 죽인."

"언니랑 어머니를 죽였다구? 어떻게?"

"더 이상은 말하고 싶지 않아요. 그래도 아버지고, 난 지금 그런 악당의 도움이라도 받아야 하는 형편이니까."

성수정의 얼굴에 고뇌의 그림자가 드리운다. 어렴풋이 뭔가 그림이 그려진다. 그러니까 성인배가 교사였던 과거를 감추고자 하는 이유는 성수정이 지금 한 말과 관련 있을 것이다. 선생으로서 처자식을 죽였다는 비난과 죄의식에서 도피하기 위해 자신의 과거를 은폐하려는 것이다.

"오빠. 방금 전 제가 한 말은 비밀로 해주세요."

"당연하지."

"아 씨, 그래도 찝찝하네. 괜히 말했나 봐요."

"괜찮다니까."

난 내 파트너를 안심시켜주기 위해 나의 비밀도 털어놓기로 한다. 혈맹을 맺기 위해서는 각자의 손가락을 잘라 피를 섞는 의식이 필요한 법이니까.

나는 회사에 남아 유서를 쓰고 있었던 금요일 밤부터 벌어진 이야기를 수정이에게 들려주고, 수정이는 그 당시 내가 느꼈던 감정에 몰입한다.

"그 우울감이 어떤 건지 나도 너무 잘 알아요."

역시 수정이도 나와 같은 선각자였구나! 어쩐지 호흡이 잘 맞더라니!

내가 궁지로 몰렸던 이야기를 할 때는 자기가 그렇게 된 것처럼 사색이 돼 소리친다.

"안 돼! 잡히면 안 돼요. 근태 오빠!"

이렇게 리액션이 좋은 상대는 처음이다. 정신과 의사도 내 이야기를 잘 들어주었지만 직업적이고 형식적이란 느낌이 다분했는데, 수정이의 리액션은 진솔하고 꾸밈이 없다. 그래서 이야기를 하는 나까지 신이 나 시간을 거슬러 과거로 돌아간 것처럼, 생생하게 그 당시의 나로 돌아가게 된다.

그리고 마침내 선상에서의 대반전이 일어나는 지점에 이르자 수정이는 마구 흥분해 내 가슴팍을 때려댄다.

"아니, 오빠는 그 말을 믿었단 말이에요?"

"그래. 그땐 내가 제정신이 아니었어."

바닷물 속에서 한 시간 동안 사투를 벌이다, 팬티만 입은 채 고등어 기름을 뒤집어쓰고 장성수와 개싸움을 한 후라 정상적인 사고가 가능하지 않았다는 점을 다시 어필하자 수정이는 고개를 끄덕인다.

"그럴 수도 있겠네요. 그런데 그보다 더 중요한 건 오빠가 그만큼 순수해서 그런 거예요. 그런 오빠를 속인 그 환상의 복식조가 나쁜 거죠. 나도 오빠를 도와줄게요."

"정말이야?"

"그럼요."

난 성인배가 두 사람의 배후에 있고, 그들의 커넥션을 알기 위해 클럽에 들어온 거라는 이야기까지 하지만 수정이는 개의치 않는다.

"낳아주기만 했다고 아버진가요? 난 그 노인을 아버지라고 생각 안 하니까 걱정 마요. 오빠."

그러고는 다음 날 바로, 성인배가 장성수에게 별장 부지를 살 때 썼던 계약서를 복사해 와 나를 놀라게 한다. 이렇게 언행이 일치하고 생각한 걸 바로 실천하는 사람이 있을 줄이야. (생각과 실천은 함께 붙어 다니는 파트너가 아니라고 했던 말은 취소한다.)

수정이가 빼내 온 계약서에 대해 부동산 관계자들에게 알아보니 당시 시가보다 훨씬 싸게 구입했다는 게 중론이다.

왜 그랬을까?

"이상한 건 우리 가족은 거기에 우리 아버지의 별장이 있다는 것도 몰랐다는 거예요."

"정말?"

"네. 나도 이번에 처음 알았어요."

그럼 그 별장의 용도는 애초부터 가족들을 위한 휴식지가 아니라 다른 것이었단 거다. 그래서 장성수는 성인배에게 땅을 싸게 넘기고 성인배는 그곳에 별장을 지은 후, 장성수에게 빌려준 거지.

뭔가 거대한 음모의 윤곽이 드러나는 것 같다.

교사였던 성인배가 건물을 세 채나 살 수 있었던 건 가족들도 모르는 은밀한 사업을 해서다. 그러다 보라를 통해 장성수를 알게 되고, 두 사람은 그때부터 그 별장을 지어놓고 동업을 하게 된 거지. 아니, 보라도 그 동업자들 중에 하나일 것이다. 그래, 그래서 오전에만 약국에서 일하고, 나머지 시간에는 성인배, 장성수와 다른 일을 했던 거다. (와 소름 돋는다. 지난 8년간 날 속여왔다니!) 내가 파헤치고 있는 이 진실은 단순한 치정극이 아닌 것이다!

거제도에서 장성수는 분명히 말했었다. 이제 우리나라에서 CCTV와 핸드폰 카메라에서 자유로운 곳은 바다밖에 없다고. 그리고 사람에게 고등어 기름을 발라 100미터 반경의 대구 떼한테 던져주면 뼈다귀도 남지 않는다고.

나는 운 좋게 살아 돌아왔지만 다른 사람들은 그러지 못했을 것이다. 그리고 또 다른 사람들이 아무것도 모른 채 거제도 별장으로 가고 있겠지.

32

이제는 단순히 내 한목숨을 구하는 게 문제가 아니다. 그동안 보라 일당이 벌인 반인륜적 범죄를 밝히고 처단해야만 한다는 정의감에 온몸의 기운이 불끈불끈한다. 게다가 든든한 파트너까지 있으니 두렵지도 않다.

그것이 보라를 위축시킨 모양이다.

"당신 요즘 달라 보인다. 완전 다른 사람이 된 것 같아."

당연하지. 난 이제 권근태 3.0이라고. (핸드폰 업그레이드보다 더 빠른 속도의 진화다.)

"잘 맞는 파트너 만나기 쉽지 않은데 당신 진짜 운 좋다."

수정이와 배드민턴을 칠 때마다 보라가 흘끔거린다는 걸 알고 있지만 나는 모르는 척한다.

"운동 안 하다가 갑자기 당신처럼 무리하면 탈 나는데. 첫 시합이니까 욕심부리지 마."

아니. 욕심부릴 거다. 그래서 이긴 후, 보라 네가 장성수와 그랬던 것처럼 수정이를 끌어안고 바닥을 나뒹굴 거야. 일곱 바퀴보다 더 많이.

"오늘 저녁에도 클럽에 나올 거야?"

"당연하지. 금요일은 정기 모임이 있는 날이잖아."

그전에 수정이랑 따로 만나 같이 저녁을 먹기로 한 건 보라에게 말하지 않는다. 감추는 게 아니라 우리는 더 이상 평범한 부부 사이가 아니기 때문이다.

불치병인 줄만 알았던 보라병에서도 난 해방되었다. 아니 정확히 말하면, 내 눈에 보라색이 보이지 않는다. 그 많던 보라색이 다 어디로 실종됐는지 모르겠다. 나보다 내 주변인들, 특히 박 차장이 신기해하며 오만 가지 잡동사니들을 다 가지고 와 나에게 보여주고 반응을 살핀다.

"이거 보라색 볼펜인데 정말 아무렇지 않으세요?"

"그게 무슨 보라색이야. 자주색이지."

"그럼 이 손수건은요?"

"그건 붉은빛을 띠는 남색."

"그럼 이 슬리퍼는요?"

"그건 좀 어두운 진홍이네."

"그렇게 말하면 이 세상에 보라색은 없겠네요."

그래, 바로 그거다. 그동안 나는 이 세상에 존재하지도 않는 보라색을 보고 보라색이라 여기고, 보라를 향해 달려갔던 것이다. 그러니까 애초부터 보라병은 사랑 때문이 아니라 착각과 오해로 발생한 인식 오류, 일종의 정신착란이었던 거다. 이제 와서 그걸 깨닫게 되다니……. 아니, 이제라도 깨달은 내가 대단하고 자랑스럽다. 대부분의 사람들(박 차장을 포함해)은 아직도 보라색이 아닌 걸 보고 보라색이라고 하지 않나? 대부분은 그렇게 죽을 때까지 오해하고, 오판하고, 색즉시공이 그저 섹시한 코미디 영화의 제목인 줄만 알다 죽겠지만 나는 다르다. 색즉시공, 즉 보라는 이제 내게 아무것도 아니다.

"6시 되자마자 퇴근할 거면 공무원을 하지 왜 우리 회사에 들어온 거야?"

지난번 나한테 한 방 먹은 것까지 되갚아주려고 단단히 별러왔던 듯, 오 상무는 6시 5분 전 내 책상 앞에서 대기 중이다가 내가 책상을 정리하고 일어나려 하자 바로 분노를 발사한다.

"일 못하는 사람들이 꼭 늦게까지 남아서 일하는 척한다고 하실 때는 언제고."

"그래. 일을 못하면 늦게까지 남아서 일하는 염치라도 보여야지, 근데 넌 뭐야? 어떻게 부장씩이나 되는 놈이 과장 대리보다 더 일찍 자리를 비우고 퇴근을 해?"

"제가 퇴근을 해야 제 부하들도 퇴근을 할 거 아닙니까?"

"근데 넌 왜 나보다 먼저 퇴근을 하냐고! 날 상사라고 생각 안 한다 이거야?"

오 상무의 말이 100프로 근거 없는 어거지라고 규정할 수는 없다. 그래서 난 아니라고 거짓말을 둘러대지도 않는다. 그게 오 상무의 심기를 더 사납게 한다.

"이런 식으로 나오면, 권 부장 너 아예 출근 안 해도 되게 해줄 테니까 그런 줄 알아!"

예전 같았으면 심장이 벌렁벌렁, 온몸에 식은땀이 흘렀을 텐데 이제는 맷집이 강해져서 그런지 아무렇지도 않다.

"그럼 먼저 퇴근하고 월요일에 뵙겠습니다."

불붙은 다이너마이트처럼 폭발을 향해 카운트다운을 해가는 오 상무를 뒤에 둔 채 난 유유히 사무실을 빠져나가 수정이를 만나러 간다.

수정이는 인터넷 의류 쇼핑몰을 준비 중이다. 결혼은 할 생각이 없다. 그 때문에 성인배와의 갈등이 더 심화된 상탠데, 나는 전적으로 수정이를 지지한다.

"초장부터 밀리면 안 돼. 부모들의 요구는 끝이 없다니까. 처음엔 결혼만 하면 소원이 없다고 그러지. 그러다 결혼해봐. 그럼 그때부터 종족 번식의 본능을 노골적으로 드러내기 시작해. 자식 타령을 시작하는 거지. 그래서 자식을 낳잖아. 그럼 하나 가지고는 안 된다 하나 더 낳아라. 그래서 둘을 낳으면 만족하느냐? 아니. 내 동생은 셋까지 낳았는데 다 아들이라고, 집에는 딸이 있어야 한다는 말을 달고 산다고. 당신들도 아들 둘만 키웠으면서.”

“그럼 아들딸 골고루 하나씩 낳아주면요?”

“동성 간에는 형제자매가 있어야 된다. 아들 둘이든, 딸 둘
이든, 그래야 친구처럼 잘 놀고 커서도 안 외롭다 그러지.”

“그럼 아들 둘 딸 둘 낳아줘야 끝나는 거예요?”

“아니 그럼 애 하나 키우기도 힘든 세상에 왜 이렇게 많이
낳았냐 타박을 하지. 자식은 애물단지고 웬수 덩어리라고 하
면서.”

“뭐야?”

“귀에 걸면 귀걸이 코에 걸면 코걸이. 그게 부모가 자식들
한테 잔소리를 하는 방식이니까 애초부터 그들의 말에 신경
쓸 필요가 없다는 거야. 안 그럼 나처럼 이렇게 돼.”

보라를 사랑해 결혼을 서둘렀다고만 생각했었는데, 수정이
와 말을 하다 보니 그게 아니라는 걸 알겠다. 내가 보라를 만
난 지 1년도 안 돼 그렇게 급하게 결혼을 한 건, 잘 알지도 못
하는 보라와 겁도 없이 같이 살게 된 건, 바로 동생은 결혼해
애까지 있는데 너는 뭐 하냐는 부모님의 압박과 구박, 핍박
이 쓰리박 전술에 당했기 때문이다. 그래서 보라랑 결혼을 하
는 결정적인 실수를 저지른 거다.

“근데 오빠는 어떻게 아이를 안 낳고 버텼어요?”

“일관된 철학과 신념으로 맞서 싸웠지. 살아보니 고통뿐인
이 세상에 절대 내 핏줄은 남기지 않으리라는.”

나를 바라보는 수정이의 눈에 존경심이 어른거린다. 살짝 과장과 허세를 더하긴 했지만 아예 없는 얘기는 아니다.

아이를 안 낳겠다고 먼저 선언한 건 보라지만, 내가 동조한 건 그런 사상과 철학이 밑바탕에 깔려 있었거나 내 몸에 체화되어 있었다고 봐야 하니까.

세상은 먼지 풀풀 날리는 황무지처럼 삭막하고, 인간들은 그 속에서 서로에게 총을 겨누는 총잡이들처럼 잔혹한 삶을 살아간다. 그래도 내가 다시 우울하지 않은 건, 나와 뜻을 같이하는, 내 영혼의 샴쌍둥이 같은 파트너가 있어서다.

수정이는 정말 자기 일 남 일 안 가리고 정의를 위해 분연히 일어설 줄 아는 훌륭한 인간이다. 게다가 혈연에도 얽매이지 않는다. (우리나라 같은 유교 사회에서 이건 엄청난 것이다!) 그런 수정이가 내 파트너라는 것만으로 나는 인생은 오래 살아봐야 한다고 가치관을 수정했다. 계획대로 지난달에 죽었으면 수정이를 만나지도 못했을 테니까.

"오빠 근데 오늘 갑자기 약속이 생겨서 클럽에는 못 나갈 거 같아요."

아쉽다. 난 수정이와 배드민턴을 치려고 오 상무의 협박도 무시하고 나왔는데.

"무슨 약속인데?"

"유학 간 남자 친구가 갑자기 와서요."

남자 친구?

난 수정이가 결혼을 안 할 거라고 해서 남자 친구는 당연히 없는 줄 알았다. 왠지 속은 듯한 기분이다. 물론 우린 순수한 동지애로 뭉친 사이고, 이성적인 감정이 있는 관계는 아니니 수정이한테 남자 친구가 있다고 해서 내가 질투를 하거나 그런 건 아니다. 그냥 기분이 좀 안 좋은 거지.

수정이가 없어 다른 사람들과 배드민턴을 치니 전혀 흥이 나지 않는다. 셔틀콕을 그저 주고받고 하는 것뿐인데도 상대가 수정이와 너무 비교가 돼, 나는 계속 수정이만 생각하게 된다. 남자 친구랑 무슨 데이트를 하고 있으려나?

유학을 갔으면 공부나 열심히 할 것이지 왜 갑자기 한국에 들어왔대? 그것도 하필 금요일에 말이다. 여자 친구의 스케줄도 고려하지 않는 걸 보면 독선적이고, 자기중심적인 놈일 거다.

금요일마다 벌어지는 '친다' 클럽의 정기 모임은 1부의 운동보다 2부의 막걸리 파티가 더 비중 높다. 오늘도 환상의 복식조는 테이블의 중심에서 분위기를 주도한다.

나는 구석에 앉아 그들의 실체를 모른 채 웃고 있는 사람들을 한심하게 바라본다. 그러다 수상한 단서를 포착한다. 보라가 겨울 바다 어쩌고저쩌고 분위기를 띄우자 장성수가 다른 회원들에게 자연스럽게 바다낚시를 가자고 미끼를 던지고, 사람들은 의심 없이 그 미끼를 향해 달려드는데, 보라와 장성수가 교묘하게 성인배의 건물에서 중국집을 하고 있는 대만인 부부를 포섭, 결국 즉석에서 그들의 거제도 여행이 결정된 것이다.

이상해도 보통 이상한 상황이 아니다. 정작 여행을 가겠다고 나선 사람들을 물리치고 왜 두 사람은 내키지 않아 하는 대만인 부부를 끌어들였을까?

나는 즉시 이 사실을 내 파트너에게 통보한다. 두 사람의 데이트를 방해하기 위해서가 아니다. 긴급 상황이 발생해 10분 간격으로 전화를 할 수밖에 없는 것이다. 수정이는 역시 나를 실망시키지 않고 다음 날 바로 성인배의 금고를 뒤져 대만인 부부가 가게 보증금으로 1억을 냈다는 걸 알려준다. (이 소식을 기다리느라 밤새 제대로 잠을 못 잤다. 수정이가 아직까지도 남자 친구와 함께 있는 건가 생각해서가 아니다.)

그들이 죽고 나면 성인배는 그 보증금을 돌려주지 않아도 된다. 아! 바로 이거다. 이걸 위해 성인배는 자신의 세입자들을 '친다'에 가입하게 하고, 장성수와 보라가 행동조로 작전을 실행하는 것이다.

수정이에게는 차마 내가 파악한 진실을 낱낱이 말할 수가 없다. 자기 아버지가 그런 사람이란 걸 알고 나면 얼마나 괴로울 것인가. 내 아내가 그런 사람이란 걸 알고 나 역시 엄청난 충격을 받았다. 솔직히 날 죽이려고 한다는 걸 알았을 때보다 더 놀랐다. 그때는 물론 우울증이 야기한 무감정, 무의미의 바다에 빠져 있어 그랬지만, 지금 정상적인 감정과 이성으로 생각해도 내 경우보다 이번 일이 더 극악무도해 보인다. 날 죽이려고 한 건, 보라와 장성수의 치정이든, 불륜이든, 어쨌든 자신들의 사랑을 지키기 위해서였다고 이해해줄 수도 있지만, 대만인 부부는 오로지 돈 때문에, 겨우 1억 때문에 그들의 목숨을 빼앗으려는 것 아닌가.

보라와 한집에서 숨을 쉬는 것조차 꺼림칙해 나는 최대한 숨을 들이쉬지 않다가 새벽도 되기 전에 회사로 몸을 피한다. 회사에 가장 먼저 출근해 가장 늦게 퇴근하는 걸 최고의 자랑으로 아는 오 상무보다도 일찍 출근한 것이다. 오 상무가 그 사실을 알면 불쾌해할 것 같아 일부러 사무실에 불도 켜지 않고, 회의실 테이블 위에 누워 대만인 부부를 설득해 여행을 가지 못하게 해야 하는지, 아니면 그들을 희생해 보라 일당의 물증을 잡아야 하는지 갈등한다.

참 쉬운 문제가 아니다. 전쟁으로 죽어가는 소녀의 사진을 찍고 있는 사진작가의 심정을 이제야 이해할 거 같다. 그 사진을 볼 때 난 그렇게 카메라를 들이댈 시간에 소녀를 구했어야지 하고 비난했지만, 그 사진작가는 그 사진으로 전쟁의 참상을 널리 알려 더 많은 사람들을 구하고 싶었을 것이다.

지금 내가 그와 똑같은 마음이다. 대만인 부부를 구하는 것보다는 보라 일당의 범죄 증거를 잡아 미래의 피해자들을 막는 게 더 효율적이고 휴머니즘적이지 않을까. 잘하면 대만인 부부들이 대구 밥으로 먹히기 전에 사건을 끝낼 수도 있다. (그래도 배를 타고 고등어 기름이 발라진 채 대구 밥으로 던져질 때까지는 기다려야 한다. 보라 일당이 무슨 핑계를 댈지 모르니까. 아니 이왕이면 피해자들의 팔이나 다리 중 하나가 대구 배 속으로 들어갈 때까지 기다리는 게 좋을 것이다. 그래야 대중들의 주목을 끌고, 정말 인간이 대구 밥이 될 수도 있다는 걸 받아들일 테니까.)

너무 진지하게 고민을 하느라 9시가 훌쩍 넘었다는 걸 뒤늦게 알고 사무실로 돌아가니 박 차장이 사색이 돼 난리다.

"이제 오시면 어떡해요?"

"무슨 소리야? 나 아까 6시도 전에 나왔어."

"상무님이 몇 번이나 부장님 찾았는지 몰라요. 그나저나 큰일 났어요, 부장님."

"무슨 일인데?"

"아시안 푸드 수원지점에서 사고가 벌어졌어요."

"사고?"

"예. 우리가 제공한 쿠폰으로 식사를 하러 왔던 아시아 출신 노동자들과 한국인들 사이에 시비가 붙어 폭행 사건이 벌어졌는데, 그게 어젯밤 뉴스에 보도되면서 지금 비상 상황이라구요."

겨우 폭행 사건 가지고 이렇게 호들갑을 떨다니.

난 지금 살인 사건을 다루고 있다고. 그것도 한 사람이 아니라 두 사람의 목숨이 달린.

33

오 상무는 박 차장보다 더 흥분해 내게로 오자마자 내 책상을 발로 차댄다.

"내가 이럴 줄 알았다니까. 내가 이래서 처음부터 안 된다고 했었지?"

오 상무는 자기한테 유리한 과거만 편집해 쏘아댄다. 사장님이랑 회장님한테는 다 자기 아이디어라고 해서 칭찬을 받았던 건 왜 쏙 빼냐고.

"이게 다 권 부장 너 때문이야 인마! 너 이거 어떻게 책임질 거야?"

"사람이 죽은 것도 아니고 쌍방 폭행을 한 건데 뭘 그렇게 흥분하세요?"

"뭐?"

"아니 사람이 같이 부대끼고 살다 보면 싸우기도 하고 그런 거죠."

"이 새끼 완전 돌았네."

"네?"

"지난번 무단결근을 했을 때부터 이상하더라니. 너 권근태 아니지?"

"네?"

"안 그럼 어떻게 회사에 똥칠하고 사업 말아먹게 생긴 이 시점에 고개를 빳빳이 들고 그딴 말을 할 수가 있어? 너 누구야 인마! 착한 권 부장은 어디다 갖다 버리고 네가 여기에 와 있냐고!"

"거제도 앞바다에 수장시켜버렸습니다."

"뭐?"

"할 말 못 하고, 상무님 비위만 맞춰대는 과거의 권근태는 이제 이 세상에 없습니다."

분노가 차오를 대로 차올라 더 이상 수용 불가 상태에 이른 오 상무는 두 주먹을 부르르 떨며 두 발로 바닥을 구르기 시작한다.

그 모습에 질린 박 차장이 쩔쩔매며 내게 사정을 한다.

"부장님. 얼른 상무님한테 죄송하다고 하세요."

"내가 왜 죄송해? 한국인끼리 싸우면 쳐다보지도 않으면서, 왜 외국인하고 싸우면 그 난리들인데? 누가 먼저 잘못했는지는 따지지도 않고 무조건 한국인 편만 들고 외국인들 내쫓아야 한다고 하는 게 애국심이야? 외국인들 등쳐 먹고, 재산 갈취하려고 목숨까지 뺏는 게 누군데? 그래놓고도 니들이 인간이라고 할 수 있어? 개새끼들도 니들보단 나아!"

보라 일당에 대한 적개심이 오 상무를 향해 폭발했다는 건
인정한다. 하지만 내 머리를 먼저 장악한 건 그 일이라 회사
에서의 일과 분리시킬 수가 없다.

"지금 너 나보고 개새끼라고 했냐? 이 새끼가 어디서!"

날 향해 달려드는 오 상무를 말리려고 박 차장이 뛰어들지
만 역부족이다. 덕분에 다른 사원들까지 개입하고 우리 사무
실은 아수라장이 된다. 그 소식이 옆 사무실까지, 사장실까지
빠르게 전파된다. 억울한 건 이런 사태가 벌어진 전체 맥락은
보지 않고 모두들 내가 한 발언 중의 극히 일부만 편집, 가공
해 다른 사람에게 전달한다는 것이다.

"권 부장이 오 상무한테 개새끼라고 했대."

15년간이나 몸을 담아온 회사를 떠날지도 모른다 생각하
니 나보다 먼저 이곳을 떠난 최 부장이 생각난다. 공황장애로
회사를 퇴사하고 치킨집을 하고 있는 최 부장을 찾아가는 건
오늘이 처음이다.

"최 부장!"

"야, 나 사장 된 지 언젠데 부장이야?"

"그러네. 최 사장 오랜만이다!"

"그래 권 차장."

"인마. 나도 부장으로 승진했다. 작년에."

"짜식, 그런데 연락도 안 했냐?"

회사원은 같은 회사에 있을 때만 동료다. 최 부장이 퇴직하고 치킨집을 열었다는 소식을 들었지만 난 치킨을 먹을 때도 최 부장을 떠올린 적은 없다. 그래놓고, 회사에서 잘릴지 모른다 생각하자 이곳에 온 것이다. (이런 내가 휴머니즘을 말하고, 남들을 비난할 자격이 있나?)

최 부장은 전보다 더 건강해 보인다. 엘리베이터를 타지 못해 25층까지 계단을 오르내릴 때는 쉰내가 진동했는데, 지금은 튀김 냄새가 몸에 배 먹음직스럽기까지 하다.

"너 그런데 우리 가게 이름이 뭔지 아냐?"

"아, 들어오면서 간판을 안 봤네."

"포물선이야."

"어?"

"가게 이름이 포물선이라고."

나가서 확인해보니 진짜다.

"뭐야? 치킨집이랑 전혀 안 어울리는 이름인데."

"살아보니 네 말대로 모든 건 포물선의 법칙을 벗어나지 못하더라고. 급하게 올라가면 급하게 내려오고, 천천히 올라가면 천천히, 결국은 내려와야 하는 거니까."

난 그렇게 심오한 의미까지 담아 한 말은 아니었는데.

"근데 문제는 그 포물선의 꼭짓점을 모른다는 거야. 지금이 꼭짓점이구나, 이제는 내려가는 것밖에 없구나, 사람은 그걸 깨닫지 못한다는 거지."

최 부장은 최 사장이 되더니 가치관과 철학까지 업그레이드된 것 같다. 처음부터 사람들에게 능력을 인정받고 두각을 나타냈지만 나보다 먼저 퇴사한 최 부장보다 가늘지만 길게 가는 내가 승리자라고 생각했었는데, 내 자부심에 바람 빠지는 소리가 들린다.

"인간은 결국 내려오는 패배자로 끝날 수밖에 없는 거네, 그럼?"

"아니지. 새로운 포물선을 만들면 돼."

"응?"

"내려오면 또 올라가는 포물선을 만들고, 내려오면 또 올라가는 포물선을 만들고. 그렇게 계속해서 포물선을 만드는 삶이 난 성공한 인생이라고 생각한다."

"그게 성공이라고? 바위를 밀고 산에 올라갔다 바위가 굴러떨어지면 또 밀고 올라가는 시시포스의 형벌이랑 뭐가 다른데?"

"다르지 않을 수도 있지. 근데 한번 생각해봐. 시시포스가 바위를 굴려 산 위에 올라갔는데 바위가 밑으로 안 굴러떨어져. 그래서 시시포스는 그 산을 다시 내려갈 필요가 없으니까 바위와 함께 산꼭대기에 있어야 돼. 하루 이틀이 아니고 무한한 영겁의 시간 동안. 그럼 견딜 수 있었을까?"

상상해보니 힘들었을 것 같다. 무료하고 지루해 우울증에 걸렸겠지.

"근데 시시포스가 왜 그런 형벌을 받았는지 아냐?"

아는 척하고 싶지만 모른다. 내가 아는 지식이란 핵심적인 부분만 발췌 요약된 상식 사전류에서 뽑아낸 것들이라 지극히 얕고 얇으니까.

"인간 주제에 신과 맞서려고 한 괘씸죄 때문이야. 신들의 잘못을 그냥 넘기지 않고 일러바치거나, 꾀를 써서 인간들을 구해냈거든. 정의로웠던 거지."

최 부장의 그 말이 하루 종일 왔다 갔다 하던 내 마음을 결정짓게 한다. 그래 어차피 끝없는 포물선을 오르내리며 살아가는 게 인생이라면, 두려움 없이 정의를 추구해야 한다. 시시포스처럼!

"장성수의 다리몽댕이를 분질러야겠어."

정의를 실현하기 위해 심사숙고 끝에 내가 내린 결정이다. 보라 일당의 물증을 잡는 것보다 대만인 부부의 목숨을 구하는 게 우선이고, 지금 내 상황에서 할 수 있는 최선의 방법은 그것뿐이다. 장성수의 다리몽댕이를 분지르면 그가 대만인 부부를 데리고 거제도에 못 가게 될 테니까.

그래서 난 수정이를 만나 내 의견을 전달한다. 수정이를 보호하기 위해 엄청난 음모의 메커니즘은 말하지 않고, 미시적인 방법론만 제시한다.

수정이가 전적으로 날 믿고 있기에 가능한 일이다. 예상대로 수정이는 그 이유를 묻는 대신 구체적인 아이디어를 제시한다.

"내가 아버지의 심부름을 왔다고 장성수를 불러낼게요."

"역시!"

우리는 찰떡 호흡으로 계획을 완성한다. 수정이가 성인배의 심부름이라며 장성수를 공원으로 불러내고, 장성수가 다가올 때쯤 비명을 지르면, 나는 복면을 쓰고 그 앞에 있다가 장성수를 어두운 계단으로 유인해 장성수를 넘어지게 한다는 게 우리의 시나리오다.

"계단에 바나나 껍질이나 비닐봉지 같은 걸 미리 늘어놓으면 더 효과적이겠지?"

"안 돼요. 그럼 근태 오빠가 다칠 수도 있잖아요."

아, 이 세심한 마음 씀씀이라니.

수정이는 정말 사랑스럽다. 유학생인 남자 친구와 다퉜다는 얘기를 듣고 나니까 더 사랑스럽게 보인다. 수정이는 나 때문에 다퉜다고는 안 하지만 아마도 그랬을 것이다. 보통의 남자라면 우리처럼 끈끈하면서도 순수한 관계를 이해하지 못하는 법이니까. 나도 수정이와 파트너가 되기 전에는 그랬었다. 그래서 보라와 장성수가 바람을 피우는 꿈을 꾸기도 했었다. (둘은 물론 우리처럼 순수한 관계가 아니라 진짜 바람을 피우는 사이지만.)

우리의 작전은 완전 성공이다. 첫 번째 계단에서 장성수가 넘어지지 않아 세 번이나 공원을 도느라 숨이 멎을 뻔했지만 우리의 바람대로 장성수는 계단에서 엎어지고, 절뚝거린다.

장성수를 데리고 병원에 간 수정이로부터 장성수의 발목이 골절됐음을 확인할 수 있는 엑스레이 사진까지 전송받고 나자 이제 한숨 돌릴 시간을 번 것 같아 마음이 놓인다.

"난 이번 대회에 못 나갈 거 같아. 성수 오빠가 치한을 잡으려다 다리를 삐었대."

집에 들어가자마자 보라가 시무룩한 얼굴로 말을 한다. 보라와 장성수 사이에 이렇게 신속한 네트워크가 구축돼 있을 줄이야. 하긴 그렇게 엄청난 일을 저지르면서도 지금까지 들키지 않을 걸 보면 보통 조직은 아니지.

"근데 당신은 왜 이렇게 땀을 흘렸어?"

"어? 몸살기가 있어서 그래. 아까부터 몸이 으슬으슬하니 춥더라고."

"그래? 그럼 약 먹어야지."

"아냐. 됐어. 그냥 푹 자면 돼."

"무슨 소리야? 마라톤이라도 한 사람처럼 온몸이 흠뻑 젖었는데."

"괜찮다니까! 근데 당신은 나한테 옮을 수 있으니까 다른 방에서 자."

보라가 이상한 눈으로 나를 바라본다. 나는 시선을 피하지 않고 마주 본다. 난 이제 보라에게 열등감이나 피해 의식을 느끼지 않는다. 내 삶이 보라의 것보다 훨씬 더 훌륭하고, 정의롭기 때문이다.

내 덕분에 대만인 부부는 오늘도 중국집을 열고 장사를 할 것이다. 왜 슈퍼맨이 돈도 안 받고 사람을 구하러 다니는지 알 것 같다. 내가 한 사람도 아니고, 두 사람의 목숨을 구했다는 이 뿌듯함이 기가 막혀 짜장면이 입으로 들어가는지 코로 들어가는지도 모르겠다. (그러고 보니 난 전생에만 슈퍼맨인 게 아니라 이번 생까지 더블 슈퍼맨이잖아!)

내가 짜장면 인증샷을 내 파트너인 수정이에게 보내자, 수정이로부터도 짜장면 인증샷이 도착한다. 아, 연애를 하는 듯, 이 쫄깃하고 달달한 기쁨이란! 그런데 수정이가 찍은 짜장면은 내 것보다 훨씬 많아 보인다. 곱빼기로 시킨 모양이다. 남자 친구와 헤어진 후 수정이는 폭식을 하는 경향이 있다. 남자 친구의 빈자리, 외로움, 그로 인한 스트레스 때문인 것 같다. 나는 그런 수정이한테 도의적인 책임을 느낀다. 수정이가 남자 친구와 헤어진 건 나 때문이니까. (수정이가 직접 그렇게 말한 것은 아니지만 정황상 그렇게 볼 수밖에 없다.) 그래서 난 전보다 수정이에게 더 잘해주려 한다. 시간이 날 때마다 대회 나갈 때 수정이와 입을 커플 유니폼을 검색하는 것도 그것의 일환이다. (사실 난 오 상무와의 일로 회사에서 공식적인 왕따가 돼 남아도는 게 시간이다.)

34

수정이는 초록색이 잘 어울린다. 5월의 나무들처럼 초록초
록, 싱그럽고, 입에서는 이산화탄소가 아니라 피톤치드가 나
오는 것 같다. (옆에 있으면 산림욕을 한 것처럼 힐링이 된다.)

그래서 나는 보라 커플보다 강렬하고 죽여주는 유니폼을
찾기 위해 전 세계의 사이트를 뒤진 끝에 초록색 바탕에 호랑
이 얼굴이 새겨진 유니폼을 선택했다.

그것을 회사에서 받아 수정이를 만나러 가는 길, 다른 때보
다도 가슴이 설렌다. 수정이가 확실한 솔로라는 걸 알게 돼서
그런지도 모른다. 이제 나는 유일무이하고, 독보적인 수정이
의 진짜 파트너. 앞으로 우리가 첫 출전하게 될 대회도 얼
마 안 남았으니 이제 매일매일 수정이와 만나 연습을 해야 할
것 같다. (연습 후에는 당연히 같이 밥도 먹고, 차도 마시고,
술도 살짝 하면서 다음 날의 연습 계획을 세워야지.)

부푼 꿈을 안고 체육관에 도착하니, 불청객인 보라가 우리
를 기다리고 있다. 파트너의 부상으로 대회에 출전하지 않게
됐으니 앞으로 자신이 우리 팀의 코치를 해주겠단다.

말도 안 된다. 이제야 오롯이 수정이를 나만의 파트너로 갖
게 되었는데, 그 사이에 끼어들어 산통을 깨겠다니. 이럴 줄
알았다면 대만인 부부를 살리기 위해 장성수의 다리몽댕이를
분지른다는 계획은 애초에 세우지도 않았을 거다.

그래서 나는 단호하고, 두 번 다시 말도 꺼내지 못하게 거절하는데, 수정이는 웬일인지 내 말에 동조하지 않는다. 내가 싫다면 자기라도 혼자 보라에게 배드민턴을 배우겠단다.

한팀이었던 우리 사이에 처음 발생한 이견이다.

그래서 난 수정이를 따로 구석으로 데려가 귀띔한다.

"보라의 수작에 넘어가면 안 돼."

"무슨 수작요?"

"우리가 자기들 작전을 방해하니까 이러는 거야. 너와 나 사이를 갈라놓을 속셈인 거지."

"그냥 배드민턴만 배우면 되잖아요. 이번 대회에서 한 시합도 못 이기고 전패하면 아버지가 가게 안 빌려준다고 했단 말이에요."

수정이는 아직 어려서 능구렁이 같은 보라의 간계를 간파하지 못한다. 내가 아무리 충고하고 설득해도 소용이 없다. 나 몰래 보라를 만나 강습을 받고, 덕분에 내가 우려했던 상황은 더 빨리 현실이 된다.

우리의 찰떡같은 호흡이 깨진 것이다. 눈빛으로 주고받던 교감은 사라지고, 수정이는 내 리듬이 아니라 플레이의 테크닉에만 집중한다. 배드민턴 채 잡은 지 얼마나 됐다고 오빠는 스윙이 안 좋다는 둥, 셔틀콕 컨트롤이 문제라는 둥, 푸시 타이밍을 못 맞춘다는 둥 국가 대표급 잔소리를 한다. 그러다 왜 동호인 대회에는 단식 경기가 없냐는 불평까지! (이 말을 들을 때 얼마나 자존심이 상했는지 모른다.)

척하면 척, 영혼까지 공유했던 우리 팀이 보라의 이간질에 이렇게 쉽게 깨지고 말다니!

나는 수정이의 마음을 돌려놓기 위해 처음 우리가 서로의 비밀을 털어놓았던 그 자리로 수정이를 데려간다.

"기억나니? 네가 이 벤치에 앉아 네 가족의 슬픔에 대해 얘기했었잖아. 네 아버지 때문에 너의 언니와 엄마가 죽었다고."

"그 얘길 왜 꺼내는 거예요?"

"네 심정 이해는 해. 너는 그들처럼 죽지 않고 악당인 네 아버지 곁에서 살아남아야 하니까 그가 요구하는 걸 완수해야 한다는 생각밖에 없겠지. 하지만 보라는 네 아버지와 같은 편이고, 우리의 적이야. 그런데 적한테 도움을 기대해? 그건 말도 안 되는 거야."

"그럼 어떡하라구요. 그날 밤에 우리가 벌인 일 보라 언니가 알고 있는데."

"뭐?"

"그 공원에 CCTV가 있었다구요. 우리 아버지가 알게 되면 난 죽어요!"

이제야 알겠다. 그러니까 수정이가 보라의 말을 따를 수밖에 없었던 건 보라의 협박 때문이었던 거다. 어쩌면 고문도 했을지 모른다. 그래 배드민턴 강습은 핑계고 수정이를 개고 생시키는 게 목적이었던 거다. 이틀 만에 수정이의 팔뚝과 종아리에 근육이 생긴 것만 봐도 얼마나 그 고문이 얼마나 혹독했는지 알 수 있다.

"수정아. 우린 같은 편이야. 그런데 내가 널 죽게 내버려두겠니?"

"그냥 날 내버려둬요. 나도 이제 오빠 일에 손 뗄 테니까."

"뭐?"

"난 지금 내 앞가림하기도 벅차다구요!"

짜증을 내는 모습이 조울증에 걸린 박 차장과 너무 닮았다. 수정이도 그럼 제1형 양극성 장애? 내 말에 공감하고, 한편이 돼주겠다 그렇게 열렬히 맹세했던 것도 그럼 조증의 발현? 아니, 아니다. 그때 우리가 나누었던 교감과 소울은 병적 징후가 조금도 없는 진짜였다. 그리고 그런 수정이를 이렇게 만든 건 조울증이 아니라 간악한 보라다. 정말 무서운 여자다.

시합에 출전하지도 않으면서 보라와 장성수는 내가 선물했던 유니폼을 입고 연합회장기 대회 경기장에 나타난다. 보라색 유니폼을 못 입게 하려고 보라와 장성수에게 빨간색과 파란색 유니폼을 선물했는데, 빨간색과 파란색이 섞이면 보라색이 된다는 걸 미처 생각하지 못했다. 그래서 두 사람이 함께 뭉쳐 다니니 두 사람을 둘러싼 공기가 보랏빛으로 물드는 착시 현상이 발생하고, 사람들은 그들을 자연스레 보라 커플이라고 부른다.

그러거나 말거나, 오늘의 핫이슈는 단연 우리 초록 커플이다. 제일 먼저 벌어진 신참조들의 경기에서 우리는 한 라운드가 끝나는 데 5분도 채 안 걸리는 신기록을 세우며 3전 3패를 기록했다. 예상했던 바다.

수정이는 자기가 나보다 더 실력이 좋다는 오만으로 내가 칠 수 있는 것들을 다 커트하고, 자신이 주인공인 양 코트를 제멋대로 누볐으니까. 우리는 유니폼만 같지 한 팀이 아니었다. 보라의 작전이 성공한 것이다.

그런데 사람들은 그 내막을 모르고 '남자가 너무 못한다, 여자가 파트너 잘못 만났다' 따위의 말을 한다. 그런 거야 무시할 수 있지만 내 파트너인 수정이마저 화가 나 배드민턴 채를 나한테 내던진 건 정말 용납하기 힘들다.

"오빠 때문에 망했어!"

아무리 경기 결과에 가게가 달려 있다지만 어떻게 내게 그럴 수가 있지? 그렇게 안 봤는데 수정이도 돈과 물질에 영혼을 판 사람이었나?

외롭다.

회사에서도 집에서도.

수정이는 이제 클럽에 나오지도 않는다. 내가 먼저 연락을 할까 말까 하루에도 수십 번씩 갈등하면서 핸드폰을 들지만 매번 수정이의 카톡 프로필만 확인하고 내려놓는다. 수정이의 카톡 프로필 문구는 자주 바뀐다. '개새끼가 갔다'에서 '새로운 시작'으로 바뀌더니 이제는 '너무 아픈 사랑은 사랑이 아니다'로 변했다. 안타깝다. 꽃망울을 채 피워보지도 못하고 떨어져버린 내 사랑이.

이게 다 보라 일당 때문이다. 대만인 부부도 보이지 않는다. 수정이와 내가 하나가 돼 목숨을 구해준 사람들인데, 결국 그 일당들에게 당하고 만 건가? 그들을 구한 대가로 우리 팀은 이렇게 갈가리 찢어졌는데, 그 노력과 희생이 아무 보람도 없이 물거품이 되다니. 무력감이 든다.

나 혼자 무시무시한 그들을 상대할 수 있을까?

내가 아무리 전생부터 쭉 슈퍼맨이었다 해도 실연의 상처는 극복하기가 쉽지 않다. 애초에 혼자였다면 차라리 나았을 것이다. 수정이를 만나고 천군만마를 얻은 듯했는데, 하루아침에 그 천군만마를 빼앗기고 나니 너무 허탈하고 맥이 빠진다.

이제 어떡해야 하나?

이 세상에 날 도와줄 수 있는 사람은 아무도…… 아니, 내 가족들이 있다. 지금은 어쩌다 보니 멀어졌지만 보라에게 기만당해 무정자증이라고 거짓말을 했었다는 것부터 고백하면 그들은 날 다시 왕좌의 자리에 올려주고 분명 내 편이 돼줄 것이다. 그래, 내가 죽었던 그 꿈속에서도 가장 슬피 울었던 사람은 우리 엄마였다. (아버지도 끊었던 술을 다시 마실 만큼 괴로워했다.)

새벽 3시, 눈 뜨자마자 자식들을 위해 고등어를 구워놓고 노량진 시장으로 가던 그 시절의 마음으로 회귀시키는 것부터 시작해야지. 그들이 나에게 얼마나 큰 기대를 걸고 있었으며, 나는 또 그들을 위해 얼마나 노력했었나를 상기시키는 거다.

그래서 나는 고등어를 사가지고 집으로 간다. 그런데 대문에 들어서지도 않았는데 벌써부터 고등어 냄새가 진동한다. 3층짜리 연립주택이니 우리 부모님 집이 아닌 다른 집에서 고등어를 구웠을 수도 있지만 왠지 불길하다. 대문을 열고 2층으로 가는 계단을 한 칸 한 칸 올라갈수록 고등어 냄새가 진해진다. (요즘은 내 예감이 기가 막히게 잘 맞는다.)

하지만 우리 부모님 집에서 고등어를 굽는 사람이 보라일 줄은 전혀 예상하지 못했기에 난 너무 놀라 들고 온 고등어 봉지를 떨어뜨릴 뻔한다. 세상에 나보다 빨리 움직이다니, 역시 보통 적수가 아니다.

"당신 웬일이야?"

내가 묻고 싶은 말이다.

"보라 너야말로 왜 여기 와 있어?"

"수요일마다 저녁은 여기서 먹잖아."

"뭐?"

"한심한 놈. 그게 언제 적부턴데 이제 와서 봉창을 두드리고 있어? 이런 걸 아들이라고!"

등짝이 후끈하다. 오랜만에 봤는데 반갑단 인사도 없이 등짝부터 스매싱하다니. 하지만 이제 곧 사실을 알고 나면 이렇게 날 푸대접했던 걸 땅을 치고 후회할 것이다.

그런데 내 얼굴은 쳐다보지도 않고 엄마는 내가 문을 열고 들어올 때와는 백팔십도 다른 표정으로 현관으로 달려간다.

"아이고 우리 똥강아지들! 내 새끼 왔어?"

"할머니. 어, 씨 없는 삼촌이다!"

"그게 아냐. 네 삼촌 원래 씨가 있는데, 애 낳기 싫어 씨 없다고 우리한테 거짓말했던 거란다. 에라이, 이 썩을 놈!"

다시 등짝이 후끈해지고, 빵빵하게 부풀었던 풍선이 방정맞은 궤적을 그리며 날아가다 맥없이 쑤셔 박히듯 내 몸에서 기운이 빠져나간다.

뭐야? 보라가 또 선수를 친 거야? (이렇게 영악할 줄이야.)

"형, 진짜야?"

늘 상태가 안 좋은 동생놈이 오늘은 나보다 상태가 좋아 보인다. 자식들을 셋이나 옆에 끼고 있으니 꼭 왕처럼 보이기도 하고.

"근태 씨한테 뭐라 하지 마세요. 다 저를 위해서 그런 거예요. 그땐 저도 어리고, 생각이 부족해서 아이를 낳지 않겠다고만 생각했었거든요."

"그렇다고 제 부모한테 그런 말을 해? 그게 생각이 있는 놈이야? 없는 놈이야?"

"엄마는 그걸 말이라고 해? 당연히 없는 놈이지! 형 진짜 너무했다."

이놈은 꿈속에서나 현실에서나 일관성 있게 얄미운 짓만 한다.

"만날 공부도 안 하고 사고만 쳐 부모님 속 썩인 놈이 그런 말 할 자격 있냐?"

"내가 무슨 사고를 쳐?"

"친구들이랑 싸우고 유리창 깨먹고 안 그랬어?"

"피, 그게 무슨 사고라고."

"결혼도 하기 전에 애부터 가진 것도 그럼 사고 아니냐?"

"너보단 나아! 옛날부터 지금까지 내 속 썩인 건 너야."

부모님 기대에 맞추느라 나 자신도 포기하고 지금까지 살아왔는데, 그러느라 스마일 마스크까지 쓰고 우울증까지 걸렸었는데 이제 와서 당신들 속을 썩인 주범이 나라고? 왜곡도 분수가 있지. 어떻게 이런 허위 사실을 유포할 수가 있어?

"사내놈이 겁이 많아 밖에 나가 놀 줄을 아나, 연애를 할 줄 아나."

한눈팔지 말고 공부만 열심히 하라고 한 사람이 누군데!

"공부 잘해 똑똑한 줄 알았더니 할 줄 아는 게 아무것도 없는 바보야 바보!"

정말 콧구멍이 두 개니까 숨을 쉬지 안 그랬으면 기가 막혀 죽었을 거다. 아니 100점짜리 시험지만 가지고 오면 우리 근태는 천재라면서 혼자 다 먹으라고 동생 몰래 라면 삶아준 게 누군데? 하지 말라는데도 굳이 좋은 대학 들어갔다고 동네 입구에 플래카드까지 매달고 수재 아들 낳았다고 동네방네 자랑했던 게 누군데, 이제 와서 본인이 했던 말을 손바닥 뒤 집듯 싹 뒤집고 바보라는 말을 할 수 있어? 그것도 보라랑 어린 조카들까지 있는 데서! 게다가 나이 마흔도 넘은, 회사에서 부장님 소리를 듣고 있는 나한테! (그럼 엄마는 바보 엄마야라는 말이 목구멍까지 나오는 걸 간신히 밀어 넣었다.)

35

"너한테 쓴 돈 반도 안 들었는데, 네 동생 상태 봐라. 장가 안 가 부모 속을 썩이지도 않지, 일찌감치 결혼해 이렇게 이쁜 손주들 쑥쑥 낳아주지. 너에 비하면 얼마나 효자야?"

내가 진짜 바보 소리 듣고도 참았는데, '효자'라는 말은 도저히 그냥 넘어갈 수가 없다.

"효자? 상태가 효자라고? 그게 무슨 개뿔다구 같은 소리야?"

"형, 왜 그렇게 화를 내?"

"지금 화 안 내게 됐어? 네가 제멋대로 사는 바람에, 나까지 부모님 속 썩일 수 없어 하고 싶은 것도 안 하고, 그래 집에서 맘 편히 노래 한번 못 부르고, 친구 기타를 박살 내도 아버지한테 따지지도 못하고, 그렇게 살아온 게 누군데!"

"내가 언제 기타를 박살 내?"

안방에 있던 아버지가 나오지도 않고 소리만 지른다.

"저 중학교 때 그러셨잖아요. 주무시는데 시끄럽게 한다고. 그 기타 제 게 아니라 제 친구 거였다구요. 그 친구가 아버지를 괴물처럼 바라봐서 저는 그 친구랑 말도 안 하고 멀어졌다구요!"

그제야 얼굴을 삐죽 내민 아버지가 하는 말이 가관이다.

"괴물처럼 구는데 괴물처럼 보는 게 뭐 어때서?"

"예?"

"옛날에 나 괴물 소리 많이 들었다."

"그래서 내가 술 마시고 조용히 잠만 자면 고맙다 안 그랬냐? 괴물도 그런 괴물이 어디 있어."

기껏 가족들을 지키기 위해 친구까지 버렸더니, 이제 와서 웬 커밍아웃?

"그러니까 형이 문제야. 아니 누가 시키지도 않았는데 왜 혼자 그렇게 효자 역할을 독차지하고 난리를 쳤는지. 내가 말썽 부린 것도 다 형 때문이야. 형이 하도 부모님 부모님 어쩌고저쩌고 하니까 짜증 나서."

궤변도 이런 궤변이 없다.

지가 먼저 편한 의자를 차지해놓고, 내가 먼저 효자 역할을 차지해서 저는 불효자 의자를 쓸 수밖에 없었다니.

"그러면서 뒤로 호박씨 까는 것도 아니고 그게 뭐야? 어떻게 8년 동안이나 우리한테 그런 거짓말을 하냐? 난 그런 줄도 모르고 내 자식들 중에 하나를 형한테 양자로 줄까까지 생각했었는데……."

상태가 울먹이는 바람에 남녀노소 가릴 것 없이 집 안에 있는 모든 사람들의 여론이 상태에게로 기운다.

"고등어 좋아해서 잠도 못 자고 새벽마다 그렇게 구워 먹였더니 겨우 한다는 짓이. 근태 이놈이 아주 나쁜 놈이야."

이건 또 무슨 소리?

"내가 고등어를 좋아해서 새벽마다 구워준 거라고?"

"그럼 형은 그것도 몰랐어? 그래서 내가 고등어 냄새 날 때마다 짜증 낸 건데?"

뭔가가 이상하게 꼬였다.

"처음엔 좋아했는지 모르지만 나중엔 아니었다고. 고등어 냄새만 맡아도 토할 거 같았다니까."

"뭐?"

"정말 그랬다구요. 그래도 억지로 먹은 거예요."

"누가 너보고 그걸 억지로 먹으래?"

"그거야…… 고등어는 우리 집에서 그냥 고등어가 아니니까."

가족들이 벙찐 표정으로 나를 본다.

"고등어가 고등어가 아니라니 뭔 소리를 하는 거야?"

"고등어는 부모님의 기대와 사랑, 희망을 상징한다는 거죠."

나만 바보가 된 듯한 이 기분 나쁜 정적은 뭐지?

이 난감한 상황을 정리하려는 듯, 보라가 우리 사이로 끼어든다.

"도련님. 마음 푸세요. 어머님 아버님도요. 그리고 이제 저희도 아이 가지려고 노력할 거예요."

"아이라니? 갑자기 무슨 소리야?"

"지난번에 얘기했잖아. 당신이 걱정하던 문제는 내가 잘 말씀드렸으니까 이제 해결된 거 아냐?"

"싫어. 싫다고!"

"이제 보니까 아까 형수가 형을 위해 뒤집어쓴 거네. 자기가 애 낳기 싫어 씨 없다고 했던 거야. 형이."

"내 이럴 줄 알았어. 에라이, 썩을 놈아."

얼마나 등짝을 아프게 맞았는지 캐나다구스 롱패딩을 입은 것처럼 온몸이 후끈거린다. 그래도 핏줄이라고 내 편이 돼줄 거라 생각했던 내가 어리석었다. 오히려 우리 가족까지 자기편으로 만든 보라는 여유 만만이다.

"근태 씨 나도 사실 내가 잘할 수 있을까 걱정도 돼. 그래도 당신한테 좋을 거 같아서 용기를 내보려고 하는 거야."

"여자가 마흔 넘어 애 낳는 게 보통 일인 줄 알아? 그래도 보라가 널 위해서, 널 생각해서 큰맘 먹은 거니까 조용히 보라가 시키는 대로 하고 평생 업고 살아 이놈아!"

자기 자식을 대구 밥으로 먹이려고 한 줄도 모르고 그런 말도 안 되는 소리를 하다니! 그렇다고 사실대로 말해줄 의욕도 생기지 않는다. 말해봤자 믿지도, 아니 이해하지도 못할 테니까. 그렇게 쉬운 상징과 은유도 모르는데, 거제도 사건의 심오한 패러독스와 알레고리를 어찌 이해하겠어? 보나 마나 이런 소리나 늘어놓겠지.

"자살을 하려고 유서를 쓰고 있었다고? 이 썩을 놈 넌 더 맞아야 돼."

"니놈이 나보다 더 괴물이다."

"죽거나 말거나 내버려두지 그런 형을 뭐 하러 구해요!"

가족들을 만나고 온 후 그 전보다 열 배 더 외롭다. 인생은 독고다이. 獨 go die, 혼자 가고 죽는 거라지만 내 핏줄들까지 진실은 볼 생각도 안 하고 보라의 말만 믿을 줄이야. 날 고립시키기 위한 보라의 작전은 성공이다.

"근태 씨, 아이 낳는 거 진지하게 생각해봤어?"

"진지하게든 안 진지하게든 싫다고 난."

"왜?"

너 같은 범죄자와 아이를 만들고 싶지 않으니까!

하지만 우리 가족들의 전폭적인 지원까지 받는 보라는 거칠 것이 없다. 포물선을 잃어버렸을 때처럼 일부러 회사에서

늦게까지 있다가 퇴근해도 소용이 없다. (왕따 신세라 할 일도 없는데 자리에서 버티는 것도 엄청 고역이다.) 새벽 몇 시든 상관없이 내게 엉겨 붙는다. 아직 감기가 낫지 않았다고 다른 방으로 피신해도 안 통한다.

대외적으로까지 임신 준비 중이라고 공표하는 바람에 우리 클럽 사람들까지 보라 편을 든다. 그중에서도 장성수는 내 일거수일투족을 철저하게 감시까지 한다.

"임신하기 전에는 여자보다도 남자가 몸 관리를 더 잘해야 돼. 수정되는 그날만 중요한 게 아니라 100일 전부터 술도 마시지 말고, 좋은 생각만 하면서 심신을 최고의 컨디션으로 만들어야 한다니까."

혼란, 카오스다. (같은 말인 줄 알지만 그만큼 심각하다는 걸 표현하기 위해 중언부언한 거다.) 환상의 복식조가 또다시 음모를 꾸미고 있고, 아이는 그 음모의 밑밥이란 건 알겠는데, 이 음모가 어떻게 전개될지, 목적이 뭔지 가늠할 수 없으니 답답하고 난감하다.

회사의 상황은 최악이다.

진실을 추구하는 휴머니스트 권근태가 아니라, 편견으로 가득 차 있는 오 상무의 전망이 옳았다. 사람들이 서로 부대끼고, 한 공간에 있다 보면 싸울 수도 있는 거라고 레스토랑의 폭행 사건을 난 대수롭지 않게 여겼지만 세상의 시선은 그렇지 않았다. 아시안 노동자보다 한국인이 더 많이 다쳤다는 것에 사람들은 분개했고, 그 사건의 여파로 다른 지점들까지 개점휴업 상태다. 이 세상을 지배하는 건 정의나, 이성이 아니라 기분인 것이다. 사실 그 폭행 사건이 벌어진 것도 기분 때문이다.

자기는 돈을 내고 왔는데, 아시안 노동자는 공짜 쿠폰으로 똑같은 밥을 먹는다는 사실에 기분이 상한 한국인이 시비를 걸면서부터 시작됐으니까. 기분은 논리적으로 설명할 필요도 없고, 근거를 댈 필요도 없는 최고의 무기고 깡패다.

기분 나쁘다는데 뭘 어떡하냐고?

오 상무의 주도로 회사는 아시안 노동자들에게 제공했던 무료 쿠폰 정책을 파기한다고 발표했지만 이것이 이번에는 아시안들의 기분을 상하게 했다. 그들이 던진 달걀과 오물들로 매장들은 하루걸러 난장판이 되고, 그래서 한국인들도 발길을 돌렸다.

그것이 회장의 기분에도 영향을 미쳐 회장이 외식사업부를 매각하려 한다는 소문이 파다하고, 아침에 출근할 때마다 사무실에는 빈자리가 늘어난다. 회사에서 잘리기 전에 다른 회사로 옮겨 가는 것이다.

오 상무에 대한 반발심에 인정하지 않으려 했지만 회사가 이렇게 된 게 나 때문인 것 같다는 죄의식을 갖지 않을 수가 없다.

그때 거제도에 가지 않았더라면, 보라색 모자를 쓰고 있는 아시안 노동자를 만나지도 않았을 거고, 그들을 우리의 새 브랜드 레스토랑에 초대하자는 아이디어도 내지 않았을 테니까.

그러니까 이게 다 보라 탓이다. 날 거제도에 데려간 게 보라니까. 그런데 또 무슨 음모를 꾸미고 있냐는 말이다!

더 이상 고민만 하고 있을 수는 없어 나는 작년에 알아두었던 비뇨기과로 향한다. 정관수술을 하기 위해서다. 그것만이 그들의 음모를 원천 봉쇄할 수 있는 방법이니까.

엘리베이터에서 내리니 비뇨기과와 나란히 있는 정신건강의학과의 간판이 눈에 들어온다. 1년 전 그때와 똑같은 상황이다.

아니, 그때와는 완전 반대 상황이다. 내 포물선은 완벽하고, 난 우울하지 않다. 그리고 내 발은 정신과가 아니라 비뇨기과를 향해 간다.

문을 열고 들어가려는데, 누군가 문을 열고 나오다 나를 보고 귀신이라도 본 듯 놀란다. 옆에 있는 정신과의 의사다. (나보다 동안이던 얼굴이 그사이 확 늙어 나도 놀랐다.)

"근태 씨 살아 있었어요? 난 한동안 안 오길래…….

내가 죽은 줄 알았나 보다.

그러고 보니 그동안 마음고생이 심했던 듯 정신과 의사는 살도 많이 빠지고 얼굴색도 좋지 않다. 비뇨기과를 드나들고 눈도 충혈된 걸 보니 성기능 감퇴, 수면 장애도 감지된다. 전형적인 우울증 환자의 모습이다.

"살도 좀 찌시고, 표정도 밝으시네요. 눈빛을 보니까 잠도
잘 주무시는 것 같고, 이젠 우울하지 않으세요?"

"네."

"그동안 무슨 일이 있었던 거죠? 어떻게 우울증을 극복하
신 거예요?"

내가 여기 온 건 그런 걸 말하기 위해서가 아닌데, 정신과
의사의 표정이 너무나 절절해 그가 붙잡고 있는 손을 뿌리칠
수가 없다. 그래서 난 이번에도 비뇨기과를 가는 대신 정신과
로 들어간다.

36

"오늘은 의사 대 환자로 만난 게 아니니까 솔직하게 제 상
태를 말씀드리겠습니다."

그러더니 의사가 눈물부터 쏟는다. 펑펑 쏟아져 나오는 눈
물이 아니라 터진 구멍에서 질질 새어 나오듯, 무의지로 흐르
는 눈물이다.

내가 경험해봐서 아는데, 이 정도면 우울증이 상당히 깊은
거다.

"정신과 의사로서 한계에 도달한 느낌이에요. 무능력하고

환자들에게 아무 도움도 못 되는데, 이 자리에 있어야 한다는
게 너무 죄스럽고, 두렵고, 처방을 할 때마다 내가 또 잘못하
고 있는 건 아닌지 불안해서 미칠 것 같고……."

"왜 그렇게 생각해요?"(이건 주로 정신과 의사가 나한테
했던 말이다.)

"제 환자가 얼마 전에 자살을 했습니다. 사실 뭐 이번이 처
음도 아니에요. 내가 모르는 사례는 더 많을 거구요."

"속상하시겠네요. 그래도 하루 평균 서른 명도 넘는 사람들
이 자살을 하는데, 그중 여기에 왔던 사람이 한 명도 끼어 있
지 말란 법은 없잖아요?"

의사의 젖은 눈에 반짝 해가 비친다.

"제가 최근에 들은 말 중에 가장 위로가 되는 말이에요. 무
엇보다 이런 말을 근태 씨한테서 듣는다는 게 너무 놀라워요.
얼른 좀 알려주세요. 그동안 도대체 무슨 일이 있었던 겁니
까?"

이미 수정이에게 들려줬던 이야기를 재탕하려니 나도 재
미가 없어 최대한 간략하게 거제도의 사건을 발췌, 요약, 전달
해주려 하는데 내 맘대로 되지가 않는다. 도입부부터 정신과
의사가 수시로 끼어들며 첨부를 한다.

"맞아요. 제 경험과 의학적 소견으로도 그때 근태 씨의 상
태가 딱 그랬었다니까요. 자살 직전의 상태."

"그래요. 월요일에 죽는다는 자살 계획을 다 세워놓은 상태

인데 갑자기 아내가 여행을 가자고 한 거죠."

"아, 여행은 우울증을 치료하는 데 아주 좋은 방법이에요. 새로운 환경과 분위기가 기분을 바꿔준 거군요. 근태 씨뿐만 아니라 막스 베버나 헤밍웨이, 괴테의 경우에도 그랬어요. 지독한 우울증을 앓았을 때 요양을 갔다가 증상이 완화된 경우죠."

"이야기를 좀 더 들어보시면 아시겠지만 제 아내는 제 우울증 치료를 위해 저를 거제도에 데려간 것이 아니에요. 아내에게는 같이 배드민턴을 치는 장성수라는 파트너가 있는데."

"아, 근태 씨 꿈에서 매번 근태 씨의 아내와 바람을 피우는 그 남자?"

"네. 어쨌든 둘은 날 죽일 생각으로 거제도 별장에 데려간 거예요. 그러고는 날 꽁꽁 묶어놓고 온갖 고문을 다 했죠."

"고문이라면 어떤 고문?"

난 고등어 냄새 고문부터 시작해 2층에서 벌어졌던 그들의 사랑 행각에 대해 말한다. 그런데 신기한 게 두 번째라 그런지 수정이한테 이야기할 때는 상당히 주관적이었는데, 이번에는 굉장히 객관적으로 그 상황을 묘사하게 된다.

"아니 근데 그동안 왜 나한테는 고등어 트라우마에 대해 말 안 했었어요?"

"네?"

"고등어나 어류에 있는 오메가 쓰리가 우울증과 얼마나 관련이 있는데, 그 중요한 사실을 나한테 말 안 하고 왜 만날 쓸데없는 소리만 늘어놨냐구요!"

참 사연이 많은 고등어다. 나는 내가 가지고 있던 고등어 트라우마와 우리 가족들을 만나 들었던 고등어 쇼크에 대해 이야기한다.

"그러니까 근태 씨는 고등어에 부모님의 고생, 헌신, 사랑 등등 큰 의미를 부여했는데, 정작 당사자들인 부모님은 고등어는 고등어일 뿐이라고 했다 이거네요?"

"네. 저한텐 너무 큰 충격이었어요."

"고등어도 그렇고 그 기타 사건도 그렇고, 문제는 근태 씨가 가지고 있는 완벽한 역할상 때문에 발생한 거예요. 근태 씨는 우리 아버지, 어머니, 내 아내, 남편, 아들에 대한 이미지를 머릿속에 그려놓고 누가 그걸 훼손하거나 부서뜨리면 용납할 수 없었던 거죠. 자기 자신까지도. 환상의 복식조가 대단한 건, 바로 그 부분까지 교정을 했다는 거예요."

"네?"

"두 사람이 불륜을 저지르는 사이인 척한 건 단순히 근태 씨를 자극시키기 위해서가 아니에요. 근태 씨의 머릿속에 있는 완벽한 아내, 완벽한 파트너, 그걸 깨부수기 위해 그런 파격적인 설정을 한 거죠. 세상에 당신이 생각하는 완벽한 인간은 없다, 그걸 보여주려고!"

웅변대회에 나온 듯한 정신과 의사의 눈에서 불꽃놀이가 벌어진다. 입에서는 기쁨과 경탄의 미소가 삐질삐질 새어 나오고. 이 정도면 내가 보라병을 앓았을 때 했던 발작 수준이다.

"그리고 또 한 가지, 근태 씨의 열등감, 죄의식를 덜어주려는 섬세한 배려가 무척 돋보이는 설정이에요. 우울증에 걸리는 사람들의 공통적인 특징이 그렇거든요. 남들보다 더 섬세하고, 예민하고, 자책하고, 무엇이든 의미 부여하기를 좋아하고. 저 역시 마찬가지예요. 내가 이렇게 진지하게 이야기하고 있는데 앞에 있는 사람이 시계를 흘끔거리는 건, 내 이야기를 개똥이라고 생각하고, 빨리 여기를 나가겠다는 거구나…… 그런 생각을 하면서 상처를 받고 머릿속에서는 스트레스 호르몬이 마구마구 분비되죠. 정말 그런 건가요?"

"네?"

"난 정말 지금 지푸라기라도 잡고 싶은 심정인데 그걸 누구보다 잘 아는 근태 씨가 어쩜 이렇게 잔인하게 굴 수가 있죠?"

금방이라도 다시 울음을 터뜨릴 것처럼 정신과 의사의 눈이 붉어지고 입술이 떨린다. 빠른 주기로 조증과 울증을 반복하는 급속 순환형 양극성 장애 같다. 내게 이 모든 지식을 알려준 사람이 바로 내 앞에 앉아 있는 이 정신과 의사다.

"그런 거 아니에요. 그냥 몇 시나 됐나 궁금해서 시계 본 거예요."

"진짜예요?"

"네."

"좋아요. 그럼 이제부터는 좀 더 자세히, 디테일한 것도 그냥 넘어가지 말구 근태 씨한테 일어났던 일을 죄다 이야기해 줘요."

그 때문에 예상외로 진도가 더디 나가고, 예약한 환자가 기다리고 있다고 간호사가 두 번이나 들어온다. 하지만 의사는 모든 예약을 취소하고 환자들을 돌려보내라고 지시한다. 그러고는 내 말에 초집중을 하며 녹음까지 한다.

"에스트로겐을 근태 씨 주스에 매일 아침 탔다구요?"

"네. 그때 제 아내가 그렇게 말했어요. 그래서 발기가 안 된 거라고."

"아, 이런."

"왜 그러시죠?"

"처음부터 내가 완전히 잘못 짚었어. 정말 에스트로겐 때문이었을 수도 있는데, 그걸 모르고 엉뚱한 진단을 하다니."

"네?"

"에스트로겐은 스트레스에 대한 과잉 반응을 일으켜요. 그래서 여자들이 남자들보다 잘 불안해하고, 신경질적인 거죠."

"하지만 나중에 아내는 주스에 에스트로겐을 탔다는 건 거짓말이라고 했어요."

"어쨌든 그건 나중 일이고, 다시 그 시점으로 돌아가죠."

"네. 내 설득에 넘어간 아내가 발을 묶은 밧줄을 풀어줘서 저는 별장 밖으로 도망칠 수 있었어요. 그래서 도로 쪽으로 달려가 살려달라고 소리쳤죠."

"잠깐! 그러니까 그게 거제도에 간 지 하루 만에 벌어진 일이라는 거죠?"

"그렇죠."

"죽기로 결심했던 사람을 단 하루 만에 바꿔놓았단 말이네요! 난 1년이 걸려도 못 한 걸 어떻게 하루 만에……."

정신과 의사가 너무 세게 머리를 쥐어뜯으며 괴로워해 걱정이 된다.

"정말 살고 싶어서 살려달라고 한 건 아니에요. 그냥 고등어 기름을 뒤집어쓰고 대구 밥으로 먹히기는 싫으니까 그런 거지."

"그게 바로 인지행동치료예요!"

"인지행동치료요?"

"고등어에 대한 부정적인 생각을 이용해 역으로 근태 씨에게 삶에 대한 의욕을 불어넣은 거죠. 근태 씨 와이프는 전문가도 아닌데 어떻게 그런 것까지 생각할 수 있었을까요? 정말 존경스럽고, 그럴수록 나 자신이 더 한심하게 느껴지네요."

정신과 의사의 말을 들을수록 난 정신과 의사의 정신 건강이 심히 의심스럽다. 단순한 조울증이 아니라 사고 체계에 심각한 문제가 생긴 것 같다. 그러니까 내가 당했던 그 모든 것들이 우울증 치료의 일환이었다고 주장하는 것이다.

의사는 보라와 장성수가 나를 마당에 세워놓고 배드민턴

을 친 것도 내가 햇볕을 받을 수 있게 하려고 그런 거란다.

"우울증에 걸리면 생체 시계가 무너지거든요. 그게 수면장애에 영향을 끼치고, 그게 다시 우울증을 악화시키는 악순환이 만들어집니다. 그 악순환을 끊기 위해서는 아침에 햇볕을 쐬는 게 최고 좋은 방법입니다."

나한테 생선과 전복을 먹인 것은 우울증 개선에 필요한 영양분을 섭취하게 한 거고, 내 밧줄을 풀어줘 내가 필사적으로 도망치게 한 것은 날 운동시키기 위한 거란다. 그게 다 내 우울증을 치료하는 데 도움을 주었다고 침을 튀기는 의사가 가장 흥분해 박수를 친 건, 장성수가 나를 배의 수조에 빠뜨렸을 때다.

"그게 바로 우울증을 연구하는 학자들이 동물실험을 할 때 쓰는 방법이에요. 근태 씨처럼 쥐를 쉽게 빠져나올 수 없는 수조 속에 빠뜨리는 거죠. 수조 밖으로 나가려고 아무리 안간힘을 써도 미끄러워서 빠져나갈 수가 없다는 걸 알게 되면, 쥐들은 무력감에 빠지고, 우울증에 걸려 움직이지도 않게 돼요. 첫날은 20분, 다음 날은 10분, 점점 그 시간이 짧아지죠. 그런데 근태 씨는 얼마나 버텼다구요?"

"한 시간이요!"

"그것도 11월의 추운 바닷물에서!"

"그렇죠."

"그건 근태 씨가 우울증에서 완전 벗어났다는 증거예요!

와, 정말 획기적이고 놀라운 우울증 치료 사례입니다."

그다음에 이어지는 대반전에 대해서 말을 하자 정신과 의사는 나를 포옹하고, 볼에 뽀뽀까지 해댄다.

"것 보세요. 제 말이 맞죠. 저는 딱 처음부터 알아챘잖아요. 이건 근태 씨의 우울증 치료 여행이다. 분명 그 환상의 복식조는 우울증에 대해 엄청나게 연구를 했을 거예요. 안 그럼 이런 걸 다 생각해낼 수가 없으니까."

의사의 결론이 너무나 황당하고 내 생각과 달라 나는 할 말을 잃는다.

"근태 씨는 정말 운 좋은 사람입니다."

"네?"

"근태 씨를 사랑하는 사람들의 노력으로 우울증에서 벗어났잖아요. 우울증 치료의 근본은 바로 그겁니다. 사랑과 감동. 흔히들 밑 빠진 독에 물 붓기라고 하죠. 어차피 물을 부어봤자 헛일이라고 물을 부을 시도조차 하지 않구요. 하지만 깨진 구멍으로 빠져나가는 물보다 더 많은 물을 끊임없이 부어대면 깨진 항아리에도 물이 찰 수 있다는 걸, 근태 씨와 그 환상의 복식조는 이 세상에 증명했고, 저에게 희망을 주었습니다. 정말 고맙습니다."

내 앞에서 큰절까지 하는 의사를 보니 얼떨떨하다. 그런 그한테 차마 나는 그들의 말을 믿지 않는다고, 그래서 그들의 음모를 원천 봉쇄하기 위해 옆에 있는 비뇨기과에 가서 정관수술을 해야 한다고 말할 수가 없다.

"근태 씨의 사례를 제가 논문으로 써도 되겠습니까?"

"네?"

"우울증으로 고통받는 사람들과 그 가족들, 지인들을 위해 하루라도 빨리 이 치료법을 세상에 알려야죠."

"그건 너무 섣부른 판단인 거 같은데."

"아니 왜요?"

"그들의 의도가 정말 그것인지는 아직 모르잖아요."

"근태 씨는 그럼 정말로 그 환상의 복식조가 근태 씨를 죽이려 했다고 생각하는 거예요?"

"네. 시간이 지날수록 그런 느낌이 더 강해져요."

"아까 근태 씨 이야기 들으면서 알아챘는데 근태 씨한테는 아직 우울증의 찌꺼기들이 남아 있어요. 망상이 그중 하나죠. 자동적 부정적 사고 경향도 그렇고."

"자동적 부정적 사고 경향이요?"

"확실한 근거도 없이 무조건 나쁜 쪽으로 생각한다는 거죠. 별장에서 근태 씨가 직접 본 건 아무것도 없는데 그저 소리만 듣고 그런 상상을 한 것도 그런 거죠."

그렇긴 하다. 그리고 지난번 수정이에게 이야기해줄 때는 피해자인 나를 강조하느라 넘어간 부분들이 있었는데, 이번에 다시 객관적으로 이야기를 하면서 그 부분들을 살펴보니 내 결론에 부합하지 않는 것들이 보인다.

예를 들면 그런 거다. 보라와 장성수는 내연의 관계고, 1층에서 내가 들었던 소리가 실제의 신음 소리고 내 상상이 다 실제로 벌어진 현실이었다면 2층의 구조가 그래서는 안 된다는 거다. 그렇게 방이 분리되어 있고, 좁은데 어떻게 두 사람이 옷 벗기기 배드민턴을 칠 수 있었겠는가?

그 벽이 분리, 이동되는 거라면 가능할 수도 있지만.

그 사실을 확인할 때까지는 정관수술을 유보하는 게 나을 것 같다. 그래야 내가 감정적이고 논리적인 오류에 빠져 엉뚱한 결론을 내리지 않는다는 것을 증명할 수 있을 테니까.

"귀찮으시겠지만 제 논문을 위해, 아니 다른 우울증 환자들을 위해 제가 근태 씨를 연구 대상으로 삼을 수 있도록 해주세요."

"그러세요. 그럼."

"정말 감사합니다. 그리고 부탁드리겠습니다. 지금부터 근태 씨는 그냥 개인이 아니라 제 논문의 중요한 자료와 근거 대상이라는 것을 명심해주세요. 감정의 변화가 생길 때마다 즉각 저한테 연락해주시구요."

"네?"

"근태 씨의 환경에 급격한 변화가 일어난다거나, 근태 씨의 기분을 좌우할 만한 사건이 벌어진다거나 하는 것들을 제가 알아야만 연구에 반영할 수 있으니까요."

37

정신과 의사의 부탁 때문에 나는 시시때때로 메모를 한다. 오늘의 새로운 일은 수정이가 클럽에 다시 나온다는 것이다. 메모에는 수정이의 이름 대신 S라고 기록한다. (이름의 이니셜을 딴 건데 S라고 쓸 때마다 수정이의 S라인 몸매가 떠오른다.) 그것과 연관되는 기분도 꼭 세세하게 쓰라고 정신과 의사는 말했었는데, 아직 뭐라고 써야 하는지 모르겠다.

"떠난 줄 알았는데."

"3전 3패로 완패했지만 아버지가 사무실 빌려주기로 했어요."

나 때문에 다시 온 게 아니라 아버지의 건물에 입주하기 위한 조건을 이행하느라 수정이가 다시 나왔다는 게 실망스럽다. 그래서 나는 메모 앱에 씁쓸함 50, 짜증 30, 적대감 20이라고 쓴다.

"그리고······."

"그리고 뭐?"

"이대로 끝내는 건 아닌 거 같아서······."

미련이 남은 수정이의 표정 때문에 적대감 20이 호감 20으로 바뀐다. 그래, 나도 동감이야. 이렇게 끝내기엔 우리의 찰떡같은 호흡이 너무 아깝다고.

"대만인 부부 지난주부터 안 보이는 거 알아?"

나는 수정이가 팀을 깨고 나가지 않았으면 그들을 구할 수도 있었다는 뉘앙스로 묻는다.(아직도 나한테 배드민턴 채를 내던지고 돌아서던 수정이한테 받은 상처가 다 아물지 않았다.)

"두 사람 이혼하고 가게 뺏대요."

"이혼?"

"네. 권태기가 와 사이가 안 좋았대요. 그래서 그때 보라 언니랑 성수 오빠가 어떻게든 화해시켜보려고 거제도 여행을 생각했었던 거래요."

다시 돌아온 수정이는 예전의 수정이가 아니다. 뼛속까지, 뇌 속까지 보라 일당의 거짓말에 세뇌됐다. (성수 오빠라고 말하는 것만 봐도 알 수 있다.) 너무 섣부른 판단으로 적대감을 호감으로 바꾼 것 같아 다시 원상 복귀시킨다. 쓸쓸함 50, 짜증 30, 적대감 20이다.

"근태 오빠 아직 새로운 파트너 없죠?"

다시 나의 파트너가 되겠다고?

어림없는 소리다. 트로이 목마처럼 수정이를 내 파트너로 만들어 나를 망하게 하려는 보라 일당의 계획에 내가 넘어갈 줄 알고?

"파트너는 없는데, 다시 누군가와 팀을 할 생각은 없어."

"오빠. 내가 잘못했어요. 그러니까 한 번만, 한 번만 더 내게 기회를 주세요. 네, 제발. 오빠앙!"

수정이의 애교 때문에 넘어간 건 아니다. 거제도 별장의 2층을 재확인해야 할 필요성이 있고, 그러려면 수정이의 도움이 꼭 필요하니까 그러겠다고 한 거지. 그들이 수정이를 이용하듯이, 나도 수정이를 이용하면 된다. 그리고 비록 보라 일당의 공작에 넘어갔지만 아직 수정이한테는 나에 대한 애정이 남아 있다. 날 만난 후 바뀐 수정이의 카톡 프로필 문구가 바로 그 증거다. '너무 아픈 사랑은 사랑이 아니다'였는데, 이제는 '너무 아픈 사랑도 사랑이다'로 역전됐다.

나를 잊으려고 애썼지만 도저히 그럴 수 없다는 걸 알고, 수정이는 다시 용기를 내 나를 찾아왔던 것이다. 우리 팀의 초록색 유니폼을 입고! 그런데 어찌 매정하게 내칠 수가 있겠는가? 내 인생 최초의 파트너인데!

나는 다시 메모 앱을 열고 오늘의 메모를 수정한다. S가 다시 왔고, 우리는 다시 파트너가 됐다. 기분은, 씁쓸함 30. 반가움 30. 기쁨 40.

소문으로만 나돌던 외식사업부의 매각이 결정됐다. 그래도 설마 하는 마음으로 회사를 지키고 있던 동료들이 한숨을 푹푹 내쉰다. 나야 어차피 해고될 거라 생각하고 있었기에 영향을 받지 않는다. 그런데 박 차장은 예상치 못한 소식을 가져온다.

"부장님이 아니고 오 상무님이 나가게 됐대요."

"뭐?"

"처음 외식사업부를 시작하고 지금까지 이끌어온 담당자가 오 상무님이잖아요. 그래서 매각 결정과 동시에 해임이 결정됐나 봐요."

"그럼 우린?"

"매각한다지만 매각이 될지 안 될지는 모르는 거잖아요. 변덕이 죽 끓듯 하는 회장의 마음이 또 바뀔지도 모르고. 그러니 그냥 기다려봐야죠."

박 차장의 예상대로 다음 날 인사 공지가 뜬다. 해임된 오 상무가 짐을 꾸린다. 그렇게 고함을 치고, 욕 잘하는 오 상무가 한 마디 말도 없이 자기 방에서 조용히 짐을 챙기는 게 낯설다. 권선징악의 결과고, 결국 내가 승리했다는 기쁨은 눈곱만큼도 들지 않는다. 해임된 오 상무보다 앞으로 어떻게 될지 모르는 내 처지가 더 불안하다.

나 때문에 이렇게 된 것 같아 미안한 마음에 오 상무의 방 앞에서 미적거리자 오 상무가 내게 가까이 오라고 손짓을 한다.

"너 정신과 다녔었다며? 나 때문이냐?"

내 스트레스의 지분 중 가장 큰 부분을 차지하는 사람이 오 상무인 건 맞지만 이 상황에서 솔직히 말하기가 꺼려진다.

"아니에요."

"그래? 난 너 때문에 정신과 다닌다."

"예?"

"상태가 안 좋다고 의사가 휴직을 권고했었는데 네 덕분에 해고됐으니 아주 고맙다 권근태!"

끝까지 오 상무가 오 상무다운 인사를 하고 사라진다. 그런데 전처럼 가슴이 두근거리고 숨이 가빠오거나, 현기증이 나지는 않는다.

그렇게 센 척하고, 악인처럼 굴더니 오 상무도 나처럼 약한 인간이었다는 걸 알고 나니 오히려 연민의 마음이 생기고, 오 상무에 대한 미움이 사라진다. 거대한 북극의 빙산이 쩍 소리를 내며 순식간에 바닷속으로 빠지듯이 말이다. 감정의 온난화 현상이다. 수정이가 다시 돌아와 내 가슴이 따뜻해져서 그런가?

지금까지 오 상무에 대한 내 감정을 기록한다면 공포 30, 짜증 40, 적대감 30이었는데, 이제는 공포 0, 짜증 0, 적대감 0이다.

내 담당 정신과 의사는 논문을 핑계로 시시때때로 연락을 한다. 누가 보면 나한테 반한 줄 알겠다. 솔직히 나도 좀 그렇게 느껴진다. 매번 날 만날 때마다 진귀한 보물이라도 되는 듯이 날 바라보기 때문이다. 내가 기록한 감정 일기를 볼 때는 눈에서 꿀까지 떨어지는 것 같다.

"이렇게 기분 좋은 상태가 2주 동안이나 지속되다니 정말 부럽습니다."

"선생님은 좀 안 좋아 보이는데, 그동안 무슨 일 있었어요?"

"제 환자 중의 한 명이 또 죽고 싶다는 전화를 해 왔어요."

정신과 의사는 참 쉬운 직업이라고 생각했었는데, 요즘은 정말 할 짓이 못 된다 싶다. 만날 '죽고 싶다'는 말을 듣고 살아야 하니…….

"자실 시도 경험도 몇 번이나 되는 환자라 많이 신경이 쓰이고 걱정이 되네요."

"그런 사람들은 진짜 죽고 싶은 마음은 없는 거니까 걱정하지 않으셔도 됩니다."

"네?"

"진짜 죽고 싶은 사람들은 저처럼 살아날 가능성이 전혀 없는 방식을 택해 단번에 죽지, 그렇게 몇 번이나 실패하지 않으니까요."

"정말 그랬으면 좋겠는데, 이번에는 예감이 너무 안 좋아서……."

"제 말을 믿고, 걱정을 놓으시라니까요."

왜 매번 내가 의사를 위로해야 하는지 모르겠다. 그렇다고 내가 이 의사한테 돈을 받는 것도 아닌데.

"근태 씨한테만 하는 얘긴데, 난 정말 그 환자를 보고 있으면 무서워요. 일부러 자신을 극한상황으로 몰고 가고 최악의 상황을 만든다니까요. 불행을 자처하는 심리랄까, 아니 불행을 사랑한다고 하는 게 맞겠네요."

난 의사가 말하는 게 어떤 건지 안다. 행복하면 불안하고, 오히려 불행할 때 드디어 내게 맞는 옷을 입었다는 편안함 같은 거다. 나 역시 보라와 처음 결혼했을 때 그랬었다. 행복한데, 내가 이렇게 근사한 여자의 남편으로 어울릴까, 이렇게 말하면 실망하지 않을까, 그런 걱정을 하며 살았었다. 그런데 지금은······.

"그런 사람들은 불행의 끝, 최악의 한계까지 직접 가봐야 정신을 차려요. 그러니까 말리지 말고 그냥 놔두세요. 렛 잇 비!"

보리수 밑에서 깨달음이라도 얻은 사람처럼 의사가 경도된 눈빛으로 나를 본다.

이중 스파이인 수정이를 내 편으로 만들기 위해 나는 개인 코치까지 구해 배드민턴을 배운다. 내 실력이 나아질수록, 나를 바라보는 수정이의 눈빛이 달라진다. 보라 일당이 오염시킨 수정이의 영혼이 나로 인해 점점 세탁되고 있는 것이 눈에 보인다.

"와, 좀 전의 오빠 드롭샷은 진짜 최고였어요."

"푸시할 것처럼 하다가 헤어핀으로 바꾼 네 반전 공격은 정말 예술이야."

다른 복식조들과 연습 경기를 한 번 한 번 할 때마다, 하이파이브처럼 보이는 수정이의 스킨십은 점점 진해지고, 나는 장성수의 발목이 다 나아 보라가 수정이에 대한 감시가 소홀해진 틈을 노려 굳히기 작전에 들어간다.

"너 전에 내가 갔었던 거제도 별장 가보고 싶다고 했지. 이번 주말 어때?"

'거제도 별장'이란 두 단어가 수정이에게 흥분을 불러일으키는지 얼굴이 붉게 달아오른다.

"좋아요."

"대신 아무도 모르게 다녀오고 싶은데 비밀 지킬 수 있어?"

"당연하죠. 저도 바라는 바예요."

그때부터 수정이는 소풍을 앞둔 아이처럼 주말이 오길 손꼽아 기다린다. 나도 궁극의 진실을 확인할 생각에 가슴이 설렌다. 이제 거제도 별장의 2층 구조를 확인하는 건 시간문제다. 내 자동차 내비게이션에 별장에 갔던 기록이 남아 있으니 찾아가는 건 문제가 없고, 열쇠는 수정이가 성인배의 금고에서 훔쳐오기로 했다.

마지막 관문은 보라. 수정이와 거제도에 가는 걸 보라가 알아서는 안 된다. 주말마다 스케줄이 꽉 찬(진짜로는 무슨 일을 하는지 모르겠지만) 보라니, 몰래 다녀오는 건 어렵지 않을 것이다.

"이번 주말에 뭐 해?"

"당신이랑 데이트."

"뭐?"

"임신할 때까지 다른 모임들은 좀 쉬기로 했어."

낭패다.

"주말에 난 회사 워크숍있어."

할 수 없이 플랜 B로 맞선다.

"정말?"

"응."

"뭐야, 난 당신이랑 영화도 보고 맛있는 것도 먹으러 가려고 했는데. 그 워크숍 빠지면 안 돼?"

"안 돼. 요즘 우리 회사 상황이 안 좋아 단합 대회로 가는 거란 말이야. 1박 2일."

별장의 구조를 확인하기만 하고 나올 거지만 거제도까지의 거리가 있으니 1박 2일이라고 말한 거다.

"알았어. 근데 워크숍은 어디로 가?"

"어? 어 제주도."

거제도를 사실대로 말할 수 없어 순간적으로 둘러대다 보니 제주도라는 말이 튀어나오고 말았다.

"한겨울에? 바람도 세고 엄청 추울 텐데."

"놀러 가는 게 아니라 정신 무장을 하러 간다니까."

그래, 이건 사실이다. 나는 수정이랑 거제도 별장에 놀러가는 게 아니라 정신 무장을 하러 가는 거다. 깨진 팀워크도 다시 회복하고, 보라 일당에 결연히 맞설 수 있는 용기를 되찾기 위해서. 그리고 겸사겸사 수정이의 본심도 확인해볼 참이다. 앞으로도 보라 일당과 내 사이를 왔다 갔다 이중 스파이 노릇을 할 건지, 아님 내 파트너로만 정절을 지킬 건지.

그래서 그런지 잠이 안 온다.

무슨 옷을 입고 가는 게 좋을지, 속옷은 몇 개를 챙기는 게 좋을지, (무슨 일이 벌어질지 모르니까 만일의 사태에 대비하는 의미에서 준비하는 거다.) 수정이랑 뭘 먹으면 좋을지, 머릿속이 복잡하다.

그리고 또 하나, 이것도 정신과 의사에게 통보해야 하나? 여행은 우울증과 관련이 깊은 변수니 꼭 가기 전에 자신에게 알려야 한다고 했는데, 솔직히 말하고 싶지 않다. 아무도 모르게, 수정이와 나, 단둘만의 시간을 보내고 싶다.

38

우리는 철통같은 보안을 유지하기 위해 서울에서부터 같이 이동하지 않고, 각자 따로따로 출발해 거제도에서 만나기로 한다. 나는 가는 길에 속옷 가게에 들러 새 팬티를 장만한다. 아무리 생각해도 보라 취향대로 산 팬티들이 너무 아저씨스럽게 여겨져서다. 순면 100프로 헐렁한 사각팬티 대신 나는 몸에 밀착되는 섹시한 드로즈를 구입한다. 그러다 주인 여자가 여자 속옷도 권하는 바람에(그것도 아주 적극적으로),

수정이 것까지 커플룩으로 산다. (제일 야한 걸 고르려고 한 게 아니라, 우리 팀 색깔인 초록색으로 된 게 속이 다 보이는 레이스 슬립밖에 없어서 할 수 없이 그것으로.)

다시 차에 타고, 지난번 내려갈 때보다 자동차의 속도를 높인다. 그때 날 운전석에서 밀어낸 보라가 왜 그렇게 액셀러레이터를 밟았는지 알 것 같다. 보라는 장성수가 기다리고 있어 그랬지만 나는 수정이보다 먼저 도착해 만반의 준비를 하기 위해서다.

장성수만큼 요리는 못하지만 장성수보다 더 요리를 잘하는 맛집의 정보를 찾아내 왔다. 그곳에서 음식을 포장해 가져가면 수정이는 감동할 것이다. 그리고 와인도 곁들여야지. 무슨 흑심이 있어서 그런 건 아니다. 그냥 오늘 와인이 당기니까 여러 주류 중 와인을 준비하는 거다. 수정이한테 미리 열쇠를 받아 오기를 잘했다. 식당에 들러 음식까지 다 샀는데도 워낙 서둘러 와서 그런지 수정이랑 약속했던 5시까지는 아직도 한 시간이 남아 있다.

주차장에 차를 세우고 별장을 마주하니, 그때의 일들이 새록새록 떠오른다. 아무 생각 없이 저 별장에 들어갔다가 나는 3박 4일 동안 환상의 복식조에게 감금됐었다. 그리고 저 별장에 진동하던 고등어 냄새. (난 이제 고등어 트라우마에서 벗어났다. 심지어 고등어도 잘 먹는다.)

나는 사가지고 온 음식들을 세팅한다. 2층의 구조를 확인하기 위해 여기까지 왔으니 그것부터 살피는 게 우선이지만 내 파트너인 수정이가 올 때까지 기다렸다 같이 하기 위해서다. 그리고 샤워를 하고 새로 산, 초록색 지브라 무늬의 섹시한 드로즈로 갈아입는다. (자고로 중요한 일을 앞두고는 목욕재계를 하고 심신을 정화시키는 법이니까.)

마당에 자동차가 주차되는 소리가 들린다. 창으로 흘끗 내다보니 수정이의 차가 아니라 성인배의 차다. 갑자기 명치에 지렁이 한 마리가 기어가는 것처럼 섬찟한 소름이 돋는다. 함정에 빠진지도 모르고 콧노래를 부르며 샤워를 마친 남자가 뒤늦게 자기 처지를 깨달았을 때 돋는 소름이다.

수정이를 믿었던 게 잘못이다. 완전히 내 파트너가 된 듯한 그 태도에 내가 속아 넘어간 거라고! (보라 일당은 신입 회원을 포섭하자마자 연기부터 가르치는지도 모른다.) 보라처럼 영악하고, 음흉한 여자가 나에게 다시 거제도 별장에 가자고 하면 내가 순순히 안 따라나설 걸 몰랐을 리 없으니 수정이를 미끼로 날 여기로 유인한 건데, 내가 제 발로, 아니 시속 120킬로미터로 그 덫에 달려와 빠진 거다! 그래서 수정이가 주말이 오길 학수고대하고, 오늘도 같이 오지 말고 따로따로 오자고 먼저 말했던 거였어! 내가 태평하게 맛집에 들러 음식들을 사는 동안, 이번에는 절대 실패하지 말자 보라 일당은 서로 손을 맞잡고 파이팅을 외쳤겠지.

눈앞이 깜깜해지고 하늘이 무너지는 것처럼 아득해진다. 나는 이제 고등어 트라우마가 없어 고등어 기름이 무섭지 않지만, 이렇게 또 당하는 나 자신에게 환멸을 느낀다. 지난번 그렇게 개고생을 하고도 아무것도 학습하지 못하고 자진해서 여기까지 달려온 나의 무신경과 무모함, 무대책이 저주스럽다.

내가 죽고 나면 보라 일당 4인조는 최대한 내 인생을 수치스럽고, 불명예스럽게 끝장낼 수 있는 거짓말을 만들어 이 세상에 유포하겠지. 이제야 알겠다. 보라가 내 아이를 갖겠다고 그렇게 공개적으로 이야기하고 다닌 건, 다 그걸 위한 명분 쌓기용이었던 것이다. 자기는 나를 진심으로 사랑했는데, 그래서 애까지 가지려고 갖은 노력을 다했는데, 나는 그런 자신을 배반하고 허무하고 지리멸렬하게 죽었노라 말하기 위해서.

나는 보라 일당이 들어오기 전에 이곳에서 빠져나가기 위해 서둘러 옷을 입고 거실의 창문을 여는데, 방충망이 고정돼 있어 열리지가 않는다. 별장을 지을 때부터 모기나 벌레를 막기 위해서가 아니라 다른 용도로 설치한 게 분명하다. 나 같은 피해자들이 도주하는 걸 방지하기 위한 창살인 거지. 아주 촘촘히도 설계된 범죄의 소굴, 범죄의 온상이다.

난 주방의 가위를 가져와 방충망을 찢기 시작한다. 내 몸이 빠져나갈 정도만 되면 되는데, 현관문이 먼저 열린다.

"오빠 뭐 해요?"

경계를 하며 돌아보니, 문 앞에 서 있는 사람은 수정이 혼자다.

"너 혼자야?"

"그럼요."

"근데 왜 회장님 차를?"

"아버지가 제 차를 자기 맘대로 없애버렸어요. 그래서 저도 아버지 차를 훔쳐버렸죠."

혹시 몰라 수정이가 들어온 현관문을 빼꼼 열고 확인해보니 다른 사람은 보이지 않는다. 그저 자동차 하나만 가지고 수정이를 의심하다니. 이게 다 보라 일당 때문에 생긴 피해의식 탓이다.

긴장이 풀리니 이제야 너구리처럼 눈 주위가 검은 수정이의 얼굴이 눈에 들어온다.

"얼굴은 왜 그래? 맞았니?"

"아뇨. 오빠가 혹시 안 왔으면 어쩌나 여기 내려오는 내내 걱정했더니……."

그렇게 깜찍한 걱정을 하면서 눈물까지 쏟다니. 가슴이 뭉클해지고 이런 수정이를 못 믿었던 나의 종아리에 회초리라도 치고 싶어진다.

"그렇다고 울기까지 했어?"

"나한테는 오빠밖에 없으니까요. 오빠 고마워요. 여기까지

와줘서."

눈물까지 글썽이는 수정이를 보니, 그동안 수정이가 얼마나 맘고생을 했었는지 알겠다. 보라 일당의 돈과 물리적인 위협 앞에서도 사랑을 선택한 수정이의 용기에 짝짝짝 박수를 쳐주고 싶다. 정상적인 부부는 아니더라도, 어쨌든 난 유부남이니까 수정이는 결단을 내리기가 엄청, 매우, 무척 힘들었을 것이다. 그러느라 눈이 충혈되고 피부까지 까칠해진 수정이가 더없이 사랑스럽다.

"근데 뭘 그렇게 많이 사가지고 온 거야?"

수정이가 양손에 들고 온 비닐봉지에는 번개탄이 가득이다. 매일매일 바비큐 파티를 해도 며칠은 할 수 있을 양이다. 난 1박 2일 정도로 예상했는데, 수정이는 더 오래오래 나와 함께 있고 싶은 거다. 그러려고 배드민턴 라켓까지 챙겨 왔다. 그렇다면 수정이 뜻에 따라야지. 어차피 회사는 엉망이니 며칠 출근 안 해도 상관없다.

"먹고 죽은 귀신이 때깔도 좋다는데 먼저 밥부터 먹어요, 오빠."

기괴한 얼굴로 그런 말을 하니까 느낌이 좀 으스스하다. 하지만 그로테스크한 분위기도 나쁘지 않다. 수정이는 어울리지 않는 게 없다.

"그래. 건배부터 할까 그럼?"

"좋아요."

멋지게 와인 병을 꺼내 이 순간을 위해 사 온 글라스에 따르려는데, 와인 병의 코르크 마개가 빠지지를 않는다. 수정이 앞에서, 하필 중요한 이 순간에 이런 모습을 보이는 게 좀 쪽팔린다.

"누가 보면 와인 병 한 번도 안 따본 사람인 줄 알겠다. 근데 나 와인 마니아야."

내가 박학다식한 박 차장에게서 주워들었던 내용들을 주섬주섬 풀어놓으려는데, 수정이가 내가 들고 있는 와인 병을 낚아챈다.

"내가 해볼게요."

수정이는 코르크에 박혀 있는 병따개에 몇 번 힘을 주다가 갑자기 테이블에 와인 병을 내려친다. 그 바람에 와인 병의 목이 달아나고 붉은 와인이 사방으로 쏟아진다. (로맨틱 영화를 상상했는데, 수정이는 로맨틱스릴러를 더 좋아하는 모양이다.)

"왜 난 늘 이 모양인지 모르겠어요."

검은색 마스카라에 와인까지 튄 수정이의 얼굴에 눈물이 섞이니 팔레트에 물감을 섞어놓은 것 같다. 이제 그 물감을 찍어 수채화를 그리는 건 내 몫이다.

"괜찮아. 수정아. 네 잘못 아냐."

"정말 내 잘못 아니죠? 사람을 좋아하는 게 내 뜻대로 되는 건 아니잖아요?"

"물론이지. 사랑은 운명 같은 거야. 인간의 힘으로 어쩔 수 없는."

그 말을 들은 수정이의 눈빛이 날 처음 만나 오빠라고 불렀을 때처럼 광기 어린 기쁨으로 번들거린다. 이것으로 수채화의 밑바탕 채색이 끝났다.

"어쩜 오빠와 나는…… 정말 운명적으로 맺어진 파트너예요."

"영혼의 샴쌍둥이지."

우리는 서로의 두 손을 잡고 격정적으로 흔들어댄다. 그러다 수정이의 눈빛이 내 얼굴을 타고 셔츠의 단추를 하나 풀어놓아 드러난 내 목울대로 이동한다.

"하지만 우리 아버지는 절대 허락하지 않을 거예요. 우리언니도 그래서 죽은 거예요. 고지식한 아버지가 결혼을 반대해서. 그 때문에 결국 우리 엄마까지 병이 나 죽었구요."

좀 더 폭력적이고 비극적인 가족사를 예상했었는데, 예상외다. 어깨에 그런 문신까지 한 성인배가 고지식한 아버지였다고? 그럼 그런 자신의 과거에서 벗어나려고 성인배는 그런 문신을 새긴 건가? 그럼 어깨의 두 여자는 자기 아내와 딸?

"너무 비관적으로만 생각하지 마. 수정아."

그래 우리가 이렇게 된 건 우리를 파트너로 짝지어준 성인배, 수정이 아버지의 책임도 있다. 그리고 그도 내가 마음에 들었으니까 자기 딸과 파트너를 하게 했겠지. 그러고 보니 내가 수정이와 배드민턴 치는 모습을 바라보던 눈빛에 사위로 삼고 싶다는 욕망이 넘실거리지는 않았어도 언뜻언뜻, 보일락 말락 했던 것도 같다.

수정이가 더 이상 참을 수 없다는 듯 내 품에 뛰어들며 속삭인다.

"성수 오빠도 그렇게 생각할까요?"

"갑자기 왜 그 인간을 끌어들여?"

"제가 사랑하는 사람이니까요. 전 아버지가 반대하든 말든 성수 오빠만 있으면 되는데, 성수 오빠는 아닐 거예요."

아름답게 그려지고 있던 수채화에 수정이가 먹칠을 한 덕분에, 스케치북을 뜯어 갈기갈기 찢어버린 후에도 화가 풀리지 않은 나는 망연자실, 멍하니 앉아 있다. 그런 내 시선에 테이블 아래 놓아둔 깨진 와인 병이 보인다. 그 와인 병에서 흘러나오는 와인처럼 내 찢어진 가슴속에서도 붉은 피가 줄줄 새어 나온다.

나는 수정이를 밀어내고, 내 피를 마시듯 와인을 들이켠다.

"지난번 공원에서 나를 괴롭힌 치한을 잡겠다고 성수 오빠가 온몸을 던지는 거 보고 나 완전 뿅 갔어요. 그날 발목이 골절된 성수 오빠를 부축하고 병원에서 나오는데, 얼마나 가슴이 뭉클하던지. 지금까지 날 위해 이런 희생을 한 사람은 없었거든요."

그깟 발목 하나 가지고. 난 너를 위해서라면 발모가지 두 개도 걸 수 있다고!

"나도 알아요. 내가 사랑해선 안 될 사람을 사랑한다는 거. 그런데 내 맘대로 안 되는 걸 어떡해요."

자기감정에 취한 수정이가 다시 내 품에 뛰어들며 울음을 터뜨린다. 하지만 난 수정이를 위로해줄 마음이 눈곱만큼도 없다. 그래서 수정이의 등을 어루만지지도 안아주지도 않는다.

'새로운 시작'의 주인공이 내가 아니라 장성수였다고? 너무 아픈 사랑의 객체도 내가 아니라 장성수였고?

"그래서 '너무 아픈 사랑은 사랑이 아니다'라고 프로필에 썼던 거야?"

"네. 나도 성수 오빠를 잊어보려고 했어요. 그래서 배드민턴 클럽에도 안 나가고. 병원에 다니면서 의사 말대로 다 해봤는데, 아무 효과가 없었어요."

그런 줄도 모르고 나 혼자 김칫국을 단지째 들이켠 게 민망하다.

"그래서 차라리 죽기로 했어요. 오빠랑 같이."

"뭐?"

"이번에는 진짜 끝장을 보려고 오빠와 함께 온 거라구요."

그 말이 끝나자마자 수정이가 일어나 배드민턴 라켓으로 내 머리를 후려갈긴다. 보라에게 기본자세를 배워 그런지 손목의 스윙이 장난 아니다. 그러고는 가방에서 초록색 테이프를 꺼내 내 손과 다리를 꽁꽁 묶고, 문과 창문까지 바르기 시작한다.

"우린 초록 커플이니까 특별히 이걸로 준비한 거예요."

사방에 덕지덕지 붙여지고 있는 초록색 테이프를 보니, 이제야 저 많은 번개탄이 무슨 용도인지 감이 온다. 수정이는 나와 함께 바비큐 파티를 하려고 번개탄을 산 것이 아니다!

"왜 하필 나야?"

"오빠는 이미 죽으려고 했었던 사람이잖아요."

"하지만 지금은 죽고 싶은 마음 전혀 없어."

"아닐걸요. 오빠가 그랬잖아요. 회사도 엉망이고, 집안도 그렇고, 사는 게 너무 외롭고 쓸쓸하다구요."

"그건……."

그건 수정이의 동정심을 얻기 위해 한 말이다.

"수정아, 인생이란 게 원래 외롭고 쓸쓸한 거야. 그러다 또 조금 즐겁고 행복하기도 하고. 그래 포물선. 포물선처럼 올라갔다 내려갔다, 라면 면발처럼 꼬불꼬불 그렇게 사는 게 인생이고 그래서 재밌는 거야."

"재밌다구요? 살아봤자 불행할 뿐인 이 세상이요? 그래서 자식도 안 낳겠다고 결심했다면서요?"

"그건…… 옛날 얘기야. 그래, 우울증을 앓았을 때 그랬단 거지. 그리고 난 정말 너랑 동반 자살 같은 거 하고 싶지 않아! 단 1퍼센트도! 0.00000001퍼센트도!"

"아뇨. 오빠는 지금 거짓말을 하는 거예요. 다른 사람은 몰

라도 나는 오빠의 진심을 알아요. 우리는 영혼의 샴쌍둥이, 운
명적으로 맺어진 환상의 복식조니까."

39

미치겠다. 정말.

난 한 번도 아니고, 두 번씩이나 이렇게 묶인 내 신세가 어
이없어 무기력해진다. 하지만 무의욕, 무감정, 무의미로 발전
하기에는 바닥에 놓여 있는 번개탄이 너무 자극적이다. 정신
을 똑바로 차리지 않으면 바로 죽음이다. 보라와 장성수는 고
등어를 잡고 기름을 추출하느라 시간이라도 많이 걸렸지만
수정이가 저 번개탄에 불을 붙이는 건 순식간이니까.

"그래 수정아. 더 이상 네가 내린 결론에 태클은 걸지 않을
게. 대신 왜 그런 결론을 내리게 됐는지 그걸 좀 이해해보자.
왜 하필 번개탄이야?"

"내 정신과 의사한테 어떤 새끼가 그랬다더라구요. 자살에
실패한 전력이 있는 사람들은 진짜 죽을 마음이 없는 거라고.
그래서 이번엔 꼭 성공해서 그 새끼가 틀렸다는 걸 보여주려
구요."

헉. 뭐야, 설마 내 정신과 의사가 말한 환자가 수정이?

"이제 내가 왜 우릴 운명적인 관계라고 했는지 알겠지?"

야릇한 눈빛으로 갑자기 말을 놓는 수정이가 무섭다. (로맨틱스릴러에서 갑자기 호러로 장르 전환이다.) 수정이가 그렇게 나오니 내 입에서 저절로 존댓말이 나올 것 같아 입을 못 열겠다. 그런데 수정이는 내 허락도 받지 않고, 내 가방까지 뒤져 내가 속옷 가게에서 산 초록색 레이스 슬립을 꺼내 들고 내 앞에서 흔들어댄다.

"봐봐, 취향까지 같잖아."

"아냐. 난 원래 그런 거 안 좋아해. 가게 주인아줌마가 자기 맘대로, 억지로 막 골라준 거야."

"그래? 그럼 오빠가 입고 있는 속옷도?"

"무슨 소리야. 내 속옷은 보라가 골라준 거야."

나를 비웃은 수정이는 내 바지까지 까내려 속옷을 확인할 기세다. 초록색 테이프 때문에 그 시간이 잠시 지연되는 사이, 나는 한 대 더 맞기 전에 이실직고한다.

"그래, 그거랑 커플 속옷을 입고 있는 게 맞아. 하지만 특별한 의미 없이 그냥 우리 팀의 유니폼으로 산 거야. 꼭 겉옷만 유니폼으로 하라는 법은 없으니까."

"말하는 것도 참 귀엽다니까. 이래서 내가 마지막 길의 동반자로 오빠를 선택한 거야. 오빠와 함께라면 지옥도 재밌을 테니까 말이야."

"그건 오해야. 처음엔 재밌어 해도 내가 곧 질리는 스타일이거든."

"걱정 마. 난 매일매일 짜장면을 곱빼기로 먹어도 안 질리는 스타일이니까."

그래서 그때도 곱빼기로 자장면을 먹은 거였나 보다. 대만인 부부를 구했다는 희열의 교감이 아니라 그냥 짜장면이 좋아서.

"수정아. 난 정말 너랑 죽고 싶지 않아."

"왜?"

"왜냐면……. 그럼 사람들이 너와 나 사이를 오해할 테니까. 너를 좋아했지만, 그래 이성으로서도 호감을 가지고 있었지만, 그래 여기 올 때 혹시 하는 기대를 했었다는 거까지 인정. 그치만 보라처럼 널 사랑한 건 절대 아냐."

진심이다. 보라를 의심하고, 원망도 했지만 그래도 수정이보다 백배, 천배 더 사랑한다는 걸 나는 지금 이 순간 절절이 깨닫는다.

다른 건 몰라도 한밤중 저 계단을 내려와 내게 전복죽을 먹여주던 보라의 눈빛, 어떻게 자신을 두고 혼자 자살할 생각을 할 수 있냐고 화를 내며 흘리던 보라의 눈물, 장성수에게 붙잡혀 살아 돌아온 나를 사랑한다고 말하던 보라의 입술은 연기가 아니었다. 그런데 어떻게 그런 보라를 배신하고 수정이와 동반 자살을 할 수 있냐고! 그것도 수정이와 커플 속옷을 입은 채!

"그래도 어쩔 수 없어. 사랑하는 성수 오빠를 위해서 내가 할 수 있는 일이 나한텐 이것밖에 없으니까."

"그게 무슨 소리야?"

"나는 성수 오빠의 행복을 위해 방해물인 오빠를 데리고 가야 한다고. 오늘밤 11시 11분에. 참고로 성수 오빠의 생일이 11월 11일이거든."

내가 세웠던 자살 계획 뺨칠 만큼 수정이의 계획도 지극히 유치하고 감상적이다.

"시간은 그렇다 치고 그럼 장소를 여기로 정한 건?"

"성수 오빠가 오빠를 죽이려다 실패한 곳이니까. 그래서 난 이곳 거제도 별장에서 사랑하는 성수 오빠를 위해 11시 11분에 죽기로 결심한 거야."

이건 명백한 표절이다. 아내를 위해서 월요일에 죽겠다는 내 자살 계획을 모방해도, 너무 심하게 모방했다.

"근데 수정아. 그전에 확인해볼 게 있어."

"뭘?"

"네가 세운 자살 계획의 근간을 흔들 수 있는 진실."

보라, 장성수와 처음 여기에 머물렀던 3박 4일 중, 3박이 진짜고 4일부터가 가짜인지, 그 반대인지 확인하기 위해서 2층을 살펴봐야 한다는 말에 수정이는 순순히 동의한다. 하지만 사이좋게 나란히, 평화로운 방식으로 2층에 가고 싶은 내 맘과 달리, 수정이는 과격한 방식을 선호해, 초록색 테이프 때문에 손과 다리 몸이 일체형이 된 나를 포로처럼 앞세우고, 총검처럼 배드민턴 채까지 한 손에 치켜든 채 내 뒤를 따른다.

전신 붕대를 감은 채 콩콩콩 계단을 하나하나 뛰어오르는 게 숨이 차다. 2층에 점점 더 가까워질수록 이곳에 다시 와서야 깨닫게 된 보라의 진심, 보라의 사랑이 나의 착각이면 어떻게 하나 하는 걱정과 그렇게 되면 이곳에서 정말 죽을 수 있다는 위기감에 내 호흡은 더 가빠진다. 그런 나와 달리 수정이는 담담하고, 숨소리도 편안하다. (호러 영화에 꼭 나오는 겁 없는 주인공 같다.)

그리고 드디어 마지막 계단. 진실을 앞두고 막상 확인하기가 두려운 나와 달리 수정이는 우뚝 멈춰 선 나를 제치고 성큼성큼 들어간다.

이틈에 도주할까 하는 생각으로 온몸에 힘을 줘보지만, 초록 테이프의 접착력이 장난 아니다. 전생부터 쭉 슈퍼맨이라고 까불었던 걸 반성한다. (그래도 투명 테이프였으면 달랐을지도 모른다.)

할 수 없이 나는 조심스레 상반신을 내밀고 2층을 살펴본다. 지난번에 내가 얼핏 봤던 그대로다. 좁은 복도 양옆으로 두 개의 방과 화장실이 있고, 벽을 세웠다 없앴다 할 수 있는 이동식 구조도 아니다. 수정이가 있는 힘껏 2단 발차기를 가해도 꿈쩍하지 않을 만큼 튼튼하고, 단단하게 고정된 시멘트 벽이다.

"이런 데서 옷 벗기기 배드민턴 같은 건 칠 수 없어. 그러니까 거제도 대작전의 실체는 나를 살리기 위해 두 사람이 벌인 연극이란 게 확실해!"

내 흥분에 아랑곳하지 않고, 수정이는 진지한 표정으로 방과 방 사이를 오간다.

"벽과 문은 고정돼 있지만 방들 사이에 있는 이 복도에서는 충분히 배드민턴을 할 수 있어. 이 방들 중 하나에서 두 사람이 뒹굴 수도 있구. 최대 네 바퀴 반까지."

"말도 안 돼. 이렇게 좁은 곳에서 어떻게."

"난 무엇보다 오빠의 직감을 믿어. 오빠는 보라 언니의 남편이잖아. 그런 오빠가 두 사람을 그런 관계라고 의심했다면, 근거가 있는 거지."

"그렇지 않아 수정아. 난 지나치게 의심이 많은 편이라니까. 정신과 의사도 인정했어. 내 의심병은 망상에서 비롯된, 그래 자동적 부정적 사고 경향 때문이라고."

"개소리야. 그 돌팔이 의사 말은 다 틀렸다구!"

"너를 보라 일당의 스파이라고 생각했었는데도?"

"뭐라구? 나를?"

"그래. 네가 다시 나한테 파트너가 돼달라 했을 때, 난 네가 보라 일당에게 세뇌당해 간첩처럼 나한테 침투하는 거라고 여겼어."

"말도 안 돼. 난 누구한테 지시받고 배우고 그런 거 제일 싫

어하는 사람이야. 그래서 뼛속까지 꼰대인 우리 아버지와 상
극이라고!"

"그래. 이젠 나도 그게 내 망상이었다는 거 인정해."

"진짜야?"

"맹세코. 그리고 그 의사가 너한테는 뭐라 했는지 몰라도
나한테 했던 말은 다 맞아. 난 보라를 사랑한다고 하면서도
속으로는 열등감과 피해 의식으로 똘똘 뭉쳐 있었어. 너도 알
다시피 보라가 남자들한테 인기가 많잖아. 그래서 괜히 배 아
프니까, 질투 때문에 아무 죄 없는 두 사람을, 그래 배드민턴
파트너일 뿐인 두 사람을 의심하고, 매도한 거야."

말하다 보니 내가 쓰레기 같아 눈물이 난다.

"정말 난 못난 놈이야."

"이곳에 올 때까지만 해도 완전히 반대로 말해놓고 이제 와
서 왜 이러는 거야? 나랑 같이 죽는 게 그렇게 싫어? 다른 사
람들처럼 오빠도 날 버리려는 거냐고!"

"그게 무슨 소리야?"

"우리 엄만 살아 있는 나 대신 죽은 언니를 선택하고 따라
죽었어. 그 개새끼는 나랑 끝내고 싶어서 유학 간다고 거짓말
을 했고!"

"그런 줄 몰랐어. 진짜 나쁜 새끼네."

"다 똑같아. 날 떼어버리고 싶어 결혼 결혼 하는 우리 아버
지도, 진짜 파트너 어쩌고저쩌고 씨부리다가 이제 와선 나랑

같이 죽기 싫다고 생까는 오빠도 마찬가지라고!"

"난 진짜 그런 거 아냐. 수정아."

"그럼 입 닥치고 나랑 같이 죽어줘. 제발 부탁이야."

나는 수정이처럼 예쁜 여자의 부탁을, 그것도 절절하고, 간곡한 부탁을 쉽게 거절하는 스타일이 아닌데, 지금은 그럴 수가 없다. 이곳에서 나를 살리기 위해 자기 팔을 물고 빨았을 보라의 모습이 눈앞에 선해서, 남편의 목숨을 구하기 위해 야릇한 신음을 내야 했던 보라의 처지가 너무 슬프고 처절해, 가슴이 찢어지기 때문이다. 그런 아내를 의심하고, 워크숍에 간다 속이고 다른 여자와 여기까지 온 나는 정말 구제 불능이고 죽어도 싸다. 하지만 수정이와의 동반 자살은 안 된다. 그건 보라에게 또 상처를 주는 거니까. 꼭 죽음으로 죗값을 치러야 한다면 차라리 고등어 기름을 바르고 대구 밥이 되는 게 낫다. 하지만 그럼 성수 형(날 살리기 위해 그 고생을 한 은인이니 성수 형이라고 부르는 게 맞다)이 또 고등어를 잡으러 가야 하고, 보라와 함께 헥산으로 고등어 기름을 추출하느라 밤새야 하니 그것도 민폐고. 그래, 죽는 것으로 단번에 끝나는 고통보다는 오래오래 살면서, 두고두고 양심의 가책 속에 괴로움을 곱씹는 극형을 주는 게 인간 말종 권근태에게 적당하다.

그래서 나는 수정이에게 목숨을 걸고 호소한다.

"우리 엄마 말이 맞았어. 나는 정말 바보야 바보! 그치만 수정이 너는 나보다 더 바보야."

"그게 무슨 소리야?"

"넌 성수 형한테 고백도 하지 않았잖아."

"그거야. 결과가 너무 뻔하니까."

"그게 잘못이라니까! 왜 해보지도 않고 포기를 해? 네 아버지 문제도 그래. 네 언니한테 그랬다고 너한테도 그럴 거라 예단하지 마. 그건 20년 전 이야기고 네 아버지는 그때랑 다르다고. 이젠 꽉 막힌 교장 선생님이 아니라니까! 그렇게 문신을 한 교장 선생님이 어디 있니?"

수정이가 고개를 끄덕인다.

"우리 아버지가 많이 달라지셨긴 해. 예전 같았으면 자기 자동차 훔친 딸은 딸도 아니라고 전국에 있는 제자들한테 수배시켜 벌써 잡아갔을 텐데."

"그래 그렇다니까. 영원히 변하지 않는 건 없어. 지금 최악이라고 앞으로도 최악일 거라고 단정 짓는 건 그래서 어리석은 거야."

"그래도 성수 오빠한테는 보라 언니가 있잖아. 두 사람은 너무 잘 어울리는 환상의 복식조고 난 보라 언니를 절대 이길 수 없어."

"사랑은 시합이 아냐. 그리고 보라가 사랑하는 사람은 나라니까. 생각해봐. 성수 형과 보라가 그렇고 그런 사이면 보라가 왜 내 애를 가지려고 그렇게 애쓰겠니? 성수 형은 또 왜 그런 보라를 적극적으로 지지하겠어?"

"그건 두 사람이 새로운 음모를 꾸미는 거라고 그랬었잖아?"

보라 일당에게 오염된 수정이의 영혼을 세탁한다는 것이, 너무 과세탁된 것 같다.

"음모론에 심취해서 헛소리해본 거야. 음모는 무슨. 내 애를 임신해서 두 사람이 무슨 이득을 얻을 수 있어? 내 유전자를 타고 나면 보나 마나 그리 대단하지도 않을 텐데!"

수정이도 거기까지는 크게 이견이 없다는 듯, 고개를 끄덕인다.

"그렇게까지 고생해 날 살려놨는데 내가 오히려 자신들을 의심하니까 아이라도 낳으면 괜찮을까 싶어 그런 거야. 공원 사건도 그래. 보라랑 성수 형이랑 한편이면 CCTV 보고 그 치한이 나인 줄 알았는데 보라가 왜 그 사실을 성수 형한테는 말 안 했겠어? 안 그래?"

"그렇다고 해도 성수 오빠는 날 안 받아줄 거야. 우린 나이 차이가 많이 나니까."

"그건 네가 성수 형을 몰라서 하는 소리야. 성수 형 그런 거 신경 안 써. 얼마나 자유롭고, 젊은 영혼인데."

"정말?"

"그렇다니까. 게다가 마음도 여린 휴머니스트지. 만약 자기 때문에 네가 죽기라도 하면 무척 괴로워할 거야."

"설마."

"아냐. 진짜 그럴 거야. 자기 아내가 자살한 후 자책감에 형사도 그만두고 자기도 죽으려고 했었는데, 너까지 자살을 한다면…… 지옥 같은 고통 속에 빠져 하루하루를 보내겠지."

"그건 안 돼! 나 때문에 성수 오빠가 고통받는 건 싫어."

"그래. 그러니까 오늘 죽는 건 정말 아냐. 아직 시간은 많다고. 네가 정한 11시 11분은 날마다 두 번씩 돌아오잖아."

역시 난 다른 사람을 설득시키는 데 재주가 있다. 내 프레젠테이션을 듣고 박수를 치기 직전의 임원들처럼 수정이가 내 눈을 빤히 응시한다. 그러다 그 시선이 내 입술로 옮겨간다. 너무 탐스러워서 그냥 바라보고만 있을 수 없다는 듯 한 발짝 한 발짝 더 가까이 다가서고, 나는 수정이에게 다시 또 거절당했다는 아픔을 주지 않으려고 어쩔 수 없이 눈을 지그시 감는다. (이 상황에서는 어쩔 수 없었다는 걸 보라도 인정해줄 것이다.)

40

수정이가 내게 키스할 거라는 예감은 또 틀렸다. 내게 다가온 건 수정이의 입술이 아니라 수정이의 두 손이고, 그 두 손이 내 가슴을 거칠게 미는 바람에 나는 계단에서 굴러떨어진다.

너무 놀라 눈을 뜨지도 못한 채 한 바퀴, 두 바퀴, 그렇게 주방 쪽으로 이어진 계단의 끝으로 굴러떨어지는 동안, 이곳에 서 있었던 과거의 장면이 영화 필름처럼 재생된다.

고등어를 굽고 있는 성수 형. 그 냄새에 내가 잠에서 깨어나자 성수 형에게 큐 사인을 보내며 춤을 추는 보라. 그러자 성수 형은 나에게 고등어 기름을 발라 대구 밥으로 던져버리겠다는 협박성 멘트를 날리고, 보라는 내 반응을 살피며 성수 형을 향해 오케이 신호를 보낸다. 두 사람이 안도의 한숨을 쉬는 동안, 아무것도 모른 채 애벌레처럼 누워 고등어 기름을 뒤집어쓰고 죽기는 싫다고 발버둥 치고 있는 과거의 나.

그때보다 더 젊어진 초록 애벌레가 된 채 일곱 바퀴를 구르고서야 계단 밑으로 떨어진 지금의 나는 육체적인 고통보다 마음속에 치밀어 오르는 감정을 주체 못 해 통곡을 쏟아낸다.

"나 같은 놈을 살리겠다고 뭐 하러 그 고생을 했어? 그래봤자 고마운 줄도 모르고 의심이나 하다 어차피 이렇게 죽게 될 걸……. 미안해 성수 형. 미안해 보라야. 정말 정말 미안해."

울음 반, 간증 반, 그 누구의 심금이라도 울릴 듯, 내 입에서 쏟아지는 소리는 절절하고 구성진데, 수정이는 짜증스럽다는 듯이 몇 개나 챙겨 왔는지 알 수 없는 초록 테이프로 내 입을 막아버린다.

"생각 좀 해볼 테니까 조용히 좀 있어!"

그래도 수정이가 내 눈까지 테이프를 붙이지는 않아 나는 수정이가 레고 블록이라도 가지고 놀듯이 번개탄을 여기저기 놓고, 이 모양 저 모양으로 쌓았다가 허무는 걸 지켜본다. 11시가 다 돼가는데, 수정이는 이곳에서 나갈 생각이 없어 보인다.

그럼 이제 곧 저 번개탄에 불이 붙고, 나는 이대로 죽는 건가? 이렇게 온몸에 초록색 테이프를 감은 채? 최소한 팬티라도 갈아입고 싶다. 배신과 타락의 상징인 초록색 지브라 무늬 스판덱스 드로즈를 벗어버리고 보라가 사준 순면 100프로 사각팬티로 내 심신을 정화시키고 죽고 싶다고.

하지만 수정이에게 내 의사를 전달할 방법이 없다. 보라처럼 내 마음을 읽고 입마개를 제거해주지도 않는다. 수정이와의 호흡은 배드민턴 칠 때만 통하는 걸로 정리해야겠다.

수정이는 조물락거리던 번개탄을 내려놓고 가방 쪽으로 간다. 그 가방에서 뭐가 나올지에 따라 내 목숨의 향방이 정해지기에 나는 입이 바짝바짝 마른다. 다행히 성냥이나 라이터는 아니다. 백지다.

아, 유서를 쓸 작정이구나. 결국, 나는 수정이의 마음을 바꾸는 데 실패했다. 그 때문에 내 얼굴도 수정이가 손에 들고 있는 백지만큼 하얘진다. 덕분에 내 입에 붙여놓은 초록색 테이프가 더 도드라지고, 수정이는 그게 거슬린다는 듯 나에게 다가와 테이프를 제거한다. (왁싱하듯 너무 터프하게 떼 수십 개의 수염까지 함께 내 몸에서 분리된다.)

"좋아. 오빠 말을 한번 믿어보겠어."

늘 내 예상을 빗나가는 수정이다. (하지만 이런 반전은 환영이다.)

"정말?"

"그래. 대신 각서를 써."

"각서? 뭐라고?"

"오빠가 말한 게 틀린 것으로 드러나면 그때 다시 나와 함께 여기 와서 나와 마지막 길을 함께하겠다고."

또다시 이곳에 와야 할지 모른다 상상하니 아찔하지만 일산화탄소 중독으로 오늘 생을 마감하지 않게 된 것만으로도 감지덕지, 황송하고, 망극하다.

수정이는 내 몸을 통으로 묶은 초록색 테이프를 잘라 내 오른손만 풀어준다. 그래서 나는 본의 아니게 무릎을 꿇고 백지 앞에 공손히 엎드린다.

각서 1. 나 권근태는 이보라와 장성수가 불륜의 관계가 아니고, 그저 배드민턴만 같이 치는 파트너임을…….

글이란 것이 요상하다. 수정이가 각서를 쓰라고 할 때만 해도 얼른 아무렇게나 써주고 여길 빠져나가자는 생각이었는데, 막상 백지를 앞에 두고 겸손한 자세로 펜을 잡고 있으니 마음이 경건해지며 허투루 쓰고 싶지가 않다.

각서 1. 나 권근태는 이보라와 장성수가 불륜의 관계가 아니라는 것을 보증하며, 이보라와 장성수가 거제도 별장으로 나를 데리고 왔던 것은 우울증에 걸려 자살을 앞두고 있는 나를 구하기 위해서였음을 진심으로 믿는다.

정말이다. 사람들에게 이야기해주면 말도 안 된다고, 세상에 어떤 아내가 그렇게까지 할 수 있겠냐고, 그건 다 거짓이고, 보라와 장성수가 불륜 관계인 게 뻔하다고 하겠지만(나도 그랬었지만), 이제는 그렇게 생각하지 않는다.

그것이 아무리 어렵고, 얼토당토않아 보이고, 해괴한 일일지라도 사랑하는 사람을 잃는 것보다는 낫다는 걸 이제는 나도 알기 때문이다. (성인배가 이곳에 별장을 마련하고, 장성수가 삶을 비관하고 우울해하는 사람들을 구하기 위해 적극적으로 나서는 것도 그 때문일 것이다.)

각서 2. 나 권근태가 1항의 진술을 번복하거나 의도적으로 성수정을 기만하고 속인 것으로 드러날 시, 성수정이 요구하는 그 어떤 대가도 달갑게 받아들인다.

각서를 쓰기 전까지만 해도 나는 수정이 때문에 죽을 뻔했다고 생각했었다. 하지만 이제는 아니다. 내가 수정이를 죽음으로부터 구했다는 것이 너무나 기쁘고 감사하다. 그것이 결론이 아니고 그저 유예된 것뿐일지라도 말이다.

각서 3. 나 권근태는 성수정의 사랑과 행복을 응원하고, 최선을 다해 돕는다.

3항은 수정이가 요구한 게 아니라, 내가 자진해서 쓴 것이다. 이 험한 세상, 상처받고 힘들어 하면서도 굴하지 않고 살아 있는 것들이 모두 고맙고 애틋해서, 우리는 모두 한 팀이니까.

수정이는 내 각서에 감동해 또다시 울음을 터뜨린다.

"세상에 태어나 내가 읽은 것 중에 가장 아름답고 감동적인 글이야. 오빠 고마워요."

"고맙긴, 내가 더 고맙지."

진심이다. 날 다시 태어나게 해준 수정이가 난 정말 고맙다. 이제는 그 어떤 시련, 유혹이 닥쳐와도 나는 흔들리지 않을 자신이 있다.

초록색 테이프를 뜯고 별장을 나오니 눈앞에 보이는 세상이 온통 보랏빛이다. 까만 밤하늘이 아니라 보랏빛 밤하늘, 보랏빛 바다, 공기도 보랏빛이다.

그 사이로 보랏빛 갈매기가 날아오며 까악 까악 울어댄다. 까마귀가 아니라 정말 갈매기다. 유튜브에 까악 까악 우는 갈매기가 없다고 정말 그렇게 우는 갈매기가 없는 건 아니라는 걸 박 차장에게 말해주어야겠다.

난 보라를 향해 달려간다.

거제도에 내려갈 때보다 두 배는 더 마음이 설레고 조급해진다.

보라가 있는 도시로, 보라가 있는 동네로, 보라가 있는 집으로, 점점 더 보라에게 가까워진다는 게 이렇게 벅찰 줄이야.

드디어 보라가 있는 방에 입성하자, 자다가 놀란 보라가 눈을 동그랗게 뜬다.

"갑자기 무슨 일이야? 내일 온다며?"

"그러려고 했는데, 하늘이 보랏빛이라, 아니 온 세상이 보랏빛이라 너에게 다시 올 수밖에 없었어."

보라가 감동스러운 표정으로 두 팔을 벌린다. 난 거제도에 처음 여행 갔을 때 그랬던 것처럼 보라의 품으로 파고들고, 죽을 때까지 보라를 사랑할 것이고, 더 많이 보라를 사랑하기 위해 오래오래 살 것을 다짐한다.

그런데 보라의 냄새가 너무 낯설다. 보라의 냄새를 맡은 지 너무 오래돼서 그런가? 아니다. 이건 보라의 냄새가 아니라 보라의 베개에서 나는 섬유유연제의 향이다.

보라인 줄 알고 꼭 끌어안고 있던 것이 보라가 아니라 보라의 베개라는 걸 알고 잠이 깬 나는 보라인 척했던 보라의 베개를 차갑게 내동댕이치고(사람이든 사물이든 날 유혹하는 것들은 이제 가만 안 두겠다) 진짜 보라를 찾아 두리번거리는데, 침실의 살짝 열린 문을 통해 보라의 목소리가 들려온다. 밤늦게 누군가와 전화 통화를 하는 모양이다.

"수정아. 수고했어. 고마워."

이건 또 무슨 소리지?

자, 여기서 심리 테스트.

당신은 방금 전 보라의 전화 통화 내용을 듣고 무슨 생각이 드십니까?

1.

성수정의 동반 자살극은 보라의 지시에 따른 연극이었고, 덕분에 권근태는 이보라와 장성수에 대한 의심을 폐기하게 되었다. 그래서 이보라는 그것에 대해 성수정에게 감사 인사를 하는 것이다. (이보라와 장성수의 관계는 아직도 진행 중이다.)

2.

성수정의 동반 자살극은 자신들을 의심하고 점점 더 위협적인 존재가 되어가는 권근태를 제거하기 위해 보라 일당이 기획한 일이며, 성수정도 그들의 일원이고, 정신과 의사도 한패다.

3.

이보라가 성수정에게 그런 전화를 한 것은 거제도 동반 자살극과는 전혀 상관없는 다른 일 때문이고, 이보라는 장성수와 순수한 배드민턴 파트너일 뿐이고, 진심으로 권근태를 사랑한다.

자, 다들 마음의 결정을 하셨습니까?

그럼 이제 심리 테스트의 결과를 알려주겠습니다.

1번이라고 생각하는 사람들은 자기 자신은 물론 인간관계에 대해 부정적으로 사고하는 경향이 강하고, 우울증에 걸릴 위험이 있다.

2번이라고 생각하는 사람들은 1번을 선택한 사람들보다 의심, 망상이 심하고, 우울증에 걸릴 위험이 더 높다.

나는 당연히 3번이다.

그리고 3번을 선택한 사람들은 나처럼 극단적인 경험을 해서 데였거나, 혹은 앞으로 할 가능성이 매우 높다.

그렇다고 당황하거나 절망하지 말기를.

꼭대기까지 올려놓은 기대와 희망, 사랑이 다시 아래로 굴러떨어진다 해도 우린 또다시 그것을 밀고 포물선을 올라가면 되니까. 그것이 인간의 운명이니까.

작가의 말

언제부턴가 사람들을 만나면
가장 많이 듣게 되는 말이 '우울하다'다.
너도 우울하니? 나도 우울해.
아니 내가 더 우울해.
아니 그 정도는 약과야. 난 정말 우울해서 죽고 싶다니까.

우울의 시대
우울한 사람들에게
작가로서
무슨 도움이 될 수 있을까?
고민의 결과물이 바로 이 소설이다.

한 사람이라도,

잠시라도

우울의 그늘에서 벗어나는 데

이 책이 도움이 되길!

그리고

나도 이 소설의 주인공처럼 3번이다.

류현재

아내를 위해서 월요일에 죽기로 했다

초판 1쇄 인쇄 2020년 11월 25일
초판 1쇄 발행 2020년 12월 4일

지은이 류현재
펴낸이 김문식 최민석
기획편집 이수민 박예나
　　　　　 김소정 윤예솔
마케팅 임승규
디자인 배현정
제작 제이오

펴낸곳 (주)해피북스투유
출판등록 2016년 12월 12일 제2016-000343호
주소 서울시 성북구 종암로 63, 4층 402호(종암동)
전화 02)336-1203
팩스 02)336-1209

© 류현재, 2020

ISBN 979-11-6479-235-1 (03810)